NEWS

新聞，在轉捩點上

數位時代的新聞
轉型與聚合

林照真

謹以此書，獻給
仍在新聞崗位上努力不懈的人

臺灣需要破釜沉舟的媒體轉型

遞上我的名片，可以知道我在臺大新聞研究所任職，是個新聞學者。

講真心話，我心中最驕傲的事，是我當過20年的新聞記者。其中我服務最久的《中國時報》，是我實現自由理念的開放空間，它曾經讓我有機會表達我對臺灣土地與人民的情感。我了解紙媒白紙黑字的魅力，喜歡新聞那種真實又直接、不需要雕刻與轉彎的文字；我喜歡陌生讀者給我一個鼓勵的電話；就算不願意聽到批評的聲音，我卻非常明白新聞記者所寫的一切，全部可受公評。

我不當記者已經十年了。現在，我很喜歡陌生人聽到我的名字時，彷彿跟著喚起埋藏久久的遙遠記憶，然後說：「我是看妳的報導長大的。」

我一直覺得在新聞媒體工作，既好玩、又有意義。我非常看重我的每一個報導，只要第二天有文章要刊出，我前一天一定睡不好；我就是這樣兢兢業業的，因為我知道新聞不能出錯。我相信新聞媒體是社會的公共財，我個人也因為從事新聞工作，自認自己也是公共財。我對賺錢沒興趣，一心想為臺灣新聞界做點事。因為我相信，有品質的新聞在民主社會中，絕對不可或缺。

　　然而，現在民眾對新聞的感覺是「厭惡」、「輕蔑」、「無一技之長」。總之，沒什麼好話。

　　我在2001年去讀博士班，同時間還在報社工作，不幸親眼目睹報紙的衰退。先是報社間挑起廣告降價的流血競爭，然後是置入性行銷悄悄在新聞版面浸漬。同時間《壹週刊》、《蘋果日報》加入臺灣市場的新聞競爭，八卦成為必須報導的重要新聞，我關心的新聞主題常遭部分同事譏為票房毒藥。

　　電視也好不到哪裡去，有線電視自1993年起家，臺灣出現激烈的電視版圖競爭。幾年工夫裡，晚起的有線臺收視率竟超越無線老三臺，但市場競爭並沒有成為電視媒體進步的動力，反而全部沉淪。2004年總統大選時，無線與有線電視所有新聞臺，在報導開票過程時，竟然全體公然灌票，只有公視沒有捲入。

　　我在側錄公司調出有線、無線臺的所有報導內容，一家一家地看，票數灌爆的情形一再出現。電視媒體殺紅了眼，我的心情很沉重。

　　在2007年我即將畢業前，網路媒體已較上一個世紀力量更強大，首先遭受威脅的是報紙，2006年國內報紙就有六家吹了熄燈號。不同於報紙的是，電視臺更多的作假與廣告置入卻沒有讓電視臺關門，反而不斷有新的新聞頻道開張。

　　劣幣驅逐良幣，人生如此，新聞市場亦然。

　　等我拿到學位時，我明白，我已經回不去新聞界了。

　　但我對新聞的關心與喜愛從未有一絲絲變淡。感覺得出，社會上不堪的新聞環境，受盡嘲笑的新聞第四權，無冕王的光環在臺灣是真的消聲匿跡了，這對新聞教育是多麼大的衝擊！因為新聞產業聲望出奇得低，學生本有的新聞熱情一直被澆熄，對於未

來是否真的要從事新聞工作，更有著高度的不確定感。我試著安撫他們，告訴他們新聞工作有多重要。我也在畢業典禮上向學生的父母喊話，在這個混亂的時代當中，請鼓勵你們優秀的孩子為新聞效命。

我不是認為大學是主流媒體的員工訓練所，但是就算公民記者崛起，大眾媒體仍然是新聞力量集結、發揮影響力的重要產業。

不料，近幾年媒體環境惡化的情況，年年加劇。我發現有些新聞系所同學畢業從找第一個工作開始，未必是以新聞為第一志願了。他們心中也掙扎，畢竟自己是「新聞系」、「新聞所」畢業的；還有人大學念了四年新聞系、研究所又念了二、三年新聞，感覺自己應該必然是要留在新聞界的，不料還是想改行。

畢業校友在電話中告訴我，她們必須轉任行銷公關的原因：「實在無法忍受了。」原因很多，國內媒體汲汲於市場小利；置入性行銷的老問題；記者沒有時間培養新聞關係；沒有時間思考；還須時時提供具有高點閱率的即時新聞；薪水比任何行業都低……。臺大新聞所校友畢業後返校時，訴苦比分享多。

當一般人知道我是新聞教授時，也會半批評、半開玩笑地問：「怎麼教的？」「你們老師要負很大的責任。」

最後一句話說得很對，我們當老師的，逃脫不了責任。但我更在意的，是臺灣的新聞產業，為什麼不能與時俱進、累積新聞進步的能量？

我透過學術研究去找答案，本書就是其中的一個做法。我先在國內的新聞環境找問題，看不到新思惟。我必須到國外找答案。

　　我意識到國外的新聞行業中，報紙也是第一個衰退，接著電視也出現網路的激烈挑戰。國外有聲望的報紙即使同樣曾因為經濟壓力而裁員，卻不是以關門終場，而是以轉型為網路媒體作為努力的目標。他們明白優良的報紙媒體是社會重要的資產，不可輕易消失，新聞一定要堅持下去。

　　從報紙跨到數位網路，幾乎可說是21世紀時，媒體轉型最基本的模式，也是西方最常見的新聞現況。遺憾的是，臺灣的報紙連嘗試都不想，只因為短期間看不到獲利的可能性，就急著說再見。

　　在21世紀的第一個十年間，全世界一流的報紙，都在認真思考數位轉型的問題。轉型過程讓大家驚覺，數位對新聞的影響始料未及，新聞記者必須重新界定自己的工作。不但新聞型態發生改變，各種數位科技開始加入新聞產製，新聞人才具備的能力更甚於前。也就是說，數位提供了傳統新聞看不到的更多可能性，也可能是新聞產業生存的機會，無論如何都要試試看。所以，西方媒體會選擇讓報紙進行數位轉型，在網路上提供專業的新聞服務。畢竟報紙擁有最多的新聞記者，是新聞的第一線，絕對不會輕易關門。

　　電視臺也是一樣，數位網路可以讓文字、影像與社群媒體等各式媒體盡情呈現，對於網路數位發展更不會輕忽。這時，報紙的文字與電視的影像，都會在網路平臺上相遇。報紙和電視的界線已經在數位轉型中變得模糊了。

　　這就是本書最關心的「聚合」。聚合是數位新聞時代的重要功能，不但傳統媒體與新興媒體科技都在網際網路上聚合，彼此相容與鑲嵌，好讓不同形式的新聞內容自然聚合。另外，重要的

新聞內容也可因使用者的需要，在報紙、電視、桌上電腦、平板、手機等不同的媒體平臺上呈現，形成跨平臺的新聞聚合。如此一來，就能讓新聞傳播速度變得更快、更廣、更無遠弗屆、更地球村。

再次感到遺憾的是，這樣的新聞聚合，卻始終未受到國內媒體經營者的青睞。臺灣有最快的網路，新聞媒體卻只想傳遞吸睛的短訊新聞，使用者無法享受數位時代更好的新聞品質，所以若不是關掉不看，就是快速瀏覽。

沒有人記得新聞記者的清楚臉孔，新聞記者愈來愈像是商場的兜售員，監督者的角色愈來愈淡。這時最開心的就是政治人物，他們非常流行另闢臉書，懂得創造新聞，自然只說對自己有利的話。

新聞沒有活路，我好著急，我在國內看到的都是逃避和負面現象。為了找新聞的新生命，我到美國、英國、卡達的國際媒體取經。我心中的問題很多，每個人我都想談，相關內容都寫在這本書中。本書分別介紹了《紐約時報》、《衛報》、BBC、半島電視臺如何聚合的過程。因為都是親身到現場研究，目的無非是希望能從實際案例中提示好好運用聚合的可能性，讓新聞產業有機會重新活起來，讓記者不再被嘲弄，讓我們的社會可以更民主。

我把書名定為《新聞，在轉捩點上》，主要也是想駁斥輕忽新聞的聲音。新聞確實正在發生改變，本書提出了理論與事實根據，國內若想改善新聞環境，一定不能逃避聚合的考驗。至少，我在本書造訪的幾家國際媒體身上，已經看到了可能成功的機會。

這本書得以順利出版，要感謝兩名匿名評審提供的寶貴建

議，更感謝聯經出版公司的支持。回首七年來的辛苦歷程，首先
要感謝張思恆文教基金會提供我一筆獎金，讓我踏出到紐約的第
一步。感謝科技部的計畫支持，讓我可以到更多國家，挑戰不同
的研究案例。感謝交大、臺大所有參與研究的同學。感謝所有接
受我訪問的國內外新聞工作者，我們能夠暢談，是因為對新聞共
同的重視與熱愛。

　　新聞果然是無國界的。

　　在這些勇於轉型的國際媒體身上，我感受到熟悉的新聞氣
息，所有人專心做好新聞內容，新聞還是個受人期待與尊敬的行
業。即使轉型後的新聞產業還沒有辦法賺大錢，但新聞的重要性
沒有一絲減少。使用者清楚明白新聞專業者和業餘者的差別，新
聞專業者更因為數位網路而能提供新聞的多樣性，奠定生存的價
值。

　　記得在《紐時》訪問時，我分別詢問兩名新聞主管有關商
業獲利的問題。一個跟我說，他在編輯部門工作，只願意談新
聞（journalism）；另一個要我去約訪負責財務的人，他完全不清
楚。臺灣的媒體主管從來沒有這麼幸運，他們甚至肩負一定金額
的行銷配額，怎麼可能只管新聞？

　　國內的產業，為何不願如此？不能如此？唯有讓新聞人好好
專心經營內容，媒體才可能贏得尊敬和信任，才可能吸引更多人
才加入，才可能成為一流的媒體。為什麼國內新聞產業的觀念，
還停留在20世紀？從來不考慮轉型與聚合？

　　《新聞，在轉捩點上》一書，企圖說明我們要讓新聞變得更
好，我們的社會才可能更好。在戒嚴時代，曾有黨外抗爭為臺灣
爭取新聞自由，當時的基調是悲壯的。現在呢？臺灣媒體已經完

全解禁，卻因為抗拒進步、抗拒轉型，讓國內的新聞跌至谷底、無法翻身，至今無法出現高品質的新聞。這時再不設法改善，臺灣民眾關心公共事務的心情，將會愈來愈冷漠無感了。作為一名新聞學者，我想提醒國內新聞界，臺灣需要破釜沉舟的媒體轉型，我們的新聞才可能重新得到人民的信任。

新聞，在轉捩點上。

臺灣，在轉捩點上。

目 次

第一章

因為聚合，新聞在轉捩點上

　　以質報著稱的英國《獨立報》，於2016年3月26日最後一次發行紙本報紙，隔（27）日起轉型為網路媒體。成立30年歷史的《獨立報》，在最後一次出刊的報紙中央印著「紙本停刊」的鮮紅粗體字。《獨立報》記者在網路貼上「敲桌歡送我們自己」的影片，敲桌是英國歡送同僚的古老傳統。可惜影片拍的是所有人的背面。觀眾只聽到敲桌聲，無法目睹新聞工作者的面部表情。

　　《獨立報》紙本報紙在最後一天的社論寫道：「獨立報大膽轉型……，為全球其他報紙立下典範，歷史將會評斷。」「印刷機已停，墨水已乾，報紙將不再發皺。」「一個章節結束後，另一章就將開啟，獨立報的精神仍將長存。」（李京倫，2016年3月26日）《獨立報》俄羅斯裔英國籍老闆勒貝迪夫（Evgeny Lebedev）在一個月前宣布結束印刷版報紙。當時他寫道：「新聞學的面貌已全然改變，報紙也得跟著變。」（中央社，2016年3月26日）

　　在臺灣民眾眼中，英國的經驗與臺灣非常不同。到目前為止，臺灣民眾只聽聞既有報紙陸續傳出熄燈號，許多發行悠久的老報紙一一關門，員工全部資遣。可見臺灣的傳統媒體，並未把數位化作為媒體起死回生的可能方向。也因此，臺灣報紙一家家消失，紙媒市場變成自由、壹傳媒、UDN、中時旺旺等四家媒體集團搶攻的態勢。這四家媒體集團依然以傳統報紙市場為兵家必爭之地，儘管發行量一直下降，報紙依然是主要獲利來源，數位網路還是配角地位。

　　臺灣將數位網路視為次要角色的情形，實與美國、英國經驗非常不同。值得指出的是，美國若干媒體即使繼續發行報紙，卻都先後喊出「數位第一」（digital first）的口號。雖然報紙的廣告

仍是該媒體非常主要的收益來源，但這些媒體絲毫不敢放鬆在數位媒體上的挺進與競爭。於是，《紐約時報》已將新聞內容發展成報紙、網路、平板、手機等不同商品進行聯賣的商業模式。為了強化網路的重要性，所有重要新聞、獨家新聞，都會在第一時間放上網路，新聞思考、步調與傳統媒體完全不同，強調聚合的數位新聞已在《紐約時報》具體實現。

英國《衛報》的情形也相同。以質報自許的《衛報》，面對英國市場小報、其他質報的嚴厲競爭，壓力本就不輕。即使這樣，面對數位時代來臨，《衛報》同樣喊出「數位第一」的口號，《衛報》記者都已建立「全心為網路提供新聞」的心理準備。雖然報紙媒體仍維持發行，競爭驅力已使《衛報》出現多角化的網路經營，新聞面貌也已重新改造。

電視雖然對生存危機的感受沒有報紙強烈，西方電視媒體仍然不敢忽略網路的經營。因為對於數位網路的重視，上述以英語為主的當地報紙、電視，都因為數位網路無國界的特性，一舉發展成為全球性的媒體。就連以阿拉伯語起家的半島電視臺，不但以阿拉伯語網站，敲開閉鎖的阿拉伯世界。當電視臺遭封鎖時，網路更可隨時補充資訊。半島電視英語臺後來也發展英語網站，更讓該媒體進入西方世界，增進對穆斯林的理解與觀點。

由此來看，臺灣有最密集的媒體產業，有最多的24小時新聞臺，但媒體版圖卻一直停留在國內，走不出臺灣。也因為臺灣媒體集團未全力發展數位媒體，市場的廝殺全留在國內，到現在還是地方媒體，無法進入全球社會。臺灣的新聞內容為了求生存，於是全面軟性化，不然就是以車禍、凶殺等社會新聞搶收視，或是激化政治意識型態爭取閱聽眾。到現在，媒體被認為是社會亂

源，記者也從無冕王到人人喊打。

　　當《紐約時報》、《衛報》、BBC、半島電視臺等傳統報紙、電視媒體面臨數位媒體轉型時，他們的做法是正面面對數位時代來臨，不畏懼轉型，即使廣告等利潤壓力尚未完全解除，依然傾集團全力，迎接數位新聞的挑戰，對新聞價值的堅持也沒有動搖。媒體與記者專業依然受到肯定，情形與臺灣大不同。

　　由此可見，數位網路帶來的轉型，已經勢不可擋，同時對記者、新聞產業的要求比以前更高，挑戰也更多。臺灣希望建立新聞專業與再造新聞榮景，就不得不進行數位新聞思考，重塑新聞面貌。

墨水已乾，數位時代來臨

　　其實，新聞面貌的轉變，更早之前就已經悄悄發生。具體的時間點雖不可知，傳播巨變則確定發生21世紀。報紙一直被認為是新聞的原型，擁有人數最多的新聞記者，並因此建立新聞的公信力，成為無冕王的最佳想像；無奈，如今卻也因為經濟等因素，身處數位衝擊的第一線。也因此，傳統的報紙媒體必須率先尋找出路。國內的情況更是雪上加霜。臺灣因為市場小，2006年一年間，就有六家報紙關門，僅存的報紙發行量也一直下跌；但臺灣的報紙集團至今仍以紙媒（發行報紙）為主要競爭市場，對於數位轉型依然猶疑不決（林照真，2015）。反觀西方紙媒則採取不同的策略。英國《衛報》的報紙發行量雖然下跌，網路使用者卻相對增加，於是《衛報》決心成為數位第一的媒體公司（Rusbridger, 2007），同時維持報紙發行。

　　2009年是美國報業產業最糟的一年。在2009到2010年間，美國自由傳播（Freedom Communications）媒體集團曾經考慮放棄24家日報，可見其衝擊力道。為了因應報紙廣告與發行量不斷下滑，有些報紙減少投遞，或是宣布破產，更多員工遭資遣，或是變成只經營網路版，以致引來「報紙將死」的感傷報導（Chyi, Lewis, & Zheng, 2012）。由此可知，報紙必然比其他媒體更急於轉型，很自然會將重心放在網路上，媒體的競爭也會移到網路上（Malone, 2012: 8）。《紐約時報》發行人亞瑟蘇茲貝格（Arthur Sulzberger）則嘗試建立數位訂閱模式（digital subscription model），並認為數位化正使《紐約時報》從報紙變成多平臺的世界新聞組織（Beckett, 2011）。目前《紐約時報》仍維持報紙與網路同時發行。

　　傳統電視也同樣受到劇烈的衝擊。YouTube（Weber, 2007）在短時間內迅速成長。YouTube是2005年2月推出的影片分享平臺，其他社群媒體也開始增加影音功能；更早設立的部落格可以放長文，也可以內嵌影片；臉書（Facebook）一樣具有多媒體性質，既可以像部落格一樣發布長的網誌文章，又可以像推特（Twitter）、噗浪（Plurk）貼上簡短的動態短訊，更可以像 YouTube 一樣發布和轉載影片，使用者還可針對該影片回應討論。因為這樣，新媒體構築的網路世界，對許多使用者、特別是年輕人均充滿吸引力（Bilton, 2010 ／王惟芬、黃柏恒與楊雅婷譯，2010）。桑斯坦（Cass Sunstein, 2001 ／黃維明譯，2002）更認為這是一個人人可以為自己量身設計虛擬報紙的世界，這個新聞管道轉化的過程被他稱為「我的報導」（Daily Me）（同上引：8）。此時，為各式新媒體奠基的 Web2.0 就像是一個隱喻，可以凸顯創意以激勵人們

的熱情（Gauntlett, 2011: 7）。

　　「數位化」是傳統的報紙、電視無法維持傳統優勢的關鍵字，卻也可能是傳統媒體充滿希望的未來。數位化帶起多元的新聞平臺，從網路到社群媒體，都可以發出不同閱聽眾需要的訊息。因為這樣，人們不必在清晨時候等待送報生送來報紙，隨時可以透過網路上的各種平臺獲得訊息。因應網路科技不斷發展，各種傳播科技、社群媒體、移動性傳媒陸續興起。包括噗浪（陳建州，2009）、推特（邱慧菁譯，2009）、臉書（Kirkpatrick, 2010／沈路、梁軍與崔箏譯，2011）以及各種新媒體所引發的行銷等傳播革命，都已開始發生（Anderson, 2009／羅耀宗、蔡慧菁譯，2009），這些新媒體同時也被認為具有改變世界的力量（羅耀宗譯，2010；西門柳上、馬國良、劉清華著，2010）。即使到現在，各種手機APP、電腦輔助報導、分析巨量資料的傳播科技，已經令人目不暇給，傳播一直有著被科技拉著跑的感覺。

　　　傳播科技確實是新聞轉型的關鍵因素，新聞形式也處於快速變動的狀態。新科技對於傳統新聞的產製、意義、呈現方式，都已造成極大的改變。這股浪潮來得極快，全球媒體都必須立刻因應。數位浪潮勢不可擋，只是前途尚不可知。雖然國外已有媒體勇於接受數位挑戰，至今依然前途未卜；國內媒體則多數還在猶豫與觀望，並未全心迎接數位新聞時代到臨。探究其中原因，一方面來自新聞產業尚在摸索數位新聞的產製方式（吳筱玫，1999；徐慧倫，2011）；另方面則是因為臺灣的新聞媒體產業已出現集團化現象，數位匯流反而加深民眾更大的媒體壟斷恐懼，認為失衡的媒體環境，只會匯流出更龐大、更猙獰的數位怪獸（黃哲斌，2013）。也有媒體認為數位匯流是「錢坑」，須花上數

百億（馬詠睿，2013），所以止步不前。

科技與內容同時改變

　　數位化帶來媒體新紀元，從名詞上即可知，今日再談新聞，不能只是內容生產技能的討論而已；也不能將之視為傳播演變的必然。人們絕不能忽略，看似中性的科技，卻已對新聞內容造成極大的影響。由於新媒體形式多元，從網路、手機、部落格、臉書、推特、微博、YouTube、Instagram乃至形形色色的網路遊戲，都是新興的媒體平臺。這些新的媒體平臺先是以非新聞的方式進入人們的生活中，接著在人與人的互動中，建立起某種親密關係，徹底改變人與媒體的互動。接著訊息（新聞）也在密集的人際互動中產生，新聞幾乎是無所不在。

　　這真是一場傳播的轉型革命。科技加入後，更多過去從未嘗試的技能一一出現。要扭轉行之百餘年的媒體生態，豈是容易之事？各種組織調整、跨媒體技能、跨平臺運作，以及更多前所未有的資訊科技不斷加入，新聞室的面貌已完全不同。

　　真正的改變尚不只如此。不同的媒體平臺不只改變了資訊的形式，也改變了資訊傳播的速度；更長的工時，對新聞記者的要求標準與過去似有不同。又由於新媒體的平民化，讓更多人有機會參與訊息生產，使得參與新聞生產的人增加了，傳統傳播者與訊息接收者的行為模式全部翻轉，更因此建構出前所未見的新聞形式。新科技首先直接取消新聞媒體發送訊息的特權（privilege）。過去新聞記者因為擁有報紙、收音機、電視等傳播工具，因而掌握新聞的定義權；現在則由於新媒體科技的便利

性，一般人利用新媒體，同樣可以產出新聞。有學者因此認為：
「每個人在網路上做的，都是數位新聞的一部分。」（Kawamoto,
2003: 2），可見傳播訊息的發送者已產生關鍵性變化。這種情形
與民眾提供影片給傳統媒體播放的情形大不相同，非媒體人士已
擁有更多的新聞發動權，使用者本身就是新聞的創造者。傳統媒
體定義新聞的時代，已成過去。

　　新聞產業徹底變換面貌的轉型大工程，直到現在還在進行
中。這也使得研究當代新聞書寫的學者希伯特（John Herbert,
2000: 7-14），乾脆在他的《數位時代的新聞學》（*Journalism in
the Digital Age*）一書中直接斷言：「新聞本身就是新科技的結
果。」

　　傳統媒體受到前所未見的衝擊。眾人看著傳統媒體、特別
是報紙出現生存危機；同時間也看到網路科技不斷發展，傳統電
視也已感受到網路科技的威脅。為了媒體的生存命脈，媒體轉型
（media transformation）實為21世紀媒體間最重要、也最令人窒息
的課題。

第一節　數位新聞崛起

　　傳播科技使得傳統媒體似乎在數位媒體中找到重生的機
會，也造就「數位新聞」（digital journalism）的崛起。喀瓦孟圖
（Kawamoto, 2003: 4）認為，「數位化」原是指更早的20世紀可
以使用電腦閱讀與傳播的年代；時序到21世紀時，有關「數位新
聞」的定義則變得更廣，即：「使用數位科技去接觸、生產與傳
送新聞和資訊給具備電腦素養的閱聽眾」的便是「數位新聞」。
由以上的定義可知，此一名詞是新、舊概念並置；數位新聞掌握

了民主社會有關新聞的重要功能，也提升了閱聽眾使用媒體工具的技巧；這些傳播科技還可以影響新聞記者與組織如何研究新聞事件、如何傳遞資訊、建構故事、發展介面等以服務閱聽眾。

「數位新聞」說明「科技」在新聞產製過程中的重要性。自從1455年古騰堡（Gutenberg）聖經採機械印刷起，新科技總是走在新聞的發展之前；像是電報、電話、衛星與新聞通訊社，這些新科技都伴隨著新聞的發展（Herbert, 2000: 7），甚至直接迫使新聞進行改變。現在，隨著各式傳播工具的快速發展，新聞內容不斷轉變，人際間的傳播也產生了新的模式。尤其電腦對人類社會的影響實在很大，快速與廣大的傳播效果不斷挑戰既有的傳播習慣，難怪主流媒體會感覺招架不住。從歷史軌跡來看，廣播花了50年時間，才使得聽眾增加到50萬；電視則是花了15年才達到50萬的收視戶；反觀網路卻能以數十億閱聽眾的增加速度來計算（Saxena, 2004: 209），自然沒人能夠忽視網路的發展潛力。

但數位新聞並非只有「科技」元素而已，傳統的古典新聞價值依然是數位新聞的重要內涵。即使數位科技的發展迅雷不及掩耳，就新聞來說，「說故事」的本質並沒有改變。人還是說故事、喜歡聽故事的靈性動物，因娛樂、情感、說服、挑戰，或只是鼓勵某種行為的五個W、一個H的客觀陳述事實等事，一點都沒有改變。只是數位新聞不再像傳統媒體受限於時間與空間，故事可以有更大的深度與廣度來報導；訊息會用成套（package）的方式呈現，並且用超連結（hypertext link）的方式連到其他文章上，也可以同時擁有歷史資料、照片、各種形式媒體呈現的資料等，數位媒體更可以很快地連到資料庫（Kawamoto, 2003: 25）。

貝克特（Beckett, 2008: 2-3）則指出，當新聞記者總是遭人

批評「有著太大的權力詮釋這個世界」時，人們關心這個社會，自然更甚於新聞；他同時認為，只要讓新聞更好，就可以讓我們的社會更好。貝克特（Beckett, 2008: 4）說：「我強烈地相信在數位發展快速的時代，我們一定要把新聞轉型為有益於社會的一部分。」他認為，數位新聞的重點在於關注新聞如何促發社會改變的潛能。

　　所以，數位新聞絕對不是只看科技單因的變化而已，而是考量許多因素的聚合（convergence）（Fenton, 2010: 5），複雜難解的聚合問題也因此而起。例如，網路報紙結合傳統報紙而形成新的網路潛能，在不同地區卻會有不同的結果，可見科技並非單一決定因素。因而，數位新聞必須超越科技決定論，並且是在全球化、解除管制與市場化等結構下進行研究（Fenton, 2010: 5-6）。弗里德曼（Freedman, 2010: 35）也認為，傳送新聞的傳統經濟模式正處於危機中，當這些新聞組織看到他們的閱聽眾不斷下降，同時又得面對來自網路的競爭，以致既存的新聞環境即將面臨崩解。加上年輕的閱聽眾喜歡快速與可以互動的網路，廣告主因為網路有他們想要的目標群眾，已深深受到網路吸引；又因為傳統的新聞組織已經失去傳送新聞的特權，這些傳統媒體正面臨資本主義市場的一場苦戰。

　　既然這樣，傳統媒體若試圖維持主流地位，就不得不重視新媒體。這時，傳統媒體如何從新媒體中選擇新聞，不但與新媒體的品質有關，也與傳統新聞的未來發展有關。雖然數位新聞理論都支持新媒體崛起後，對傳統新聞產生的衝擊；但是若干由新媒體發出的訊息，之所以能夠形成更大的力量，一部分其實是因為傳統主流媒體的接續報導，才使得新媒體的力量得以充分發揮。

由於數位傳播科技的全面普及，到處都是新聞的供應者。他們在
不知不覺中成為傳統媒體的消息來源（source）。可以發現，數位
新媒體科技以截然不同於傳統記者的思惟方式推出各種資訊，在
新鮮度上確實比舊有的新聞吸引人，因而增加更多的業餘記者，
共同負起新聞傳遞的工作。

　　在數位科技快速更新的情況下，恐怕沒有人膽敢否認新媒體
的影響力，紛紛指出傳統媒體已經沒落的訊息；如此惡劣情勢卻
也激發傳統媒體的危機意識，明白必須先求變、才能求生。網路
的便利性、互動性，都使得傳統媒體不得不思考運用網路投入新
聞報導的可能性。由於網路為數位設備，自然無法與平面印刷、
類比電視相容，因此便引發傳統報紙、電視必須與網路聚合的問
題，聚合複雜的面向因此出現。

第二節　數位時代的新聞聚合

　　聚合本身就有多元形式，其中包含媒體聚合、平臺聚合、
也包括人員的聚合。對新聞媒體來說，上述這些聚合都與新聞
有關，因此本書統稱為「新聞聚合」。因為聚合作用使得數位新
聞不但保持了新聞的價值，還能提高新聞的需求與在社會中的
重要性（Beckett, 2008: 6）；同時，聚合因為涵蓋極廣，本身就
有快速發展的意涵（Quandt & Singer, 2009）。聚合也因此成為
媒體會採取的策略，例如網路可以涵蓋所有資訊，又會以新的
方式來呈現資訊。過去記者稱網路為新媒體，新媒體的內容則
稱為網路新聞、多媒體新聞、數位新聞，現在則同時可視為是
聚合新聞（convergence journalism）（Kolodzy, 2006: 6-7）。新聞
可以在更多的平臺露出的生產方式就是「新聞聚合」（journalism

convergence）（Erdal, 2007: 78）。因此，聚合、聚合新聞與新聞聚合，在新聞媒體的討論中，實為同義詞。

　　上述的聚合必然與科技的使用有關。由於科技使然，數位網路可以快速發布新聞，在時間效率上遠遠超越傳統媒體；而數位科技還能將傳統媒體內容同時傳遞到不同媒體平臺，更能擴大對閱聽眾的影響力，以致全球各大傳統新聞媒體均嚴肅對待數位媒體聚合（media convergence）的時代來臨。愈來愈清楚的現象是，包括電子傳播、電腦等網路新媒體與傳統媒體的聚合現象正在發生（Pavlik, 2001）。所謂「媒體聚合」，可以指新媒體嵌入既有媒體與傳播產業的過程，也可以用來指新舊媒體互動所呈現的複雜性與多層次（multilayered）面相（Dwyer, 2010: 2）。由此可知，新舊媒體聚合常在傳統媒體轉型時發生，以致聚合自然成為觀察媒體轉型的重要概念。

　　然而，傳統媒體建立使用者付費的商業模式，卻在數位時代瀕臨瓦解。網路媒體伴隨使用者大多不願意付費看內容的弔詭（Schroeder, 2004），使得企圖與網路進行數位整合的新聞媒體，面臨嚴峻的經濟挑戰，以致聚合必然包含經濟的成分在內。媒體聚合事關新聞產業的生存大計，卻始終令人心生疑慮或認為「聚合是大媒體的網路災難」或「聚合是世界上最貴的字」（Dennis, 2002: 7-8）。尤其聚合工程龐大，各大媒體企業自是戒慎恐懼，認為聚合衍生的問題極多（Quinn, 2006）。聚合既耗資龐大，另也隱含人力可能減縮的意涵，以致報紙總編輯與電視製作人多半反對聚合，認為聚合只是一種經營手法，是讓較少的記者在較少資源下做較多事的方式（Kolodzy, 2006: 4）。波因特（Poynter）機構退休總裁海曼（Robert Haiman）在2004年的演講中，就很

擔心聚合會讓記者、新聞系師生在新聞技能中出現錯亂與分心現象；更憂心聚合如果沒有好好發展，記者將承受時間、資源、技能、倫理等壓力（Edwardson, 2007: 90）。

這樣的懷疑論調一直在新聞界瀰漫。2004年11月間，幾家美國大報總編輯都提到有關「聚合」這件事。他們詮釋聚合，認為聚合指的是數眼球數量重於產製硬新聞，目的是為了吸引年輕讀者以及不同的閱聽眾（Kraeplin & Criado, 2009: 18）。換言之，聚合的媒體只是為爭奪閱聽眾的注意力、時間、光顧與購買而已（Levinson, 2004: 12）。

聚合的意義並非只有一個，而是包括眾多不同的發展。聚合泛指科技、經濟、類型、政治、法律、商業、社會使用等不同面相（Fagerjord & Storsul, 2007: 29）。同時，與新聞媒體有關的新聞聚合，本身更是包含文化、內容的獨特現象。聚合具有多元意義，若真想「一言以蔽之」，最根本的意涵指的是「界線模糊」。以手機新聞為例，聚合使得媒體現象變得模糊；聚合使包括基本配備市場、服務市場、軟體、媒體內容等的界線也跟著變得模糊（Fagerjord & Storsul, 2007: 24）。又如傑金斯（Jenkins, 2006）在《聚合文化》（*Convergence Culture*）一書中所說，閱聽眾與專業內容生產者的界線模糊，也是一種聚合。

「界線模糊」的聚合意涵，實能精準道出數位新聞的運作真相。為避免媒體壟斷，過去的傳統媒體只能專心經營一種媒體；當代的新媒體卻能同時生產文字、影音與多媒體，媒體界線完全消除。過去的新聞記者只需要具備一種技能，就能完成工作要求；現在因為媒體界線模糊，記者的技能也開始混搭。傳統閱聽人理論尚在「烏合之眾」與「主動閱聽人」間爭辯，鼓吹許久的

公共新聞學、媒體公共領域都不能實現；現在則因為社群媒體的
出現，加上使用者的主動性，短時間內幾乎全部到位。閱聽人不
但不是烏合之眾，已因為互動科技成為主動的訊息傳遞者；以民
眾為主體的社群媒體更已具備重要角色。所有界線都模糊了，主
因就在於聚合。

　　在人類傳播史上，傳播科技從未如此進步，不同平臺、內容
須整合的情形不一，聚合工作於是先從實驗性質開始。1995年5
月，英國政府便認為科技變遷與聚合，可以提供傳統報紙與電視
更多發展並使消費者受益（Doyle, 2002: 78）。2000年3月，美國
的媒體綜合公司（Media General）亦曾結合報紙、電視、網站，
想藉此了解媒體聚合的意義、辦公室文化如何改變，以及有哪些
技術為聚合的新聞室所需（Dupagne & Garrison, 2006）。美國互
動工作者迪爾勒（Barry Diller）也認為聚合經營的重點在於「和
什麼聚合？」（Dennis, 2002）。又因聚合是因數位網路科技的發
展而起，即便一般多採用互動性、匿名性、超現實、社群 等名詞
定義網路科技，被認為最可以用來評價網路民主的概念還是聚合
（Papacharissi, 2010: 52），可見其重要性。

　　因為聚合現象正在進行，它的面貌實難用幾句話就完整形
容。媒體的數位轉型與因之採取的聚合形式，便成為本書最主要
的核心概念。

第三節　社群媒體在數位新聞中的角色

　　傳播科技的發展是當今傳播生態最令人關切的議題。新的
數位科技不但帶來社群互動的人類新體驗，由於傳播科技變化的
速度非常快，有些新媒體很快就成了「不怎麼新」的媒體。因

而，李文生（Paul Levinson, 2009）乾脆把近五年內風行的媒體稱為「新新媒體」（new new media），像是Blogging、YouTube、Wikipedia、臉書、推特、Second Life等都是他所謂的新新媒體。而更早就已出現的諸如搜尋網站像是Google.com、Yahoo.com以及Amazon.com等網路媒體，相較之下已經不像「新新媒體」那麼「新」了，李文生於是將之歸類為「新媒體」（new media）。如果再把舊的傳統媒體如報紙、雜誌、廣播、電視等媒體平臺算進來，目前人類共可以使用傳統媒體、新媒體、新新媒體等多種媒體。這些媒體以多元組合的方式呈現資訊，不但形成平臺的多元化，也造成資訊的多樣化。

　　科技先行後，新聞被迫調整面貌與型態，這樣的例子經常發生在社群媒體身上。《華盛頓郵報》（the Washington Post）就曾經報導，美國發現頻道（Discovery Channel）發生工作人員遭挾持，這個訊息便是由民眾首先從推特發出而成為眾所矚目的社會新聞，並非由傳統媒體率先報導。可見在速度上，傳統媒體已經無法和推特等新媒體競賽（Farhi, 2010）。而在突尼西亞與埃及發生的阿拉伯之春革命中，更可看到埃及街頭，示威群眾幾乎人手一機，大家高舉手機或相機，將示威畫面上傳到網路。這股阿拉伯民主浪潮，立刻席捲埃及，乃至整個阿拉伯世界。

　　不但民眾使用社群媒體，傳統媒體一樣離不開社群媒體。2014年英國《衛報》（The Guardian）與《華盛頓郵報》因報導美國國家安全局承包商前雇員史諾登（Edward Joseph Snowden）揭露的祕密監控計畫，一同獲得普立茲公共服務獎。史諾登案更

讓《衛報》成為2013年最受歡迎的網路新聞媒體。[1]《衛報》從
報導日起就一直承受英國執政當局極大的壓力。英國政府官員告
訴《衛報》：「你們玩夠了」，並到《衛報》辦公室監督該報銷毀
史諾登資料硬碟。《衛報》總編輯羅斯布里奇（Alan Rusbridger）
因此表示，《衛報》在該案中經歷不少「不尋常」經驗，顯示媒
體自由在英國已受到嚴重威脅（江靜玲，2013）。

　　《衛報》批評英國政府，強調揭密不會終止，表現出極大的
新聞勇氣。更值得指出的是，《衛報》因為善於利用社群媒體，
而打了一場漂亮的新聞勝仗。《衛報》除了在臉書以及推特兩大
社群媒體貼文外，還利用推特提供現場即時（live）形式的新聞
報導連結，讓民眾能同步追蹤史諾登最新進度。《衛報》每天至
少會發二、三十條推特，在史諾登洩密事件的熱門議題上，也會
貼上新聞以增加討論，發布量也會增加。

　　《衛報》的推特更經常使用標籤（#hashtag）功能，打上#NSA
（美國國家安全局）、＃Snowden等，使用者點進去就可以看到
這個議題所有的留言。讀者也可以藉推特寫下對史諾登事件的疑
問，並在後面加上#myNSAquestion的標籤，問題就會自動集中
到《衛報》專屬的網頁；[2] 也會有《衛報》記者回覆讀者的問題；
只要史諾登事件有新的進展，《衛報》就會使用這個網路雙向互
動機制，讓讀者可以直接和記者互動。《衛報》還有在網站上開
設「自由評論」（Comment is free）網站，性質有點類似論壇。

1　http://www.theguardian.com/theguardian/2013/dec/27/most-popular-guardian-stories-2013-
snowden?CMP=fb_gu

2　http://www.theguardian.com/world/2013/nov/12/nsa-discuss-snowden-revelations-guardian-
reporters

《衛報》還會透過「你來告訴我們」（You tell us）[3] 的頁面，讓網友說出最想討論的話題，再從中選出議題讓網友討論。

　　《衛報》另外又設有「與衛報總編輯對話」[4] 的功能，在史諾登相關報導最常出現，讀者可以在上面提出對於報紙或者網站的意見，總編輯還會在網頁中回覆。《衛報》還前所未見地特別為史諾登事件開設專屬網站，並採用最新的滾動捲軸技術，讀者只要將頁面往下拉，事件相關人物的影音及互動圖表會自動撥放。同時搭配文字以及解密文件，呈現出多媒體與文字完美的搭配效果。[5]

　　因為報導該案，《衛報》總編輯羅斯布里奇必須到英國國會，接受下議院詢問有關史諾登洩密的問題。《衛報》非常重視那一次質詢，除了開一個網頁[6] 現場轉播國會質詢現場，也在推特上密集發布質詢現場狀況，讀者能馬上掌握史諾登相關訊息。由以上可知，《衛報》透過獨家的解密文件成功吸引全世界媒體及讀者的眼光。除了高頻率的報導外，《衛報》運用多種不同的社群網站平臺，報導同一新聞事件，已是《衛報》留住舊讀者、開拓新讀者的特色。在報導史諾登洩密期間，《衛報》雖頻頻遭政府打壓，卻也藉由網站以及社群媒體與讀者密切溝通，終讓民眾站在他們這邊。

　　臉書以及推特已經在訊息傳輸上扮演最迅速的角色，多數的傳播研究認為網路為新聞室帶來新的蒐集資料與報導的方式。

3　http://www.theguardian.com/commentisfree/series/you-tell-us

4　http://www.theguardian.com/world/2013/nov/13/alan-rusbridger-answers-questions-live-qa

5　http://www.theguardian.com/world/interactive/2013/nov/01/snowden-nsa-files-surveillance-revelations-decoded#section/7

6　http://ppt.cc/a1fF

網路的影響力已經受到各界肯定，網路間不但形成重要的社群網絡，出現各種社會互動與訊息，也因此成為傳統媒體尋找新聞的來源。部分西方學者歸納新媒體和傳統媒體的關係可分為競爭、整合與補充三類。到目前為止，還沒有任何證據證明新媒體已取代舊媒體（Neuberger & Nuerbergk, 2010; Phillips, 2010）。相反地，傳統媒體會設法結合新媒體來創造新的新聞內容，並且採取公民新聞或是使用者式的內容（User-Generated Content, UGC）（Bowman & Willis, 2003; Gillmor, 2004），似乎已為傳統媒體注入新的生命。從這個角度來看，網路這個新科技實對民主帶來了助益（Fenton, 2010: 6）。

　　由於網路也向新手開放，新聞可以從任何地方延伸出來，而非只有新聞室可以產生而已；也因此原本受到區隔、只能被動接收的大眾，已可以自行藉由網路新的寫作技術與功能，創造自己的新聞平臺。例如發行自己的電子報、部落格等，以手機、臉書、推特等提供最新消息，並且反過來生產傳統媒體需要的新聞。像是一名29歲的臺灣電腦工程師徐紹斌，於2010年趴在公司滿是文件的桌上死亡，徐紹斌的姐姐Amelia因此在部落格揭露臺灣半導體產業普遍存在的過勞現象。這個訊息先經網路轉寄，後來成為傳統媒體廣為報導的新聞案例（林奇伯，2011: 167-168）。相關案例太多，真的是不勝枚舉。

第四節　研究方法

　　正當歐美新聞媒體已陸續採取各種數位聚合模式時，國內媒體相對顯得裹足不前，有關聚合的懷疑聲浪更甚於其他國家。《聯合報》、中央社是臺灣少數嘗試聚合的新聞媒體，卻也分別

因為內部對聚合政策看法不一，而引起內部工會爭議（聯工月刊，2010年11月30日）與人事波動。這些原因造成國內的媒體聚合或是新聞聚合發展頗為緩慢，對於媒體聚合也缺乏深刻的認識。

國內這種情形對研究者來說，確實是研究上的困境。既然聚合已在世界各大媒體試圖轉型中出現，在臺灣又苦無合適的研究對象，因而促使本書作者決定親身到國外尋找研究案例；試圖借鏡國外的新聞聚合經驗作為國內參考，並帶動臺灣的進步。因此，本書作者自2012年至2014年間，自行前往世界級的媒體進行觀察，並與相關人士進行深度訪談。本書作者想明白傳統媒體如何轉型與進行何種聚合，於是以傳統媒體的報紙與電視為代表，並且從中選擇最能獲得民眾信任的媒體作為研究對象，希望能了解這些媒體如何進行媒體轉型與聚合。本書作者親身訪談的報紙媒體包括美國的《紐約時報》與英國的《衛報》，它們是最受世人推崇的報紙媒體。本書非常關心這兩家經營超過百年的老報紙如何進行數位轉型，接受與平面報紙性質與形式完全不同的數位挑戰。為了因應這樣的挑戰，它們各採取什麼樣的新聞聚合。

在電視臺方面，本書作者則選擇具有多平臺並兼顧多語言的BBC與半島電視臺為研究對象，以了解這兩家傳統的電視媒體如何進行數位轉型的聚合策略。

很多人喜歡把半島電視臺比喻為「中東的CNN」，殊不知半島與BBC關係深遠，除了不少工作人員來自BBC，半島的新聞工作者其實更願意自認他們是中東的BBC。這四個媒體均為影響力極大的傳統媒體，他們如何轉型與進行聚合，本身就是重要的

研究，若能綜合討論就更有學術研究價值。這幾個目標，都因為本書作者四年來的研究與經營，終於能在臺灣學者手中達成。

《紐約時報》是本書研究的第一站，訪問時間為2012年1月27日到2月8日，共訪問與聚合有關的《紐時》相關新聞工作者達20人，終於能清楚掌握《紐約時報》的聚合策略與過程。接著在2012年暑假的8月21日到9月6日間，本書作者因為獲得國科會（科技部前身）兩年的移地研究補助，第二站便前往英國倫敦研究《衛報》與BBC。作者造訪時，《衛報》已進行聚合數年，並已搬遷到新的大樓，本研究以滾雪球方式共訪問15人；研究訪問BBC期間，正好BBC許多單位陸續搬遷到攝政街的BBC廣播原址的大樓內，準備進行廣播、電視、網路所有媒體、平臺的聚合。從BBC一樓可以清楚看到播報臺、網路部門等許多工作者。BBC的主要受訪者則有9人。

2014年6月30日到7月10日，本書作者造訪位於卡達杜哈的半島電視臺（Al Jazeera），半島電視臺為中東崛起的年輕電視臺，訪問期間也已開始進行聚合的相關工作。本書作者在杜哈的阿語臺、英語臺分別進行第一手參觀與深度訪談，所有受訪者共有27人。

這四個全球主要媒體的聚合與轉型經驗，並無法從既有的學術研究論文中了解；也不可能有媒體進行報導。但他們發動的媒體轉型，不但影響自家媒體的生存，也是傳統媒體因應數位時代非常重要的策略運用，也因此新聞工作者、新聞內容都產生相當大的變化。本書就這四家媒體進行了系統性的研究，自然能夠回應數位時代的幾個質問。同時，由於本書關注聚合可能影響新聞產業出現不同的發展，因而特別關心傳統的報紙與電視如何在轉

型過程中尋找生機？又是採取什麼樣的新聞聚合，讓他們可以迎向數位新聞時代、同時又能保持既有的新聞品質？本書之所以這樣做，自是期待這些為人敬重的新聞媒體的聚合經驗，能為臺灣的媒體產業借鏡；並為國內躊躇不前的聚合行動，注入一劑強心針。

　　這四家具有世界領導地位的主流媒體如何進行聚合，是本書試圖傳達的主要重點。本書並且試圖從這四個案例中，進一步深入探討「多媒體的聚合」、「數位科技的聚合」、「跨平臺的聚合」、「跨文化的聚合」、「社群媒體與傳統媒體的聚合」等重點有所差異的聚合。以上為本書第一部分有關「全球媒體的轉型與聚合」的主要章節。

　　事實上，本書作者在2012年初出發進行國外媒體研究之前，已經就臺灣傳統的報紙與電視有關的聚合現象與論述進行研究，也已針對新媒體的發展進行初步的了解。研究後發現，臺灣的傳統媒體並未關注聚合對新聞產業的改變動力；對於新媒體與傳統媒體的聚合仍有所抗拒。正因為目睹臺灣新聞媒體不能正視新聞轉型與聚合的現況，才形成本書作者出國尋找研究對象的動力。但本書作者一樣對國內相關現象進行一定的研究，並且以批判與反省角度呈現。這個部分，將在第二部分「臺灣媒體的轉型與聚合」中討論。

　　為了釐清不同國家、不同媒體的新聞聚合研究，本書採取敘述策略（narrative devices）為研究方法，並以傳統新聞媒體採用的新媒體新聞做為分析的主體，以梳理內容聚合的現象如何在傳統媒體中運作；本書再採用深度訪談法（in-depth interview）訪問新聞從業人員，以共同探討其所衍生的相關問題。本書並且定期

觀看媒體的網路新聞內容，以了解國內外各主要媒體的變化，以此作為各大媒體深度訪談前的問題設計的來源。接著本書作者親身到媒體機構，並與受訪者進行深度訪談。如果媒體機構允許，也會參加該媒體內部會議，以便能更了解媒體的轉型與聚合。

在拜訪媒體過程中，《紐約時報》、《衛報》與半島電視臺也分別提供機會，開放本書作者有一次機會參與與聚合有關的內部編輯會議，讓作者能更明白新聞聚合過程。

第五節　本書章節分布

本書一共分為十三章、兩大部分。第一章與第二章為整體性的背景說明與理論梳理。後十一章將分別以「全球媒體的轉型聚合」與「臺灣媒體的轉型聚合」兩大範疇來呈現特定章節內容。

第一章為本書導言，說明科技引領數位新聞興起後，對媒體帶來的衝擊。該章敘述因為媒體科技發達因素，除了改變傳統媒體面貌外，新聞內容、新聞形式、新聞記者的角色等，都面臨極大的衝擊。第一章主要先敘述背景，接著進一步指出與新聞媒體有關的聚合現象興起後，實為數位時代的重要課題。本章也首先提出社群媒體的興起，也可為數位新聞時代重要的觀察角度。

第二章首先對「聚合」一詞進行理論梳理。本章透過諸多文獻，說明聚合一詞的主要意涵。本章首先述及與科技有關的聚合意涵，接著談到聚合與經濟密不可分的關係，也論述與內容有關的聚合。最後以傳統媒體與社群媒的關係，來說明聚合。

第三章到第九章都是有關「全球媒體的轉型與聚合」的研究內容。這些研究由本書作者進行媒體個案檢討，並輔以文獻對照。第三章主要針對《紐約時報》的聚合現象進行第一手研究，

重點在於釐清以傳統報紙聞名的《紐約時報》，如何在文字、平面照片外，引進影音、視覺圖表、社群媒體、互動媒體等進行多媒體的聚合。第四章則是討論聚合對傳統報紙轉型的衝擊，本章以《紐約時報》與《衛報》的比較作為研究主軸。談到兩家媒體都是以「數位第一」作為轉型與聚合的指導方針；並且因為聚合，而擴大有關新聞工作者的定義。本章也以這兩家傳統媒體的經驗為例，了解他們在聚合前提下卻發展出不同的商業模式；同時新聞聚合時，也面臨新聞在速度與品質間的不同挑戰。

　　第五章則想討論《紐約時報》、《衛報》這兩家優質的傳統媒體，如何透過數位的新興科技人員與技術，發展資料新聞與視覺新聞。本章透過兩報人員的深度訪談，發現這兩家傳統媒體不斷引進新的科技人員，全力發展與傳統新聞有歷史銜接關係的資料新聞與視覺新聞。這兩項新聞類別同時也成為數位科技使用者有興趣的面相。第六章則探討擁有多平臺的BBC，如何在數位時代，順利在這些平臺上分享內容，進行跨平臺的聚合。由於BBC新聞人員眾多，包含地方與全球的平臺數量更為世界之最，因此必須就廣播、電視兩個傳統媒體，分別嘗試在數位平臺上，進行形式不同的跨平臺整合；該章同時也探討BBC如何強化新聞工作者多媒體的能力，並設法兼顧新聞品質時，遭遇的困難。

　　第七章則是研究半島電視臺不同的聚合經驗。半島總部位於卡達杜哈，半島阿拉伯語臺與半島英語臺各有工作人員與不同收看觀眾；加上中東戰亂的特殊採訪情勢，使得這兩家語言、文化各不相同的衛星電視，必須進行跨文化的聚合。同時，電視與網路的聚合，也在半島新聞內部發生。本章也將探討半島如何因為跨文化的聚合，不斷擴大新聞的跨平臺運用，也因此能照顧

最大多數、來自不同區域的收視者，進行跨文化的傳播。第八章
則試圖以「阿拉伯之春」為例，討論國際主流媒體使用社群網站
的情形。本章關注大眾媒體在世界重大新聞發生時，如何使用、
分辨社群媒體的內容。又因為阿拉伯之春發生在中東，因此本章
也分別以半島電視臺、網路媒體為研究對象，了解半島如何進行
有關阿拉伯之春的報導，以及半島與社群媒體互動等相關問題的
討論。第九章則就幾家全球性媒體如何結合社群媒體與主要媒體
聚合的情形，進行具體的案例研究。該章就《紐約時報》、《衛
報》、CNN、BBC以及半島電視臺如何在突發新聞、災難新聞中
應用社群媒體，均有相當的探討。該章並指出，上述媒體均以專
業的新聞從業人員經營社群媒體，與國內粉絲專頁的小編經營非
常不同（林照真，2014）。

　　第十章至十三章，則開始進行「臺灣媒體的轉型與聚合」部
分。第十章主要處理「自由」、「壹傳媒」、「聯合」、「旺旺中
時」等臺灣四大報紙集團，對新聞聚合的看法與可能相關的措
施。本章發現臺灣媒體視聚合為內部競爭、而非合作的做法，實
與聚合意涵相違背。同時聚合的目的未必有利於新聞品質，反而
可能弱化記者的新聞能力，集團卻可能因此獲得更大的政商利
益。第十一章則監看臺灣七家24小時新聞臺如何使用新媒體的情
形，並且就監看結果與各電視臺相關人員進行訪問。本章發現臺
灣的有線電視使用新媒體內容的現象非常普遍，但是新媒體來源
不明，使用的新媒體內容又多偏向社會新聞與娛樂新聞，與古典
的新聞價值或是公共價值，並無太大關聯。

　　第十二章則針對新興網路媒體的「置入性行銷」現象進行討
論。由於置入性行銷已重創臺灣傳統媒體的公信力，不料新興的

網路媒體也開始出現置入性行銷現象，只是形式與傳統媒體有所不同。本章於是以「新瓶裝假酒」為題，探討新媒體的置入性行銷如何發生；並深度訪談相關人員，希望能在新媒體中，釐清新聞與廣告的分際。第十三章則將呈現國內目前試圖發展資料新聞的相關探討。本章透過實證研究，探討國內中央與地方政府資料開放相關情形，並且認為在大數據時代，資料新聞為媒體工作者必須強化的重要新聞技能。而在發展資料新聞時，也面臨新聞工作者應加強自己的資訊處理能力，同時也應學習如何與電腦科學的專業人士相互合作。有關臺灣媒體的轉型與聚合等四章，目的在於全面性檢討臺灣相關的聚合，讀者也可與前九章進行對照。

這些內容為本書作者五年來的研究，雖然多數內容陸續曾以期刊形式發表。但為了此書，本書作者其實是再次回到當時的訪談內容中，有不少章節都是重新書寫。本書作者期待這本書能為全球的媒體轉型留下真實的學術研究記錄，也希望臺灣的媒體產業、新聞教育人士能深刻察覺媒體聚合為不可逆，必須下定決心進行轉型與聚合，並為閱聽眾提供最好的新聞品質，才是新聞媒體的職責所在。

本書以「新聞，在轉捩點上」為書名，也是因為從全球這四個領導性案例中，發現它們正面迎接媒體轉型與聚合的挑戰後，媒體的傳播更能因為數位科技而打破國界限制、向外延伸，更有助於加大它們的媒體影響力。傳統媒體的生命不但沒有消失，還因為數位科技的延伸而形成跨國界的影響力。再加上，網路的創新讓新聞內容得以採用更多有趣、互動、獨具創意的方式表達，新聞的發展已出現不同的境界。

透過本書的研究，發現一個全然不同於傳統的新聞面貌正在

出現。這個新聞面貌以聚合為主要的改變動力，使得媒體有信心向數位新聞進行轉型；也因為網路更大的空間，更可能進行閱聽眾的市場區隔，已經開展出前所未見的新聞面貌。本書克服萬難進行跨國研究，探討幾家領導性的全球媒體，已因為聚合改變新聞面貌。這項學術研究的初衷，並不在於「貴遠賤近」，認為國外的月亮比較圓；而是希望臺灣媒體不要忽視新聞轉型與新聞聚合的時代驅力，反而應設法藉著數位轉型的數位動力，提升臺灣媒體的新聞品質。

新聞是臺灣社會民主與進步的動力之一。新聞可以帶動社會改變，實不可繼續排斥媒體的數位轉型與聚合。媒體必須把握這股動態的多元能量，喚醒民眾對新聞的信任；也能同時確認，媒體使用者在數位轉型聚合後的新角色。

新聞，在轉捩點上。

第二章

聚合研究的理論系譜

與新聞轉型有關的聚合意涵

　　當今論述媒體轉型的學術研究中，「聚合」（convergence）可能是最常出現的概念；數位時代中有關媒體轉型的研究雖然都會提到聚合，意義卻未必相同。同時，聚合的世界不斷變化；現在的聚合還可能帶出下一個形式的聚合；這些因聚合而興起的轉變，都可能改變新聞傳播內容與方式，以致新聞產業在思考媒體科技、產業與新聞時，很難不使用聚合這個概念。聚合既是目前流行的新行話，又是指涉極廣的新概念，研究者試圖釐清它，卻仍然無法擺脫歧義的困擾。因為聚合實在是最籠統、最令人混淆、又是宰制媒體發展論述的最主要概念（Fagerjord & Storsul, 2007: 20）。矛盾的是，雖然這兩個字被認為已不足以形容當今的多元現象，但是新聞學術與實務界卻又不得不繼續借用聚合概念，來形容傳播生態的劇變。

　　聚合與媒體轉型有關，更與媒體建構網路通路密不可分，以致網路數位化即是導致聚合意義多元、形式層次多樣的主因。早在1990年代，聚合便是媒體圈中的通用語；在提到數位化帶來的改變時，聚合必然是關鍵概念（Storsul& Stuedahl, 2007: 9-11）。數位時代中，媒體因聚合帶來極大的改變，沒有任何媒體組織的聚合會完全相同；對於什麼是聚合，各界也很難有公認一致的定義。有人將之視為新聞產業可以持續的機會，因而聚合的主要目的自然與經濟有關（Brooks, Kennedy, Moen, & Ranly, 2004）；聚合這個名詞還可能用在公司策略、科技發展、行銷效果、或是工作描述上。同時，科技發展也可能打破產業間的隔閡，聚合正是產業界線破解的結果。聚合是維持市場占有的方法；或是傳遞新聞、資訊給消費者的不同方式（Quinn, 2004: 113-114）。丹尼斯（Dennis, 2002）便認為聚合需要細密的市場研究，同時也應了解

聚合對於創意與內容的優勢，已說明聚合將為當代的新聞產業帶來改變。

又由於媒體採取多形式的結合以追求綜效的情形日益普遍，以致聚合已成為當代傳播研究的顯學。有些研究關注傳統媒體電視與報紙如何進行聚合（Brin & Soderlund, 2010）；譬如葛登（Gordon, 2003: 59）認為，報紙公司相信他們要學習把屬於同一集團的電視當成伙伴，而非競爭者，兩者是相互拉抬的夥伴關係（cross promotional partnership）。總體來說，跨媒體的目的正是為了相互拉抬（cross-promote）公司產品（Doyle, 2002: 79）。艾普爾葛蘭（Applegren, 2008）的研究就是想了解瑞典報紙公司如何因應媒體聚合的挑戰。以歐洲經驗來看，任何形式的聚合都可以帶來綜效，不同的跨媒體擁有權就會帶來不同的效益。例如從印刷媒體擴展到電子媒體，就可以提供更多機會重複使用（repurpose）內容；雜誌與報紙的跨媒體一樣可以運作綜效；廣播與電視也往往可以共享資源的生產與運送（Doyle, 2002: 78）。因此同時擁有報紙與電視的大型媒體集團自然更關心聚合，以便可以在生產新聞內容後再傳送到不同平臺（Quandt & Singer, 2009），接著又可在不同公司內相互拉抬與共享內容（Quinn, 2004）。在檢視聚合新聞發展情形時，會發現在美國劃分成的210個市場中，報紙均是網站與電視聚合的夥伴（Kraeplin & Criado, 2009: 19）。

還有的聚合研究從閱聽眾角度著眼，關注社群網站在媒體聚合中衍生的跨媒體聚合。貝區曼與哈爾樓（Bachmann & Harlow, 2012）關心拉丁美洲報紙組織如何回應使用者生產、多媒體的內容，這個研究發現報紙網站允許公民參與到虛擬的網站中，並在

適度的範圍內彼此互動或是與報紙互動。而且因為傳統媒體與公民聚合，已漸漸改變媒體守門的行為，像是英國的全國性報紙也會採取守門取徑（gate-keeping approach），來整合讀者提供的新聞（Hermida & Thurman, 2008）。

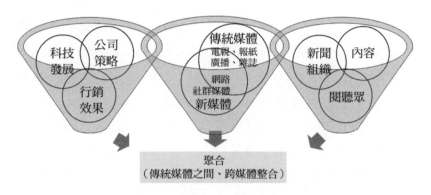

圖2.1　因應各式需求，聚合會以不同形式相互組合與出現。

　　由以上可知，聚合有其公司營運與媒體因素，也涉及市場與閱聽眾。本章則試圖從科技、經濟、內容、使用者等不同角度，進行有關聚合的討論。

第一節　聚合源起與科技有關

　　聚合一開始是由傳播學者普耳（Ithiel de Sola Pool, 1983）在他的指標著作《自由的科技》（*The Technology of Freedom*）一書中談到。他認為聚合指的是數位電子將原本分開的傳播整合在一起，如對話、電影、新聞、文本等，現在都可以採取電

子化的方式傳送，電子科技已把傳播帶到一個更偉大的系統中（Gordon, 2003: 58）。在他之前，已有其他實務界或是學界人士注意到科技將各種資訊整合在一起的網路集客現象（邱煜庭，2010）。蘋果電腦執行長史考利（John Sculley）在1980和2000年時，曾分別以兩個圖形來說明何謂資訊產業（information industry）。1980時，他用七個格子來說明，分別是媒體／出版（media／publishing）、資訊販賣者（information vendors）、電腦（computers）、消費性電子產品（consumer electronics）、電訊傳播（telecommunications）、辦公室設備（office equipment）、分配（distribution）。而在2000年時，他就用聚合（convergence）與重疊在一起的橢圓來說明這個現象。因而聚合這個名詞一開始就是和約翰史考利、蘋果電腦連在一起（Gordon, 2003: 59）。

從普耳（Pool）將聚合運用在傳播數位化以後，聚合與科技的關係密不可分。在1990年代，聚合代表的是變化，第一波網路時代很難避免聚合這個概念，它常被當成第二次工業革命般的使用（Fagerjord & Storsul, 2007: 26）。整體來說，聚合的定義有幾個面相：一、網絡集中的定義，喜歡這個定義的電信業者將之理解成「資訊高速公路」，這時聚合之義已預見「網絡」的意涵；二、產品導向的聚合定義；三、部門導向的聚合定義。這個觀點是著重於科技驅力下的內容（Kung, Picard, & Towse, 2008: 36）。可見聚合這個概念範圍極廣，包括更好的網路呈現、更低的價格、更大的容量、網路各作業部門標準化、建立更開放的網絡平臺、建立更佳的網路外部設備、解除管制、全球化等許多面向。這個產業所帶起的新經濟包含生產者、分配者、消費者的連結，所有參與者均期待可以減少時間與成本，同時可以縮短距離

（the death of distance）（Kung, Picard, & Towse, 2008: 37-40）。夏
格維斯（Ian Hargreaves, 2003）在他所著的《新聞：真實或大膽》
（*Journalism: Truth or Dare*）一書中，分析指出科技在當代新聞中
扮演關鍵的角色。就傳播科技來看，愈來愈少人認為報紙是重要
的新聞來源，幾乎每個人都看電視；而在有關新的電子媒體如網
路和其他的傳播科技方面，夏格維斯也認為網路（Internet）打
破內容管制，進行了某種整合；科技的文化改變了新聞的文化、
倫理和實踐，數位科技對個人消費新聞的方式有很大改變，所有
相關產業都可以在其中創造財富與知識社會。

　　然而，西方傳播學者認為除了網路興起時發生第一次的聚合
現象外，第二次的聚合現象正在此刻再度發生，但情況與網路時
代已有所不同。第二次的聚合科技導致媒體／傳播／電傳／與資
訊科技部門界線的模糊，這種新的商業模式可採用所謂的「聚合
商業模式」（converged business models）來說明，節目製作公司
安得模（Endemol）便是一個例子。它發展節目框架，並從傳統
媒體內容中獲利（如賣內容、廣告與所有權）；但它同樣也從電
訊、PC平臺、電話投票或是網站中獲利，可見聚合很重要的形
式是指產品與服務的結合。這些例子說明有一個新的聚合現象正
在發生，而且比第一次的時候更微妙。爾後又有人提出「媒體聚
合」（media convergence），指的則是媒體總編輯相信科技的變遷
會把很多不同形式的媒體整合在一起，並形成更多元的聚合現象
（Gordon, 2003: 59）。例如媒體機構在挑戰數位化時，手機也已成
為聚合的媒體（Sundet, 2007: 88），其中就包含著複雜的聚合科
技（Proitz, 2007: 199）。

　　聚合一開始是與網路科技的發展有關，因而透過科技觀點

認識聚合，是其中不可少的面向。科技決定論的代表學者巴茨苛
瓦斯基（Boczkowski, 2009）認為，許多新聞機構正努力能在新
媒體環境中生存下來。舉例而言，數位的媒體科技推特可以帶動
即時的網路傳播，並且可以在新聞提供的來源之外接收簡短的
訊息，因而與傳統新聞由上而下的傳播方式大不相同；雖然衝
擊新聞專業，卻也讓新聞能利用推特發展即時新聞，並且可以
提供相互驗證新聞的平臺（Hermida, 2012）。派福里克（Pavlik,
2001）雖然不認同科技決定論的觀點，卻也相信聚合可以帶來更
好、更有效率、也更民主的新聞媒體。同時，聚合經常被視為是
「科技發展」的隱喻（metaphor），然而因為科技決定論不斷受到
批評，眾人已體會到科技與社會的複雜性（Fagerjord & Storsul,
2007: 28）。如今，新聞因為傳播科技的聚合而產生了劇變。往
好的方面去預測，因為科技的國際化，新聞將變得比以前更自
由。同時由於科技的全球化，新聞一定會攤開在全球公眾的檢
視下，政府的壟斷與控制會變得愈來愈困難（Herbert, 2000: 14-
15）。

　　並非所有有學者都如此樂觀。探討數位科技對民主政治
衝擊的學者桑斯坦（Cass Sunstein, 2011），同樣是採取科技取
徑（techno-approach）來看網路新聞的發展，卻非常擔心網路
所造成的「群體極化」（group polarization）現象。桑斯坦一方
面從實證研究中了解科技創新的發明；另一方面則指出科技觀
點亦有所限制。在網路新聞中，新聞的客觀性變得愈來愈不可
能，主觀性反而一直增加；可見網路雖然帶來了新聞的多樣性
（multiplicity），卻不代表多元（diversity）（Fenton, 2010: 8-9）。
紐頓（Newton, 2009: 78）甚至認為科技對新聞的影響是負面多於

正面，他指出，數位科技將造成新聞的終結。此外，科技也帶來負面的案例，像是YouTube上經常可看到霸凌、暴力的影片，柏蓋斯與格林（Burgess& Green, 2009: 20）認為當中的問題核心，即在於使用科技去霸凌其他人。芬頓（Fenton, 2010: 4-5）更是質疑，難道新科技一出現，就可以將一個非屬於大眾、非民主的媒體，改頭換面成公共領域？

　　現在已有一些不那麼樂觀的人認為，聚合可能帶來負面作用（Storsul& Stuedahl, 2007: 12）。政治哲學家哈伯瑪斯（Jurgen Habermas, 1974; 2006）一方面相信媒體有助於建立一個社會論述的結構體，以及大眾進行民主辯論的空間；但哈伯瑪斯也曾經表達對網路正反情感（ambivalence）夾雜的複雜心情。他說，使用網路可以同時擴大與侷限溝通情境；但在此同時，非正式的平行連結又可能弱化傳統媒體的科層組織，允許公民關注新聞議題。網路的平等主義造成「去中心化」的現象，在網路中，知識階層喪失了製造焦點的權力。因而也有學者提醒，如果還將科技視為聚合的驅力，實為一大誤解（Quandt & Singer, 2009）。

　　持平來看，聚合雖始於科技，卻未停留在科技層次。聚合除了因為跨媒體造成媒體界線模糊（Kolodzy, 2006）外，媒體的基本配備市場、服務市場、軟體、媒體內容等的界線也跟著變得模糊（Fagerjord & Storsul, 2007: 24）。更因為聚合必然包括科技因素，目前也有研究關心新媒體等科技如何運用在藝術與科學領域中（Wankel, 2011）。美國麻省理工學院教授傑金斯（Henry Jenkins, 2001）曾經提供聚合簡單的定義：「媒體聚合是一個正在進行的過程，發生在媒體科技、產業、內容與觀眾等不同面向；是一個沒有終點的狀態。」把他的話用到新聞中，就會發

現聚合指的是科技與不同的設備、工具一起來生產與分配新聞（Kolodzy, 2006: 4）。

第二節　聚合的經濟意涵

　　由上述文字可知，科技會影響媒體公司的運作，連帶地聚合也會形成經濟與新聞上的不同結果（Lawson-Borders, 2006）。也有學者認為媒體聚合實包含科技、經濟、新聞三個要素（Prichard & Bernier, 2010: 596）。這樣的說明很重要的是強調媒體聚合概念，更甚於一般所謂的科技聚合、商業策略、或是法律規範的行動。克樓迪茲（Kolodzy, 2006: 4）乾脆把話說穿了，她認為聚合是一種經營手法，是讓較少的記者在較少的資源下，做較多事的一種方式。因為無論如何聚合，媒體老闆心裡想的是：「數位媒體真正的賺錢之道是來自於內容，而非科技。」（Carlson, 2003: 54）經濟因素日益加重。葛登（Gordon, 2003）在討論產業的聚合策略時，提到有關內容、行銷與提高收入的三個重點。歐洲委員會（European Commission; 1997）藍皮書也曾經明白指出，聚合一定是超越科技的，而且是有關服務的新興的商業模式或是與社會互動的新模式。

　　經濟聚合被視為是市場聚合與產業聚合，也可從使用者或是機構的角度來看。使用者取向的聚合就不會涉及垂直整合的議題，但因為聚合缺乏單一定義，並建構了多面向以及不同概念與情境意涵（Dupagne. & Garrison, 2006: 238-239），即使聚合已經成為流行名詞，卻是一個具有資訊社會、理論創新與發明，以及知性科技等內涵的複雜概念，並帶來更大的以資訊為驅力的資本主義（information-driven capitalism）。同時，聚合的資訊是以商

品（commodity）的方式流動，並讓經濟、政治與文化間可以網絡化與相互聯結（Papacharissi, 2010: 54）。

　　既然聚合又可涉及媒體商轉的策略，因此卓朗克爾與甘皮爾特（Drucker & Gumpert, 2010: 2-4）兩人從傳播的觀點來看，認為聚合指的是包含協作（collaboration）、合作（cooperation）、共有內容（combined content）、改變中的消費（changing consumption）與整合連結（integrated connection）等幾個部分。又因為聚合會涉及不同媒體，所以聚合也包括不同媒體集團間的結盟關係。派福里克（Pavlik, 2001）就認為聚合已造成數千億的公司整併案不斷發生，但到底誰能決定新聞內容，這個議題一直飽受爭議。聚合策略一方面與內容生產息息相關，一方面又牽涉到媒體組織所有權聚合問題，其中又以「垂直整合」（vertical integration）形成的聚合影響最為顯著。所謂「垂直整合」意即從生產到消費過程中，聚合者擁有許多不同公司，就可以管到生產與分配（Kolodzy, 2006: 16）。對內容生產者而言，垂直整合更可以降低生產成本。道爾（Doyle, 2002: 81-82）則警告指出，垂直整合可以提供多種不同的策略吸引力，以接觸到觀眾；可以提供更有效方式，讓生產者更有效率地計畫生產，並且可以協助建立品牌；但垂直整合也可能因此限制其他的內容生產者接觸閱聽眾的機會，而使這家公司達到宰制市場的機會，以致形成違反公共利益的情形出現，這種情形將因聚合現象而增加。並使人不得不關注所有權聚合的相關問題。

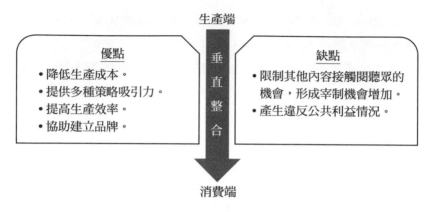

圖2.2　垂直整合的聚合更能降低成本，卻已違反公共利益

　　垂直整合指的是既有的部門界線變得模糊，並且因為政治與經濟因素，開始發展成另一個次要市場（sub-market）。像是歐洲的電訊與電視系統在1980年代均是國家壟斷與控制，但是隨後的市場自由化與競爭，便發展出新的市場，其中成員會在特定市場中形成競爭的局面（Fagerjord & Storsul, 2007: 25）。水平管制（horizontal regulation）指的是從管制的觀點來看，經常會將不同的媒體放在不同架構下，也因此會涉及不同的管理規則。這正說明聚合除了指出不同形式媒體的聚合外，還包括擁有不同通路等媒體所有權（ownership）。就在聚合漸漸走向新自由主義的趨勢後，也有一些去聚合（de-convergence）漸漸崛起，這類的聲音也慢慢出現（Jin, 2013）。

　　擁有記者與學者雙重背景的貝格迪金肯（Ben K. Bagdikian, 2004）在他的《媒體壟斷》（*The New Media Monopoly*）一書中，就曾經預測只會有少數的公司控制人們的視聽，並會抑制多元聲

音的形成。派福里克（Pavlik, 2001）也認為聚合已造成數千億的公司整併案不斷在發生，聚合也形成不同媒集團間的結盟關係。傳播科技的快速發展，迫使報紙與電視即使不是屬於同一集團，也必須設法相互結盟與拉抬。像《芝加哥論壇報》（*The Chicago Tribune*）開始經營24小時的電視臺CLTV，而這個電視臺的內容都是來自《芝加哥論壇報》；在其他市場，報紙則是與地方電視臺搭配，並且互相使用對方的內容，均屬於相互拉抬的夥伴關係（cross promotional partnership），包括電視會播出報紙第二天的頭條；以及電視的氣象學者會出現在報紙的天氣內容中，都是一種聚合。格琵勒爾（Geissler, 2009）就特別研究中小型市場的媒體聚合，並且關注最常見的報紙與電視兩個傳統媒體的聚合。

在臺灣，無線電視臺也會與有線臺、特定報紙結盟，以形成另一合作關係。然而，也有學者認為，這種相互拉抬的夥伴關係並不是聚合，比較常用的名詞是「綜效」（synergy）；而且報紙與電視臺的合作也不是聚合，他們只是利用平面與電子媒體去找到不同的閱聽人而已。聚合之所以在此時受到大量使用，反而是因為專注討論新聞與新聞媒體已經失去價值（Gordon,2003: 59-60）。葛登（Gordon, 2003: 65-68）在討論產業的聚合策略時，提到有關內容、行銷與提高獲利的三個重點。他進一步指出，所有權的聚合並不意味著策略的結合；同樣的，策略聯盟也不需要有共同的所有權。在內容與行銷方面，最常見的聚合是在不同的所有權之下進行，如電視臺與報紙的夥伴關係。他們會相互拉抬，使看報紙的讀者也會收看該臺的電視。同時，所有權與策略的聚合未必需要在組織上明顯改變或是改變雇員的工作方式，但是很明顯的是，愈想達到聚合目標者，就愈可能會調整組織結構。

　　由此可知，聚合將形成多重內容與傳播管道的整合，公司整併案不斷發生，已引起傳播學者（Gordon, 2003; Picard, 2001）意識到聚合已促成了新自由主義的市場思惟。21世紀的媒體擁有者都想透過更多平臺來獲利，使得媒體聚合的經濟與意識型態兩個面向會在獲利過程中一起運作（Dwyer, 2010:. 2-3）。而這個意識型態，更常發生在產業集團化（conglomerate）與集中化（concentration）的情形中，使得聚合更傾向所有權的聚合，導致聚合成為受爭議的名詞與現象。此一所有權聚合現象，在未禁止跨媒體經營的臺灣媒體集團更是普遍。如旺旺中時集團成為擁有無線電視臺、有線電視臺、報紙、雜誌、網路的聚合性媒體集團，其中電視與報紙新聞、廣告互相拉抬的現象屢見不鮮，也因此當旺旺中時集團有意合併中嘉系統臺時，終於引發國內的「反媒體壟斷運動」，並導致中嘉系統臺買賣破局。

　　由以上可以明白，聚合實需要新的解釋（Fagerjord & Storsul, 2007: 28）。法格傑爾德與史都爾索（Fagerjord & Storsul, 2007）說明他們兩人並不是要批評這個字詞，而是想說明強大的經濟與政治利益才是促使改變的有效解釋。言下之意正是暗示不宜簡化與聚合有關的複雜現象；不過，為了說明媒體複雜的發展現象，還是會繼續延用這個概念。

　　聚合是西方媒體採取的策略之一，自然隱含經濟考量的意涵。艾爾道（Erdal, 2007: 78）認為以更少的資源，讓更多的新聞在更多的平臺中露出，這樣的生產方式就稱為聚合、或是新聞聚合。聚合也常被用來解釋每一件來自有關新聞合作的情形（Kolodzy, 2006: 3）。當談到新聞時，聚合是指一種有關生產新聞、傳送新聞、用盡所有媒體潛能以達到不同閱聽眾的新思惟。

不同時期的聚合現象又不相同。2002年時，九成的記者有把握說明聚合現象；到了2009年時，同樣的調查卻顯示，很多人已無法具體定義何謂聚合了。多數記者甚至不相信聚合，認為聚合只是一種行銷手法，把新聞當成商品，在新聞產業中強調新聞的商業面更多於新聞面（Kolodzy, 2006）。

　　在網路時代，記者個人的自主性與權威，遠遠小於經濟資本的需求。即使是嚴謹的報紙也需要報份與廣告，以致報紙會依賴羶色腥來賣報紙。而且，商業性網路為了尋找年輕的讀者，很可能會抽掉嚴肅的報導以趨近於商業目的，此一發展極可能破壞記者個人的自主性以及新聞倫理（Philips, Couldry, & Freedman, 2010: 59）。昆恩（Quinn, 2004）因此認為，商業模式（business models）固然足以應付聚合創新所需的成本，科技也確實能夠提供說故事更多的可能性，讓新聞記者透過聚合後，可以做出更好的新聞。但他同時也指出，所有權集中化是聚合的負面應用，而且數位科技需要經費，學習也需要時間，聚合時也需要配合組織調整。他建議媒體公司與受僱者更應重視聚合後所需的技能訓練與教育（Quinn, 2006）。

　　丹尼斯（Dennis, 2002: 10）也明白聚合可能因為媒體集中化而限制內容的多元性等負面現象出現。但他認為全球性的網絡、互動性與可一傳多的設計（addressability），均可以提升報紙在民主社會中的角色。他並且提到資訊與新聞可以因為網路的系統化，而更加速發展。同時，聚合將要求使用者為他們所獲得的資訊付費，雖然現在多數網路是免費的情形，聚合將會強調網路中的智慧財產權而值錢。單有廣告、或是使用者付費還是不能解決問題，聚合的經濟模式還是得關注如何從智慧財產中獲利。

第三節　大眾媒體有關內容的聚合

聚合另外一個很重要的意涵是在內容方面。在數位化過程中，新聞的聚合首先是指新聞記者會使用不同的媒體來進行報導；網路一開始出現時，記者開始實驗新的說故事方式（Gordon, 2003）。派福里克（Pavlik, 2001: xiv）認為新媒體引發的效應最為明顯，並已對新聞內容造成影響。他假定新媒體的發展正為說故事技術提供一個新的發展，因為說故事需要更多型態的內容。其次，聚合會影響新聞記者的工作，因為新媒體提供更便宜、更快速的工具，使記者可以跟上截稿時間。但同時也增加剽竊、取代記者過去跑新聞的傳統。

在媒體形成聚合現象背後，與內容有關的新聞聚合現象同時發生。在多媒體時代，學者與實務工作者最常使用聚合來形容媒體內容的整合。對媒體人員而言，媒體聚合更包含經濟的聚合與媒體組織的聚合。換言之，我們一方面以科技的、經濟的與新聞的不同定義來理解聚合，另一方面也要檢視聚合是如何科技地、社會地、經濟地在新聞媒體中導致新現象的發生；最後，我們也要檢視為什麼聚合會在新聞中適用，並就閱聽眾的改變與新聞產業的改變上做出回應（Kolodzy, 2006）。先是新聞記者在聚合中所需的技能發生改變，多媒體的要求已經出現（Spyridou & Veglis, 2016），新聞技能間的界線已經模糊。接著我們也會發現，聚合的科技改變了科層的媒體組織，新媒體與傳統媒體的界線變得模糊；閱聽眾、大眾、公民、消費者、生產者的概念也一樣難以清楚分界了（Papacharissi, 2010）。

此外，聚合也可以是指閱聽眾從不同形式的傳播媒體中得到

資訊（Herbert, 2000: 8）。對傳統媒體而言，有一個職責就是要讓網路閱聽眾接收得到內容。加上聚合經常是在數位情境中發生，以致數位對新聞的影響也應該討論。這種有著多重選擇的數位多媒體報導方式，可以避免傳統媒體被認為缺乏情境與完整性等缺點。在聚合的世界裡，所有形式的內容都變得數位化，同時也帶來下一個形式的聚合：互動性（interactivity）。讀者、聽眾、觀眾可以在媒體及其內容中產生互動，也會改變新聞記者傳播的方式（Herbert, 2000: 12）。還有一些新聞媒體會要求記者能夠多媒體運作，所以他們不再被歸類為哪一種特定的記者，而是看重他們的多媒體能力（Kawamoto, 2003）。由此可知，媒體聚合已讓報紙總編輯相信，科技的變遷會把很多不同形式的媒體整合在一起（Gordon, 2003: 59）。

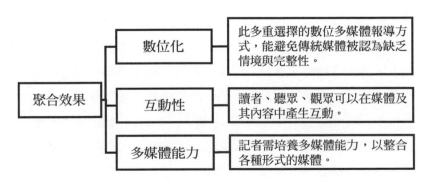

圖2.3　數位科技更能實踐媒體的內容聚合

　　以手機新聞為例，聚合可以分成四個方面來探討。一、是聚合使得媒體現象變得模糊；二、聚合也包括基本配備市場、服務市場、軟體、媒體內容等的界線也跟著變得模糊（Fagerjord

& Storsul, 2007: 24）；三、如同傑金斯（Henry Jenkins, 2006）認為聚合應特別關注文化面相。他在《聚合文化》（*Convergence Culture*）一書中所說，閱聽眾與專業內容生產者的界線模糊，也是一種聚合。他在討論聚合文化時，非常關心新、舊媒體在所有權與由下而上的草根力量的衝突；四、還有一個吸引人的聚合，是指在媒體部門間有關策略與結構的選擇，特別指的是IT產業，這種聚合在第一次的時候就已經發生，目前正延續著（Kung, Picard, & Towse, 2008: 176）。延伸這四個有關聚合的隱喻後，就需要更多過去的理論與聚合理論結合，成為它的延續。

　　也因此，對新聞工作者最大的挑戰，莫過於必須結合數位等新工具，在網路等更多平臺上進行報導。新聞工作者的生態有了很大的改變，傳統的報紙已確立一些編輯技巧、文本呈現的基本模式；到了聚合時代，就必須關注包含網路等不同呈現形式（Brooks, Pinson, & Sissors, 2005）。新進記者要進入地方電視臺的新聞產業領域，也必須意識到新聞的工作型態已有極大的轉變。臉書和推特對記者的工作有很大的幫助，傳播、蒐集資訊以及與大眾建立關係，更是當今記者最重要的三項工作（Adornato, 2012），新媒體對新聞記者影響極大（Penrod, 2005）。克樓迪茲（Kolodzy, 2013）則試圖教導記者如何在包括印刷、電視、廣播、網路等跨媒體平臺中，運用數位科技去進行最有效的報導。作者提醒不是要特別強調科技的練習，更在於記者在心態上要在說故事時能運用適當的工具。

　　當新聞環境真正達到聚合時，不少研究都發現聚合對新聞有所助益。有研究發現報紙記者在與電視、網路整合的環境中增加相互聯繫的跨媒體聚合，可以對知識經營（knowledge management）產生正向力量，並且有助於減少成見（Sanders, 2012）。也有研究以美國的電視和網路記者為研究對象，發現與聚合有關的科技與政策，都使得媒體可以容納更多元的聲音（Fish, 2012）。同時，在媒體聚合時代，雖然有新的形式來說故事，但媒體的核心目的並沒有改變，重點依然是知識與資訊。尤其網路互動的豐富性可以創造更多元的創新媒體教育（Kalogeras, 2014）。

我們一定要問的是，在新聞媒體內部的權力運作關係，媒體的聚合究竟是增加、或是減少時新聞記者個人的自由，以及他們的倫理行為。在這裡，布赫迪厄（Bourdieu）提供了一個有用的切入點。他認為新聞是一個微弱自主的領域（a weakly autonomous field），行動的自由和新聞記者所在的場域有很大的關係。布赫迪厄所謂的自主性（autonomy）指的是在經濟資本與文化資本的緊張關係中，對權力有更多的理解。在新聞場域中，經濟資本指的是發行量、廣告收入與行銷；文化資本則是和原創故事的生產有關，揭發醜聞、或是影響社會與政治議題，有時這兩個資本會互相支援。但如果是為了大量銷售，大眾的新聞媒體想賣得更多，就會弱化文化以取得經濟利益（Philips, Couldry, and Freedman, 2010: 55）。

在媒體聚合時代，記者個人的自主性與權威，已經遠遠小於經濟資本的需求。這類研究得到的證據是，商業性的網路為了尋找新的、年輕的與網內的讀者，很可能會抽掉嚴肅的報導以趨近於商業目的，此一發展極可能破壞記者個人的自主性以及新聞倫理（Philips, Couldry, and Freedman, 2010: 59）。皮卡德（Robert Picard , 2009）指出「為什麼記者只能拿低薪？」（Why Journalists

Deserve Low Pay）的聚合觀點。因為他認為，經濟與專業論述必須整合在一起，也就是記者必須證明他們想報導的故事具有「附加價值」（added value），這似乎也造成一般記者必須從新媒體中找素材的理由。芬頓（Fenton, 2010: 9-10）則在批評傳統媒體記者時指出，新聞記者的報導愈來愈不自我管理，並漸漸趨向個人化、戲劇化、簡單化與極端化的趨勢，這將會加速傳統新聞價值的解構。

　　要問的是，新聞記者在數位時代產製新聞的過程中，經濟和社會變遷發揮了何種角色？是否科技、經濟與社會變遷等因素曾經與消息來源互動、觀察、研究、編輯、寫作等角度，來重塑新聞記者與新聞生產過程？也有研究者曾經詢問記者需要哪些條件，以便能有機會進行更正確與真誠的報導，許多記者均回答：「這些可能性並不存在」（Philips, Couldry, and Freedman, 2010: 63）。這樣的回答令人心驚。人們更發覺，新媒體參與傳統媒體的報導時，較少是因為民主的驅力或是科技的革新，大部分是因為市場因素，新聞記者也因此被期待可以更具生產力、更符合成本效益，或是可以做量化生產等（Davis, 2010: 121），這種現象實在令人擔憂。

　　不過，網路媒體的普及，確實讓更多人有了發聲的機會。這使得貝克特（Beckett, 2008: 2-4）因此認為，當一個記者總是被批評有著極大的權力來詮釋這個世界時，網絡化的新聞（Networked Journalism）不但是實踐一個全新新聞的方法，也是改變新聞倫理的機會。賈維斯（Jeff Jarvis）為《超級媒體：拯救新聞就可以拯救世界》（*SuperMedia: Saving Journalism So It Can Save The World*）一書所寫的序中提到，一些連結使得記者

很容易得到訊息，例如部落格總是允許大家可以發表與貢獻想法；手機可以幫助目擊者提供包括文字、圖片、聲音和影像等內容；資料庫與維基百科引來更多團體貢獻他們的知識。這使得他相信，傳統媒體與新媒體間應是雙向的（two-way）與協作的（collaborative）；記者的工作不該只是出版，還要附帶把魚抓回來（publication-cum-fishwrap），記者扮演的角色就是監護人（curators）、促發者（enablers）、組織者、教育者的角色，以發揮對閱聽眾啟發的作用。

第四節　傳統媒體與社群媒體的聚合

新的傳播科技提供公民更多的機會參與新聞內容中，其中最快的新聞媒體就是社群媒體。實務界或是學界人士均已注意到科技將各種資訊整合在一起的現象（Gordon, 2003），這些科技提供使用者可以將訊息接收或是傳輸到他們的個人網絡中，雖然大量的新聞傳播仍來自新聞媒體，但社群網站的新聞參與正在快速增加，新聞媒體也會使用各式社群網站以便民眾可以近用新聞（access news）（Weeks & Holbert, 2013）。

舉例而言，數位的媒體科技推特可以帶動即時的網路傳播，並且可以在新聞提供的來源之外接收到簡短的訊息，因而與傳統新聞由上而下的傳播方式大不相同。雖然衝擊新聞專業，卻也讓新聞能利用推特發展即時新聞，並且可以提供相互驗證新聞的平臺（Hermida, 2012）。由此可知，內容的聚合是很重要的聚合類型。由於聚合作用，網絡化的新聞不但保持了新聞的價值，並且提高新聞的需求與其在社會中的重要性（Beckett, 2008: 6）。既有媒體組織的網站如BBC新聞網、社群網站MySpace等

事業單位、業餘者、專業者所生產內容的聚合，也是很重要的聚合類型（Kung, Picard, & Towse, 2008: 176），此一聚合作用也使得專業者與業餘者、生產者與產品、閱聽眾與參與的界線均變得模糊，它追求的是可滲透性（permeability）與多面向（multi-dimensionality）的內容。由於新聞聚合的特性，為數位新聞創造了新的面貌，也為當代新聞帶來了新的挑戰。數位化雖然模糊了不同媒體的界線，但是媒體的界線依然沒有消失；更甚者，不同媒體因為不同的結合，而產生新的界線，這些發展都和數位科技有關，不過現象已經非常不同（Fagerjord & Storsul, 2007: 27）。

　　社群媒體的內容經常出現在大眾媒體中，並構成社群媒體與主流媒體的內容聚合。但社群媒體的內容來自一般民眾，因而形成更加特殊的聚合。同時，快速興起的網路、社群媒體與娛樂文化，也已經促使消費者能多方尋找資訊（powell, 2013）。以部落格為例，可知部落格和傳統新聞媒體是不同的。部落客相較於為客觀性奮鬥的新聞記者而言，常是意見更多的、以及有特定政黨立場的，部落格可以引發討論，這也是為什麼現在很多新聞記者都有部落格，部落格和新聞的關係應是共生的更甚於是競爭的。部落客通常是新聞的來源；很多部落格也引用了當天記者所寫的評論（Technorati, 2007; Beckett, 2008: 15）。但部落客大部分不是記者，而是業餘者，許多未經過濾的部落客資訊正在破壞民眾的公共理解。芬頓（Fenton, 2010: 11）也認為，網路缺少公信力以及匿名性，已帶來有關網路新聞正確性的問題。

　　許多學術上的討論都會思考究竟要以何種理論來看待社群媒體（Papacharissi, 2011），而聚合的、網絡化的新聞更曾因為海地地震與阿拉伯之春事件受到矚目，讓更多人得以發聲

（Chouliaraki, 2013）。因數位網路而興起的聚合理論，實為認識社群網站極佳的切入觀點。在網路發展愈來愈成熟時，聚合這個名詞又開始和「四處存在的網路化」（ubiquitous computing）和「使用者導向的內容」（user generated content）放在一起（Storsul& Stuedahl, 2007: 9），由此可見社群媒體的角色不可忽略。

　　近年來全球傳播學界對社群網站有許多討論，像是使用者生產的內容（UGC）、或是媒體中介傳播、參與式傳播，這些理論固然可以解釋社群網站的角色，卻無法看清社群媒體與一般媒體間的關係。然而，打破界線的聚合理論，卻可以真實反映出媒體與社群網站的傳播關係。

　　傳統傳播研究將傳播從個人傳播、人際傳播、組織傳播與大眾傳播，這些不同的傳播模式同時界定了傳播者與接收者間的關係。從社群網站演進的過程可以發現，新科技模糊了人際傳播與大眾傳播的界線，科技也改變資訊傳播的過程與各種來源間的社會影響動態。聚合常用來描述網路中的各種現象，但華瑟（Walther, Carr, Choi, DeAndrea, Kim, Tong, & Heide, 2011）等學者卻想以聚合概念來討論大眾與人際關係的聚合。梅克（Meikle, 2012）也認為因為聚合，人們可以透過臉書、iTunes和谷歌認識全世界，其中網路與社群媒體扮演關鍵角色。

　　如果從聚合角度出發，可以發現社群媒體正是媒介人際傳播（mediated interpersonal communication）的新型態，並可定義為「可以超越時間與空間限制的人與人之間的互動」（Walther et al. 2011: 20）。

　　當然，學術上非常好奇，當愈來愈多的個人參與社群媒體時，是否也因此帶動他們有更多的公共參與（Kim, Hsu, & Zuniga,

2013）？現在人們可以很輕鬆地上網找到想要的訊息，這是過去從未有的現象，這個現象則是由熱心的業餘工作者創造而來（van der Wurff, 2008: 65-66）。這時，網路內容的生產者與專業者的界線已經模糊，內容的生產者也可能同時是內容的消費者。因為這樣的聚合，托斯貝瑞與李騰堡（Tewksbury & Rittenberg, 2012）在他們出版的《網路新聞與參與新聞》（*News On The Internet And Participatory Journalism*）一書中便指出，新聞已從有權力的單位，轉移到小團體與公民個人身上的現象，實可視為是資訊民主化的一種形式。

此外，社群媒體也可以是報導的工具，現在不少記者經常使用推特來報導新聞。研究發現國外記者最常用推特來討論新聞，或是行銷他們自己的報導（Cozma & Chen, 2013）；推特也漸漸變成一種新聞來源，可以方便、低廉與高效率地提供新聞記者新聞與資訊（Broersma & Graham, 2013）。但像推特這樣的社群網站也讓記者非常頭疼，因為記者常不知道他們該如何轉推（retweet）給他們的追隨者。而且如果只在140字內回覆，卻又沒有交代該有的新聞情境，還能算是可信的新聞嗎（Johnston, 2011）？如今常可看到主流媒體運用社群媒體中的內容進行報導，媒體與社群的界線已經模糊；媒體平臺也常將社群內容作為新聞內容與節目內容，可見兩者間已出現聚合現象，已經看不見清楚的界線。丹尼斯（Dennis）更認為網路與新媒體可以強化新聞，媒體總是被批評提供太少的內容與深度，在這種情形下，網路可以提供更多人們需要的選項，當然是一種好處（Dennis & Merrill, 2006: 165-166）。與他辯論的梅瑞爾（Merrill）則認為2000年初期出現的部落格即使傳遞了資訊，卻也傳播了八卦，

已經和專業的新聞媒體運作發生衝突（Dennis & Merrill, 2006: 162）。

　　即使新媒體科技對新聞內容的影響好壞互見，但傳播科技的快速、互動性與易得性，已經使得使用者的內容更有機會變成新聞。喀瓦孟圖（Kawamoto, 2003: 5）因此認為將消費者稱為「資訊搜尋者」（information seekers）可能比「接收者」（recipient）的觀念更正確，也可稱之為CMC（computer-mediated communi-cation）。一般受眾可以利用數位科技去產生內容，對更具有網路素養的資訊搜尋者而言，則更可能在數位新聞中開發他們所想要的資源。有關數位媒體的批評會認為真實的新聞可能會在科技的裝飾與太多的資訊中迷失；這一些都取決於記者、編輯、發行人與媒體組織想要維持新聞專業的決心，以及新聞記者基本的工作倫理（Kawamoto, 2003: 26）。人們依然可以在數位環境中練習說故事的能力，卻也指出科技與內容聚合的多元現象。

　　社群媒體既已打破資訊傳送者與接收者的角色，也開始改變網路記者的工作型態。因為使用者可以在社群網站中說故事，因而更強調社群網站上的互動過程（interactive Process），其中包含專業新聞工作者提供的新聞，也包括一般人提供的私人故事（Page, 2012: 1-2）。讀者、聽眾、觀眾可以在媒體及其內容中產生互動，這些都會改變新聞記者傳播的方式（Herbert, 2000: 12）。新聞記者必須有能力發掘群眾的智慧來充實新聞，並且捨棄新聞記者能獨占詮釋真實的觀念（Little, 2012）。這也說明，記者與讀者進行聚合已是數位時代發展下的自然趨勢。

　　公民新聞學和使用者生產內容的概念陸續被提出後，相關研究側重的往往是業餘者與專業新聞記者的討論。研究認為

專業媒體和公民媒體（citizen media）有競爭（competition）、互補（complementarity）、整合（integration）三種不同的關係（Neuberger & Nuernbergk, 2010）。這其中，公民參與對新聞守門也會造成一定的威脅（Lewis, Kaufhold, & Lasorsa, 2010）；公民新聞也對傳統新聞的價值與流程都形成新的挑戰（Holton, Coddington & de Zuniga, 2013）；同時，社會民主與公民的自由立場界線有時會顯得難以分明（Pickard, 2013）。為了讓內容可以獲得信任，新聞媒體對於社群媒體的內容都有一定的守門（Bastos, Raimundo & Travitzki, 2013）。

　　新聞媒體必須守門，一方面做到民眾參與新聞生產，一方面則又必須設法確定在媒體上登載的社群網站內容為真，方可使得閱聽眾得以將之視為新聞等同看待。一般認為，Web2.0已將閱聽眾從訊息的消費者轉變為訊息的生產者。哈特利（Hartley, 2013）的研究指出，網路記者在突發新聞發生時，常會使得網路編輯可以有更高的自主性。這時，由於網路媒體在時間速度上的要求，社群網站往往可以提供更多的新聞來源。現在因為媒體大量使用社群網站，兩者的對立面也跟著模糊了。

　　針對上述有關聚合的不同論述，可知聚合的意義並非只有一個，而是指許多不同的發展面向。包括科技、經濟、類型、政治、法律、商業、社會使用等均是。這些現象在各自面相進行研究時，還需要用到其他的名詞與概念（Fagerjord & Storsul, 2007: 29）。即使這樣，聚合仍是宰制媒體發展論述的主要概念。

　　第三章開始，本書將逐章論述全球領導性媒體進行的轉型與聚合。首先討論歷史悠久的《紐約時報》如何從純粹紙媒，轉化為數位媒體，並因此擴大《紐約時報》的影響力。即使嘗試轉型

已歷經近20年,《紐約時報》卻自認自己還處於轉型過程中,可見媒體轉型絕非一蹴可幾。也因為《紐約時報》不畏懼轉型,並朝多媒體的目標努力,已使《紐約時報》從美國全國性的報紙,轉變而為全球性媒體,再一次奠定世界級的新聞領導地位。

第一部分

全球媒體的
轉型與聚合

第三章

跨媒體聚合

檢視《紐約時報》的聚合歷程

　　紐約街頭飄起陣陣雪花，2012年冬天是紐約40年來難得的的暖冬，走在街上似乎感受不到太多寒意。為了新聞轉型，《紐約時報》已搬到第8大道靠近40街的大樓，成為醒目的建築。尤其在夜晚時刻，發亮的「紐約時報」英文字母提醒民眾，這家老報社仍在奮力求生存。百年歷史的《紐時》將數位網路視為新聞生命長存的一盞明燈。儘管多數人仍在猜想報紙可能消失，《紐時》卻相信網路是媒體的未來，並期待自己在這條艱辛的道路上，繼續扮演新聞媒體的龍頭角色。

　　報紙與網路約有兩段濃密程度不同的互動。大部分報紙媒體是在20世紀90年代開始建立網路系統，此為第一階段的聚合（Fagerjord & Storsul, 2007）。此時報紙對網路的態度多半消極，只是把傳統媒體的內容放到網路平臺上。到了21世紀的第一個十年間，網路媒體漸漸取得主動性，更由於網路隨時可以發布新聞，新聞的機動性比一天出刊一次的報紙靈活太多，報紙與網路的第二階段聚合才得以展開（Kung, Picard, & Towse, 2008）。此時網路與傳統報紙的關係更與過去大不相同，由於報紙人力為所有媒體之最，一旦加上網路隨時均可發稿的特性，報紙與網路的聚合影響也最劇烈。做為全球領導性的報媒，《紐約時報》自然是值得觀察的對象。

　　《紐約時報》一直是全球的傳統報紙典範。《紐約時報》發行人阿道夫奧克斯（Adolph S. Ochs）在1896年時，就提出他知名的宣言：「提供中立、無恐懼與偏好的新聞」（to give the news impartially, without fear or favor）（Kohn, 2003）。一百多年來，《紐約時報》一直因為它的報導獲得新聞界的敬重（Diamond, 1993）。《紐約時報》也建立它對所有讀者的承諾：「所有新聞都

是適合刊出的」（All the News That's Fit to Print），這個原則也成
為傳統質報的標準。

　　《紐時》網站創立於1996年，《紐約時報》發行人亞瑟蘇
茲貝格（Arthur Sulzberger）認為，數位化已使《紐約時報》從
報紙變成多平臺的世界新聞組織（Beckett, 2011），同時也是獲
利來源。卓越新聞計畫（Project for Excellence in Journalism）於
2008認為《紐時》網站是最吸引人的新聞網站。亞瑟蘇茲貝格
於2007年接受訪問時曾說，他正在使《紐約時報》從一個以印刷
為基礎的產品（print-based product），變成一個網路產品（online
product）。而且，他認為報紙失去的，都將為網路獲得，分類廣
告就是一個案例。同時，如果想要在網路上閱讀《紐約時報》，
就一定得付費（Avriel, 2007）。從《紐時》的案例來看，在網路
收費並非一定不可能，使用者未必完全反對為內容付費（Kate &
Quinn, 2010: 35-36）。

　　21世紀的前十年間，《紐約時報》一直處於艱困的狀態。
《紐時》曾經因為發行量下降而資遣若干員工。在2008年經濟蕭
條時，曾有人預測《紐時》可能會關門大吉，最後讓《紐時》復
活的正是「新聞聚合」（journalism convergence）。2004年2月
時，《紐時》發行人亞瑟蘇茲貝格在西北大學的研討會中，指出
聚合是媒體的未來（convergence was the future for the media）。
更甚者，如果《紐時》能夠構想出若干成功的數位聚合模式
（digital convergence models），就可以成為全球傳統媒體學習的
榜樣。不過，《紐時》也曾遭到批評，質疑這份老報紙如何轉型
（transit）、並且建立新聞仍是讀者核心的全球媒體。但這樣的批
評並不是因為《紐約時報》犯了什麼錯，而是著眼於《紐約時

報》在美國，以及在全球的重要地位（Friel, 2004）。因此，本章即是希望能釐清《紐時》的數位聚合模式，以作為更多傳統報紙轉型的參考。

《紐時》近20年的數位轉型，其實就連西方，都未有人詳細說明其轉型過程。《紐時》是美國、也是世界知名的大報；這家被視為「左派旗艦」的報紙，一樣無法逃出傳統報紙的窮途末路。美國知名的保守派雜誌《NewsMax》2009年七月號的封面故事，談的就是美國日報的衰落。該期雜誌的封面是《紐約時報》的訃告，並列出《紐時》報紙的生、死年分：出生是該報創刊的1851年，死亡是2013年，也就是說，這家雜誌認為，《紐時》頂多還能撐四年，就會倒閉（曹長青，2009）。

時間證明，《紐時》還活躍在人類文明中，並沒有消失，只不過面貌有了改變。同時，在經濟不景氣、報紙發行直直落的情形下，《紐時》展開了有關媒體轉型的聚合。《紐時》的聚合，自有其經濟因素（Gordon, 2003）；在虧損的情形下，《紐時》依然進行數位轉型的嘗試。本章認為，《紐時》主要聚合在於從傳統媒體走向網路媒體，以形成跨越報紙與網路的媒體。因而，跨媒體（cross media）自是檢視聚合的主要概念（Erdal, 2011）。《紐時》的轉變更是報業轉型非常重要的參考指標。本章將完整呈現《紐時》的轉型過程。

第一節　聚合第一階段：報紙與網路合體

《紐約時報》為歷史悠久的報紙，在報業發生危機時，心情最是焦慮。雖然網路已經出現，在生活中也愈來愈重要；但網路與報紙性質差別太大，積極求生存的《紐時》必須進行有關轉

型的各種試驗。同時，《紐時》即使尋求轉型，也不可能不要這份已有一百多年歷史的報紙；因此，首先要考量的，便是網路與報紙的聚合。《紐時》自1996年建立網站，網站剛剛開始運作時工作很有限，主要是把報紙的新聞放上網站，和製作少量的多媒體，而且工具還很粗糙。同時，當時的報紙與網路人員分開工作，辦公室也不在一起。網路人員的辦公室在38街，報紙人員在43街，這兩類工作人員完全分開工作，很難建立彼此的合作關係。《紐時》資深記者克里斯祖魯（Christopher Drew）參與過網路初期的發展，他說：

> 記不清多久了，十多年前吧，網站辦公室在另一棟樓，有自己的人員；只派兩、三人常駐報社新聞部，像通訊社一般，把新聞傳給網站。當報社記者在華盛頓採訪白宮記者會時，會抽空打電話報消息，這兩、三人就撰稿給網站用。記者仍以為報紙供稿為主。不到晚上九、十點鐘，我們不會把任何隔天要見報的新聞放到網站上。（作者訪問，訪問時間為2012年1月27日）

由上述談話可知，在第一階段聚合中，《紐時》網路平臺的工作人員自然比不上報紙的工作陣容，當時報紙的新聞工作者常覺得網路只會找麻煩。尤其，《紐時》的新聞工作者一向為《紐時》堅持品質感到自豪，多數《紐時》工作者也相信好新聞一定需要時間準備；但網路媒體比報紙速度快得多，時間壓力大，隨時上稿的情形也讓內部人擔心《紐時》可能失去品質，兩邊的工作很難相容。同時，為報紙工作的人並不希望他們的報導出現在

網路上，他們甚至認為網路的標準較低，可能會破壞《紐時》的聲譽。這兩個部門的人真的很難建立共識與合作，又因為報紙與網路工作人員、工作技能、工作要求與對未來的新聞想像完全不同時，可以明白若想將這兩群想法不同的人聚合在一起，實在是非常困難的事。網路總編輯伊恩費雪（Ian Fisher）回憶說：

> 時報網站剛上路時，很多人嫌麻煩。時報向來在採訪、寫作、推敲等方面，為求好都需要時間。網路等不及立刻就要的特性，跟本報文化格格不入。據我了解，當時網站得自食其力，有新聞要搶第一、立即放上網，做得很辛苦；因為不討喜，也叫不動別人，而且兩邊人員互相猜忌。網站自命是未來，報紙那批人是恐龍，終將絕跡；報紙則認為網站降低了整體水準，糟蹋時報招牌。（作者訪問，訪問時間為2012年1月30日）

　　《紐約時報》為進行媒體轉型，第一步就是遵循聚合原則進行內部調整。《紐時》首先整合報紙與網路人員，以做到「模糊界線」的聚合原則（Fagerjord & Storsul, 2007; Papacharissi, 2010）。《紐時》將不在同一棟大樓的網路工作者與報紙工作者，全部安置在同一棟樓中，開始學習合作，並進行新聞室的組織再造工作，記者與編輯也一定要會回應新聞的聚合與轉型。《紐時》經濟組副主任（Deputy Business Editor）凱文麥克肯尼（Kevin Mckenna）全程參與《紐時》的轉型過程，是少數參與網路草創階段的工作人員。凱文麥克肯尼相信在數位時代中，新聞工作者的工作態度一定要改變。他說：

相隔十年，事情已經大有進展。報紙和網路作了更多整合，已在同一棟樓作業，記者們已了解，供稿給網站是分內的事。以前記者到下午五點發稿都不遲，因為只寫給報紙用；現在記者則須即時發稿。例如上午八點某公司發表財報、政府公布就業率時就必須發稿，而且要寫一整套，以應網路需求。

聚合使工作流程發生改變，對記者的期望也不同了。10或15年前，也許記者會有：「不是通訊社的人，為什麼要做這些？」的心態；現在問題已不存在，我們了解非如此不可，事情全盤改觀。編輯也一樣，以前審稿編輯下午兩點才進辦公室，因為沒理由需要更早來。現在經濟審稿編輯最早清晨六點就得到班，因為網站需要更新，許多資料六、七點就到了編輯檯，需要處理；編採的工作內容和流程，都已完全改變。至於呈現工具，報紙只有印刷，網路增加了影像、聲音、互動、動畫等；記者和編輯在構想一個案子時，一開始就要顧及、策劃這些部分。（作者訪問，訪問時間為2012年1月30日）

　　《紐時》雖然也因為經濟因素資遣若干員工，遭資遣的人其實不多，《紐時》還是擁有較多的記者。有若干研究指出主流的報紙記者對科技仍抱持「敬而遠之」的態度，並認為這樣的態度可能是影響聚合成功的因素（Barnhurst, 2010）。羅賓生（Robinson, 2011）的研究指出網路與報紙聚合時，會因為網路科技的優先性，而使報紙記者受到孤立；但這樣的情形並沒有在《紐時》這個百年報紙發生。相反的，由於《紐時》在文字報

導上的歷史性地位，要讓文字新聞工作者接受與網路的聚合自然
較難；以致若不是由具有堅強意志的人帶頭，《紐時》的數位轉
型恐怕很難實現。在《紐時》扮演這個角色的人就是助理總編輯
（Assistant Managing Editor）吉姆羅伯斯（Jim Roberts）。伊恩費
雪說：

> 吉姆羅伯斯能力很強，很有影響力。他推動網站向更即時發
> 展，處理突發新聞更快，搞定新聞部的配合，就像約翰老
> 大。他改造網站，促成網站與新聞部合體。第一步他把網站
> 帶進新聞部，形成所謂的連續新聞編採，日夜不停。所有新
> 聞的改寫與製作，網路與報紙都在一起作業，合作度漸增。
> 但此時網站仍像一大塊分開的部分，質變是慢慢發生的。例
> 如國外新聞網站製作人的位子搬到國外編輯檯，一有事情發
> 生，不再是請求分享，而是當場協調，直接和記者溝通，並
> 把新聞送上網站；這是一大步。
> 十年前，不到晚上九、十點鐘，我們不會把任何隔天要見報
> 的新聞放到網站上。現在只要某特寫已經完工，即使還是上
> 午，也不管明天才會見報，都是先放到網站上再說。以前是
> 扣到最後一刻才放行，以保持報紙的競爭力，現在則是隨時
> 把新東西放到網站上。我們已經完全整合，大家通力合作，
> 記者處理一則新聞時，現場就得先給網站發個快報，回來再
> 撰寫報紙要用的稿子。過去網站和報紙是兩回事，現已合為
> 一體。（作者訪問，訪問時間為 2012 年 1 月 30 日）

扮演聚合的關鍵的主導者、《紐時》助理總編輯吉姆羅伯斯

的辦公室在三樓，負責《紐時》的聚合大計。他很少坐在辦公室，經常看他在二、三、四樓編輯室走動，和相關人員機動討論問題。《紐時》的聚合首先要讓網路和報紙各版編輯同檔作業，現在《紐時》如經濟版、國外版、國內版等每個報紙版面的編輯檔，都有所屬的網站編輯、多媒體人員參與其中，大家坐在一起工作，也一起參與編輯會議，討論隔天、乃至下星期要做某新聞等事。

　　處理新聞時，所有人員一開始就會同時考慮網站如何呈現、第二天的報紙要怎麼做等問題，不再各自為政。《紐時》網站現在有如與通訊社競爭，記者每則新聞都要隨處搶先快報，最後才撰寫準備刊登在報紙上的稿子。期間不時還要更新網站的報導，並加上更深入的內容。這樣的工作型態與過去極不相同，聚合已逐漸成熟。負責這個大工程的吉姆羅伯斯說：

　　　說來有些諷刺，是經濟衰退促使報業轉型。2008和2009年的衰退衝擊報業經濟極其巨大，帶來了非變不可的警訊。我們致力轉型已經16年，一直漸進地在做，但那次經濟逆轉可能是最強的刺激，令報業深切感到世界變了。先前《紐約時報》就已察覺數位媒介的力量和機會，16年前建立了網站，並且正視它，一年年投資，也找來一批年輕進取的數位新聞人。

　　　早期網站和報紙完全分開，人員也是獨立的；現在網路和報紙的差異一天天減少。在我看來，這間辦公室裡人人都是數位新聞人員，因為他們每分鐘都同時在為網站做事。我們正在成功轉型的過程中，轉成能夠在網路和紙面上同樣發行的

事業。兼顧兩者，乃至摸索未來相關的一切，都極其重要。
（作者訪問，訪問時間為2012年1月31日）

　　早在2010年前後，《紐時》就一直在評估網站和報紙究竟要整合到何種程度，也展開幾次的聚合實驗，但牽動的規模較小。這樣的小實驗，已經在《紐約時報》變動過好幾次。如今《紐約時報》已經在報紙的組織結構上，出現根本性的改變。對所有從事新聞工作的人來說，《紐時》的媒體轉型，等於宣告網路是傳統報紙最重要的平臺。直到現在，《紐時》還在數位新聞的競爭隊伍中，紙版《紐約時報》也沒有消失。

第二節　聚合第二階段：工作者的結構性聚合

　　為了更有效整合，《紐約時報》將報紙與網路工作者整合在同一辦公室內，並鼓勵所有工作者在網路與報紙間進行整合。大樓的二、三樓主要是《紐約時報》的編輯部，《紐時》助理總編輯吉姆羅伯斯決定將網路部分與報紙部門合併，並且建制完成新聞的報導、寫作、改寫、編輯等產製過程。這麼一來，報紙與網路工作者的關係日漸改善，加上網路製作人也和編輯群坐在一起，他們更能直接和記者溝通，討論有哪些新聞要放在網路上，又有哪些新聞要放在報紙上。

　　《紐時》因為把報紙與網路整合在一起，所以大家的上班時間也調整了。雖然報紙還是一天出刊一次，只有一次截稿時間，網路則是隨時都是截稿時間。以致記者隨時寫稿、隨時上稿，透過一次又一次的上稿修正，可以讓網路新聞更加完整。報紙與網路每天合開兩次編輯會議，一次在上午十時，決定當天網路的重

要新聞；一次在下午四時，決定第二天出刊的報紙內容。為了
因應數位新聞，《紐時》也創造一些新的職位，包括網路製作人
（Web Producer）與改寫編審（Copy Editor）。吉姆羅伯斯說：

> 每次主要新聞採訪會議，在座都至少有一至兩名網路製作
> 人，工作主要是策劃數位報導，他們也給記者和編輯出點
> 子，並實際製作一些多媒體，重點是他們和報紙各版編輯同
> 檔作業。我們也設置了幾名改寫編審，主要是為網站供稿，
> 特別是白天當記者在外採訪時，可以即時供稿。這是在報紙
> 和網站的合體工程中，兩項比較重大的措施。另外就是伊恩
> 費雪的介入，他們一小群人位於那頭中央的是新聞中心，是
> 整個架構的中樞。他們全天24小時管理網站首頁，其中有幾
> 個是報紙方面的人。因為在一起作業，互通聲氣，雖然各有
> 所司，網路和報紙的人馬漸漸同化。如我先前所說，都成了
> 數位新聞人，每個人都關注著網站。（作者訪問，訪問時間
> 為2012年1月31日）

　　已有20多年新聞經驗的伊恩費雪於1990年進入《紐時》；他
曾派駐國外十年，後來回報社擔任國外新聞副編輯。在《紐時》
進行媒體轉型時，轉而負責網路的新聞整合工作。《紐時》編輯
檯從清晨六點到下午三點歸伊恩費雪管，三點到午夜則由另一夜
間總編輯負責，另有值班人員接應巴黎和香港方面來電直到凌晨
兩點。早上十點的編輯會議以計畫成分居多，也包含檢討新聞作
業進度。報紙的頭條新聞多半要等四點的會議敲定，屆時科學、
全國、體育等各版主編要提報當天要聞以及進度，建議哪些該上

當天網站，哪些隔天可以見報。伊恩費雪指出，編輯部按照《紐約時報》古老傳統控管報紙頭版和品質，網站首頁自然順理成章合併進來。所以整合基本上就是取消個別作業，他們區區幾個人就必須讓所有編輯檯運作，並且正確處理新聞。伊恩費雪說：

> 不是每則新聞都要完整才上網，5%或2%的新聞也行；編輯檯會改寫、審稿，再急的新聞，不通過編輯不能發上網，發現不妥就要回頭修正。這需要做了一段時間，才會胸有成竹，生手應付不來。新聞技巧其實沒啥改變，只是如何劃分。例如，編輯檯上舊有的種種做法，現在都有新貌。「改寫者」（Copy Editor）以前就是很受尊敬的工作，接幾次電話，就可以一段一段地在截稿前寫出一篇好故事；現在也一樣，遇到突發事件，改寫者即刻寫個四、五段，加上標題，審稿看過沒問題就放上網站；只是這程序一直重複，報導一直更新，不是到最後才截稿。政治是最好的例子，那組人動作快得驚人，從籌劃、預製到推出，他們都和網站需求配合無間。（作者訪問，訪問時間為2012年1月30日）

《紐約時報》的新聞聚合在近幾年發展迅速，因應網路數位化，不但記者的工作增加，編輯的工作一樣增加。改寫編審（Copy Editor）馬克蓋茲弗瑞德（Mark S. Getzfred）則說：

> 我想編輯是少不了的，因為水準必須維持，不論風格、文法，乃至提防匿名詆毀，都需要編輯。現在網路這麼趕時間，水準真的堪憂。幾年前某報為了省錢裁掉編審，但一次

誹謗官司就使他們趕緊復原。編輯抓出多少錯誤少有人知，
記者有時過於涉入而不察。網路必須具備比過去更多訓練和
更高警覺性，起初網路只有一名編輯把關，而報紙可能多達
三人，如何讓編輯勝任是我們的大負擔。

對於《紐約時報》這樣一家聲譽卓著的報紙向網路發展時，
務必不能失去大眾的信賴。網路的一大問題是，訊息真假難
辨，充斥著流言蜚語；正派出版物必須繼續與這些劃清界
限。過去發行報紙非同小可，要人要錢要印刷機器；現在一
部筆電一個網站就行，品質良莠不齊，保持區隔不可不慎。
（作者訪問，訪問時間為 2012 年 2 月 1 日）

由於網路速度最快，當突發新聞發生時，辦公室的改寫編審
也會自己採訪、找資料並立刻上網，以減輕線上記者的負擔。此
外，為了在網路上有更好的呈現，每一個主要的新聞部門都會有
一至二名網路製作人（Web Producer），這些網路製作人每天與
報紙編輯一起工作，主要負責網站內容的品質。負責在網站上發
經濟快訊的資深記者克里斯祖魯說：

網站和報紙一樣，要夠品質人們才肯掏腰包。時下都會區報
紙的網站都很陽春，不吸引人，若要收費根本無人光顧。幸
好《紐時》在國內外都有讀者，網站無遠弗屆，各地的讀者
在不同時段登入。早上七、八點鐘是 iPhone、黑莓機等登入
的高峰，接著是上班族的桌上電腦，午休時又有另一波大舉
登入；網站會設法知道是哪些人，從哪裡，在哪個時段登
入；不過，這些細節我不了解，我專注於新聞。

要在網站上有最好的呈現，我們稱為網路製作人。基本上，網路製作人人數配置和報紙版面相當，他們負責整合每則新聞成套與多媒體呈現，並不仰賴報紙的編輯和攝影。（作者訪問，訪問時間為2012年1月27日）

網路製作人的主要工作就是設想如何進行網路上的報導（digital reporting），當中的工作內容還包括提供多媒體、幻燈片或是聲音旁白等構想。網路製作人大都很年輕，《紐時》典型記者受僱年齡多在35歲左右，網路製作人比記者受僱時年輕。《紐約時報》網路製作人羅拉摩爾（Lori Moore）說：

我們也在想是否重新命名為網路製作人（Internet Producers 或 Internet Editors），因為我們的職務都是為網路效命，包括更正錯誤、聯繫記者，以及整合報導與多媒體創作。網路製作人最特別之處在於他們非常了解網路的運作，也許改寫編輯主要花心力在內容、訪問與提供論述，並且和編輯、記者一起工作。網路製作人則要運用他們的專長，確定每一件事都符合網路的特性。（作者訪問，訪問時間為2012年2月2日）

《紐約時報》竭盡全力從報紙轉型為數位媒體。對網路來說，24小時都是截稿時間，國際新聞還要注意時差問題。負責整合國際新聞的派瑞克里昂斯（Patrick J. Lyons）說：

我剛才正在和伊斯蘭瑪巴德（Islamabad）的特派員戴克倫華爾敘（Declan Walsh）講電話，我們在討論我看到的兩則新

聞。我還問他是當天發稿、還是要晚一點發等這類的事。我同樣要確認在華盛頓的一個記者能夠及時配合華爾敦進行相關報導，所以我還要和華盛頓的同事討論此事。我們經常像這樣子溝通與合作。我非常關注網路上的報導，並且要很努力保持新聞的熱度與品質，我們也認知到媒體的差異。

過去我們要為每天出刊的報紙作最好的報導，現在我們隨時都要和世界各處的特派員聯繫，因為網路的特性是立刻就要有報導。而記者要同時供稿給報紙與網路，所以我們也要注意兩者間的平衡。有時候當發生突發新聞時，一個記者就可以同時照顧到網路的速度與報紙的深度，但多數時候很難如此要求。這個時候我們會先在網路上提供一些內容，以便記者有時間進行更深入的報導。（作者訪問，訪問時間為2012年2月6日）

　　直至目前，《紐時》已經確立報紙與數位聚合的新聞室組織，當網路與報紙的工作已經能夠跨越媒體界線時，聚合就已達到應有的成效。為了達到傳統的文字、影像與網路新聞整合的效果，《紐時》是採取增加編輯人員的做法，以增加新聞的快速滾動。這些編輯還必須是資深記者才能適任。另外年輕的新聞記者則必須擁有文字、影像等更多新聞報導能力，才可能增加在新聞產業的競爭力。有關網路與報紙跨媒體聚合的現象，都可從《紐時》的運作中看到軌跡。

第三節　聚合第三階段：文字、影音、視覺圖表、互動媒體 的聚合

在科技帶來新的聚合之後，更會因為科技整合而帶來內容的聚合，並因此涉及與內容生產有關的相關議題。除了採跨媒體來檢視聚合外，美國聚合先驅《坦帕論壇報》(*The Tampa Tribune*)發行人泰倫(Gil Thelen)更認為聚合是在多媒體環境下的巨大改變，必然包含多媒體成分在內(Quinn, 2009)。傑克生(Jacobson, 2010: 67)研究發現《紐約時報》大量增加多媒體報導是在2001年，他認為這與美國2001發生的911事件有關。

《紐約時報》一直是最受矚目的傳統報紙，雖曾奠定文字為重要媒介的媒體時代，目前也企圖擺脫平面限制，在網路世界進行多媒體的聚合。因為數位轉型，《紐時》也開始經營非文字的其他媒介，並因此陸續成立影音視訊組、互動組、多媒體組、社群網站組等；平面時期就有的圖表組則繼續擴充，使得《紐時》可以步調一致走向網路數位化。

先討論影音視訊組。2000年時，《紐時》曾經考慮進入電視界，並且製作具有《紐時》風格的紀錄片，於是指派有多年電視製作經驗的安黛瑞(Ann Derry)負責。該團隊在同一棟大樓，開始和新聞部合作製作紀錄片，共製作兩個系列、兩季共26集的《科學時報》(*ScienceTimes*)給國家地理頻道，以及若干紀錄片給美國公共電視(PBS)等。安黛瑞說，這些作品多是與《紐時》的編輯和記者合作而來。但當時合作的感覺滿痛苦的，因為《紐時》的編輯和記者們並不想做電視節目，大家只是勉為其難地做。《紐時》一度想進入紀錄片市場，先前已有個紀錄片公司，

並且有個稱為「發現時報」（Discovery Times）的電視頻道，後來因為無法獲利而作罷，頻道也已賣掉；不過電視工作人員還留在新聞部做些合夥的案件；就在這時，《紐時》決定做網路視訊。

　　《紐時》於2008年成立視訊部門，帶著試驗性質上場。當時還有人認為，沒人會到網路上看視訊。那時剛有YouTube帶動了視訊，安黛瑞與紀錄片公司的人先在《紐時》成立一個小部門，另外聘了六名視訊新聞人員，從事拍片、剪接和報導，就這樣開始《紐時》網站的視訊內容。安黛瑞說：

> 先前我們己和新聞部一起製作紀錄片，給公共電視、有線臺播放，編輯記者都有些概念；事實上，給網站做視訊容易些，因為在網站上就可以看到，過程頗為順利。我們和國外、市政、時尚、攝影等各組打成一片，基本上為整個組織供應視訊。現在本組共有14名視訊新聞人員，我們也有攝影，除了自己報導，也幫記者或自由撰稿人拍攝視訊。我們有兩個秀，一為《時報班底》（TimesCast），是每天的視訊集錦；一是早上十點半新推出的《工商現場》。（作者訪問，訪問時間為2012年2月3日）

　　安黛瑞還說，剛開始時人們還不知道網站上有影音視訊，對它沒有概念，現在已經視為當然，也愈來愈習於收看視訊；早期《紐時》的視訊還以紀錄、回顧為主，現在愈來愈重視新聞時效。《紐時》自2012年1月每天早上起，在編輯部四樓走廊進行現場節目《工商現場》，視訊拍攝大多在新聞部就地進行。非常機動，辦公室就是拍攝背景，攝影機則有人協助操作。現場節目

任何題材都可以做，碰上新聞，「現在發生了……」鏡頭一轉即可播出，比任何別的方式都快。安黛瑞說：

> 現在大家都在和電視競爭，包括《華爾街日報》、《紐約時報》、《財經時報》；看網路的人愈來愈多，很多人把電腦接上電視螢幕，瀏覽YouTube，和以前大不相同。我們的影音記者大多是新聘的，是剛出校門的年輕新聞人員，有專長攝影、聲音的。有些是文字記者接受視訊技能訓練的，用iPhone即可；他們全都要會報導、有影音技能，也得反過來學會寫稿。跟電視臺攝影製作報導分工不同，我們則要求自己用攝影機來報導。（作者訪問，訪問時間為2012年2月3日）

文字與影音的聚合不只出現在部門之間的聚合，也在於個人技能的聚合。在數位時代，一名記者若能同時精通文字寫作與製作影音視訊，必然有助於增加競爭力。吉姆羅伯斯說：

> 網站最需要的是文字，影片其次；如果做不來兩樣，就交文字稿，但最好都有。這事有點棘手，我發現，板起臉下命令「你非做這個不可」，是沒有用的。我是這樣做的，我跟他說：「你會把同行比下去，你可以吸引更多讀者。」因為記者無不希望有廣大讀者群。對跟我差不多年紀的，我就說：「如果你會這個，條件就勝過排斥它的人，飯碗更牢靠。」（作者訪問，訪問時間為2012年1月31日）

　　目前在《紐時》內部，已看到有記者以「文字與視訊記者」
（print and video journalist）自稱，來說明數位時代「一個人樂隊」
（one man band）的現象。亞當伊里克（Adam B. Ellick）便是其
中一例。亞當伊里克自2005年加入《紐時》視訊部門，那時只有
六人，報方說明只僱用他們三個月，必須試驗視訊可行不可行，
再決定是否繼續錄用。經過那段過渡期的亞當伊里克說，一開始
因為自己是文字記者，一點視訊技術都不會，舉凡管理器材、拍
片、剪接，都是自己學會的。他也開始揣摩什麼樣的新聞，必須
以影音的方式呈現。亞當伊里克說：

> 再強的視訊高手，新聞若不適合，就不會以視訊表達。所
> 以，視訊新聞工作者會犯的最大錯誤，就是挑錯新聞，了解
> 這一點很重要。我一般做法是先做報紙的報導，因為它較詳
> 盡；它要求你進行全面的了解；一旦我做完報紙報導，會
> 問很多問題，記了一大堆筆記。然後我會對受訪者說：「抱
> 歉，能不能暫停10或15分鐘，你不妨收發一下電子郵件？」
> 我則趕緊檢視筆記，看到筆記上有「V」記號的，代表受訪
> 者說的內容適合作視訊，我便開始構想。在美國，記者蒐集
> 到的資料大致只有5%到10%會寫進文章見報，亦即90%以
> 上不會用到；我就試著用另外90%製作視訊；如果我還用那
> 10%做視訊，就重複沒啥看頭了。（作者訪問，訪問時間為
> 2012年2月8日）

　　不過，《紐時》雖然要求記者要多技能，文字的重要性依然
不言而喻；「跑新聞」依然是最重要的技能。這點伊里克也有所

體會，他說：

> 寫作仍是最重要的事情，永遠是。我想美國現在有個大問
> 題，很多孩子大學要畢業了，相機和科技無一不精，剪接編
> 輯比我還強，但跑起新聞來，不知道什麼問題重要該問、不
> 清楚消息來源的背景和金錢的來龍去脈，寫不出一篇資料
> 齊全的短文；這些是都報紙記者要學會的，要從跑警局，跑
> 市政府，跑華府，跑財經的生活當中學習。有這些基本功夫
> 後，即可應用到視訊，再去學相機和剪接都不遲。這是我的
> 淺見，很多年輕的多媒體記者徒有科技，新聞的功夫不見
> 了。（作者訪問，訪問時間為2012年2月8日）

對《紐約時報》而言，新聞的可信度仍是《紐時》最重要的
資產。所以《紐時》即使進行聚合，也並非大肆擴張。在《紐約
時報》四樓，可以看到簡單的電視設備，主持記者與相關受訪者
卻是在編輯部的走廊直接開錄。《紐時》記者經過簡單化妝後，
就坐到簡單的主播臺主持，非常機動，設備看起來非常簡樸。電
視視訊負責人安黛瑞認為：

> 美國大型電視媒體會砸大把鈔票建造豪華攝影棚、聘請名嘴
> 主播，我們在這方面幾乎不花錢；我們的錢都投資在新聞人
> 員上。這些大廣播電視網的記者屈指可數，幾乎沒有駐外單
> 位，他們不花這個錢；他們一早看《紐約時報》來決定報導
> 什麼。而我們的記者遍布世界，緬甸、莫斯科、東非，隨時
> 隨地報新聞。我們和這些大廣播網不同，錢主要花在新聞

上，而非昂貴科技；即使做視訊和電視，也儘可能講求成本
效益。一旦造了大攝影棚，必須不停製作節目，大量賣廣告
才能維持，難免逐漸偏離新聞，所以我們投資審慎，籌碼都
押在新聞本業上，添加設備也不急，等愈久愈便宜。小小一
個iPhone才多少本錢，什麼都可以拍下來，比出動攝影、音
效、製作一組人馬划算得多。從這個觀點來看，時報是精明
的。（作者訪問，訪問時間為2012年2月3日）

媒體分析人員摩登（John Morton, 2012）也認為，在美國報
紙面臨廣告下滑等嚴厲考驗時，《紐約時報》還是美國表現最好
的報紙。之所以能夠如此，正在於該公司把他們最多的收入投注
在「新聞」上。《紐約時報》確立數位化的方向後，一方面可以
使用文字爭取新聞的時效性，另方面也可使用視訊、視覺圖表、
多媒體等強化網路內容，形成更多元的新聞內容聚合。圖表組主
任（Graphics Director）史帝夫杜內斯（Steve Duenes）說：

圖表組成員各有所長，專長背景或所學背景各不相同，有傑
出的攝影師、設計師、記者、拿手3D模型與動畫的，以及
有能力做好幾樣的。因為各種人才都有，所以本組功能強
大。通常我們是三、四人小組作業，以求整合和效率，免得
一人埋頭苦幹。主管的工作之一是做編輯上的判斷，依照案
例性質派工分組；報紙和網站當天要的，部落格長期要的，
工作很多。現在的報導也許不是文章形式，記者們忙進忙
出，作品不一定是一篇文稿。只要相關人員之間溝通無礙，
各類專家覺得可行，不同的報導形式就會出現。（作者訪

問，訪問時間為 2012 年 2 月 6 日）

1995 年時，《紐約時報》的圖表編輯只做給報紙，現在開始轉變成為網站工作為主，也要應付網站全部的多媒體需求。《紐時》另外還成立結合技術與編輯人員的多媒體組，《紐約時報》多媒體主編安祖魯飛格爾（Andrew De Vigal）提到，他的組員有一半是技術人員，他們長於把多媒體內容呈現到網站上，另一半的工作是用聲音、影像等多媒體構成要素來敘事。安祖魯飛格爾除了管理這個組，還要和新聞部其他單位協同作業，包括圖表、互動新聞技術、視訊、照片、網路設計等各組；相當繁複。安祖魯飛格爾說：

> 我這組基本上都是個案作業，每案情形不同，本組不以當天的案子為主。對於當天的案子，本組的做法是套用樣板（templets），那是我們特別開發的多媒體工具。當天趕著要的案子偶爾才由我們做，大部分可用樣板解決，例如套用音訊播放樣板，記者那邊就可以處理蒐集到的聲音；我們的工作則是開發樣板，賦予新聞部門能力，例如方便網路製作人處理即時性的新聞；我的團隊則以開發性的案子為工作重點。（作者訪問，訪問時間為 2012 年 2 月 3 日）

由以上可知，數位時代得以有更多數位技術參與其中，才可能使得數位內容與平臺得以順利銜接，完成新聞數位化的各項工作。這種科技與人員的聚合，也會在科技聚合、內容聚合後一一出現。

第四節　聚合第四階段：傳統媒體與社群媒體的聚合

　　《紐約時報》雖以平面報紙起家，現在卻一直鼓勵記者經營社交網站，並與讀者保持密切互動。以致當今《紐約時報》年輕記者中，都被要求必須經營社群網站，或是從各式社群網站中，獲取新聞訊息。而記者也開始在網站、或是社群媒體中，展現個人的寫作評論、多媒體製作能力等。為了因應數位時代，《紐約時報》創辦了擁有66個部落格專區The Lede，分為新聞與政治、商業財經、科技、文化與媒體、科學與環境、健康、家庭與教育、地方、時尚、旅遊與休閒、體育、雜誌、評論等共13類，再細分成更小的類目。部落格運作基本上採編輯彙整的模式，將原本的新聞事件，加上網路上和其他來源（例如YouTube）訊息。部落格更新時間不一，科技類最快五至七分鐘就有新的新聞，發布者包括《紐時》和記者個人。[7] 可以發現，《紐時》部落格的經營方式多元，有的是採取傳統的新聞及評論，有的會插入網路上其他消息來源；像是The Lede會直接插入各大電視臺影片，記者或是名人推特的訊息，再配上說明文字。[8] 該部落格的宗旨還強調要提供讀者除了《紐時》新聞外，其他不同國家的觀點，所以The Lede會引用其他國家的新聞報導、電視臺報導、YouTube影片，新聞事件人物的網路推特、甚至是臉書訊息。例如新聞報導印度女學生遭強暴後，印度民眾在跨年時集體上街，《紐約時報》除了發布新聞外，也在The Lede上引述當地婦女非政府組織領導人以及駐地記者推特上的訊息；另外還有印度電視臺以及

7　http://www.nytimes.com/interactive/blogs/directory.html
8　The Lede: http://thelede.blogs.nytimes.com/

YouTube的影片。[9]

　　《紐時》也非常鼓勵記者使用社群網站平臺與閱聽眾互動，尤其認為年輕記者特別有能力從網路上得到新聞。經濟組記者凱瑟琳蘭貝爾（Catherine Rampell）說：

> 通常我給報紙寫什麼，就在部落格帶上一筆，新聞很少，評析居多。例如昨天勞工部發表2020年各行各業預測，醫療保健、營造等的工作成長，聯邦政府縮編之類，沒啥大不了，我就在部落格點出，我還繪製了圖表。有時我也在部落格上寫些東西，配合別人的報導；這些短文內容比主新聞窄，雖然希望大家都看得懂，仍有點投特定讀者所好。我的部落格滿雜的，今明兩天就盤算著好幾件事情，只恐怕時間不夠。現今讀者大部分在網路上；額外的內容、分析性的報導、段落和圖表靈活自然的整合，都是吸引力所在。我的朋友全都看網路，沒有人看報紙，網站憑特有的內容抓住讀者，對《紐約時報》也是好事。（作者訪問，訪問時間為2012年2月2日）

　　電腦數位化後，讀者的地位有很大轉變，互動性也大大增加。以致傳統報導必須設立部門與讀者聯繫、蒐集意見或就報導內容進行討論等。《紐時》因此發現有必要協助記者使用社群網站，並要求每個記者都要有推特帳號，甚至協助記者搜尋社群上的有用訊息，可說是數位化後新增的工作。互動新聞部門主管莎

9　相關網址為：http://thelede.blogs.nytimes.com/2012/12/31/mourning-for-rape-victim-recasts-new-years-eve-in-india/#more-198020

夏柯倫（Sasha Koren）說：

> 有個記者在報導網路霸凌一事。年輕人常做這種事，在社群
> 媒體上貼照片、羞辱之類；還有18、19歲的少年人想不開，
> 在臉書上吐露沮喪。這名一直用傳統方法的記者找上我協
> 助，於是我們到臉書上搜尋有這類經驗的人。我的編輯之一
> 莉絲海倫是行家，她有多達20萬名訂閱者。她在臉書上丟出
> 詢問：「你可有這類經驗？」總共得到40或50份回應；她把
> 結果拿給那個記者時說：「看你的了。」記者的眼睛頓時一
> 亮，這麼多可採訪的對象！別的方法絕對找不到！這是一個
> 實例，讓原本存疑的記者又驚又喜。
> 有的記者是自己察覺周邊人都在使用和談論推特，所以也去
> 嘗試。《紐時》有名資深記者，我姑隱其名，他精明幹練，
> 原本對網路不屑一顧。但當他試出推特的好處之後，逢人便
> 大力推介，幫起我們的忙來。這個從排斥轉為鼓吹的例子，
> 讓我們津津樂道。（作者訪問，訪問時間為2012年2月2日）

　　社群網路的各種特質，已經開始改變新聞記者的工作方式。
早期的報紙工作者一天只有一次截稿時間，進入網路時代後，隨
時都是截稿時間。報紙工作者的心態必須調整。但對《紐時》來
說，在「數位第一」的時代中，還是必須把握新聞品質。《紐時》
記者珍娜渥爾森（Jenna Wortham）說：

> 賈伯斯過世前，說他已死的謠言四起，有的媒體乾脆報導
> 「謠傳他死了」，深怕如此大事報導慢人一步。但我小心翼

翼，避免報錯砸了《紐約時報》招牌。我使用推特從不引用未經查證的事情。有時見別人推特某事，大吃一驚，但我總是先用簡訊、谷歌等查證，或打電話到到相關的公司詢問。我知道新聞要搶第一，但正確更重要。

另一方面，人們造訪紐時網站，視它為主要新聞來源，這種信賴我認為極有價值。不是所有通路都像我們這樣自行採訪和報導，即使面對競爭，我們科技頁一樣提供連結，例如註明某些內容有價值，因節省時間而從略，讀者可至某處查看。守舊的人不以為然，說《紐約時報》豈可叫讀者到別處查詢；但我認為，讀者不會因此降低對我們的信賴，而且這也代表我們知道有其他報導存在，也不會天真到以為人們除了《紐約時報》，別的一概不看。（作者訪問，訪問時間為2012年2月3日）

從此以後，社群媒體令人刮目相看，《紐約時報》為了提升競爭力，在過去一年更大規模開發社群網路，似乎報社上上下下，都已察覺到社群媒體的重要性了。

第五節　聚合第五階段：報紙與網路相互為用，界線模糊了

數位時代中，報紙的角色變得非常弔詭。報紙一方面不再是報社的主要角色，卻還是記者非常在乎的媒體。主跑新科技路線的記者珍娜渥爾森也說：

我也寫部落格，每週三、四次。有時我做多媒體幻燈片，一些給網路用的多媒體，還有廣播、視訊，以記者身分談

新聞。我通常會在推特、Tumblr、臉書上寫東西，甚或用
Instagram。網路媒體的影響力很大，因為它無所不在。人們
可以上網看，用手機看，或用推特傳播。然而我兩週前有一
篇報導，登在報紙頭版，令我驚訝的是，還是有很多人看
到。我以為看報的人已經少了，真是意外；可見報紙仍有分
量。我的感覺很棒，因為太習慣網路和手機，看到文章登在
網路上時，仍然同樣興奮。（作者訪問，訪問時間為2012年
2月3日）

《紐約時報》在提升網路品質後，開始推出報紙與網路共同
行銷的制度。《紐約時報》資深記者克里斯祖魯說：

《紐約時報》販售遍及全國，網站也是，在20多個城市與當
地報紙銷量不相上下。記得2011年某個時候，本報的訂閱和
零售營收歷來首次超過廣告，報紙成本不得不轉嫁到讀者頭
上。這是一個價量的平衡，如果十年前報紙每份一元，現在
二點五元。網站開始收費是因為五年或十年前，搭車的上班
族人手一份報紙，但現在寥寥無幾。大家都用iPhone或iPad
上看免費的，他們不是買不起報紙，而是何必再買；一旦網
站開始收費，這些讀者也無異議。有趣的是，因為報社也推
出把訂報和網站綁在一起的配套，紐約時報網站開始收費，
訂報戶也略增。（作者訪問，訪問時間為2012年1月27日）

然而，目前新聞媒體多半會放在網路上的新聞，常是以吸
睛為目的，但網路新聞到今日還是無法提出一個成功有效的商業

模式，做為傳統媒體的參考。《紐約時報》目前也是處在實驗階段。伊恩費雪也說：

> 訂報紙送網站，20篇免費閱讀後就要訂網站，還有iPad和iPhone的訂閱。值得一提的是，《紐約時報》本來是小眾報紙，一百多萬讀者。有了網站後，一下成為大眾媒體，讀者從一百萬跳到三千五百萬。平衡問題接踵而來，理論上可以採取高訂費，回到一百萬讀者，賣大量廣告；但我們目標是儘量擴張影響力，同時能賣一樣多的廣告，目前還做不到；而擴大的領導地位和影響力彌足珍貴。（作者訪問，訪問時間為2012年1月30日）

面對數位新聞時代來臨，但是能夠因應報紙與網路共存的商業模式卻一直未能出現。吉姆羅伯斯則說：

> 網站的經營壓力仍然非常沉重，迄今沒有一家數位報紙賺錢。我們也在摸索，網站的訂閱和廣告量比平面報紙更難開展。但我相信仍然可為，品質好終究會得到大眾支持。（作者訪問，訪問時間為2012年1月31日）

由以上可知，網路新聞雖然可以帶來無窮的變化，新聞記者也可使用更多工具進行報導，但是，維繫數位新聞運轉的商業模式還在摸索與嘗試的階段。在《紐約時報》仍以廣告為主要獲利來源的前提下，《紐約時報》是否可以藉著上述模式成功帶動數位新聞的崛起，是本章認為可以繼續觀察的重要議題。

　　本章以《紐約時報》為觀察案例，企圖了解《紐約時報》如
何透過數位聚合，有效結合新聞組織的人員與力量。本章透過深
度訪談發現，《紐約時報》主要是透過新聞室的組織聚合、報紙
網路編採人員的聚合、多媒體與互動科技的聚合、傳統媒體與社
群媒體的聚合等聚合模式，來達到新聞聚合的目的。從本章可以
得知，報紙與網路分離的時代並未聚合，以致未能達到報紙新聞
與網路多平臺面對閱聽眾的目的。在數位新聞來臨後，傳統報紙
若想解決發展困境，與網路新聞達到有效的跨媒體新聞聚合，
已是不可避免的趨勢。本章認為十餘年來漸進轉型的《紐約時
報》，不但為自己創造第二人生，《紐時》本身也可以提供一個
有用的借鏡，並做為全球報紙媒體進行數位轉型的參考。

　　從《紐約時報》的研究中可知，傳統媒體在歷經新聞轉型
時，仍應以新聞品質為最主要考量，並努力縮小網路與報紙的品
質差距。如果《紐約時報》能因為提升網路的品質而擴大該報的
新聞影響力，甚至帶動報紙的發行量，雖然網路廣告的發展還很
緩慢，《紐約時報》卻能在數位轉型過程中擴大新聞的影響力。
這讓人可以確定，數位新聞轉型已是不可擋的趨勢。

　　為了進一步深入探討報紙轉型的相關問題，下一章將從《紐
約時報》與英國《衛報》作為研究對象，進一步探討傳統媒體轉
型與相關聚合。

第四章

傳統報紙的轉型與聚合

《紐約時報》與《衛報》的比較研究

在數位時代，報紙常被視為是次等媒體，又因為網路具有改變新聞環境的潛能，加上新聞從來不是一般商品，報紙的未來仍然無法預測（Freedman, 2010）。同時，多數資訊均顯示報紙的前景到今日還是不樂觀。美國報業自2009年後開始衰退，以致引來「報紙將死」的感傷報導（Chyi, Lewis, & Zheng, 2012）。由此可知，報紙必然比其他媒體更急於轉型，很自然會將重心放在網路上，媒體的競爭也會移到網路上（Malone, 2012: 8）。

傳統的報紙媒體面對的科技衝擊持續不斷，各式各樣的新媒體科技、社群媒體陸續出現，報紙記者的工作也已因此發生變化。以手機為例，手機科技已影響新聞的產製，2004年美國年輕記者在報導民主、共和兩黨的政治新聞時，均已透過手機快速傳遞包括文字與影像的訊息給手機使用者（Kolodzy, 2006: 15）。又以推特為例，社群媒體可以為大眾媒體提供連結閱聽眾的功能，其中成長最快的就是推特（Greer & Ferguson, 2011: 199）；如今手機、推特都已成為新聞聚合的平臺。因為數位媒體具有互動功能，使得新聞更像是一種對話（conversation）（Gillmor, 2004）。推特則像是一種「告知系統」（awareness system），徹底影響了新聞的運作與定義，而且帶來夏格維斯（Hargreaves, 2003）形容的隨處都是新聞（ambient news）的媒體環境（Hermida, 2010: 300-301）。李文生（Levinson, 2009: 137）也指出，推特傳達的訊息可以是來自大眾媒體CNN，也可以是屬於個人的部落格，像推特這樣的新新媒體，因能夠即時提供新聞和資訊，均已進入主流媒體中，人們也生活在新聞之中（Hermida, 2010）。

本章重點聚焦於報紙轉型與由此引起的聚合現象，並於2012年1月與8月間，分別訪問全球兩大報紙媒體——美國《紐約時

報》（ *the New York Times* ）與英國《衛報》（ *the Guardian* ），期待能透過他們的數位轉型經驗，了解傳統報紙如何與數位網路進行聚合。本章之所以選擇這兩家報紙媒體，是因為《紐約時報》與《衛報》是世界公認的質報印刷媒體。學者傑克生（Jacobson, 2010）在研究網路多媒體現象時，曾說明自己之所以選擇《紐約時報》為研究對象，是因為《紐約時報》在多媒體與網路的領先性。英國《衛報》也發現因為網路科技的快速發展，已導致《衛報》發行量（三十萬份）一直下跌，網路使用者卻相對增加（二千五百萬人次），這讓《衛報》覺得網路是報紙的未來（McNair, 2009），也因此開始進行新聞聚合等相關作業。由此可知，在今日強大的數位衝擊下，這全球兩大質報為了迎接數位挑戰，都採取了與媒體聚合有關的新聞策略。

　　為了解這兩家報紙的聚合策略與過程，以尋找傳統紙媒生存的機會，本書作者自2012年1月27日到2月8日共兩個禮拜的時間，在《紐約時報》深度訪談20名新聞工作者，並曾參與一次新聞會議與觀察新聞運作，這些工作者同時也供稿給同報系的《國際先鋒論壇報》（ *The International Herald Tribune* ）。而在《衛報》，本書作者則是自2012年8月20日到9月6日，在《衛報》與同報系報紙《觀察家報》（ *The Observer* ）共訪問15名不同崗位的新聞工作者，同樣也曾參與一次編輯會議。本章期待透過訪談掌握第一手資料，同時還針對這兩報的新聞網站與紙質媒體進行三個月的密集觀察，以掌握兩家報紙與網站媒體聚合的真實情形。

第一節　《紐約時報》與《衛報》的共識：數位第一

從聚合（convergence）專業術語來看，重點之一在於了解媒體聚合對當代新聞運作與新聞專業的影響，並探討網路新聞與傳統報紙內容整合後的相關新聞議題。因而，本章是以「聚合」為理論核心與現象檢視標準，期待能提供報紙尋求聚合的真實案例探討。無論是《紐約時報》或《衛報》，都提出「數位第一」的新聞產製原則，他們的聚合行動，也是從此開始。

2011年4、5月間，《衛報》宣布將以數位整合報紙、網路、平臺相關的技術資源，與開發、設計、編務等人才，並提出「開放式新聞」（open journalism）的主張。[10] 該報總編輯艾倫羅斯布里奇（Alan Rusbridger）提出「數位第一」（digital first）的概念，認為「開放式新聞」指的是在網路上分享資訊。《衛報》和《觀察家報》的報紙和網路製作主任強納生卡森（Jonason Casson）已在《衛報》工作12年，他主要的工作正是生產網路內容。強納生卡森說：

> 2000年《衛報》創辦網站時我就來了。四、五年前，當報紙和網站開始整合時，我成為製作主任。以前報紙在派林頓，網站設在洛迪歐另一棟較小的樓中，人很少，撰稿、編輯、技術人員等共20人左右，與報紙完全分開；直到大概2008年9月一起搬來此處。搬來的前一、二年，我們已有非正式合作，特別是報紙那邊對網站有興趣的人，和網站的往來逐

---

10 http://www.guardian.co.uk/commentisfree/2012/mar/25/alan-rusbridger-open-journalism

年倍增。

因為原來分處兩地，搬到一棟樓裡事情比較好辦，所以我們決定全部混合。報紙幾個大的組（desk），如新聞、商業、運動等，和較小的各組如媒體、環境、社會、教育等，大致都有對應的網址，形成《衛報》旗下的網站網（network）。概念是每組和它的網站人員、撰稿、編輯、副編輯等人手一起作業。搬來之後我們貫徹這個概念，《觀察家報》也在內，報紙和網站合為一體。從製作觀點來看，一名撰稿要寫給報紙和網站兩用，給網站的要由媒體系統一連串加工，同一則報導最後還要見諸報紙；而以前報紙和網站是各寫各的。

我們這裡撰稿既為網站也為報紙，先寫兩、三段放上網站，再繼續增添、更新，最後或者直接給報紙用，或稍作修改、用不同角度報導後再給報紙。或許有專為網站寫突發新聞的記者這種角色，但原則上是不分網站與報紙的。記者們為報紙工作也為網站工作，稿子給兩邊用，由報紙或網站編輯視版面取捨。總之，人手是混用的，沒有專為網站或報紙工作的。通常編輯會說，給我500字、800字。有時網站上登得很長，就刪短些給報紙用；有時相反。有時編輯會要求用另個角度改寫，我想，這對撰稿有些難度。（作者訪問，訪問時間為2012年9月4日）

負責數位開發的《衛報》數位開發編輯喬安娜基爾瑞（Joanna Geary）也提到：

我是數位開發編輯，我的角色是協助數位第一。數位第一方案我想大約是兩年半（2010年初）之前推出。我們有幾個企劃案，要使新聞部更聚焦於數位第一；我們確立了朝數位產品發展的模式，我投入時剛有的數位第一產品模型，迄今大約已做了八、九個月。數位第一的目標是，所有產品都要先放上網路。

傳統報紙要推動網路和使用社群媒體，總是會有阻力，《衛報》也有，不過比別家報紙少得多。我想這和《衛報》大名為艾倫羅斯布里奇的高層前輩有關。他不斷提醒數位是未來，所以《衛報》從那時起招進很多有數位概念的年輕人，投資多媒體，辦公室也跟傳統大異其趣。我想，要數位化的訊息長久以來在《衛報》已深植人心。當然文化不同的原因不只如此，我想和編報傳統脫不了關係，《衛報》一向給編輯很大的獨立自主。（作者訪問，訪問時間為2012年9月4日）

《衛報》互動編輯強納生里察斯（Jonathan Richards）也說：

大概是2011年4、5月，總編輯宣布《衛報》將成為數位為主的發行商（publisher），並整合跟網路、平臺相關的技術資源，開發、設計、編務等人才，於是成立了我們這些團隊。我想五年之後，《衛報》將是數位人手占多數。一則內容將透過各有專精的各組製作，發布到各式各樣的平臺上。發布的作品吸引了讀者，他們把迴響投上版面，過程即現在所謂的開放式新聞。

我說說我個人觀點，不代表《衛報》。我認為手機和平板日
益普遍，加上PC，力量極大，可以做很多很多事情。這些
裝置和網路的應用，似乎已超乎人們所需，而且還在成長；
我稱之功能經驗，可讓使用者深度互動，不是只是看文章或
照片可比，分享、上傳、下載，或參與、評論等皆可；還
有風行的網路遊戲，這些提供的都是功能經驗，不只消費
而已，現在正夯的是這些，內容一詞不足以涵蓋。（作者訪
問，訪問時間為2012年8月28日）

　　因為數位第一的新聞聚合政策，《衛報》、《觀察家》資深調
查記者托比海姆（Toby Helm）說：「我主要是做調查報導，不是
做每日的報導，我偶爾也會做一些影音，但是非常少。我的調查
報導這幾年都是先登在網路上，從沒有先登在報紙上。」（作者
訪問，訪問時間為2012年8月24日）。另一資深政治記者受訪者
伊恩柯班（Ian Cobain）更直接說：「所有的《衛報》記者只為網
路發稿。」（作者訪問，訪問時間為2012年8月23日）
　　同時，《衛報》為迎接聚合趨勢，必須進行內部調整。首先
是將報紙與網路人士進行整合，以符合聚合「模糊媒體界線」的
原則（Jenkins, 2006）。《衛報》的網路工作者與報紙工作者2008
年搬到同一棟大樓工作，但報紙在一樓；網站在五樓，後來才漸
漸合併，網路與報紙的界線慢慢消失。
　　《紐約時報》也是採取數位聚合策略，網路與報紙工作者已
全部在一起工作，學習合作；《紐時》網路版的新聞相較起文字
版的新聞整整快了一天，隔日報紙的頭版幾乎都曾是網路版的頭
版。《紐時》的紙本新聞篇幅較短，網路新聞卻會全文放置；網

路版與紙本版的分類無異，但是網路版的分類更細。《紐時》新聞主管伊恩費雪（Ian Fisher）說：

> 網站首頁篇幅寶貴，只容得下約九則摘要，包括下午五點前給報紙的精華，決定網站登什麼時，新聞掛帥。譬如阿富汗或伊拉克的殺戮，即使沒多少人一直關切，還是要登，因為有新聞上的重要性。只在碰到別的重要新聞發生，而首頁滿滿的情形下，才不得不把較少人點閱的新聞拉下來，這種情形是有的。根據排名來取捨內容編製網站其實容易，但我們從來不做。
>
> 我早上六點就要到班，全是為了人們起來時，網站已經全面更新。一早還要看競爭對手有些什麼，以保持我們的影響力；臉書、推特也活動起來，和上線的人們互動。還有就是，記者應付不來向網站和《國際先鋒論壇報》等多方發稿，巴黎和本地的改寫人員現在跟他們合作更多，記者有時只報稿而不動筆；他們的負擔得以大減，有更多時間和精力採訪和思考。基本上我們追求的就是水準，水準，水準，把網站辦得和報紙同樣好。當然，因為作業時間緊迫，我們只能盡力而為。（作者訪問，訪問時間為 2012 年 1 月 30 日）

伊恩費雪指出，他從上午六時工作到下午三時，工作型態已和過去截然不同。《衛報》新聞編輯羅貝卡愛麗森（Rebecca Allison）也說：

> 我和強納生做同樣的事，一起做長日班。我們早上七點開

始，中間有四、五個鐘頭兩人都在，晚到的一個做到七、八點，交班大約在中午；週一到週五如此，週末有一名網路編輯加入，週日也是。晚間由澳洲那邊值班。現在澳洲那邊有兩人，接本地的夜班，大約從夜裡兩點起，到清晨七點我們進來。

以前都是慢吞吞的，報紙新聞都固定在晚上六點、七點左右截稿，現在實務上是儘快把新聞做到網站上；過去網站和報紙各做各的，連話都不講。現在才像個團隊，編採流程也改了，新聞先放上網，有多少用多少，隨著發展繼續編輯更新。六、七點的新聞付印，見於隔天的報紙。獨家的處理也有所改變，以前扣住給報紙先用居多，現在不再這樣，上網第一；而一天下來持續添加內容，改寫，見報的新聞甚至更好。網站求快和新，而報紙版本直述的少了，深度則增加。網路會議在早上九點五分召開。然後主要新聞會議在中午十二時召開，以報紙編採為主，網路人員也要列席，聽各編輯再報告一輪，並討論哪則新聞何時進來，何時可以放上網站等。這類討論其實沒完沒了，從早到晚都在進行。（作者訪問，訪問時間為 2012 年 9 月 4 日）

　　除了報紙與網路的辦公室合體帶來文化衝擊外，兩家報社也因為採取數位聚合策略，出現不同於傳統的新聞思惟。為因應聚合，許多報紙會嘗試在編輯部門設立中央式的新聞室（central news desk），來供應所有通路所需的內容，也就是使用整合的工作流程模式（integrated workflow model）（Applegren, 2008: 19）。同時，當資訊科技改變勞力分配時，新的工作條件就會再次形塑

文化（Robinson, 2011）。《紐約時報》和《衛報》這兩家報社追求聚合的第一步，就是和網路整合。不但新聞的做法改變，甚至時間流程也完全不同。

　　至於《衛報》在紙本與網路合作形式上，《衛報》多媒體新聞編輯威爾伍華德（Will Woodward）說，《衛報》的紙本新聞像是提供資訊的指南冊，網路新聞則提供詳盡的資訊，因而紙本也和《紐約時報》一樣，會為網路宣傳。不過，要從傳統報紙完全轉為網路，仍面臨一定的衝擊。威爾伍華德說：

> 因為我們仍然有報紙思惟，轉到網路是很長的過程，有文化轉變，不是隔夜就發生。還是有人固守著以前的做法；不過，有創意的年輕人正好可以出頭，所以報業還是可以一展長才的地方。（作者訪問，訪問時間為2012年9月6日）

　　《衛報》和《觀察家報》的報紙和網路製作主任強納生卡森則補充說明，在數位新聞時代中，數位第一的迫切性。他說：

> 《衛報》第一個報紙網站好像是在1996年，大概到1999、2000年有一次大擴張，打出 Guardian Unlimited 品牌，陸續推出媒體、社會、教育等網站，人員也在約五年內從20人增加到200人。這頗具野心，競爭對手都在縮編的時候，《衛報》卻投進更多資源；網站流量也每年增加。
> 《衛報》有影片部門，製作很多伊拉克和阿富汗的影片，很多調查性的報導，重大新聞都附有影片；六個月前還沒有這麼做。互動的也快速增加，我們一年前設立紐約辦事處，效

法《紐約時報》，加強互動作品、圖表等；此部門專為開發
網路應用而設，是從報紙轉向數位第一的具體作為。（作者
訪問，訪問時間為2012年9月4日）

　　由以上訪談可知，兩家報紙在數位聚合過程中，均努力使新
聞室能將「報紙第一」的傳統觀念，轉化為「網路第一」的新聞
策略，以做為媒體轉型的第一步。也因此新聞室文化發生極大的
改變，不但新聞作業模式與新聞思惟與過去大不相同；因為網路
的迅速發展，幾乎隨時都可以是截稿時間，這是報紙媒體過去從
未出現的狀況。

第二節　數位人員加入，新聞工作者定義擴大

　　數位時代的編輯部人員之所以贊同聚合，是因為他們認為
從新聞工作者的角度來看，聚合提供了改進新聞的機會，並且提
供記者不同的數位工具，以便在最適當的媒體上說故事（Quinn,
2004: 112）。為了因應報紙與網路合體的聚合方式，兩報因此創
造出許多溝通兩者的新職位，編輯角色比傳統吃重。如所謂的
「新聞發布編輯」（Newsflow Editor）、或是「新聞編輯」（Story
Editor）等職務。前者是負責把網站新聞傳遞給個人；後者則
是設法增加新聞支援，以便個別新聞或事件可以有更完整的資
訊（Wilkinson, Grant, & Fisher, 2009: 3）。《紐約時報》因為朝網
路轉型還增加了網路製作人（Web Producer）等新職務，改寫人
員（Copy Editor）的工作內容也不同於過去。《衛報》則有過去
沒有的資料研究員（Data Researcher）、數位發展編輯（Digital
Development Editor），另外兩報也都有多媒體編輯、社群網站編

輯等網路聚合後的新職務。他們都為新聞工作,但類似職務在傳統新聞時代中並不存在,無形中亦擴大了新聞記者的定義。《紐約時報》圖表編輯泰森伊凡(Tyson Evans)說:

> 1960和70年代,攝影人員聲稱,他們不只是對鏡頭按快門,照片也是報導,所以他們也是記者;接著設計、美工、圖表人員,因為在報導中都有作用,也是新聞人員。我們有個圖表編輯阿契,在第二次伊拉克戰爭時,甚至長駐當地,海珊被逮時,阿契和記者都在,他畫出海珊藏身的那座碉堡的結構圖,用視覺傳達不同形式的內容。報紙新聞人員的定義就這樣從70、80、90年代不斷擴大,現在數位新聞技術崛起,營造視訊、互動等經驗的人,想必又會使新聞人員定義繼續擴大。(作者訪問,訪問時間為2012年2月3日)

泰森伊凡提到去伊拉克採訪的正是圖表編輯阿契謝(Archie Tse),阿契謝也回憶當時的情形。他說:

> 2003年時報派我到伊拉克,在巴格達等地待了一個月,製作圖像報導。美軍逮到海珊的隔天,我前往當地,軍方開放他藏身的地洞,所有記者和攝影見到我都有些意外,問我來做什麼,我說要做圖解報導,他們七嘴八舌都說也該這麼做。但派圖表人員出國,須多花一大筆錢;隔天我們是唯一完整圖解海珊地洞和逮人過程的報紙,我實地丈量了每個地方。
> 1995年那時圖表只做給報紙。大約五、六年前,我們開始轉變成為網站工作為主。時至今日,我們隨時都有半數的人參

與網路版圖表的製作，小至簡單的HTML檔案，大到複雜的JAVA或CSS，合成互動圖表。有人說我們是影像圖表美工，我覺得不妥，我自認是新聞工作者。（作者訪問，訪問時間為2012年2月7日）

但也有人因為數位聚合加入新聞工作，卻還未能完全融入新聞工作中。在《衛報》負責提供互動技術的艾力士格若爾（Alex Graul）就說：

我和記者合作得很密切，甚至到要作決定的程度；事實上我問過不少人、不少記者，問他們認不認為我是從事新聞工作；有人說是，有人說不是。總編輯艾倫就說是。由於背景、理解等因素，他們也覺得滿困擾，大家都自稱是新聞工作者，有的人難以認同。老實說，就所做的事情而言，似乎並沒有明確的界定。

我有些《衛報》以外的朋友，有新聞學位，學過新聞史、新聞哲學等，我不知道他們怎麼想；我自己覺得好像缺了些什麼，不能自稱新聞工作者。我不了解這個領域的歷史和哲學，不敢理直氣壯地自命記者；這是基本的差別。我想差別在於，我雖然可能涉及一些決定，但擺明新聞不歸我寫，不歸我調查，這是基本上的差別。我或許提供了協助，甚至引導，但新聞通常不是我們弄來的；如果是的話，我們就和記者一樣了。

現在新聞部門中有很多人的角色很不傳統，視訊製作人，SCO人員，內容管理員，這些角色都圍繞著新聞工作，但

並不一定製作新聞；他們算不算新聞工作者很有爭議。幾個月前在倫敦有一場辯論，討論誰可自稱新聞工作者（或記者）。這是個還沒有共識的問題。部落格作者也一樣，和資格、為誰工作都有關係。所以這問題在新聞部內外都存在著，滿複雜的。（作者訪問，訪問時間為 2012 年 8 月 20 日）

在網路時代，最重視網路多媒體使用的學者馬克戴茲（Mark Deuze, 2003），評價網站的三個標準是連結性（hypertextuality）、互動性（interactivity）與多媒體特性（multimediality），他認為這三點是網路新聞的理想型。而這正是《衛報》與《紐約時報》在數位聚合後，積極發展的面向。《紐約時報》助理總編輯（Assistant Managing Editor）吉姆羅伯斯（Jim Roberts）提到：

照我看來，這間辦公室裡人人都是數位新聞人員，不容否認，因為他們每分鐘都在為紐約時報網站做事。我的想法是，進取的數位新聞人員勇於嘗試並且擅長運用各種表達媒體，不太仰賴文字或語言，他們也不停開發新科技，這正是時報的強項之一。文字和圖片只構成二元傳播，加入視頻、動畫、語音等，跟讀者互動，確實五花八門。但我覺得……，我上週剛對學生說，現在是講故事的黃金時代，這是真心話。時至 2012 年，工具如此多樣可用來打動讀者，我覺得是更好的經驗。或許更好並不貼切，但確實更豐富、更完全。（作者訪問，訪問時間為 2012 年 1 月 31 日）

由此可見，網路媒體中能發揮的數位功能愈來愈多。舉例來

說，《衛報》在「媒體訪談」（Media Talk Procast）專欄中，主要
是藉由音訊檔形式，呈現與多名學者討論媒體議題的訪談內容。
《衛報》在2012年底刊出的年度最佳照片中，也會兼顧智慧型手
機使用者的需求，以最適合手機螢幕形式閱覽。該報圖表部主任
邁可羅賓生（Michael Robinson）說：

> 報業數位化最大的改變在於，印刷時代比較看個人。而且工
> 會規定不在其位、不准做其事，新聞業那時看個人的，很少
> 提到團隊。現在有些事仍然如此，例如說某條大消息是某記
> 者的。但當紀錄片、影片多起來後，漸漸仰賴團隊，數位化
> 時更是團隊工作。（作者訪問，訪問時間為2012年8月20日）

　　由以上討論可知，由於數位媒體日益普遍，不但使得新聞工
作朝團隊形式進行，新聞工作者的定義也在改變與擴大中。更多
的數位人員參與網路的新聞生產，過去他們被認為是技術人員，
現在都是新聞工作者。新聞工作者定義更多元，已是數位網路時
代的一項特色。

第三節　新聞記者必須多技能、跨媒體、跨領域

　　《衛報》互動組主管艾拉斯塔丹特（Alastair Dant）指出，在
他的工作中經常要進行跨領域合作，其中更有不少技術人員加入
新聞工作。由於新聞的要求與技術人員過去的訓練非常不同，自
然在數位化轉型初前，會帶來一些困擾。他說：

> 難處在於，即使《衛報》同意我招募開發人員（developers），

但我不只需要開發人員，還要記者、要設計人員；糾合一個團隊容易，維持則很困難。我們身在技術部門，但產出的是編輯內容，於是編輯認為我們該歸編輯部門，設計部門都認為我們該歸他們管，很是為難。

有一本近來很多人看的書，書中說，任何領域你都得花上一萬小時，才能真正了解或有所貢獻，電腦程式當然也是。為了讓程式更容易上手，歐洲做了很多努力，不僅要孩子愈來愈早接觸程式，也擴及各年齡層的人。我想目前要真的精通它，一萬小時是少不了的；經驗在取決關頭非常重要，不能動輒陷入長考；面對截止時限，就可見效用。我的看法是，開發人員要有新聞概念，或許做數位計畫的記者也該有開發概念；我懷疑兩者兼長是很難的，但我想有。（作者訪問，訪問時間為 2012 年 1 月 31 日）

《衛報》報紙和網路製作主任強納生卡森也說：

以前我們的報紙新聞人員可能是網路的十倍，為了轉成網路第一，五年前曾有大規模訓練，一些文字編審（Copy Editor）做了 30 年，得教他們網站特性，例如趕時間、需要地圖等，沒有兩小時寫一篇稿這回事。給他們一到兩天訓練，搬進這棟樓後直接投入網路發行；我們也教各種成套的製作工具，製作系統仍和報紙用的一樣，只是加了很多網路發行的步驟，標題有給報紙的、有給網路的，照片亦然，以及視訊和音訊等；這些都有訓練，不是說會就會的。

對於報紙和網路一些特別的技術環節，我們有報紙製作編輯

和網路製作編輯的角色，除此以外，人手大概都是通用的。
大約一年前，我們還稍有區分，看能力任事，現在大都打散
了。（作者訪問，訪問時間為 2012 年 9 月 4 日）

《紐約時報》已有多名記者開始發展雙技能，但更重要的還
是善用媒體的能力。吉姆羅伯斯說：

> 要僱用年輕記者時，我會選有多樣技能的。《紐約時報》是
> 大型新聞組織，仍然重視文筆、攝影等傳統技能；如果兩名
> 應徵者文筆都好，我會選能夠拍影片給報導增色的一個。說
> 到工具，並不一定是指實體器材；例如 iPhone 的錄影功能是
> 一回事，但記者有本事在採訪時錄下關鍵的兩分鐘，報導因
> 而更加有力；能這麼做的，就是有競爭力。（作者訪問，訪
> 問時間為 2012 年 1 月 31 日）

《紐約時報》也會刻意栽培記者使用社群網站的能力，受訪
者珍娜渥爾森（Jenna Wortham）便是其中一名。她提到自己可使
用的平臺包括網路和報紙，有時也做多媒體幻燈片與網路上的多
媒體；另外還會在廣播、視訊上，以記者身分談新聞；也會在推
特、臉書上寫東西。珍娜渥爾森說：

> 五年前我主要給雜誌寫稿，寫部落格，可能我吸引了《紐約
> 時報》某個編輯的注意，他們想聘幾個年輕人，只做網路。
> 2008 年 8 月，《紐約時報》數位部門、部落格聘用了我等三
> 人，半年之後，三人全都轉任報紙記者。《紐約時報》傳統

上都聘僱經驗老到的人，但我想他們知道需要一些對網路、新媒體較有概念的人，才能與其他科技部落格競爭。（作者訪問，訪問時間為 2012 年 2 月 3 日）

工作聚合是大勢所趨，現在已經開始了；進展則與技能有關；有些作家已經就新聞寫起部落格，例如倫敦市區有示威，他們帶著 iPhone 前往，現場寫部落格並上傳照片、視訊、音訊；這只是最近二、三年的事。現在的改寫編審（Copy Editor）或副編輯（Sub Editor）都是既做報紙也做網路；但是強納生卡森雖然強調多工，卻也擔心記者的水準下降。他說：

記得總編輯艾倫曾說，他會僱用擁有部落格的人。那是好多年前的事，有點說笑意味。但如果來《衛報》應徵 writer，除了寫作之外，還身懷一套採訪技能，肯定加分。但我在招人時，碰過一些年輕人，有數位技能，基本的文字能力卻很差，這也是現在的一個問題。而且新進人員還欠缺一些涉及新聞處理的法律知識，需要加以訓練。（作者訪問，訪問時間為 2012 年 9 月 5 日）

數位時代的記者因為媒體工具增加，無形中也增加工作負擔。在轉型過程中，會看到不成熟的影音、照片作品出現在兩報網站，對一向強調品質訴求的《紐時》與《衛報》，多少會有影響。而品質之所以受影響，主要原因就在於要求記者使用多工具、或是具備多技能一事上。《衛報》多媒體組主管穆徹法海利利（Mustafa Khalili）認為多媒體尚無明確定義，實際上任何數位

化的作品、不是印刷的都是多媒體。他在《衛報》主要就是負責
製作視訊和音訊，但他說他不會鼓勵傳統記者學做視訊。穆徹法
海利利說：

> 我不會鼓勵傳統記者學做視訊，我認為兩者是完全不同的技
> 能。並非我們不要他們學，發iPhone給同仁就有鼓勵拍影片
> 的意思。話說回來，有了iPhone也不見得能夠做出東西。但
> 不能洩他們的氣，連工具都不給；要鼓勵，給機會和訓練。
> 製作好的視訊不只是拍一段影片，深度和手法大大有別，不
> 是一般記者做得來。其實網路給記者們很大壓力，在《衛
> 報》尤其大，突然要求他們會另一套技能。有興趣的會來找
> 我，說想做一則關於某事的影片，能不能請一名製作人幫
> 忙。這對我來說就是他們明白多媒體的價值，我很樂於合
> 作，給予鼓勵，這是第一步。轉變不是一蹴可幾的，是一種
> 文化，要一段滿長的過程。（作者訪問，訪問時間為2012年
> 8月31日）

此事在這兩報的工作者中，有不少受訪者認為對記者的過多
要求，並非上策。《衛報》圖表組主任邁可羅賓生就說：

> 數位時代對記者要求很多。要訪問人，要錄影，要剪接，回
> 來交出大家期待的報導，要求可謂繁重，有多少人做得來
> 呢？不是人人拿到高級相機就拍得出好照片，說實在的大都
> 乏味無趣。追求多項才能陳義過高，這是當前的大問題。
> 徒有好工具，不能讓人專業。這是當前的大問題，因為我們

需要影片，要聲音，要圖表，要好故事，要一個人包辦全部；我認為這不合理，不可能，要求太多了。而想要這麼幹的人，一定焦頭爛額；不如一組人分工合作，輕鬆做出好得多的成品。每部電影片尾都打出長長的工作人員名單，多達數百人，就是這個道理；從未見過上面只打出一個名字的。我想有很多人以為一個人全包是可能的，而這正是劣品充斥的原因。（作者訪問，訪問時間為 2012 年 8 月 20 日）

數位時代要求記者多技能，又明白記者不可能樣樣都學得來，或是樣樣精通。多技能雖是數位時代的優點，也慢慢浮現若干問題。

第四節　新聞記者使用社群媒體比例加重

數位時代很重要的特徵是，新聞組織愈來愈會使用社群媒體來擴大媒體組織的品牌，並藉此建立與閱聽眾的關係。像《衛報》就鼓勵他們的記者要設立個人社群網站，以便放置訊息或與閱聽眾互動，過程中並沒有任何守門控制。2005 年時，部落格是政治記者最常使用的平臺，部落格中最常連結到他們的新聞組織，以及其他的主流媒體，新聞記者仍然像個守門人般。而在部落格廣為使用後，另一種更為輕薄的微網誌以推特的方式崛起，推特現在已經成為新聞記者與業餘者更新新聞的最主要方式（Lasorsa, Lewis, & Holton, 2012: 19-20）。2010 年秋天，《衛報》開創科學路線，還將科學家網入部落客的寫作名單中，《衛報》這樣的行徑在英國主流媒體仍屬罕見（Seitz, 2010）。現在，《衛報》常利用推特做為推銷品牌與報導的工具（Broersma

& Graham, 2012: 404）。《紐約時報》情形也是類似。根據
Netprospex統計，《紐約時報》在推特上受到最多人關注，平均
每四秒就有一則《紐約時報》的新聞在推特上出現（Bergman,
2011）。

　　本章發現，《紐約時報》與《衛報》兩報記者與新聞部門均
大量使用推特，推特也開始影響新聞規範（Lasorsa, 2012）。推
特被認為具有傳遞新聞、行銷故事、與新聞消費者建立關係，以
及作為報導工具等四個用途（Broersma & Graham, 2012: 403）。
推特的使用者可以一起討論共同的議題，又因為推特傳播速度極
快，所以記者可以從中選擇與過濾新聞；他們發現使用推特，可
以很快和傳統記者形成區別（Lasorsa, Lewis, & Holton, 2012）。
媒體公司亦使用推特來與觀眾連結（Greer & Ferguson, 2011）。
以致何密達（Hermida, 2010）提醒大家在思索推特時，一定要考
慮閱聽眾與新聞的關係，並且了解新聞已經變得無所不在，並且
是由閱聽眾與記者共同努力來完成。

　　其實，兩報對於社群媒體的使用並不僅限於推特。以「敘利
亞戰爭」（Watching Syria's War）網頁為例，《紐約時報》就放了
其他地區民眾或是媒體拍攝的YouTube影片，多是當地國家媒體
或是素人拍攝的短片。同時，《紐約時報》記者大量使用社群媒
體。紐時部落格中記者名字，不但可連到記者在部落格上的其他
文章，也可連結到該記者的推特。另外，《紐約時報》還創辦擁
有66個部落格的專區The Lede，由記者負責經營。《紐約時報》
社群網站互動新聞部門主管莎夏柯倫（Sasha Koren）說：

　　　　過去一年我們改變頗大，現在單是使用推特的記者就超過

300人，幾個大組包括全國組、紐約市組、國外組等的主編們，都察覺到它的重要，並催促轄下編採多加注意。（作者訪問，訪問時間為2012年2月2日）

　　而在《衛報》，也經常可以看到使用社群網站做為報導訊息的情形。在報導英國是否應該援助希臘的議題時，《衛報》記者會在報導中引述各方評論家在推特中的看法；同時，《衛報》在引述該類內容時，會直接將要引述的推特內容方塊整個移到報導內，介面和原本的推特一樣，讓讀者一看就知道是哪個評論家的發言，也可以直接進行發言內容的追蹤（follow）或回覆（reply）。《衛報》新聞編輯羅貝卡愛麗森說：

　　我們發現即時部落格（live blog）在查證方面是很有用的工具，開放與讀者互動，新聞也變成活的（organic）；我們也透過雲端，向讀者發問、求助，那是很棒的改變，我們也會從中得到消息，真的很好玩。（作者訪問，訪問時間為2012年9月4日）

　　對《衛報》而言，社群網站的運用還與社區的概念相結合，以便開發新聞活路。《衛報》會儘量提供裝備和協助，不過並沒有非做不可的合約協議。《衛報》數位開發編輯喬安娜基爾瑞說：

　　我目前做的大多是怎樣利用社群科技來加強報導。我們嘗試開放，在我們的平臺上容納讀者聲音，並用到新聞上；這要

開放很多管道，例如評論、回應、與讀者對話、取得故事等。開放管道的同時，管理工作隨之而來，評估、過濾，找出有用的資訊。我的事情多在這個範圍，如何改善系統，利用資源，促使這些工作更有效率，有助於採訪；為此我們在編輯部各組之間新增了八名協調人，要和既有的協調團隊一起把精彩新聞做大。

同時，如果碰到有用的消息人士，如何利用科技記住他們，以便聯繫；擴大與我們互通聲息的讀者群。納入新科技、處理任何訊息，一開始就在設計上下功夫，務求給讀者良好的使用經驗，例如使用我們的資料庫等，促使他們樂於和我們互動。這些都是我目前的挑戰，把科技整合到工作流程中，讓《衛報》和讀者兩蒙其利。（作者訪問，訪問時間為2012年9月4日）

從兩報受訪者口中可知，運用社群網站在新聞聚合極為常見，也讓媒體界線模糊的聚合現象更加明顯。由此可知，在新聞聚合過程中，社群網站的角色實已經愈來愈吃重了。

第五節　建立新聞聚合的商業模式

雖然《紐約時報》與《衛報》均已試圖將網路轉型為傳播新聞內容的主要通路，然而網路雖可降低內容再生產與分配的成本，但是並未降低原生內容生產的成本，這使得網路想靠內容賺錢這件事變得更困難（van der Wurff, 2008: 67）。同時，線上新聞消費者對於公共事務新聞的興趣一直在下降中，儘管記者是朝公共事務進行報導，但是網站消費者卻較常選擇非公共事務的新

聞（Boczkowski & Peer, 2011），這些新聞現實，對於以質報自許的《紐約時報》與《衛報》都是極大的挑戰，兩報至今仍在尋找適用新聞聚合的商業模式（business models）。《紐約時報》助理總編輯吉姆羅伯斯說：

> 網站的經營壓力仍然非常沉重，迄今沒有一家數位報紙賺錢，我們也在摸索，網站的訂閱和廣告量比平面報紙更難開展。但我相信仍然可為，品質好終究會得到大眾支持。我們正在一個成功轉型過程中，轉成能夠在網路和紙面上同樣發行的事業。兼顧兩者，乃至摸索未來相關的一切，都極其重要；也就是說，要了解報紙和網路的不同；網路和智慧手機不同；智慧手機和平板電腦不同等，要跟上讀者日新又新的特性。新聞工作者要認清他們控制不了消費習性，我想這是美國新聞界最難的一課，讀者是老大，新聞工作者不是。我們最後接受了這個事實，不是嗎？市場要什麼，我們得做出反應；大家想用某方式獲取新聞，我們就得配合。（作者訪問，訪問時間為2012年1月31日）

在《衛報》工作有22年之久的資深美編珍娜蕾得利（Jenny Ridley）則說：

> 網路迄今難賺到錢。尤其在英國，因為有個免費的BBC網站，任何一家報紙都不容易有賺；《星期泰晤士報》因為網路收費使得發行量大跌。人們會想為什麼要付費？BBC或衛報網站就有得看了。按理說網路人氣愈旺廣告愈多，但我

們網路目前的收益和報紙仍沒得比；情形正在改變，目前還是如此。因為年輕人不買報紙了，他們對時事沒興趣，或者只上網看新聞。倫敦年輕人不再人手一報，除非是免費的。（作者訪問，訪問時間為 2012 年 8 月 22 日）

由此可見，新聞在網路上的競爭，已經非常激烈。《衛報》數位開發編輯喬安娜基爾瑞提到：

這是很弔詭的兩難。很多報紙把維持網站視為雞肋，回頭拚報紙銷量，無奈報紙讀者已經跑了。網路是大勢所趨，再困難都得堅持下去，建立讀者群，增加廣告，摸索出生存之道。別以為《紐約時報》對網站使用者收費就解決了，其實沒有；他們的網站收入只占開銷的10%，仍靠報紙撐。《紐時》讀者為了他們視為專業、代表身分的報紙，不吝花錢，也花得起。

我不認為網站不賺錢就要放棄，我們仍然有興趣做，何況衛報網站一年有四千五百萬到五千五百萬（沒交代幣別）的廣告，金額不小。關鍵原因是我們真的想和讀者建立更緊密的關係，希望我們提供的東西讓讀者一而再地回來。我們統計上網人次、造訪頻率、常客的百分比；研究市場，希望綁住讀者，同時藉著和他們互動，把新聞做得更好。《衛報》近年在網路教育課程和廣告方面頗有成長，論收入顯然差得遠，但嘗試和創新沒有停過。《紐約時報》大概也是如此。

報紙讀者會大量回籠嗎？不，在西方世界不會，趨勢不是這樣。所以你得選擇：是要守住一個讀者漸少的平臺，盡心盡

力，直到消失？或是多方嘗試，開創新局？前途艱難，還有
賭的成分。我想《衛報》和《紐時》都選了後者。（作者訪
問，訪問時間為2012年9月4日）

《衛報》新聞編輯羅貝卡愛麗森也說：

這是背水一戰，沒有別的可選。不斷嘗試和演變，到時間
才見結果，這條路令人戰戰兢兢。（作者訪問，訪問時間為
2012年9月4日）

　　歸結《紐約時報》與《衛報》新聞聚合的經驗可知，都是
希望能靠有品質的「內容」賺錢，這個邏輯與廣告獲利邏輯有極
大不同。廣告獲利是靠「閱聽人商品」賺錢，媒體生產內容只是
為吸引閱聽人以便廣告主購買（Smythe, 1977: 2）。以致傳播學
者Ien Ang（1991: 27）才會說，如何得到觀眾才是媒體關注的核
心，而非內容。目前網路經營也多是採取廣告獲利模式，採取
收費制的新聞網站非常有限，使用者已形成「網路資訊應該免
費」的思惟。加上網路經常包含來自電視、廣播、雜誌，新聞未
必是最主要內容，所以網站常常就連新聞內容也免費提供了（Ala-
Fossi, et al, 2008: 150）。
　　本章發現，《紐約時報》和《衛報》不同於「閱聽人商品」
的理論，他們都相信內容的品質可以帶來閱聽眾。因而兩者雖都
期待聚合後能夠獲利，卻各自採取不同的商業模式。以《紐約時
報》來說，採取的商業模式就是打破網路免費制，不同平臺均訂
有不同的價格規定，定價將根據不同的媒體聚合而有不同價格。

《紐約時報》發行人亞瑟蘇茲貝格（Arthur Sulzberger）也在他嘗試建立的數位訂閱模式（digital subscription model）中，認為他們的讀者最在乎的是內容，所以一再保證網站新聞的品質。他先讓大家在一個月內可以免費看20篇文章；而為了建立忠實的網路使用者，《紐約時報》在廣告商支持下，提供十萬個讀者免費看紐時網站一年。該報網路編輯伊恩費雪說：

> 瀏覽網站會比只訂閱報紙看到更多新聞；敘利亞現狀就不是傳統報紙能夠勝任的，因為有太多視訊與其他內容，網路這時管用得多。《紐約時報》是在賭，公司和發行人都在賭，賭我們能夠憑高質量內容賺錢，不受評比左右或隨波逐流。（作者訪問，訪問時間為2012年1月30日）

　　根據媒體報導，《紐約時報》2013年網站訂閱收費金額可達9,100萬美元，占整體訂戶付費金額的12％，已經比數位廣告的收入還多5,280萬美元。2012年發行收入成長7.1％，反之廣告收入下滑為3.7％。2013年的數位發行收入可能也會是超越數位廣告的一年（楊士範，2013）。反觀《衛報》網路則是採取免費方式；若是用手機等新媒體看《衛報》雖得付費，收費並不高，目的是為增加上網率。其實《衛報》在2003年時曾經推出以信箱提供新聞的付費機制，最後卻悄悄關門（Kate & Quinn, 2010: 37）。整體而言，《衛報》的商業模式仍是大幅依賴廣告的傳統模式，《衛報》網站因為採免費制，廣告確實比《紐約時報》占據更多版面。
　　《衛報》因為網站未收費，以致《衛報》爭取廣告外，還

得不斷開源。《衛報》網站因而創立了「衛報書城」（Guardian bookshop）、「衛報電子書銷售平臺」、「衛報人力銀行」（Guardian jobs）、「衛報交友網站」（Soulmates）等，並根據不同主題的版面，搭配不同廣告。而且，在《衛報》數位聚合之下，所有平臺一起爭取廣告與更多的閱聽眾，等於說明廣告是與聚合策略相配合的。《衛報》圖表主管邁可羅賓生說：

> 英國倫敦有六、七家報紙競爭，現在競爭在於誰最快上手機，誰的iPhone最出色之類。一家新聞媒體不會只做iPad，有名聲有規模的組織會全面發展，跨各種平臺，平衡成本因素。例如iPad如果賺，就可平衡別處的虧損；或許四個平臺之中，有一個賺就夠打平。廣告商也會看誰把四個平臺經營得最合其意。（作者訪問，訪問時間為2012年8月20日）

《衛報》一向強調要以最好的新聞品質，以爭取更多的閱聽眾，在數位第一的政策下，《衛報》似乎也衝出了一定的閱聽眾數量。《衛報》資深圖表編輯派帝艾倫（Paddy Allen）說：

> 我們共11個人，要出稿到網路、《衛報》、還有《觀察家報》。現在互動作品的量愈來愈大，人手也愈來愈多；雖然報紙銷量減少，網路的受益一直在增加，以前若一天有十萬人瀏覽，我們就心滿意足，現在人次已經以百萬計，很驚人。（作者訪問，訪問時間為2012年8月22日）

《衛報》由於目前網路版無需收費，因此廣告量多，有時候

廣告的放置位置過於搶眼，反而喧賓奪主，把重要的資訊模糊掉。舉例而言，《衛報》網路版的國際新聞版會在每一則新聞的右方，有一個縮小的國際地圖，若此國際新聞是發生於中東地區，該圖片就會有一個聚焦的圖案指著中東地區，對於了解國際事件而言，這樣的地圖輔助是很棒的。然而，由於圖示較小，右方也常有大幅的跳動式廣告，常常使得這個精心製作的圖示被讀者忽略，而不知不覺點到旁邊的廣告連結。這或許也是以廣告為主的商業模式，無法避免的問題。

第六節　速度與新聞品質的兩難

　　媒體聚合帶來了最多的平臺，以及最快的發稿時間，卻也引來新聞品質下降的疑慮。皮瑞闕與柏尼爾（Prichar & Bernier, 2010: 604）想了解80、90年代，以及21世紀三個不同世代中，媒體聚合中的科技與經濟因素如何影響組織中的新聞記者。結果他們發現，21世紀的科技雖然可以更快獲得新聞，新聞在記者心目中的價值卻不如十餘年前。記者對網路的看法不一，可能是因為記者在忙著快速發稿到網路中，很難在心中形成專業上的滿足。這等於說，科技的運用可能創造了「愈快愈好」（faster is better）的偏見；同時科技的發展也經常導致新聞可能走向死亡，特別是指印刷媒體（Zelizer, 2011: 9）。實際閱讀兩報網站時也可發現，兩家質報在轉型為網路媒體後，因為隨時都是截稿時間，錯誤率自然增加，以致網站上有時會看到兩報的更正文。

　　同時，由於《衛報》網站策略是大量使用社群媒介的資訊來源，一旦網路中的資訊內容遭移除時，《衛報》網站原先引用的資訊內容也會一併消失。另一問題是，社群媒體充滿真假難辨

的各式訊息，使用時得更加謹慎。即使這樣，兩家質報出身的報紙，在網路化轉型過程中，依然努力保有品質，並不以羶色腥新聞取勝。《衛報》圖表主任邁可羅賓生說：

> 人們願意為品質多付些錢，而且會把產品和品牌聯想到一起；我想這對任何事業都是重要資產。值得信任才會得到信任，它來自品質，不論做什麼，都應追求品質。（作者訪問，訪問時間為2012年8月20日）

從上述訪談可知，新聞還是報導的核心，而非炫目的媒體科技，只是現代記者得更能使用不同的媒體工具來進行報導。《衛報》攝影記者出身的多媒體新聞編輯穆徹法海利利也說：

> 我們正進入數位媒體的新時代，有很多不同方法來報導故事；去年我採訪英國暴亂，和同事保羅在街頭，我是用推特報導，沒有拍一張照片，沒有拍任何影片，但衝擊力一樣。（作者訪問，訪問時間為2012年8月31日）

總體來說，《紐約時報》和《衛報》因為都是質報，因而在製作聚合新聞時，也保留更多的新聞元素，雖然也已漸漸重視影音，但還是以新聞內容為第一，對於文字以外的媒體運用，已比純文字時代靈活許多。即使兩報採取略有不同的商業模式，卻還是以內容品質作為吸引閱聽眾的主要訴求。

數位時代對新聞記者的一大疑問是：「記者該擁有多媒體能力嗎？」或許答案還不是很肯定。仍有人認為記者可以不必受到

新科技的煩惱，因為它分散開了記者寫作與報導的最主要責任
（Kawamoto, 2003）。但媒體進用人員的標準已經和過去有所差
異。明顯的是，由於數位時代報導技能已有所改變，記者所需的
技能已經不同，《紐約時報》非常能體會這方面的轉變。資深記
者克里斯祖魯（Christopher Drew）說：

> 早期典型記者受僱多在35歲左右，數位世代傾向年輕些。年
> 輕記者對部落格投注很多時間，也使用推特和臉書，藉以擴
> 大接觸，綁住不看報的年輕一輩，社方也希望記者們如此。
> （作者訪問，訪問時間為2012年1月27日）

　　由訪談中可知，內容聚合造成記者必須多工的想法，確實
會影響新聞品質。這樣的想法在講求質報的《衛報》和《紐約時
報》，新聞聚合其實多數出現在赴國外採訪的情形中，並非天天
都如此。《紐約時報》圖表編輯阿契謝就說：

> 2003年報方派我到伊拉克做圖解報導，2006年我奉派去黎
> 巴嫩，採訪真主黨和以色列的戰爭。當時我們開始增加多媒
> 體作品，所以我也帶著攝影機、筆記型電腦，做好報導發
> 回來。我在那一趟發現，處理那麼多材料，真的很困難。
> 你必須像拍攝影片那樣思考，要想像做成的視訊報導是什麼
> 樣子。能夠一手包辦的人真的難找。寫稿、製作有旁白的視
> 訊、繪圖製表，各有各的思惟，腦筋要切換來切換去，我想
> 這就是難處。（作者訪問，訪問時間為2012年2月7日）

　　事實上，數位時代對記者技能要求愈來愈多，確實引來記者心裡的壓力。這是因為記者認為過去備受重視的技能，在聚合後的重要價值已不如前（Cottle & Ashton, 1999），這種感受在傳統報紙尤其明顯。不過，已漸漸有人開始找到其中要領，明白如何掌握新聞時機。《衛報》的派帝艾倫舉例說：

> 很多採訪記者都受過攝影訓練，尤其駐外特派員，他們全靠自己，不但照相，還要會拍片錄音。《衛報》駐阿富汗記者沃許就是個能手，我們集合他發來的照片做成幻燈片放上網站，他還自己配音。有的人行，有的做不來，而他就是個中翹楚。（作者訪問，訪問時間為 2012 年 8 月 22 日）

　　由此可知，在不同媒體的聚合過程中，不同記者的表現情形不一，這方面固然應是評價記者的標準之一；但同樣不能忽略，即使在數位時代，一名好記者還是需要勤快跑新聞。《衛報》資深記者伊恩柯班說：

> 在這個數位化的時代，報紙的經營還是非常困難。雖然如此，我們認為對一個好記者的要求標準還是一樣的。記者最重要的事情還是在追求事實，要告訴民眾最真實的一面，這個標準，和 30 年前沒有兩樣。（作者訪問，訪問時間為 2012 年 8 月 23 日）

　　聚合時代的新技能雖然不斷增加，《紐約時報》與《衛報》，對記者的要求還是以內容為主。數位人員可能為報紙服務，報紙

人員也得學習使用數位網路與多媒體，以強化報導。由此來看，單單僅以多技能做為評價新聞記者工作的主要標準，恐怕是對數位時代新聞轉型的誤解。媒體公司對技能的要求是否已超過對新聞思考的要求？如此即可能導致貧乏的新聞內容，是報紙媒體轉型時必須思考的。

第七節　兩家質報經驗提示：聚合有機會帶來更好的新聞

　　數位媒體時代為新聞界帶來極大的衝擊，聚合常成為過程與結果的評價用語。當新的媒體形式出現時，傳統新聞究竟是會適者生存、還是滅亡，目前並沒有確實的答案；同時，已經令人喪失信心的新聞媒體，是否真有存在的必要，並具有促進民主、告知公民的功能，現在也不確定。但網路帶來的聚合新聞時代，確實可以帶來更多富有創意的新聞思惟（Jones, 2009）。本章認為，新媒體引發的媒體聚合與新聞聚合，確實使得新聞記者的技能與工作環境有了極大的改變，新聞界正面臨前所未見的巨大變動，許多新聞工作者的心情還難以適應，也會產生反抗心理；再加上全球媒體集中、壟斷問題嚴重，媒體集團的新聞聚合似乎更可能加深新聞控制，因而聚合又是另一場惡夢的開始。

　　本章認為，聚合確實帶來部分負面現象，但傳播科技帶來文化、政治、經濟、社會的聚合，集中反映在媒體身上的新聞聚合，對人類社會未必是壞處。聚合應是漸進發展，媒體公司不須太急促，身在其中的新聞工作者也不必過於焦慮。同時，聚合後的新聞價值與工作準則並沒有太大改變；在聚合的環境中，新聞工作者應該正確、快速與清楚報導事實的基本價值並沒有改變，只是聚合會更要求記者能進行多平臺與跨媒體的創作（Wilkinson,

Grant, & Fisher, 2009: 203）。記者可以明白，因為聚合帶來的多媒體時代，媒體的界線真的打破了。挪威的《艾福坦波士登》（*The Aftenposten*）報紙總編輯諾爾夫賴（Rolf Lie）就認為，未來不會再是報紙或是電子媒體的討論，未來就是關於資訊的討論。所以現在記者應該說：「我不是在報社工作，我是在新聞中工作。」（I am not working in a newspaper, I'm working in news.）（Quinn, 2004: 123）

　　再就最為傳統的報紙而言，為了追求未來發展的可能性，即使還沒有十成把握，毫無疑問是往聚合的方向努力。目前《紐約時報》與《衛報》均嘗試報紙的數位化，這兩家報社也以強調品質做為數位化的主要訴求。然而，許多新聞網站進行數位聚合時，在內容上卻未必講究，還是以羶色腥等新聞作為吸睛的主要內容。所以，我們應該強調，新聞聚合必須注重品質，否則對新聞的發展、或是社會的民主化，將不可能帶來助益，因而有必要對新聞聚合進行基本的分類。昆恩（Quinn, 2004: 112）認為聚合可分為商業導向式的聚合（a business-oriented view of convergence）與新聞記者式聚向的聚合（a journalist's perspective view of convergence）。對商業導向式的聚合而言，節省成本是很重要的；而對新聞記者聚向式的聚合來說，聚合提供了製作更好新聞的可能性，不但無法省錢，反而要投入更多經費。所以，研究聚合的昆恩（Quinn, 2009）多年來一直提醒大家要敏感地去問：「聚合是為了省錢，還是為了做出更好的新聞來？」

　　本章從兩家質報切入後，發現兩報均傾全報社能力，爭取網站新聞的品質，這樣的新聞理念，才是數位新聞值得追求的未來。換個角度來說，聚合帶來前所未見的新聞豐富性，閱聽眾

也可更大規模參與到新聞製作中，參與的人多了，意見無形中就可以多元，媒體民主的概念自然可以實現。而在談論品質時，以內容為主導的新聞理念，有機會取代以購買閱聽人為主的廣告理念，對新聞人來說，實在是自我實現的好機會。內容為王，新聞工作者正是最主要的內容提供者，值此新聞聚合的新時代，臺灣新聞工作者實應真心多面相了解聚合，並藉由新聞聚合實踐好新聞的可能性，才能重建社會大眾對新聞的信任度。

　　新聞聚合帶動更多平臺、技術、組織的聚合，也挑戰新聞產業傳統的商業經營模式，就連新聞產製也受到極大的影響。第五章將以資料新聞為例，探討西方重視新聞品質的媒體，如何使用數位科技發展資料新聞，並進一步彰顯視覺新聞的重要性。

第五章

數位科技聚合

以資料新聞與視覺新聞為例

　　傳播科技足以影響內容，是當今傳播生態最令人關切的議題。這些新的數位科技不但帶來社群互動，鼓勵更多人勇於擔任資訊傳播的角色；更對一向被視為是媒體天職的新聞內容與角色，帶來極大的衝擊。目前全球新聞可在傳統媒體與新媒體中交互運作，並以多元的方式呈現，也因此形成前所未見的網絡化現象。

　　之所以能夠如此，科技實為其中不可少的重要因素。最早的聚合是指科技層面，指的是電腦與數位化，所以聚合一詞首先與科技有關。新媒體正是藉著具有科技能力的社會結構結合（merge）而來，這種演化是受到歷史條件、地方上的偶然與動態過程共同結合後產生（Boczkowski, 2004: 12）。換言之，網路結合傳統報紙而形成新的網路潛能，在不同地區實有不同的結果。這使得當今的人們相信，當代有一些聚合現象已經超過90年代的想像，聚合似乎可以帶來更多的民主、公民權與參與。

　　強調科技的重要性並不等於認同科技決定論，進步的數位科技確實為新聞媒體帶來前所未見的呈現方式。約翰希伯特（John Hebert, 2000）已言明科技在當今新聞產製中的重要性。數位科技帶來更多的新聞平臺、更多的傳播科技，並且使更多人都可以參與到傳播過程中，這使得新聞面貌與過去截然不同，並因此帶出全新的數位新聞時代。派福里克（Pavlik, 2001: xiii）也指出，數位新聞有幾個特徵：一、新聞內容的特質是因為新媒體科技的興起而發生改變；二、新聞記者的工作變得愈來愈重視工具的使用；三、新聞室與新聞產業的結構正發生根本性的轉變；四、新媒體帶來新聞組織、新聞記者、大眾、消息來源、競爭者、廣告商，與政府形成新的結盟關係。

　　值此數位科技潮流下，數位說故事（digital storytelling）已

成為新興且重要的發展趨勢。派福里克（Pavlik, 2001: xv）還進
一步詮釋，傳統新聞有一個清楚的地域社區，反觀新媒體卻更希
望擴大觀眾群。這個轉變不只對商業與文化有意義，對民主同樣
有意義。其中，從資料（data）中發現新聞的資料新聞學（data
journalism），更是數位時代不可忽視的新聞產製方式。

　　本章企圖探討的資料新聞學為例，便能明白科技在新聞中扮
演的角色。資料新聞學是因為日益普及的電腦科技才可能興起，
這個契機的形成實有極大的時代背景因素；儘管民族誌研究者一
樣可以長年研究一個小社群，但使用電腦獲得大量資料來分析，
更可以幫助人們獲得資訊。大數據是指資料量的規模已經超越一
般軟體可以處理的規模；五到十年前，想使用數據來進行新聞報
導是困難的，畢竟這需要更多的電腦技術，通常只有調查報導才
有機會處理大量資訊，大部分的記者與編輯多是依賴外界提供的
數據來報導。換言之，過去這類事只有像是調查記者、社會科學
工作者、統計員、分析師等專家才做得到。

　　現在情形不同了。網路上可看到大量且多數是免費的資訊，
又有更多處理大型資料的工具，因為有不少免費軟體如Google
Fusion Tables、Datawrapper、Google Charts 或者是Timetric等，
都可以提供許多工具來分析資料，有一定技術的人便能完成。
這些工具可以更快速地處理大量的數字，各種網路的應用程
式也能幫助人們分享與認定資料（European Journalism Centre,
2010）。資料新聞學重點在於處理新聞故事背後的資料；資料新
聞學更被認為是可以改善新聞的做法，維基解密創始人朱利安亞
桑傑（Julian Assange）因而將資料新聞學稱為「科學的新聞學」
（scientific journalism）（Gray, Bounegru, & Chambers, 2012: 22）。

又因為科技發達，現在使用一般電腦軟體與大型電腦處理的界線正逐漸消失（Manovich, 2011）。

　　大數據（big data）在人文與社會科學領域中開始發展，在新聞傳播領域中亦然。人們現在有許多機會看到「big data」一詞，雖還是無法明確定義（Lazar, 2012），但已明白大量數據可以幫助人們找到問題的相關性。只要能夠抓住相關性，就有可能抓住機會（林俊宏譯／ 2013: 77）。

　　在英國《衛報》負責編輯Datablog的賽門羅傑斯（Simon Rogers, 2013:10-11）就談到，資料新聞學在這兩年期間，已經變成新聞行業的標準，也是《衛報》報導故事的方式。資料不僅僅是新聞組織的業務，也是新聞媒體公司能夠推動全球發展的希望，本身極具獲利的潛能。他相信，資料新聞的面貌因為不同領域的人不斷加入，不但自身在改變，同時也改變了新聞、改變了世界。

　　此外，資料新聞學處理的資料量龐大，往往須以視覺圖表為主要呈現方式，因而「資訊視覺化」已受到西方媒體高度重視。平面媒體尤其能感受到這個趨勢，並企圖從網路上巨大的數位資料量發現契機。近十年的時間裡，國外新聞媒體已大量使用數位科技處理新聞（Thornburg, 2011），利用大筆枯燥資料創造有趣新聞的案例，一直在發生。同時，這類資訊多數是以視覺化的方式呈現，使得資料的處理與視覺化圖表的關係密不可分。國外研究以實驗法區分年輕的大學生與年紀較大的觀賞者，就他們觀看電視新聞的電腦動畫圖表（computer animated graphics）進行比較。結果發現，對於不同年齡的觀眾，資訊圖表均有助於接收電視資訊（Fox, et al. , 2004）。

　　此刻，數位轉向（digital turn）正深深影響所有的學術領域，同時也影響著新聞產業，以及閱聽眾參與的方式（Holliman, 2011）。由於巨量資料可成為新聞的另一來源，傳統媒體若試圖維持主流地位，就必須發展出新的新聞型態。因為這樣，《紐約時報》與《衛報》早已開始發展資料新聞與視覺新聞（visual journalism），數位時代也因為這兩個西方主流媒體的努力，而有更甚於過往的發展。

第一節　認識資料新聞

　　「資料」（data）一方面是個枯燥的名詞，另方面卻也是個相當流行的名詞。其實資料的概念並不新，不管是資料庫、電腦檔案，或是眾人熟悉的各式圖表，每個人的生活中，都曾以不同程度接觸過各式各樣的資料，這在圖書館學已有較多的發展（Frederiksen, 2013; Ovadia, 2013）。現在社會科學領域也愈來愈關心這個議題；以新聞領域來說，新聞記者在工作中與資料關係密切，經常得設法運用各種關係以得到資料。當時，資料的定義很廣，記者也不會設限，但就是不會將資料與數位化相提並論。

　　資料之所以會與新聞有關，最主要則與「開放資料」（open data）的出現有關。開放資料指的是可以讓機器無誤讀取的資料，以致儲存時就會採取電腦可閱讀的形式（machine-readable formates）（Johnson, 2014）。開放資料的來源極多，包含政府、企業、非政府、非營利等各式組織均可能。其中，來自政府的資料特別受到關注，若能善加使用這些資料便可以提高政府施政的透明度，因此開放資料更加要求民眾可以獲得近用這些資料的管道（Zuiderwijk & Lanssen, 2013）。使用開放資料雖然是全民資

產，但自然與新聞界最為相關，並因此催生出資料新聞。

　　「資料新聞」則是個新名詞，指的是新聞資訊的處理須結合視覺化的數位工具，以便生產數位新聞。換言之，是一個將原始「資料」轉變成「資訊」的過程。其中，資料與資訊的差別在於資料常是理解為可為電腦使用並以數位儲存的基本象徵（symbols）。資訊則是資料整合後，成為人們可以理解的訊息（Wigand, Shipley, & Shipley, 1984）。「資料新聞」指的是分析與檢查數字的能力，以便能夠管理大量的數字並且正確解讀（Egawhary & O'Murchu,2012）。一般而言，資料新聞有兩個構成要素，即是：一、使用程式軟體處理大量初始資訊（raw data）；二、加以視覺化（Gray, et al. , 2012）。所以，資料新聞是關於數字的新聞；在資料處理好後，經常是以圖表的形式呈現。經過這樣的程序處理資訊，當讀者在網路上接觸到資料新聞時，不但可接收資訊量較大的新聞，也常能體會到資料新聞獨特的視覺效果。

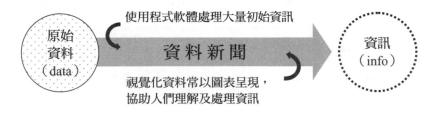

圖5.1　資料新聞強調將原始資料轉換為可用的資訊。

　　更重要的是，資料中常可爬梳出重要新聞，以致資料新聞還是調查報導的源頭，更是當今新聞領域努力的方向。因為使用電腦為資料與視覺處理的必要條件，於是有人又將資料新聞稱

為「電腦新聞」。意思是指將電腦運用到新聞中，相關技術包括
使用電腦軟體處理大量資料，以便重現資訊。這時，則要釐清
把電腦當成工具、與把電腦化當成理論（computers as tools and
computation as theory）各是何意義。把電腦當工具意即要活用電
腦，將電腦當成分析的工具；但電腦化可延伸出理論，已超越工
具的層次。因而像電腦新聞、資料新聞的重點在於搜尋、尋找資
料相關性、過濾與確認型態等過程，正說明電腦化一定超過工具
的單純意涵。還有，電腦新聞可以結合新聞工作者與資訊人員一
起工作，其中更蘊涵生產意義的人文觀點，自然富有更多的創造
性意義在內（Flew, Spurgeon, Daniel, & Swiff, 2012: 158）。可知
資料新聞一方面把電腦當工具，一方面又因為新聞的產出而具有
更多的思考。

　　然而，像資料新聞這樣的數位新聞，絕對不是只看科技單因
的變化而已。由於它的根基為以視覺化進行科學推論，以致傳統
上已將視覺化當為意義形成的工具。最近幾年，不論是主流媒體
或是網路的民主化，都非常強調資訊視覺化。又因為電腦軟體也
有助於藝術的生產，藝術家與設計師也把資訊視覺化當作是藝術
與美學的實踐（Viegas, Fernanda, Wattenberg, & Martin, 2007）。
加上其中的做法並不難，只要是利用家中的電腦，將資料進行藝
術呈現即可。

　　因為簡易的資訊軟體已能普遍運用到各個領域，目前可以使
用的軟體固然很多，有時用Excel就已經可以做很多工作（Gray,
et al. 2012）。以處理資訊為產業核心的新聞媒體，也已開始發展
資料新聞學。挪威幾個新聞機構的實驗經驗就發現，新聞記者使
用電腦的技術與工具，與傳統新聞時代已經非常不同；但新聞的

價值與目的，與傳統新聞其實是完全相同的（Karlsen & Stavelin, 2014）。

第二節　認識視覺新聞

　　資料必須處理好才能使用，如果都用Excel、Spreadsheet（試算軟體）整理好，對使用者而言將更容易；又或者，如果每一個物件或分類都已有電腦代碼，在電腦上將更容易分析，接著便可以進行報導。因為資料新聞學經常涉及幾千筆、幾萬筆的資料，資料量極大，以致又以視覺化圖表為最主要呈現方式。資訊視覺化則是當成資料探索或是假設形成的工具。

　　從定義來看，凡是使用圖表再現做為資訊的傳播方式，即為「視覺化」（visualization），也就是視覺新聞（visual journalism）的由來。早在遠古與文藝復興時代，就已出現資訊視覺化的概念；而且，圖畫可以獨立於當地文字之外，就像雖然沒有共同語言，圖表、地圖一樣可以為人理解（Ward, Grinstein, & Keim, 2010）。在電腦時代，資訊的圖表化可以發揮的空間也愈來愈大。視覺圖表是一包含資訊、資料與知識的視覺表達方式，這類圖表可以快速與清楚地呈現複雜資訊。以地圖為例，傳統地圖須使用數學等正確呈現地圖，但是往往忽略視覺的要求，以致使用者必須花更多時間閱讀。由於傳統的主幹地圖不能滿足使用者認知大量資訊，因此資訊圖表設計（design）的概念興起，其他與空間有關的視覺圖表開始出現，包括字體、呈現、顏色、圖表與圖畫都得設計（He, 2011）。

　　視覺化是一個由人類參與的認知活動（cognitive activity），它在人們的心中進行，是人類的內在活動（Spence, 2001）。或

是，視覺化（visualization）本來是指在心裡建構出視覺形象，現在它更像是資料（data）與概念（concept）的再現（Ware, 2000: 1）。從心理學角度而言，視覺化正是從外在的人工製作來支持內在的決定。

又因為這些資料均是以豐富多樣的不同視覺圖表呈現，再加上數位互動的功能，使用者可以在易於使用的圖表上，進行自己有興趣的資料探詢，以致資料新聞學徹底是個數位產物。

傳統上，資訊視覺化被當成是資料探索或是假設形成的工具，不論是主流媒體或是網路的民主化，最近幾年都非常強調資訊視覺化。資料視覺化也經常被當成分析推理的工具，這反映它的根基是科學（Viegas, Fernanda, Wattenberg, & Martin, 2007）。視覺化有一個清楚的流程圖。即：一、建立資料化模組，也就是要將資料視覺化，不管這樣的資料是來自檔案或是資料庫，都必須首先將資料結構化，才有助於視覺化作業。二、資料的選取。即要以使用者可以運用為判斷標準，確定這些資料是否可以視覺化。三、資料變為視覺圖。四、獨立於資料之外的顏色、聲音、或是3D等進一步考量（Ward, et al. 2010: 28）。視覺化要讓資料適當呈現，第一步就是認識資料。這些資料可能從普查、或是調查中獲得，也可能還是未整理的資料（raw data），必須進一步分析整理（Ward, et al. 2010: 45）。

資料新聞有一定的技術要求，有時候必須去挖（scrape）資料，其他時間就要使用某些程式去視覺化呈現自己的發現。卓越的資料新聞需要有經驗的新聞眼光，以及有關數位科技的知識（Gray, et al. 2012: 47）。互動資訊圖表必須是可以讓使用者感到友善的（user-friendly），同時讓網站中的訊息接收者有主動的控

圖5.2　資料視覺化四個步驟

制權（Schroeder, 2004: 564）。

　　總體來說，視覺化具有以下的優點：一、視覺化提供了解大量數據的能力，像是百萬筆以上的資料可以很快被理解。二、視覺化所呈現的特質極其豐富，無法預期。三、視覺化可使資料呈現的問題清楚可見。不僅關於資料本身，也關於資料如何蒐集。四、視覺化可以同時呈現大型資料和小型資料。五、視覺化有助於假設形成，對研究極有幫助（Ware, 2000: 2）。資料視覺化最大的好處是如果圖表呈現得好，量化數據便可以很快被理解。同時，由於資料已被視為是文化論述的一部分；拜網路之賜，只要輕輕點一下，就可在電腦中獲得複雜的資訊，網路本身就是一個豐富的資料庫（database）。更甚者，政府與企業的資訊，在許多國家的公民生活中，都扮演很重要的角色（Viegas, Fernanda, Wattenberg, & Martin, 2007）。這樣的角色更像個解釋者，幫助人們更了解資訊，並且用有效的方式呈現。

　　資料新聞也有一些問題。例如有些變數可能沒有算在內（Ware, 2000: 1-2）。另一方面，資料也會出現資料不全、解讀錯誤、侵犯個人隱私等若干問題，都是資料新聞面臨的問題（boyd & Crawford, 2012）。

　　然而，由於新聞界企圖使用資料來改善新聞品質，就會更

常使用資料。一如賽門羅傑斯[11]指出的，《衛報》從1821年就開始發展資料新聞，新聞的理解可以從新聞事件擴大到情境報導（situational reporting）。例如，使用人口普查的資料庫時，新聞記者的報導就會從特定、孤立案件，移轉到能夠提供意義的情境（context）上。現在《衛報》的團隊每天會用Spreadsheet分享所有的資料，接著就是視覺化與分析資料等工作，然後再提供給報紙與網路使用（Gray, et al. 2012）。

第三節　《衛報》建立資料新聞，直追《紐約時報》

早在2001年時，《紐約時報》、《紐約郵報》、《華盛頓郵報》、《洛杉磯時報》等平面媒體，就已有報紙記者或是研究員使用各種軟體程式，來進行資料的搜尋與整理，並發展電腦輔助報導等相關技術（computer-assisted reporting，簡稱CAR）。雖然不是每一個記者都擅長，但新聞室一定有人精於此道（林照真，2006）。當時，這些記者主要是使用Spreadsheet來分析資料。這個軟體其實不難，關鍵在於資料的開放。目前資料的取得仍然是一大挑戰。也因此，數位時代不但創造了資料新聞，還有資料新聞記者，說明資料是生產新聞很關鍵的資料。由於新聞界致力於此，因而開創某種新聞類型，一般稱為資料新聞記者（data journalist）。《衛報》參與建立資料部落格（datablog）的莉莎伊凡思（Lisa Evans）說：

我的同事中有自稱資料記者（data journalist）的，因為新

---

11 http://bit.ly/facts-are-scared

奇、有趣，會被請去演講。另外一個原因是，現在的資料
量比十年前多得多，政府以資料顯示其作為，企業以資料
顯示其透明和可靠，給了記者使用資料的大好機會。在美
國那邊稱為電腦輔助新聞。還有所謂精確新聞（precision
journalism），近年隨著電腦成為必要工具而來。事情和我所
做的非常相似，都是因為資料量大增之故。《紐約時報》的
資料報導做得很棒，我們常拿他們來比較。

如果對一個領域非常熟悉，就能做得更快、更精確；所以資
料記者或研究員最好是某個領域的專家。如我傾向財政議
題，對有些事情會愈來愈熟，常常可以預作準備；每週開
始，我們就預期會有哪些數據產生；準備，專精，加上好的
工具，製圖等作業就可加快。目前我們用很多 google 的免費
軟體，但為求更穩定，也需要自行開發系統。（作者訪問，
訪問時間為 2012 年 8 月 22 日）

　　資料新聞常因為資料量過大，必須借助電腦軟體，但當量大
到一定程度後，就需要資訊專長的人加入，資工人員加入新聞產
業已是不可避免的趨勢。早期《衛報》為發展資料新聞，就開始
四處網羅人才。《衛報》互動組的艾拉斯塔丹特（Alastair Dant）
就說：

大約是 2008 年我接到《衛報》電話，說想製作和《紐約時
報》相似的東西，要找人將網頁互動化，資料庫分享，我因
此得到這份工作。一開始只有我一人跟圖表團隊、照片組、
數位編輯等部門合作，整合各種技術。起初並不正式，基本

上我要抓人來做事，等完成幾個頗為成功的案子後，他們成
為我的班底。這或許也是新聞機構的一個新角色，協助人們
取得、了解資料。大多數人下載了資料也無法運用，工具的
好處在此。

所謂資料新聞就是指我們，其實電腦輔助報導已叫了三、
四十年。CAR就是除了新聞訓練，還要學習處理大量資料；
視兩種技術互補，《紐約時報》的人就有兩種背景。如果看
ProPublica，他們做得很好，很多互動新聞作品，顯示兩者
兼長。可見這完全是可以做到的，必須下很大工夫，才會有
成。（作者訪問，訪問時間為2012年8月20日）

　　最近幾年，因為《衛報》全力發展資料新聞，由此建立的資
料部落格（datablog），已經成為新聞工作者經常參考的網站，也
為《衛報》創造了極佳的網路流量，可見資料新聞學對數位時代
的助益。莉莎伊凡思說：

datablog就是為了和讀者連繫，因為我們不可能一直回答有
沒有圖表或互動等等，網站上放個展示櫃，放進所有內容，
以此和讀者互動；再者，內容以data為主，讓互動更具知
性。datablog是《衛報》網路流量第二的項目，可見它很成
功，很受歡迎。現在《經濟學人》、《財經日報》、《泰晤士
報》、《電訊報》也都學我們的樣，設了datablog。除了嚴肅
的主題，我們也做有趣的東西，例如關於電視節目的、關於
通俗音樂的，以及體育、奧運等，也都非常受歡迎。圖表組
的高強技術使得資訊取得容易得多，也才能和讀者有這麼好

的互動。

報紙篇幅有限，無法分享大量資料；網路則容量無限，讀者只要喜歡就可探索。若只有報紙，我的技能無用武之地，頂多做些統計，或找出一些有趣的方向；數位時代就有很大發揮空間。（作者訪問，訪問時間為 2012 年 8 月 22 日）

針對此點，《衛報》互動組另一成員強納生里察斯（Jonathan Richards）說：

本組有特別擅長資料（數據）分析的專家，協助做這類事情；我們也運用各種網路技術，以掌握、處理資料（數據），加以檢視。本組設計上的一個特點，是將發行這類作品所需的元素集合在一起，所以有開發人員、也有設計人員，全是為了互動作品。還有就是編輯，此功能確保我們合乎《衛報》的要求，把數位化的報導作得夠出色，如同寫作之於文字報導。（作者訪問，訪問時間為 2012 年 8 月 28 日）

資料新聞學必須知道如何蒐集資料，並且要夠快，才相對有用。重點是要和媒體組織外的相關學術機構、大學等保持聯繫。在《衛報》設有兩個專人專心做此事；記者也做這類事情，但無法全力投入。莉莎伊凡思又說：

datablog 是一種報導，這種報導提供整天事件的全部資料，圖表和互動（物件），這就是我和圖表團隊的關係。datablog 相對來說很新，約三年前才開始。基本上，我們在事件發生

時很快採訪，取得故事背後的資料（數據），用圖表加以解釋。

我要幫記者做研究，有時我也要寫 datablog。最近一個主題是脫離教育系統的孩子，沒有上學的。我們向政府部門要求資訊，他們怎樣記錄這些孩子，做了些什麼來幫助他們回到學校。當資料量實在龐大時，就有如何理解詮釋的問題；可能用到數學或統計等程式。有時我引用資訊自由法，以獲得追蹤中的輟學人數；我非施壓不可，因為常會碰到「妳無權問這個」之類的釘子。（作者訪問，訪問時間為 2012 年 8 月 22 日）

　　資料新聞可以透過資料發現隱藏其中的新聞，也是《紐約時報》長期關注的重點。《紐時》已有長期發展電腦輔助報導的經驗，也是調查報導做得最好的美國媒體之一，現在則是因為資料普及、工具進步，愈來愈將此技能普遍化。《紐時》圖表編輯阿契謝（Archie Tse）建議要先學會試算與畫圖，就可以做好資料新聞。他說：

　　我想應先從學習 Excel 開始最好，因為製作基本的圖、表，都要從理解數據著手；微軟的 Excel 或別的這類軟體，可以整理大量數據，得出繪製構想中圖表之所需。美國的新聞系學生一般不會，所以是必修課之一。另一個基本繪圖工具是 Adobe 的 Illustrator，這兩樣配合起來，可以做出很多東西。網路方面，他們應該學會 HTML、CSS，和 Java Script 等。（作者訪問，訪問時間為 2012 年 2 月 7 日）

　　從新聞運作層面來看，新聞工作者必須學習基本的資料處理技術，才可能從資料中發掘新聞。《紐約時報》圖表組主任（Graphics Director）史帝夫杜內斯（Steve Duenes）說：

> 圖表重要的程度，因網站的野心而異。圖表顯然是為了以不同方式呈現資訊，有時是為了讓讀者比較容易了解，更親和。我不知道它是否絕對必要，我不敢說非有不可；但如果自己這方沒有，而競爭對手有，即使只是一點點，你就相形見絀。因為圖表這個東西有吸引力，有內容和解釋力。
>
> 圖表組的主要工作包括製作各種傳統資料圖表、地圖、計量圖。這些東西可以簡單，可以多樣；例如我們製作很多局部地圖給報紙和網站，以便利讀者尋找特定事物的所在；地圖不僅這一種，還有各種的數據地圖（data driven maps），網站用的互動式數據地圖，例如呈現目前初選的即時結果，每週一次。我們也創作很多種非正統的地圖，如三週前報紙上刊登的全國排名前1%富人，相對於其餘99%的所在標籤圖。其中有繳稅紀錄和收入，以及從人口普查資料得出的前1%富人收入門檻，各地不同，例如堪薩斯州的前1%門檻低於紐約。人們對此感到興趣，想知道他們所在地的狀況。我所說的圖表，大都是這類含有廣泛資料。（作者訪問，訪問時間為2012年2月6日）

　　由此可知，視覺圖表其實離不開資料；因為視覺圖表已經包含大量的資料，圖表本身即是資訊呈現的方式。《紐約時報》圖表編輯泰森伊凡（Tyson Evans）也說：

傳統的調查報導很難提供原始文獻資料，例如美國開採天然氣這個大議題，涉及新能源、水汙染、居民健康受害等層面，採訪中蒐集的上千件地主與公司的合約，全都隨同報導附在網路上備查。我們一直有這類調查方案在進行，我們蒐集的關達那摩人犯資料，多到甚至有些律師都來了解當事人的情況。我們也和NPR電臺合作，持續更新資料庫，關於毒水、選舉、關達那摩、紐約凶殺案等，都有大堆資料備查。例如有個案子名為「教科書」，是關於紐約市的學校教育；我們有一個由擁有開發能力的新聞人員組成的電腦輔助報導組，在「教科書」案中，他們從教育局取出原始數據，加以分析，來判斷學校辦得好或壞，如同採訪數據一般。就是利用數據庫，以程式分析數據，找出內含的故事。人口普查的龐大資料，透過特別的程式分析，也可以得到很多資訊。（作者訪問，訪問時間為2012年2月3日）

　　雖然《紐約時報》早就有調查報導組，但在數位化時代，卻能有更好的工具呈現複雜的調查報導資料。泰森伊凡又說：

《紐約時報》的數位化有三組鼎立：分別是多媒體組、圖表組以及互動新聞組；各有所司但合作無間，我則是在互動新聞組。各組記者進行調查採訪或編輯監看選舉狀況時，都會和三組之一或二合作，通常藉著開會、E-mail或短訊等方法溝通，所以組和組之間合作的方式很多。每個方案各組都可能有相關的部分，多媒體組以講故事方面為焦點，照片、視訊的運用等，例如如何呈現美加冰球賽的受傷與比賽粗暴

的關係。圖表組擅長把數據用地圖、表格、曲線圖加以視覺化，選舉時最能發揮。我這組介於兩者之間，著重於開發軟體，符合他們應用上的需求。（作者訪問，訪問時間為2012年2月3日）

　　由上述訪談可以明白，數位時代使得新聞記者更容易獲得資料，因此新聞工作者必須有能力處理資料與數字，以期能更普遍地從中找到新聞。這已是數位新聞工作者必備的新聞技能，未來極可能因此改變新聞教育的面貌。

第四節　發展視覺新聞，《紐約時報》與《衛報》看法略不同

　　《紐約時報》與《衛報》為發展視覺新聞皆不遺餘力。這兩個全球最大、最受信任的平面媒體發展數位新聞已有相當時日。《衛報》互動組的艾拉斯塔丹特說：

　　我認為還有一個角色，就是實際做出電視圖（video graphics）、動態圖（motion graphics），讓整套資料一目了然，也就是所謂的「視覺敘事」（visual storytelling），以便進一步加上解釋和探索的不同層次選擇。其中設計和視覺敘事不能等閒視之，我們很強調視覺思考，傳統新聞學、開發、視覺敘事都要了解；我想，本團隊中人都是如此；但我們也各有特長，艾力士（Alex）和我是開發專才；把大家湊到一起，並打造適於合作的環境。
　　對我來說，合作就是各種形式的交換意見，所以我讓大家坐在一起，沒有障礙；和傳統軟體部門讓設計各自進行不同；

我們是全員投入問題與工作個案中，並且合作解決。開始一
個企劃案時，可能先做這個……，交換意見，有人可能提出
好點子，技術困難處一點一點解決，編輯的主意可能無法以
視覺呈現，有新科技迫不及待使用等等。（作者訪問，訪問
時間為2012年8月20日）

　　視覺新聞一方面可視為是資料新聞的後半個階段，另方面
自己也是個獨立的新聞形式，並且從平面新聞時代就已開始發
展，一直到現在仍在精進發展中。視覺新聞也一直是《紐約時
報》與《衛報》長期發展的重點，《衛報》資深圖表編輯派帝艾
倫（Paddy Allen）說：

我在《衛報》工作23年了。我來的時候還在用筆和墨，以及
透明描圖塑膠膜；所有文字都由別的單位管，我們不准碰；
地圖做好後，必須請他們敲定所有名稱，國名、地名、道路
等，剪下來貼上去；非常原始。半年後蘋果Mac才到，是
功能很簡單的小電腦，難用極了，接著的McDraw好些，等
Adobe Illustrator問世，可以畫曲線，這才好用。
在我主管印報部門三到五年時，圖表部門頭頭想出一個點
子，每天一個版以圖表為主，新聞用圖表起頭，用圖表解
說；點子是好，但天天做就非常吃力；不過我們團隊幹勁十
足，那段時間真是精彩。
後來大約是1990年，記不清了。我們試驗性地架設網站，
集合了一批人，在隔壁樓成立所謂新媒體實驗室，進行一些
嘗試。那時動畫非常粗糙，我們的作品是一連串的小影像，

點一個跳一個，非常原始。後來開始用flash，一切才精彩起來。這是個不斷成長的領域，而我們比英國各報都早看出它的潛力，並且不斷投資時間和努力。（作者訪問，訪問時間為2012年8月22日）

另一《衛報》資深美編珍娜蕾得利（Jenny Ridley）也說：

我在此已經22年，經歷很多變革。十年前只有報紙時我的頭銜也是美編（Graphics Artist）。我知道有些地方他們自稱圖表新聞工作者（Graphics Journalists），但我在這裡受僱時就是美編，已經叫定了。頭銜還是其次，我們和記者有些差別，是視覺方面的。因為用視覺方式解說一件事，我們傾向簡明；事件發生了，我們盡量傳真，我們不捏造事情。

近年來報紙變小變薄，因為數位第一，我們的空間小了。我們放平面的圖到網路上，對發生的事件製作小地圖（locator map）等。小地圖不必互動功能，並非所有網路用圖都需互動，那樣有時會搞得太複雜。例如上月南非礦場暴動，地圖只要指出位置即可；BBC網站也一樣。我們報紙和網路都做，圖完成時，是先放上網路，給報紙用的尺寸大小要有所調整，報紙的字型較小。然後我們再為iPad調整尺寸。目前圖只用在網路和iPad，我們尚未把圖放上行動。（作者訪問，訪問時間為2012年8月22日）

目前兩報在視覺圖表上都有一定規模，也有相當不錯的成績出現，但是對於圖表工作者是否需要出去採訪一事，卻有一些看

法上的不同。《衛報》認為應該專心在設計視覺等工作上，才可能有好的工作表現。《紐約時報》則認為視覺圖表並不是服務單位，所有作品都是原創，因此視覺記者（Visual Journalist）自己出去採訪是件非常重要的事。《衛報》資訊圖表組主任邁可羅賓生（Michael Robinson）則持不同看法，他說：

> 我在《衛報》任現職已有六年。我本來是顧問，為很多家機構工作，包括《衛報》；那時《衛報》和別家報紙、企業、公司都是客戶。我一直以做資訊圖表（information graphics）為主，但觀點是設計者多於新聞工作者。我專長以視覺來敘事，而不是只用文字；我用照片、圖表等內容來解說，圖表能減少文字量，或補文字之不足；重點是有助於讀者了解。我的團隊連同研究工作者共11人。大約七年前，設計者還要自行取得資訊；我首先就把這點改掉，因為占用太多時間；我希望是由專門蒐集資訊的人去做，設計者才能全力思考如何呈現。
>
> 我們有二、三個研究人員，他們參與採訪，也在電腦上搜尋資訊。很大一部分是用電話，或電子郵件採訪特定資訊。採訪到1/4，就先報導1/4，半天下來得到證實的事實多了，報導就更詳盡，圖表更全；研究人員整天獲取新資訊，圖表美工也不斷更新作品，呈現最新最正確情況。一般記者的工作是為所有平臺供稿，要採訪當事人，取得故事，不是蒐集製圖者需要的資訊（facts），所以需要另外有人蒐集資訊。最理想的是，研究人員跟隨採訪記者出勤，各自取得所需資訊；因為專門才有效率，兼顧會出差錯。各種專門人才分工

合作，才會做好整件事情。（作者訪問，訪問時間為2012年
8月20日）

《衛報》資深美編珍娜蕾得利也說：

我們不這樣做。國外有事情時，我們和駐外記者聯繫，行動
電話很方便，人手一支：「你知道（某事）嗎？可以幫我去
查嗎？做圖要用。」這是我們的做法，經常如此。某次以色
列有事，我打電話和E-mail當地記者，把PDF圖稿傳過去
問她的意見。我們確實和記者合作。愈複雜的圖愈要和記者
商量，才做得好，至少要做得對。（作者訪問，訪問時間為
2012年8月22日）

《衛報》這樣的思惟理念和《紐約時報》並不相同。《紐約
時報》全力發展資訊圖表，並且要求圖表編輯出去採訪，不願依
賴其他記者。特別是因為圖表工作者需要的資料與一般文字記者
能提供的資料並不相同。《紐約時報》圖表組主任史帝夫杜內斯
說：

時報有繪圖或視覺新聞，實際上發展繪圖新聞已經很久了。
時報在1970年代後期，把一名傳統記者安插到繪圖組，這是
時報的明智之舉，想給繪圖美工注入報導能力，我想那是每
個人多少都能報導的開始。
我們明天要做一幅大圖，解說舊金山到奧克蘭大橋的新橋
段，我們的圖表人員飛到舊金山，拍照片，訪問工程人員，

然後繪圖；他與記者同行，兩人合作更好，但我相信，他獨
力也可以完成任務。其實還有別的做法，他不必親臨現場，
打電話找對了人，就可以取得大量數據，把圖畫出來。諸如
此類的採訪繪圖，本地的也有不少。如果總是仰賴別人提
供資料，本組豈不完全是服務單位嗎？我們現在不只採訪，
還決定怎麼做，這是經年累月形成的，而且沒有人才就做不
來。我說過，本組的設計、攝影、繪圖等人員，也都是優秀
的記者。（作者訪問，訪問時間為2012年2月6日）

負責出任此項任務的圖表編輯米卡葛倫代爾（Mika Grondahl）
則說：

昨天我跟記者一起去舊金山，當地正在建造新的大橋，以取
代在地震中受損的舊海灣大橋。我們前去報導，我繪製了三
個圖，顯示新橋的科技將如何抗地震；基本上就是解說橋的
結構。我拍了很多照片，也有影片，多數是為了自己參考
用，因為我得記住很多施工和結構細節。
在我看來，記者有他們需要的資訊，對採訪對象要看全面；
他們藉著採訪人物，捕捉整件事情的氣氛，很多方面與製圖
表無關。我們繪圖不必顧到那麼廣泛，我要知道的是結構細
節，訪問也針對此。同去的記者很能幹，我們一起採訪是各
取所需；我經常跟記者去和已經訪問過的人談話，問另外一
套問題。採訪對象通常了解我的需要，他們會以為，給一般
記者的資訊，應該也可以滿足我們。不過，他們很快就會發
現，我們需要知道更多。多半他們都很樂意協助，除非涉及

安全的機密資料，有時要施壓或交涉才能取得所要的資訊。
（作者訪問，訪問時間為2012年2月8日）

《紐約時報》另一資深新聞圖表編輯阿契謝也說：

我是從報紙圖表開始的，我能報導、製作圖表，以及處理數
據，運用試算表之類的軟體加以分析，繪製曲線圖。我們不
是為記者服務，我們自己做自己的，但通常圖表做好時，會
和記者核對，以求雙方內容兜得攏；因為記者不見得有全部
的資料。2003年報方派我到伊拉克，在巴格達等地待了一個
月，製作圖像報導。派圖表人員出國，須多花一大筆錢；隔
天我們是唯一完整圖解海珊地洞和逮人過程的報紙，我實地
丈量了每個地方。在外採訪時，最重要的是圖畫簿，我們要
畫很多草圖。2006年我奉派去黎巴嫩，採訪真主黨和以色列
的戰爭，當時我們剛始增加多媒體作品，所以我也帶著攝影
機、筆記型電腦，做好報導發回來。2008年共和黨大會在紐
約召開，有大規模的抗議，為了知道有多少人，我們派一人
走在前端，我跟在尾端，不時聯繫彼此位置，估計遊行行列
的長度。
記者外出採訪，回來發稿的單人作業模式，在只有報紙圖表
的時代我想是可能的；網路報導更需要團隊合作，因為涉
及3D等好幾種不同科技。我們的組員各有各的專長，一個
人很難包辦。有人會問，何不要求記者幫忙報導？因為圖表
和敘述的性質不同，語言或文字很難描述物件之間的特殊關
係；而精確地畫出來，要有特別的度量衡資訊，普通記者不

會。我們發現不如自己來，由懂得圖形的人，到現場蒐集需要的資訊。（作者訪問，訪問時間為2012年2月7日）

整體而言，本章認為資料新聞學已是未來非常重要的新聞發展趨勢；同時，數位化新聞報導的工具愈來愈多，更有助於新聞品質的提升與增加新聞閱聽眾的參與。現在資料新聞學已是美國《紐約時報》與英國《衛報》非常重要的說故事方式，也因此拉高了這兩家傳統媒體在數位時代的影響力，這可說是全球傳播史上，後印刷時代非常重要的發展趨勢。臺灣媒體若有決心提升新聞品質，已經不可迴避資料新聞學的挑戰，更不能不強化應用電腦軟體說故事的新聞挑戰。

有了更多不同形式的內容後，自然希望能因應不同閱聽眾需要，接觸到更多讀者。第六章將以BBC為研究對象，探討新聞媒體機構如何進行多平臺聚合。

第六章

跨平臺聚合

檢視BBC的聚合經驗

　　從新聞平臺數量來看，英國公共頻道BBC的平臺數量，可能為全球之最。根據英國電視競爭者報告（TV Player Report）指出，在英國五大免費電視頻道中，英國廣播公司BBC（British Broadcasting Corporation）共有BBC1和BBC2，其中BBC1最多人收看。BBC另有全國與地方的廣播網（radio network）。BBC自1932年成立全球新聞服務網（BBC World Service），目前同時提供廣播、電視與網路等新聞服務，並且擁有28種不同語言的新聞平臺。如果再把社群媒體算進來，BBC若想在數位時代保持競爭優勢，不同平臺間的聚合首先必須克服。

　　BBC需要進行跨媒體平臺的聚合，有時也須進行內容的合作（Doyle, 2002; Quinn, 2004）。因此，必須了解在BBC公共集團內，如何進行廣播、電視與網路等不同新聞內容的聚合。同時，BBC既然有這麼多的新聞記者、新聞平臺，還必須設法模糊掉所有的媒體界線（Kolodzy, 2006），讓來自四方的新聞可以在不同平臺上露出，才可能達到聚合的目的。且在進行跨平臺聚合時，又得維持每一個平臺的特性，即對不同閱聽眾保持新聞的多元性。這樣的新聞聚合，對平臺眾多的BBC而言，實面臨較其他媒體更多的挑戰；BBC必然得採取更明確的做法，才可能真正破除平臺藩籬，成功完成跨平臺的聚合。

　　四通八達的倫敦地鐵、公車，到得了位於不同地點的BBC大樓。為了達到聚合，除了部分廣播工程人員、負責管理基礎設施的人員仍留在西倫敦外，所有新聞人員、提供技術支持、為BBC新聞開發產品的開發人員，全部聚集於倫敦攝政街（Regent Street）的波特蘭廣場（Portland Place），即BBC最早成立的舊址。本書作者於2012年8月到倫敦研究期間，廣播部門已先搬過

去，電視部門正在陸續搬遷當中；網路也一樣，有的已經搬過來
了。BBC因為部門很多，所以好幾個月都在打包、分批搬，以致
訪談常在不同地點的辦公室進行。依照計畫，2013年中期就可以
全部搬過去。

第一節　廣播與網路的平臺聚合

　　在聚合的具體操作中，卓朗克爾與甘皮爾特（Drucker &
Gumpert, 2010）認為聚合包含協作（collaboration）、合作（cooper-
ation）、共有內容（combined content）、改變的消費（changing
consumption）與整合連結（integrated connection）等幾個部分。
也有學者認為聚合應包括更好的網路呈現、更低的價格、增加的
廣度容量、網路各部門作業標準化、設置更開放的網絡平臺、建
立更佳的網路外部設備、解除管制、全球化等多個面相（Kung,
Picard, & Towse, 2008）。此時，成功的聚合已讓新媒體與傳統媒
體、生產者與閱聽眾、不同媒體組織間的界線等，都變得模糊
了（Papacharissi, 2010）。這樣的聚合特質，在跨越多平臺的聚
合中，尤其明顯。由此可知，跨平臺的聚合包含降低成本、共用
設備等多個目標，自是BBC所需。但BBC如何在全球化的前提
下，同時保持文化的多元性，以照顧最大多數觀眾，同樣是BBC
進行聚合時，企圖完成的目標。

　　此時，跨越不同的媒體平臺便成為檢視聚合的主要概念
（Erdal, 2011）。有些研究於是將聚合聚焦於至少一種媒體與網路
媒體的整合（Sundet, 2007），或認為聚合指的必然是媒體、網路
與傳播都融合在一起的數位環境（pavlik & Mclnotosh, 2011）。因
為聚合平臺包含新舊媒體，彼此互動呈現出的多層次面向，便成

為聚合研究的重要部分（Dwyer, 2010）。最近幾年，學者在聚合研究中，比較想了解與聚合有關的現象，以致研究的意見多來自新聞經理人。這時，較常將聚合視為是新聞室的聚合、或是跨編輯體系的聚合。有的也會討論所需的技能，接著自然討論到新聞教育上（Smith, Tanner, & Duhe, 2007）。

　　BBC的跨平臺聚合，不但包含了新舊平臺的整合，呈現出多層次的聚合。與之而來的新聞教育的討論，也在BBC內部發生。對於數位的劇烈轉型，BBC採取直接迎接挑戰的積極態度；BBC內部也有一定的進修課程，以協助所有工作者完成聚合的要求。

　　狄米催席敘金（Dmitry Shishkin）是BBC世界臺（World Service）的開發編輯，負責與數位化有關的各式變動。他提到BBC製作廣播已有80年，製播電視內容則有60年，而跨進網路才15年，相對時間還很短。席敘金記得，BBC是在1997年完成網站上線，雖然已經累積了不少經驗，但網路瞬息萬變，必須機動、彈性、與時俱進，固步自封很快就會落伍。

　　此外，BBC有27種外語網站，以及全球英語新聞網（BBC World Service.com），為了讓內容可以跟上新聞的快節奏並順利文流，他於是處於編輯團隊和技術團隊之間，負責協調整合。席敘金的任務一方面是促成技術人員改進網站，另一方面還要確保編輯團隊盡量發揮網站功能；並且能想出有意思的新產品、有意思的新編排；同時還要配合教育與訓練，讓人員進入情況，運用各種工具，做好數位化敘事與創新。因而在進行不同平臺的服務時，有必要更強化科技的運用。狄米催席敘金說：

　　　　過去的情形是，網路的人寫稿給網路用，廣播記者做給廣播

用，可能處理的是同一個新聞。現在大不相同；我們進行全
盤的聚合，打造多媒體辦公室，改變作業流程，提供足夠的
訓練，如此大家都知道網站做啥，知道廣播做啥，因而更機
動和管用。我也更好做事，如果廣播有某人病了，可以從
網站調人暫代，技能變得更互通。（作者訪問，訪問時間為
2012年9月6日）

從席敍金的談話可知，在BBC的聚合中，網路上的新聞聚合
是他們目前最重要的工作；也因為網路具有傳統媒體缺乏的新功
能，所以目前是處於一邊快速開發、一邊立即使用的情形，因此
特別需要溝通。同時藉此也能明白，網路科技發展如此快速，新
聞工作者為了借用此平臺呈現更好的新聞內容，也必須更快了解
網路，才可能達到更好的新聞效果。因此，想達到目標，就需要
各作業部門標準化、建立更開放的網絡平臺、更佳的網路外部設
備，其中，科技是非常關鍵的聚合驅力（Pavlik, 2001）。奧利佛
巴列特（Oliver Bartlett）是BBC的資深產品經理（Senior Product
Manager），產品經理是BBC進行數位轉型才有的職務。他說：

產品經理在BBC還滿新的，是這兩、三年才有的。構想是新
聞不只為供播出或印成報紙，而是怎樣透過產品把內容傳送
給人們。所以除了電視、廣播和印刷，現在的產品還有網路
電視、行動電話的應用；BBC會讓一則新聞、一個內容出現
在很多地方。（作者訪問，訪問時間為2012年9月3日）

巴列特所謂的「產品」，即是本書所指的「平臺」。因為新

聞內容必須考量可以在不同平臺同時使用，奧利佛巴列特要為任何一個新聞，建立XML database（資料庫）；要設法讓所有新聞可以放上iPhone的APP，也可以放到網路電視中。他進一步說明，HTML包含模式訊息（styleing information）如色彩等，但有時色彩也要改變，所以他不用HTML；XML只有報導文字，最基本的內容，系統怎麼變都能用。這類的資料庫可以在大型新聞出現時充分表現，2012年的奧運正是一例。奧利佛巴列特說：

> 任何新聞在網路上都有一個頁面；以奧運為例，所有IOC（國際奧會）記載的資訊，約一萬名運動員、三百個項目、四十種運動、二百個國家代表隊，這些資料全都入庫，創造出奧運網頁，每個選手的比賽成績，都可在網頁上找到，還有關於他們的報導；即使名不見經傳，別的媒體不管的，我們都有，甚至視訊。我們的視訊堪稱舉世無雙，總計時間長達二千五百個小時，而且都和選手的報導有連結。我們的連結平臺打破傳統分類，一則新聞可能和任何類別有關，英國石油（BP）的新聞出現在商業頁面，也能在科學項下的能源類找到。記者和編輯都要有這種新的認知，一則新聞不再只屬於某單一類別。（作者訪問，訪問時間為2012年9月3日）

2012年奧運在英國倫敦舉行，BBC也因此利用科技，開發更多內容供不同語言的新聞平臺使用，因而能服務更多閱聽眾。狄米催席敘金補充說：

> 因為27個語言廣播都想要他們的網站更具吸引力，於是我們

有所謂「核心工作流」（core work stream），即把功能派給各部門，例如給網站加上社群分享按鈕，全部27個網站都會有；依據閱聽者不同的性質與其他因素，各網站當然有所區分。27個（語言的）網站大致分成大中小三群，新的功能開發出來時，例如過去沒有的閱聽者評論功能，我們只須提供給其中大約12個網站，小些的網站就暫時不用，有廣播和別的功能就足夠。

奧運時互動表格是27個語言的網站全都具備的基本服務；而如果我們共開發出十項功能，大的網站十項齊全，中的大概有五項，小的可能有二或三項；視各自的能力而定。所以能夠做到多少是在科技和編採人員力之所及，以及對閱聽者適切與否，三者之間取得的平衡。（作者訪問，訪問時間為2012年9月6日）

由於中文是BBC的平臺語言之一，BBC廣播中文網資深記者李文說：

奧運報導是我們認為很成功的案例。因為電視平臺很有限，但是網路平臺、數位平臺是無限的，我們當時提出的口號是：「You wouldn't miss any moment」。所有的比賽，我們都會播出。BBC還有一個裝置叫「紅色按鈕」（red button），是互動電視的一個按鈕。使用者進去之後可以選擇內容，在這當中可看到想看的項目，只要當時有比賽的，就可以看到。這些內容不一定會在電視頻道播出，因為電視可能只播英國人喜歡的項目。（作者訪問，訪問時間為2012年8月22日）

第二節　電視與網路的平臺聚合

　　外語部門的視訊編輯佐雅楚諾瓦（Zoya Trunova）在1996年加入BBC，1996到2006的十年間，她擔任田野現場製作人（Field Producer）的工作，必須在全球各處製作廣播與電視節目。接著她調到倫敦，出任俄語部的網路編輯，主管俄語廣播的網站。後來又成為俄語部新聞採訪編輯，管理所有記者的派任、錄用與分配人員跑新聞，主持每天早上的編採會議；並在受訪一年半前出任整個外語部門的視訊編輯，負責網路和電視所有外語視訊的聚合工作。佐雅楚諾瓦個人非常明白BBC網路發展的情形，這方面的聚合首先就是要讓電視與網路的界線模糊。佐雅楚諾瓦說：

> 十年前，還有電視記者在受訓練給網路寫稿。五年前，我們開始在網路上播視訊。聲音、寫網路稿、視訊，我記得有多樣訓練。以前BBC記者還分視訊和廣播，漸漸開始兩樣都做；我記得很多廣播記者很不解，記得是1996、97年，不少人抱著「我做得好好的，這是我的傳媒，不該趕我們學做別的」的心態；但喜歡的也大有人在，尤其女孩們。不知不覺間，影音兼做已成為常態。其實，廣播稿和網路文稿沒啥不同，並非巨變。（作者訪問，訪問時間為2012年9月6日）

　　BBC的新聞服務包含廣播、電視與網路等不同媒體形式，因此，在廣播、電視等傳統媒體個別與網路進行聚合時，傳統的電視與廣播人員也進行內部人力整合的階段。只是，數位化時代

自然面臨更大的聚合問題，其中最主要問題則來自各新聞平臺的人員、內容、資源如何整合的問題，也就是所謂的新聞聚合（journalism convergence）。新聞聚合指的是集團（報紙、電視、網路）的工作者一起工作，並透過不同平臺傳送新聞（Kraeplin & Criado, 2009: 19）。強納森派特生（Jonathan Paterson）在BBC工作已有18年，不但待過BBC的電視和廣播部門，目前擔任世界新聞布署編輯（Deployment Editor）。他和他的團隊要調度人員和資源，以供應BBC各個平臺所需，並讓各個通路選擇各自需要的報導，再向各自的閱聽眾播出。強納森派特生說：

> BBC有好多個放送的出口，在全球各地都有觀（聽）眾群；電視有六點和十點新聞，主要的國內電視新聞快報，24小時的新聞頻道，還有國際頻道BBC World，各種視訊出口像是在網路上點播的電視片，各種語言的都有。所以我們有很多團隊，把大家集中在一起的用意，無非是為了少做些重複的工作，多分享些想法和資源，讓環境更開放；不可避免地也是也為了減輕成本。（作者訪問，訪問時間為2012年8月31日）

雖然BBC的聚合自然包含經濟因素，但更主要其實與數位化直接有關。數位化的網路系統讓BBC不同形式的媒體資源，更有聚合的機會。強納森派特生說：

> BBC很早就支持網路新聞，花了很多金錢人力和時間大力投資發展網站，BBC一直是網路新聞的前導者。但新事物都是

想到哪裡做到哪裡，一個企劃和另一個企劃互不相干；所以
網路新聞運作得有聲有色，領先群倫，卻和新聞部其他單位
沒有互動。我們已經有整合電視和廣播的經驗，記者的報導
都做廣電兩個版本，這讓他們想到網路和數位化亦可如是。
此外，數位媒體的作業比傳統電視和廣播快得多，文字內容
藉由網路彈指傳遍全世界，但需要更多時間處理，才能為廣
電所用。我們領悟到此間大有可為，也領悟到網路可運作之
處。

我們有很多團隊，把大家集中在一起的用意，無非是為了少
做些重複的工作，多分享些想法和資源，讓環境更開放；不
可避免地也為了減輕成本。舉例來說，五到十年前，如果馬
拉加森林火災的照片，會有四或五人，不同團隊的人去處理
給新聞頻道、電視快報或網站使用；同一張照片，何需那麼
多人處理？一人做大家用即可。但這樣一來，各（放送）出
口就失去自主，控制不了需要什麼樣子的照片，結果是每個
出口的照片一模一樣。所以我們會先衡量新聞的分量，西班
牙森林火災如果沒那麼重要，提到即可，就用那一張照片；
這樣節省很大，不再有五個人用同一張森林火災照片的情
事。如果是要詳細報導的消息，就另當別論。（作者訪問，
訪問時間為2012年8月31日）

對於此點，李文也說：

BBC以廣播起家，後來推出電視，可說就已進入多媒體的
運作。但是當時還是各自為政，製作過程中並沒有多媒體概

念，都是你做你的，我做我的，合適就拿來用，不合適就不
理。英語新聞網站創於1997年，最初成立時只有四、五人在
做。中文部也在1997年創了一個粵語的廣播網站，是業餘性
質，是大陸同事做粵語的，幾個人把廣播內容放入。因為當
時網站少，非常受歡迎，才變成24小時新聞。當時網站更多
是把電視、廣播的內容直接放入。

以前我們有廣播、電視、網路，各自做各自的。廣播的人會
說，廣播已經用了，網路如果要，我們就給他。電視也一
樣，都是製作之後，再把網絡等其他當成一個平臺，可有可
無。現在則是在整個內容製作時就已經想好，這個內容是
一個小時的節目，如何體現在不同平臺，一開始就得想好，
可能會有十分鐘的重點放在手機平臺上，可能需要長一點的
版本放在網路上。這都得先想好了，這是我們特別注重的。
（作者訪問，訪問時間為2012年8月22日）

同時，BBC也必須克服不同網站平臺中語言不同的問題，才
可能真的發揮聚合。BBC全球新聞視訊編輯的佐雅楚諾瓦主管環
球視訊組（global video unit），首先得解決語言的問題。她說：

環球視訊組成立於一年前，旨在解決BBC各部門製作的網
路視訊未妥善分享的問題，讓各語言有編輯視訊技能的人員
來使用：把各語言的視訊轉成英語版，或把英語版轉成各語
言版，供不同部門分享。例如越南語的視訊，我們要求附英
語腳本，來協助他們轉成英語版，並給其他需要的部門，如
BBC俄語、BBC印度語等，都可以用上這份越南視訊；如妳

所知，BBC有27個外語，其中22個的網站發行視訊。

另外，因為他們大都是廣播背景，不是電視記者，頂多只受過一點點訓練；所以我們提供很多技術支援，例如要求他們拍影片分享，會給非常詳盡的指示，解釋要怎麼拍；我們不指望記者會，通常他們也不剪接，拍的東西拿過來，我們幫忙編輯。視訊放上BBC網站、世界臺電視，以及各外語頻道。視訊製作和分享是我們的工作之一，另外還有創新部門，只有三人，專門測試新科技，製作、強化供網路和電視播放的視覺內容，主要是網路方面；例如用動畫、卡通等方法敘述新聞，跳脫影片或文字的框架，更具吸引力。（作者訪問，訪問時間為2012年9月6日）

同樣也因為聚合，所有的平臺作業時間必須提早與統一。以前不同媒體各開各的會，現在則統一開會。強納森派特生說：

我剛加入BBC時，早上有廣播會議、有電視會議，不久也有網路會議，但大家各開各的。大約三年前，我們決定早上的會一起開，廣播電視和網路都參加。我們早上九點開一個會，決定當天要做什麼。各路線的資深編輯（主編）提出認為重要的主題，例如，會上有人提出當天要做歐債危機，而網站想報導德國的態度，電視想報導希臘，他們可自行決定。亦即，早會討論BBC當天報導的大方向，細節則由各單位去決定。（作者訪問，訪問時間為2012年8月31日）

可以想像的是，來自BBC駐留世界各處的記者，提出的新

聞量一定相當龐大,如何掌握新聞、因應突發新聞,都必須能
夠彈性處理。在英國內部的記者還有地方記者,中央BBC還有
政治、運動和健康等專業路線的記者。除此之外,還有什麼都
做、不分晝夜的一般記者。BBC記者(Correspondent)安迪摩
爾(Andy Moore)說明自己又是另一種形式,即屬於共用記者
(Correspondent Pool),為BBC的電視、廣播、網路等任何形式
的媒體服務。不但要寫作,也必須採訪資訊。因為新聞量極大,
就必須更快獲得訊息,能達到這個目標就是仰賴數位化。安迪摩
爾說:

> 在辦公室裡只要會用電腦,就能告訴大家發生了什麼事情;
> 外出採訪,要會用iPhone傳送消息,文字消息回辦公室,並
> 利用我們的Quickfile系統,把訊息傳進BBC內部網路。我們
> 用的系統稱為「電子新聞處理系統」(ENPS),電腦螢幕會
> 顯示各管道進來的訊息,美聯、路透等國際通訊社,和DNS
> 國內新聞社。上方是BBC自家各部門,國外辦事處、國內辦
> 事處、電視中心等,全都掛在同一系統上。例如地方同僚報
> 導英國南部一樁謀殺案,記者無需打電話,就知道南安普敦
> 案的最新發展。它就像BBC的內部網路(intranet);BBC這
> 麼龐大,局處遍布國內外,非利用這樣的內部電腦系統聯繫
> 不可。(作者訪問,訪問時間為2012年8月29日)

第三節　不同專長的人一起工作

多平臺、多媒體、多語言等特性,使得BBC必須建立有效
的聚合方式,這樣的工作就落在狄米催席敘金的單位身上。由於

他負責的數位團隊（World Service Digital Team）銜接科技與內容兩個不同性質的單位，以致數位團隊的15個人，也像是科技與內容的橋梁。這些團隊成員各有所長，必須做到數位互動與創新內容。例如，烏都語人員八月來找他們，說巴基斯坦11月有選舉，需要一幅互動地圖；狄米催席敘金就指派一名設計、一名開發、一名編輯與烏都語的人進行腦力激盪。重點是，各語言的人必須有概念，從一開始就要參與創新；也要了解寫程式、設計等作業程序。數位團隊部門則會協助各單位實現構想。狄米催席敘金說：

為整個BBC World Service工作的大團隊，包括設計、開發人員、產品經理，加上我的編輯團隊，人數可能破50人。27個網站有15個設計、15名開發和產品經理等技術人員。除了我的編輯團隊15人，還有另外二個團隊，其中之一負責總成，讓一切呈現到網路；但是我們這一組的結構不同。我的人都做過記者，國際色彩很重，做特案的是烏拉圭人，做歐洲的是巴西人，產品組的那位是羅馬尼亞人，他們以前都是BBC記者；了解新聞，會想出好點子，並設法實現。
我們也在試驗所謂第二螢幕體驗（second screen experience），跟筆電相比，iPad更受年輕人喜愛；例如某人收看BBC晚間的辯論節目《QT》（Question Time），因為《QT》同時將問題放上推特的hashtags，他可以邊聽邊打開推特看別人所寫的東西。殘障奧運期間BBC各語言部門都試辦類似的意見欄，使用同樣的推特hashtags，把各社群聯繫起來。Mundo上有人說這個，阿拉伯語網站上有人說那個，大家來討論一

下如何？力量很大，也彰顯出BBC的跨國性質。這是BBC
與眾不同之處，沒幾個競爭者做得到。（作者訪問，訪問時
間為2012年9月6日）

　　BBC如此有效聚合，已經是BBC非常重要的課題。BBC全
球臺環球新聞總監（Director）彼得霍羅克斯（Peter Horrocks）
加入BBC已有30多年，他大多待在電視部門，製作和編輯時事節
目、深度報導等；他曾參與第二頻道的新聞夜線、以及第一頻道
的萬象與紀錄片等製作，也曾擔任時事部門和電視新聞部主管。
後來他加入新成立的多媒體新聞部，把以前分開的廣電和多媒體都
整合進來；所以對多媒體的運作很有經驗，也很清楚作業流程經
歷過的改變。最近他則是負責BBC國際新聞。彼得霍羅克斯說：

　　幾個月前，BBC世界臺的英語廣播部門和電視頻道還分開在
　　兩處作業，但幾個月內，廣電即將合體；將來事情會更容易
　　整合，例如新聞發生了，我們要找學者專家訪問，就可以由
　　一組人打電話邀約，進行訪談，成果給廣播和電視共用；分
　　開在兩處也可以做到，但困難得多。
　　BBC的辦法是多媒體化，我們指望所有記者都能廣播、電
　　視和網路三棲，發新聞時兼顧這些平臺。我們按優先準則作
　　業，有新聞時，首先發文字，讓所有部門知道，接下來發廣
　　播或電視，順序則視新聞種類和國家而定；我們有個運轉中
　　心指揮所有記者，將各種內容，廣播的，電視的，網路的分
　　到各平臺。有的系統在這些平臺間共用內容，由於要處理突
　　發新聞，廣播電視和網路各需有專門團隊，這是目前的運作

狀況。妳在樓下看到的採訪中心，就是指揮記者和各平臺的
地方；將來可能還要再整合，更多媒體化。（作者訪問，訪
問時間為2012年9月4日）

可以明白，BBC為了達成有效的聚合，先設立一個中心平
臺，透過新聞共享以達到跨平臺的新聞運用。也因此在BBC的一
樓搭電梯上樓前，會看到位於更低樓層的採訪中心，有著各式各
樣的新聞產製，映入眼簾的盡是忙碌工作的身影。

然而，BBC有那麼多平臺，電視、收音機、網站、行動、
iPad等，報導是以哪一個優先？李文說：

「多媒體新聞中心」合併原有的廣播新聞部、電視新聞部和
網路新聞部，駐外記者叫苦連天，什麼都要做。我們有一個
順序，首先要用文字寫一個簡單的新聞稿，供網路的各個平
臺先把新聞播出去，然後再是聲音，有廣播的平臺出去，第
三才做電視。做完電視後還要幫網路寫文字，還要拍照，每
個記者要培訓。以前記者分為電視記者、網路記者、廣播記
者，現在每一個人都是多媒體記者。現實如此，一開始肯
定怨聲載道，我們進來都是做廣播的，以前口播就完了，對
文字稿也不太注重，我們甚至不打字，手寫寫就好。現在不
行，都得寫稿，而且要放在網路上。（作者訪問，訪問時間
為2012年8月22日）

聚合促使BBC合併各平臺，資源和人力也得以共用，並且在
突發新聞發生時排出優先順序。BBC全球臺環球新聞總監彼得霍

羅克斯則說：

> 不同平臺有所差異，廣播知性最高，互動平臺有圖片，文字
> 可長可短，內容最豐；而電視有記者或受訪者面對鏡頭，加
> 上現場畫面，情緒衝擊力確實強大。所以每個平臺各有所
> 長，我儘量不去比較哪個重要或有力；BBC每個平臺均衡發
> 展，說電視比廣播強，或廣播比網路重要，有害無益。但我
> 們有優先順序，以前突發新聞是先發廣播、收音機或電視，
> 現在改為先發文字；這是作業改變的一個例子，以反映各平
> 臺不同的需要。
>
> 先發文字並不代表網路服務至上，而是說文字是所有平臺共
> 享訊息的最快途徑。有行動電話就可發MSN或E-mail，很
> 快就可連上各個平臺，動用攝影機、麥克風等廣電器材，
> 可能要多些時間。例如在記者會上遇到情況，政客還在講話
> 時，就可以先傳一句文字；善選工具是搶快的方法。（作者
> 訪問，訪問時間為2012年9月4日）

第四節　跨平臺聚合須具備跨媒體技能

　　BBC可以說是具有最多平臺的新聞網。經由平臺的聚合後，
BBC在外的記者，從世界各地發回來的新聞材料，不但可供網
路團隊使用，也同樣供廣播和電視用。不同媒體形式的內容如聲
音、影像、文字等的聚合（Watkinson, 2001），也是BBC數位轉
型中非常重要的工作環節。為了顧及不同媒體平臺的特殊需求，
BBC因此要求新聞記者必須多技能。安迪摩爾說：

BBC要求記者多能，上電視和廣播報導，能寫；還要會拍電視片、操作廣播設備、以及現場運用iPhone。BBC很重視這些，內部訓練很多，讓大家提升職能，有如一所新聞學院。我們最近有如何將推特當作研究工具的課。還有怎樣用iPhone採訪，怎樣錄音，怎樣發稿回來等。不時都有像新聞院校的課。（作者訪問，訪問時間為2012年8月29日）

BBC記者艾蜜莉布查娜拉（Emily Buchanana）也說明自己的工作情形。她先是廣播記者，接著做電視，後來廣播和電視都做，成為雙媒體特派員；現在的她則已變成三媒體特派員，亦即在外國不管採訪什麼，都要網路、廣播、電視兼顧。她說：

大約一年前我到印度布吉拉採訪，一則新聞大概做了15個版本，網路、影、音，剪剪接接，給網路和廣電的各個節目。可見要給什麼平臺，就做成什麼版本；例如BBC網站或許要一篇文，加上從影片剪出一段視訊，或一段訪問錄音，照片等。
所以我們出差時裝備滿多。現在我們被鼓勵用推特，例如採訪法庭時可以推特故事，寫個百字分析給網路報導，或忙不過來由別人寫。我們還要做廣播電視的訪問，一套廣播、或一套電視報導。而時間有限，如果是大事情，可能要好幾名記者，一個人一下子做不來。如果時間夠，事情不急，可以一人包辦，所以並不是天天都要三棲作業。同時剪出廣播、電視用的影音，還要寫網路稿，並不容易；如果時間長些，能做就做。這因人而異，有的記者能力強，就做得多。（作

者訪問，訪問時間為 2012 年 8 月 29 日）

聚合確實讓新聞記者多出許多工作，不過，卻也讓 BBC 內部原本因為媒體區隔而不相往來的人，能因為聚合而有機會認識。艾蜜莉布查娜拉說：

BBC 總部大樓（Bushhouse）的世界新聞網（World Service）人員已經和我們打成一片。過去他們只管廣播，從來不碰電視的，現在也開始做電視；藩籬都去除了。（作者訪問，訪問時間為 2012 年 8 月 29 日）

BBC 全球臺環球新聞總監彼得霍羅克斯也說：

不同平臺所需技能不同，複雜得多，但記者基本的能力還是一樣，樂於與人互動、好奇、文筆好等等；當然廣播、電視等各種平臺的基本都要會。但我認為，麥克風和攝影機的運用還好，難在開發產品，了解互動新聞是怎麼回事。會分析資料，善用圖表說明新聞，這些技能對一般人難了些，但我們確實需要更多記者會這些。

BBC 會給需要不同平臺技能的人一些訓練，例如廣播記者轉為電視記者時。科技方面的能力較難訓練，應該在大學或學院時就打下基礎。我們有跟 UK 的新聞教育院校談，要求他們開辦合作課程，教網路開發技術（online development skill），產品開發技術，和新聞學並行，圖表（graphics）的設計和製作亦然。BBC 的人員調來調去，在職訓練有所不

足，因為有些技能需要較深的知識，交給正規課程比較妥當。（作者訪問，訪問時間為2012年9月4日）

為了達到不同平臺的聚合，BBC各新聞記者因而進行多媒體的學習，每名記者都要學會廣播、電視與網路文字等多媒體能力，如此一來可以增加不同平臺的聚合能力。

第五節　新聞品質與時間競賽

新聞工作者為了因應跨平臺的需求，因此記者個人必須具備多項技能，以符合媒體需求，卻也引來新聞品質是否受影響的擔憂。BBC記者使用iPhone報導新聞，求快不在話下。而網路、電視還有廣播，全都等著他發稿，新聞品質可能會受影響。安迪摩爾說：

> 這的確是個問題。以我去年報導英國暴亂為例，這麼重大的事件，BBC每個節目都要你上。你站在衛星轉播車旁，面對鏡頭，向BBC晨間節目的國內觀眾播報，緊接著再向國際電視臺觀眾報導，然後還有廣播；短短15到20分鐘內，你可能要訪問六、七個人，要找警方問情況都分不了身，這個難題一直存在，只能盡力而為。有時我不得不說沒辦法等等，因為馬上有記者會，我得先採訪消息。做不到就做不到，採訪畢竟是記者第一要務。（作者訪問，訪問時間為2012年8月29日）

由於BBC記者必須負責供給不同平臺的新聞，以致時間壓力

變得更大。但因為BBC的新聞公信力，依然需要保持新聞的正確性與新聞品質，對BBC的新聞記者來說，自是一大考驗。但除了繼續爭取時間外，似乎也沒有其他辦法。艾蜜莉布查娜拉也說：

> 要確保各平臺的新聞品質，顯然是很大的挑戰。要做的事愈多愈難精，時間和財力愈少，品質只能盡力維持；BBC不想出錯，所以非正確不可。趕著要就顧不得粗糙，沒時間講究字正腔圓，品質的確稍有損失。但BBC要求消息要經證實，不能播出「聽說」阿薩德總統下臺了之類。趕著要和查證是困難的平衡。
>
> 因為BBC比別人謹慎，不想出錯，可能稍稍慢些。我想品質受害在所難免，要電視腳本寫得好，同時還想著別的事情，是不可能的。我想現在對品質的要求也沒有那麼高了，電視或行動裝置畫面不穩，或所謂使用者產出的內容，例如敘利亞等地的新聞很多是民眾發出來的，品質很差的畫面，因為我們進不去，別無選擇，觀眾也只好容忍；BBC以前的高標準，攝影機不能晃動等，碰到這種情況全然無法要求。（作者訪問，訪問時間為2012年8月29日）

難以避免的是，數位時代由於平臺愈來愈多，BBC試圖兼顧傳統與數位媒體，在既有的人力下，時下新聞自然會受到影響，也很可能影響新聞品質。安迪摩爾說：

> 數位化讓新聞可以傳播得更快，內容更多、又達到更多人，我自然高興。當然也會不盡如人意，如傳播太快出錯也大，

史基浦機場劫機的新聞正是個例子。消息三分鐘內就傳了開來，旋即發現是一場虛驚；報紙就不會發生這種事，廣播則一下傳遍世界。然而這就是現狀，你相信有這回事就儘快播出，事情有了變化也得儘快播出。（作者訪問，訪問時間為 2012 年 8 月 29 日）

另外，BBC 也不能忽略社群媒體興起後，對電視的影響。研究也發現，由於 YouTube 和新媒體的出現，電視的發展也超越傳統的界線（Kackman, 2011）。部分西方學者歸納新媒體和傳統媒體的關係可分為競爭、整合與補充三類。到目前為止，還沒有任何證據證明新媒體已取代舊媒體（Neuberger & Nuerbergk, 2010; Phillips, 2010）。佐雅楚諾瓦說：

據我的經驗，用網路看視訊的人看的量大，來源很多，心理上不一定會期待高品質；以我 17 歲的女兒為例，她是 YouTube 重度使用者，對於拍得很爛的視訊不以為意；我想電視觀眾可能會期待較高。但網路有即時、搶快的特性，而且閱聽者的胃口很大，只撿品質夠好的放上去，在量的方面滿足不了他們。BBC 仍然要求記者視訊要達到某個水準，部分是因為我們頻道很多，我總希望作品能給電視使用；有時新聞好，雖然畫面糟還是放行。

自由記者多和編輯有淵源，靠得住的當然會用。對於所謂一般人或使用者製作的內容，BBC 有個頗大的部門 BBC Hub 專門處理，包括所有外來和 YouTube 上的影音。敘利亞動亂時，每天都有約 50 則視訊進我們的 Hub，品質非常不一，打

打殺殺，受傷的自拍場面，若別無選擇，畫質只得將就。那
些傳過來或求售的視訊，多屬突發事件，不會是完整的新聞
報導。突發新聞發生時，我們要的只是畫面，說明和內容編
輯可以控制。（作者訪問，訪問時間為 2012 年 9 月 6 日）

由於佐雅楚諾瓦認為內容才是重點，很多網路媒體互相拷
貝，只有與眾不同的才會凸顯出來，人們注意到了，就會再度造
訪。所以她都會要求團隊成員盡量不用路透、美聯的訊息；BBC
要的是獨家，要報導別家沒有的內容，並且要建立這個聲譽。強
納森派特生則說：

我們的電視和電臺有些頻道是 24 小時播出的，原本的作業
步調就相當快，報紙不會如此，傳統報紙每天固定時間截
稿，而我們一直是在新聞即時做好的環境中。網站同仁有的
來自報紙媒體，我們要有人寫稿；不過我們這部新聞機器是
要 24/7 不停給各出口供稿的。雖然節目時段各有截稿時間，
但我們的核心新聞團隊是不停擺的；他們必須具備要用的技
能，用來訪問人的，以前要錄音給廣播用，錄影給電視，都
要會剪接，現在回頭要寫稿給網路；但這些都是技術問題，
和新聞學沒啥關係。重點是，我們早就在那種趕時間的環境
中。（作者訪問，訪問時間為 2012 年 8 月 31 日）

BBC 經過百餘年的努力，已經奠定自己的新聞公信力，BBC
更藉著數位轉型，重新進行機構內的重整與資源調整，聚合的結
果更加大其影響力。就像戴維斯（Davis, 2010: 172-173）用幾個

相同的關鍵詞，在傳統資料庫、YouTube、臉書與MySpace同時去搜尋，得到的資料最多的還是來自BBC。由此可知，傳統媒體實應體會扮演新聞傳播者角色的重要性。資深產品經理奧利佛巴列特就說：

BBC因為沒有廣告，加上技術高明，網站製作精良，速度很快。如果用Google搜尋BP的新聞，篤定會連上我們網站。另外就是內容好，我們的記者都很客觀，報導不偏頗，享有口碑。這是大勢所趨，世界各地，絕大多數人都在使用網路和行動平臺了，就我們而言，內容更多，更快，及於更多人；倫敦發出新聞，五分鐘不到，遠在非洲就可收看，這其實是很驚人的事情。（作者訪問，訪問時間為2012年9月3日）

BBC全球臺環球新聞總監彼得霍羅克斯說：

現在記者的工作很辛苦，不僅平臺多，而且新聞24/7不停，負荷很重。我是這樣看的，要有高品質新聞透過很多平臺傳送，嘉惠所有閱聽者，廣泛得到認同，就可以取代不夠好的新聞，工作再重也都值得。

BBC得天獨厚，有足夠資源，能電視廣播網路並行；一般靠廣告的商業電臺，品質能維持已很困難，遑論提高。我覺得數位新聞非常合於人們的訊息需求，它的對談方式讓人可以選擇切身的訊息。它還有資料無限隨時可查的優點，廣播和電視每則新聞都是短短的，數位新聞擁有很大容納空間，和

互動圖表等讓你探索的新科技，充分發揮網路的特性，知識
和見解能夠交流、拓展視野，這些都是數位新聞優於傳統線
性新聞的地方。妳提到私人廣電有財務壓力，我的樂觀或許
部分是因為BBC這方面的優勢，別人苟延殘喘，BBC依舊
壯大，並推動數位化擴大為世人服務。（作者訪問，訪問時
間為2012年9月4日）

　　毫無疑問的是，本身為公廣集團的BBC全力迎接數位時代的
聚合挑戰。BBC必須克服語言、媒體形式、平臺等條件，盡力達
到聚合，以維持其在全球新聞的領先局面。目前看來，BBC並未
在數位聚合中落後於其他領導性的全球媒體。BBC也比其他媒體
更堅持新聞工作者必須具備多媒體製作的多工性質。由於BBC的
貫徹實施，新聞工作者也必須學習運用不同的媒體，並且在時間
壓力下力保新聞品質，以維持新聞最可貴的公信力。
　　第七章將以問世時間最短、卻受到世界矚目的半島電視臺，
作為進行跨文化聚合的研究對象。半島電視臺自1996年建立阿拉
伯語頻道，十年後建立半島英語頻道，並陸續發展巴爾幹、土耳
其等頻道，更在半島網絡（AlJazeera Network）的組織架構下，
為跨文化聚合提供最佳的詮釋。

第七章

跨文化聚合

半島電視臺的新聞聚合研究

　　「伊斯蘭國」（the Islamic State of Iraq and the Levant，簡稱 ISIL，或稱為IS）擄人砍頭的新聞震驚全世界，也引起全球媒體的關注。美國政府派出無人飛機在敘利亞進行轟炸，試圖阻止 ISIL 勢力繼續擴張。位於卡達杜哈的半島電視臺，由於地理位置更接近阿拉伯世界，自然也高度關注 ISIL 動態。從半島相關的新聞報導中可發現，半島除了事實報導外，也會在其報導與評論中，指出西方媒體的問題。

　　半島曾在〈我們所不知道的 ISIL〉（*The things we won't know about ISIL*）一文中，批評多數媒體最常報導歐巴馬堅定談話的模樣；然而死於聯軍轟炸的敘利亞婦女與孩子卻沒人關心，沒人知道他們的背景、成就、希望以及恐懼。半島在報導中指出：「他們只是一些數據，一個公關不願面對的真相。」（Al Jazeere, 2014. 10.15）。半島又於另一篇報導中，引述敘利亞外交部長談話。表示以美國為首的空襲，根本無法削弱 ISIL 對於敘利亞的掌控（Al Jazeere, 2014. 11. 29）。半島電視臺的《The Listening Post》電視節目也指出，一部講述一名敘利亞男孩在炮口下拯救小女孩的影片，其實是由挪威製片商拍攝，故事純屬虛構；但《華盛頓郵報》（*the Washington Post*）等西方媒體未查證該影片真實性，便大幅報導傳播。半島指出，這支影片很快地超過八百萬人次觀看，只因為這種假象是人們想看到的（Al Jazeere, 2014. 11. 22）。同時，比利時 2015 年的反恐行動中造成數人傷亡，CNN 第一時間的報導裡便將嫌犯與 ISIL 進行連結，半島電視臺的報導則沒有出現這樣的訊息（Cruickshank, P., Castillo, M., & Shoichet, E., 2015. 1. 16）。

　　而在震驚全世界的法國《查理週刊》（*Charlie Hebdo*）槍擊

事件中，半島也顯現不同於西方媒體的報導觀點。如在〈我們不能再嘲笑？〉（*Are we not allowed to laugh any more?*）一文中，半島指出早在2006年《查理週刊》即發行諷刺穆罕默德的漫畫，聲援遭到死亡威脅的丹麥漫畫家。當時法國各黨派走上街頭高呼「我是查理」，體現了法國文化擁抱言論自由的最高原則；但在法國全民團結抗議背後，卻忽略受到壓迫的年輕穆斯林，以及數以百計前往敘利亞加入ISIL的志願者。他們感受到的社會歧視、警察威權、國家的不尊重等等，都是這股怒氣的火種（Fontan, 2015. 1. 8）。半島報導還指出，查理槍擊事件無關伊斯蘭信仰，而是世界體系長久發展導致；例如歐美的殖民主義、新自由主義等對於某些群體的壓迫，才造成今日的反作用力（LeVine, 2015. 1. 10）。半島另一篇報導也強調必須譴責暴力，同時更應注意法國引發的伊斯蘭恐懼症。藉此機會，國際社會也應該反思「反恐」戰爭帶來的後果（Gresh, 2015. 1. 8）。

　　半島英語臺（Al Jazeera English; AJE）經理Carlos van Meek在查理槍擊事件後，發出一封給全體員工的郵件（mail）中，提醒報導者在相關用字上必須謹慎。他要求AJE的新聞人員不要使用「極端分子」（extremist）、「伊斯蘭主義者」（Islamist）等名詞，因為這些都是過度簡化的標籤。他也提到，「聖戰」（jijad）一詞指的是一個人內心的掙扎，不是指戰爭；他向員工們解釋，這些字詞可能會使人感到冒犯。Meek建議員工們使用「戰士」、「武裝者」替代「聖戰」，但也僅限於某些情況下使用（*The Washington Times*, 2015.1. 28）。

　　總部設在卡達杜哈的半島電視臺，以衛星電視形式進行跨國的國際新聞報導，並為阿拉伯世界提供未經審核的新聞媒體。

在關注全球衛星電視發展中，半島比西方媒體更能展現伊斯蘭觀點。半島報導2001年阿富汗戰爭、2003年伊拉克戰爭等美國媒體不會採用的影像，半島卻將之傳送到澳洲、英國與部分美國觀眾眼前（Samuel-Azran, 2010: 2）。2011年的阿拉伯之春，更讓半島英語臺受到全球矚目。Seib（2008）於是說，十年前大家都在談CNN效應，現在言談之間聊的是半島效應。

　　半島除了面對中東混亂局勢的新聞挑戰外，此刻正因應數位時代腳步，進行與聚合有關的工作。從新聞聚合的視角來看，半島整合所有的媒體資源，進行新聞人員、組織、社群網站、使用者等的聚合。尤其，半島跨越語言文化所展現的媒體力量，實已出現西方世界難以複製的媒體經驗。半島電視臺無疑提供了獨特、並遭西方漠視的媒體案例。

　　為了掌握仍在擴張中的半島如何進行聚合，以便發揮更高的新聞效益，本書作者前往位於卡達杜哈的半島總部，採取深度訪談法進行研究。本書作者於2014年6月30日至7月10日間，每日依研究需要到各部門進行約訪與訪談。在半島杜哈總部中，半島阿拉伯電視頻道與英文頻道兩棟建築相互對望。這兩個語言不同的頻道，卻一致地在大門貼出海報，要求埃及政府釋放遭拘禁的三名半島電視臺記者。2015年1月，埃及最高法院下令撤銷半島電視臺三名記者的判決，並決定發回重審（Reuters, 2015. 1. 1），當時這三名記者遭埃及當局拘禁已超過400天（Al Jazeera, 2015. 2. 1），其中一人因病已於今年3月先獲得釋放，另外兩人也於2015年9月獲得釋放。半島阿語臺內部還設有博物館，可在其中看到半島記者為新聞犧牲生命的遺物與故事紀錄。

　　半島電視臺為了顧及不同文化的觀眾族群，各家電視臺都

有自己的記者編輯群，也使用不同的語言播出。半島阿語臺以阿拉伯語播出，主要照顧阿拉伯社群。半島英語臺則以英語播出，目的為照顧說英語的全球觀眾。本章關注的是，阿語臺、英語臺如何聚合，以便能符合不同文化族群的需求？半島阿語臺、英語臺又如何與較晚成立的美國[12]、巴爾幹等電視頻道的聚合？半島又如何開展網路、手機、社群網站等不同平臺的聚合？這些現象與西方的全球媒體如《紐約時報》、《衛報》、BBC、CNN都不相同。更值得強調的是，半島電視臺須顧及不同語言、文化的觀眾，如何在聚合策略下有效運用新聞資源，將半島效應發揮到最大，更是本章關注的焦點。

第一節　半島電視臺與阿拉伯公共領域

在阿拉伯世界中，半島電視臺是個異數。50年代的阿拉伯國家若不是仍由歐洲殖民，便是剛獨立不久。部分阿拉伯國家的電視一開始是由私人操作，以獲取商業利益。到了60年代，阿拉伯政府意識到電視的力量，於是把電視當成控制的工具，政府開始經營電視。更由於石油等收入，讓阿拉伯國家發展出具備技術規模的電視產業（Ayish, 2011: 86-87）。半個世紀的時間裡，阿拉伯媒體一直扮演政權的傳聲筒，電視與報紙多數為政府、政黨所擁有。當時阿拉伯最強大的媒體是中東廣播公司（Middle East Broadcasting Corporation, MBC），MBC的經費多來自沙烏地阿拉伯，言論也較為保守（Lage, 2005: 54-55）。以致當1996年半島新聞頻道一開臺後，就深深震撼了阿拉伯世界，並使阿拉伯世界長

---

12 半島美國臺於2016年4月30日轉為數位媒體，本文研究期間，半島美國臺仍為電視頻道。

期停滯的媒體生態，出現根本性的轉變。

　　半島以中東為報導核心，在僅有半島阿語臺期間，面對的多是戰爭、衝突，半島阿語臺獨特的新聞製作模式，立即使自己成為阿拉伯民族主要的新聞來源。從阿拉伯的情境來看，CNN有關1991年波灣戰爭的報導就彰顯了強烈的對比。因為當時阿拉伯國家的媒體報導都是靜態的、檢查過的新聞，不像CNN提供戲劇性的、現場立即播出的動態新聞，也比阿拉伯媒體更具公信力（credibility）；此時更可看出，阿拉伯需要一個更強的媒體。無形中，CNN似乎啟發了阿拉伯衛星新聞媒體的發展（Figenschou, 2014）。自從1991年CNN在第一次波灣戰爭的報導中，使得阿拉伯意識到私人亦可參與電視產業後，最明顯的是1991年便成立中東傳播中心（Middle East Broadcasting Center; MBC），它的攝影棚位於倫敦，是第一個私立的阿拉伯世界新聞。根據阿拉伯國家傳播聯盟（Arab States Broadcasting Union; ASBU）的資料指出，在2009年中期，大約有四百個私人擁有的電視頻道，這些頻道大多是其他國家的姐妹臺，並且全都以說阿拉伯語的民眾為主要觀眾群（Ayish, 2011: 90）。

　　尤其20世紀最後十年間，出現許多由非阿拉伯國家所經營的阿拉伯媒體。如美國國會金援的自由電視臺（Al-Hurra）、俄羅斯政府經營的俄羅斯晃恩電視臺（Rusya al-Yawn）、愛爾蘭國家的阿南電視臺（al-Alam），以及英國外交部金援的BBC阿拉伯新聞網（BBC Arabic）；中國政府經費支持的中央電視臺（CCTV）、德國政府的威爾世界電視臺（Welle World TV），以及法國政府的法國24頻道（France 24），都開始將報導焦點集中在中東阿拉伯。加上後來陸續成立的半島阿語臺、阿拉伯衛星頻道

（Al Arabiya）、阿布達比電視臺（Abu Dhabi）等，都挑戰政府檢查，這樣的現象使得分析家認為有助於阿拉伯的政治改革。當時多數記者認為最重要的工作是促進政治革新。在討論阿拉伯的公共領域時，阿拉伯衛星媒體便被認為是地方政府追求國內外政策的主要工具（Figenschou, 2014: 6-8）。瑞納威（Rinnawi, 2006: 14）也認為，90年代開始興起一股新的地方化浪潮與泛阿拉伯主義，其中跨國家媒體的形成是創造這個現象的主要因素。

　　出現在1950年代的阿拉伯電視，一開始便為阿拉伯政府視為是國家發展的主要工具。亞義許（Ayish, 2011）將電視發展分為形成（1954—1976）、國家化（1976—1990）、全球化（1990至今）等三個階段。阿拉伯國家長期了解電視有助於國家和解，同時也是文化象徵。50年代期間，電視開始被介紹進入像是科威特、摩洛哥、黎巴嫩、伊拉克、約旦等阿拉伯國家，並且是由私人以商業目的操作（Ayish, 2011: 86）。但規模並不大，看的人也不多。

　　到了60年代，阿拉伯政府意識到電視有其影響力，並且把電視當成控制國家的工具。以埃及政府來說，在埃及從來不曾辯論政府控制電視的相關問題。科威特在1961年接收電視後，便隸屬新聞局（Ministry of Information）管理。摩洛哥在獨立後的電視雖隸屬於郵局，卻由首相辦公室掌控。蘇丹在1961年獲德國協助發展電視，也在1968年4月由政府接管。而在若干阿拉伯王朝中，阿布達比酋長國（Abu Dhabi）在1969年有了電視，杜拜（Dubai）在1974年有了電視，沙迦（Sharjah）則是1989年，巴林（Bahrain）、卡達、阿曼（Oman）、葉門（Yemen）等，則在1975年引進電視。在波斯灣的國家大多模仿英國公共廣播的體制，電

視都是交由政府經營，多數同樣屬新聞局。電視的使命則是提供
國家發展的目標，包括文化認同在內。由於石油等收入，更讓這
些國家想發展更具技術規模的電視產業（Ayish, 2011: 87）。

　　半島電視臺（Al Jazeera Satellite Channel, JSC）[13] 從它誕生
起，就把自己當成一個論壇，收入來自廣告與政府補助。JSC因
為它批判性的談話性節目、國內、國際的即時現場報導，是阿拉
伯世界一個很重要的轉變，半島電視臺（JSC）並且因為它批判
性的言論，導致在阿拉伯世界等海外的辦公室因此關門（Ayish,
2011: 90）。

　　半島電視臺誕生於新聞自由較少的地區，並試圖在阿拉伯世
界創造自由的言論。半島還提供反對者發言的管道，為異議人士
搭建平臺，經常遭到各國官方的質疑與挑戰（Zayani, 2005），卻
也促使半島得以在中東地區快速崛起。半島於1996年11月成立
後，陸續打破阿拉伯世界的幾個新聞禁忌（taboo）。在卡達杜哈
成立的半島衛星頻道（JSC），成為阿拉伯世界擺脫政府控制媒體
的重要指標。阿拉伯民眾曾經很驚訝地發現，半島電視臺會出現
一般阿拉伯人只敢關起門來討論的議題；就連以色列官員也會出
現在電視新聞的訪問中。臺灣文化研究學者朱元鴻（2014）稱許
半島能提供不同於西方媒體的國際新聞與觀點。薩依德在《遮蔽
的伊斯蘭》一書中，就已批判西方媒體決定世人認知伊斯蘭的角
色（Said/1997；閻紀宇譯，2002）。這個缺口，都讓半島補了起
來。

　　有趣的是，半島頻道卻採用西方的新聞標準，來報導地方

13 半島阿語臺一開始稱為 Al Jazeera Satellite Channel，簡稱 JSC。成立半島英語臺後，便改稱
　為 Al Jazeera Arabic，簡稱 AJB。

與全球的事件與議題（Ayish, 2010a）。半島奉行新聞客觀主義，半島阿拉伯臺的立臺精神是：「作為不同意見兩方的論壇」（as a forum for the opinion and other opinion）（Mellor, Ayish, Dajani, & Rinnawi, 2011: 90）。米勒（Mellor, 2007: 86）認為，泛阿拉伯公共領域的可能性即在於就該地區的民主化議題，必須提供公民參與與審議（deliberate）的空間。西方媒體與民主的論述中，認為媒體有權力增加公民與政府間的互動，使政府更加透明，並提升民眾參與公共辯論等。弗里德曼（Freedman, 2010: 36）也指出，新聞不是一般商品，新聞可以藉著提供資訊而促進公共領域；或至少可以提供資訊，以便大眾可以參與民主生活。反觀阿拉伯世界因為缺乏新聞傳統，以致未能建構媒體與民主社會的論述。

　　由於半島成立的時間很短，雖已改變阿拉伯媒體的面貌，卻不可能立即帶領阿拉伯世界走向民主。但半島卻在自己的新聞與節目中，擴大民眾參與表達意見的機會，明確提升阿拉伯民意的重要性。加上阿拉伯菁英與中產階級也會在半島形塑不同論述，也因此為阿拉伯世界帶來強而有力的公共領域（Zayani, 2005: 37）。屏塔克（Pintak,2010）也認為半島出現後改變了很多事，由半島電視臺開啟的「半島效應」（Al-Jazeera effect），許多不為人知的事都由半島報導出來，正說明半島所帶動的阿拉伯媒體改革行動。也有研究指出，阿拉伯語的半島電視臺一直大量報導加薩情勢，引來更多人支持巴勒斯坦。像是殘廢的民眾、無家可歸的女人與小孩、無法運作的醫院等，人們因為相信這些報導而提供更多援助（Ayish , 2010: 223）。

　　1989年哈伯瑪斯（Habermas）的《公共領域的結構性轉型》一書翻譯成英文後，大量增加有關新聞與民主的研究（Herbert,

2000）。網路發展也讓世界可以更緊密地結合，一個國際性的公共領域（international public sphere）也被認為可能存在（Curran & Witschge, 2010: 102-103）。換言之，早期發生在咖啡廳的公共領域，現在則出現在半島的訪談性節目中。半島電視辯論與討論的形式，等於將公共領域從沙龍移到電波中（Alterman，2000；轉引自Zayani, 2005: 38）。所以，看電視變成是雙方性的活動，這種形式的互動有助於擴大公共領域。同時，從半島平時的新聞報導與政治辯論來看，等於是在跨國的衛星媒體上提倡阿拉伯認同，有助於擴大具有強大的政治認同效應的公共領域，這些也都表現在半島中（Lynch, 2008: 23）。

　　半島阿語臺成立後，先是打破維持近百年的西方媒體霸權，接著又使阿拉伯政府的控制媒體劃下句點，引領阿拉伯媒體公共領域出現。可以說，半島之所以重要，部分也是因為它打破了沙烏地阿拉伯的媒體策略；透過半島，卡達終於改變了阿拉伯的媒體功能（Oifi, 2005: 70），並且重新定義阿拉伯新聞。對很多為政府報導的傳統阿拉伯記者來說，半島的出現令人鼓舞，隨後便引發阿拉伯媒體漸漸脫離政府管制的風潮。在半島成立的十年內，從摩洛哥到葉門開始有不少獨立、半獨立的媒體出現；阿拉伯記者也開始反抗政府對媒體的檢查與控制（Pintak, 2010: 290）。半島不同於傳統阿拉伯媒體作為政府傳聲筒的角色，也不以政府單位為唯一新聞來源，漸漸讓人注意到半島電視臺的公共性（Lage, 2005; Oifi, 2005），並將之與英國的BBC相比。與BBC不同的是，卡達為大眾所陌生的小國，與大英國協不同；半島電視臺雖然強調報導的獨立性，卻一直遭受阿拉伯政府與美國官方的攻擊。雖然提供全球新聞是半島電視臺最主要角色，半島同時也

會不顧政府的新聞檢查，報導異議人士的新聞（Mattelart, 2009:
164）。出現在半島的人物多是政治異議分子、伊斯蘭激進分子與
其他沉默無法發聲的人，半島也因此成為政府官員憤怒的對象。

　　911事件後，半島的新聞表現受到全球矚目。2001年阿富汗
戰爭是美國史上第一次，美國的電視新聞網必須依賴「敵人的語
言」（speaks the enemy's language）去報導戰爭。之所以這樣說，
是因為戰爭開打後，半島是唯一的新聞來源，CNN與ABC兩家
美國媒體還因此與半島簽約（Samuel-Azran, 2010: 43）。同時，
半島在2003年美國進攻伊拉克戰爭中，屢屢深入伊拉克進行報
導，表現優於西方媒體（Miles, 2005: 3）。半島也報導美國軍人
因戰爭死亡與被俘的情形，這樣的影像藉由半島傳送到全球觀眾
眼中（Samuel-Azran, 2010: 2），因而引起布希政府的憤怒。曾有
人將半島（AJ）比喻為「中東的CNN」，但在加入半島前曾經是
BBC阿拉伯新聞負責人（head of BBC Arab News Service）的哈
珊伊伯明（Hassan Ibrabim）卻說，他並不喜歡用「中東的CNN」
（CNN of the Middle East）這個詞來形容半島。因為CNN是私人
公司，某種程度上是美國文化的代表。但半島不是為賺錢而運
作，它的經費來自卡達政府，和CNN非常不同（Magnan, Boler,
& Schmidt, 2010: 304）。

　　有人指出真正改變的徵兆在於中東政權一直掌控輿論，但
半島卻讓人明白阿拉伯民意的重要性。半島擴大了大眾參與的形
式、內容與範圍，像是半島有互動性的節目，民眾可以打電話進
來表達觀點，觀眾就可以接觸到更多不同的意見（Zayani, 2005:
37）。也因此，阿拉伯世界出現新的媒體公共領域，已超越在阿
拉伯街上（Arab street）參與討論等外行人（layperson）的範疇，

更重要的是阿拉伯精英與中產階級的共識（consensus）。很多具有影響力的阿拉伯精英等意見領袖，也會在半島電視中活躍地形塑公共領域。這些人物並沒有要宣傳、或有聯盟關係，但因為他們在電視上的不同論述，也因此為阿拉伯世界帶來更強而有力的公共領域。半島發展出以媒體為中介的阿拉伯公共領域（media-mediated Arab public sphere），已對阿拉伯的政治文化帶來持續性的影響（Zayani, 2005: 38）。

　　2006年，半島英文臺（AJE）創立，強調創臺宗旨在於報導地球南方（the global south）的聲音與「為無聲者發聲」（voice for the voiceless）。後來更在阿拉伯之春運動中，成為最受矚目的媒體（Seib, 2012）。半島英語臺意謂很多遭邊緣化的人，都可以得到他們的報導（Youmans, 2012: 62）。2009年時，AJE經理（Managing Director）東尼柏曼（Tony Burman）也說明AJE是個公共服務網。他認為AJE的公共服務網不同於BBC或是加拿大的廣播事業，AJE是一個全球性的公共服務廣播。雖然AJE經常遭到扭曲，其報導卻能填補國際公共領域的缺口（gap）。又因為AJE可用來平衡國際新聞，可知AJE可為全球公民提供具批判性的服務（Powers, 2012: 210）。

第二節　卡達杜哈的半島電視網

　　半島電視網開啟近20年的阿拉伯公共領域，相關現象與半島效應已經受到關注（Figenschou, 2014; Seib, 2012; Zayani, 2005; Catherine & Lengel, 2004; El-Nawawy & Iskandar; Iskandar, 2002），也讓位於卡達杜哈的半島電視臺，逐步擴大影響力到全世界。半島總部位於卡達杜哈，從目前半島的全球影響力來看，

很難想像卡達直到1971年才真正獨立。卡達王儲哈邁德（Sheikh Hamad bin Khalifa Al Thani）在1995年，利用父親出國度假時，發動一場未流血政變，奪得卡達政權。但在哈邁德奪權背後，一直有美國政府支持的傳言（Lage, 2005: 59）。自1990年起，卡達經濟起飛，國民所得提高，成為21世紀的富裕國家。卡達王室曾聲明，卡達若想建立自由的國會選舉，一定需要像半島這樣能提供必要資訊的電視媒體。1995年時，卡達王儲哈邁德簽署命令，說明政府要建立與資助一家獨立的電視臺。1996年時，卡達政府提供半島五年一億五千萬美元的貸款（Zayani, 2005: 11-14）。半島不斷發展新的頻道，十年後創立半島英語臺。前半島華盛頓中心主任Will Stebbins提到，AJE開設時耗資超過十億美元，是歷史上投資最大的新聞網（Powers, 2012: 209）。半島的財務與國家的政治經濟緊密連結，一如部分阿拉伯國家的媒體，一旦石油價格下跌，媒體經營便受影響。但對半島電視臺而言，卡達有豐富的油田，更大的資產來自它的天然氣。卡達是莫斯科以外，天然氣保有最多的國家，也讓卡達國民進階到最高所得的國家之一（Miles, 2005: 6）。

　　常有人懷疑，卡達王室真的相信半島的象徵意義，並賦予它真正的言論自由；或者卡達王室只是利用半島作為公關的工具，以便自己可以在中東地區扮演一定的重要角色？由此或許可以看見半島的侷限。觀察者發現，半島對卡達的報導很少，並且很小心不要進行批評。半島可以是阿拉伯世界的第四權，但有一個議題碰不得：就是卡達政治（Rinnawi, 2006: 98）。批評者認為，「半島屈服於卡達王室，從未批評卡達政策。」半島對於卡達王室的政治鬥爭從未報導，也不批評卡達的外交政策。另有一種說

法是，卡達王室很小心地控制半島，目的在於藉著忽略國內議題以控制卡達社會（Zayani, 2005: 9-10）。

　　半島阿語頻道（Al Jazeera Arab; AJA）創立於1996年。十年後，半島於2006年創立半島英語臺（Al Jazeera English; AJE）。2013年8月，在報導中經常批評西方、特別是美國的半島電視臺，更在紐約創設半島美國臺（Al Jazeera America），並在美國設立12個新聞據點；不但報導美國境內新聞，也報導全球新聞（半島美國臺於2016年4月關臺，改為數位網路運作）。除了上述三大電視網以外，半島還有半島巴爾幹、半島土耳其語等頻道，未來還準備設立半島非洲頻道。半島也嘗試阿語的穆巴夏（Mubasher）頻道，播出即時的地方現場新聞。另外還有紀錄片、兒童臺、運動臺等頻道，並設立半島研究與訓練中心。半島的每個頻道或部門都有自己的網站（址），所有的電視媒體、網站、機構全部統合在半島電視網（Al Jazeera Network）之下。

　　創立最早的阿拉伯語半島電視臺，一開始只聯播六小時新聞，1999年時才成為24小時的新聞頻道（Al Jazeera Network, 2011），並在美國911事件後聲名大噪。其中，半島因訪問賓拉登而受到美國布希政府的抨擊，並因此將之與恐怖組織劃上等號。911攻擊事件發生後，半島是最早播放賓拉登談話的媒體；一般認為如果沒有半島，這個蓋達領導者不可能享有如此神祕的角色。

　　惹惱布希政府的原因不只一個。半島記者在阿富汗首都喀布爾（Kabul）報導美國空襲激發的當地公民效應；也在伊拉克首都巴格達（Baghdad）現場報導美國的攻擊行動，並且深入在伊拉克中部的法魯賈（Fallujah）城，報導美軍遭伊拉克反叛軍包圍的新聞。觀眾從半島看到美國電視無法看到的衝突報導（Pintak,

2010: 293）。當時的美國總統布希便抱怨，半島並沒有提供報導，讓觀眾正確認識美國。

　　美國於2001年轟炸阿富汗，由於半島從2000年起便是阿富汗唯一的電視臺，半島有很多管道取得西方媒體也想要的阿富汗新聞；2002年半島報導以色列占領巴勒斯坦土地的新聞；2003年半島進行美國侵略伊拉克的報導，這些報導都得到熱烈的迴響。美國五大電視臺自911之後的伊拉克戰爭新聞中，計有2,732則報導以半島為新聞來源（Samuel-Azran, 2010: 1）。因為全球媒體熱烈使用，半島很快成為全球家喻戶曉的媒體。薩卡（Sakr, 2007: 116）於是以傳播理論中的逆流（contra-flow），來形容911事件後的半島。過去阿拉伯世界常是被動接受西方文化，現在半島正從阿拉伯地區形成一股「文化的逆流」（contra-flow of culture），並將阿拉伯新聞傳輸到西方（Mellor, Ayish, Dajani, & Rinnawi, 2011: 8）。半島因為不斷有獨家新聞，漸漸建立自己的品牌。2004年時，半島為威比獎（Webby Awards）團隊提名為前五大最佳新聞網站，同時入圍的還有BBC新聞和《國家地理雜誌》。同年半島又為曼哈頓的線上品牌研究網站（Brandchannel.com）讀者票選（Readers' Choice Award）為年度前五大品牌之一。半島排名在蘋果、谷歌、宜家家俱（IKEA）與星巴克之後，卻在可口可樂、諾基亞（NoKia）、耐吉（Nike）、豐田（Toyota）之前。2006年半島又被票選為最有影響力的新聞頻道（Samuel-Azran, 2010: 3）。

　　2006年底半島先是創立英語的國際半島（the Al Jazeera International），即後來的半島英語臺（AJE）；AJE因2011年阿拉伯之春的報導，成為全球知名的新聞品牌（Seib, 2012）。AJA與AJE

是半島新聞網（Al Jazeera Network）最主要的兩個衛星電視頻
道。AJA大部分的運作與作品都是阿語，多數與中東事物有關；
AJE則提供觀眾英語的國際新聞。AJE同樣有自己的記者、製作
人、編輯與經理人，為獨立於AJA的另一主要頻道。目前AJE約
由來自70個不同國家種族組成文化多元的工作團隊，並希望能
以專業精神報導國際主流媒體忽略的新聞；在非洲、亞洲、拉丁
美洲與中東等地，提供正確的報導。這個新聞承諾使得AJE不同
於其他國際媒體（Powers, 2012: 208）。AJE與AJA的區隔非常明
顯，不但反映在行銷策略上，內容上也相當不同。AJA有60.2%
的議題與阿拉伯世界有關，AJE只有12%；AJE更常報導發展中
國家的新聞（Samuel-Azran, 2010: 102）。

　　911事件後，半島把它的焦點從阿拉伯地區轉移到反恐戰
爭（war on terror）以及美國入侵阿富汗與伊拉克等事件，半島
也開始解決在不同國家上架播送的問題。加拿大的廣電主管機構
CRTC於2004年時，同意半島在加拿大以有線電視頻道放送，但
CRTC卻收到許多抗議信，認為AJA「在節目中播放仇恨議題，
以色列人更成為主要目標」。美國的有線公司認為美國人對半島
的新聞沒有興趣，多是因為在政治上反對AJE的姐妹臺AJA而起
（Magnan, Boler, & Schmidt, 2010: 302-303）。但後來的AJE的情
形卻順利很多。AJE成立不到一年後在美國註冊，有六成的人從
網路看到半島英語臺內容，訂戶約有二萬個美國人，另外一個管
道則是YouTube中半島的專屬網站。[14]

　　半島於2003年就成立英文網站（aljazeera.net），該網站

---

14 http://www.youtube.com/AlJazeeraEnglish

證明「資訊年代」時期，新聞工作者必須在網路上滿足大眾所需，民眾也能從中自由接收與分享資訊（Powers, 2012）。貝克特（Beckett, 2008: 4）也認為，因為人們居住的世界愈來愈疏離，所以就更需要新聞提供資訊，並且允許大眾辯論。這些改變正在蘊釀一個全新的新聞，可稱為「網絡化的新聞」（Networked Journalism），也可藉此說明半島的全球新聞定位。

　　半島發展至今，正負評價都有。很多人認為半島可以透過半島阿語臺、英語臺與兩個網站（一個阿語、一個英語），來提供有別於西方的另類新聞。半島的報導常被認為是「反西方」、「反美國」，因此後來當半島創立美國臺時，西方世界對半島更是關注。事實上，也有一些來自阿拉伯世界的意見批評半島並沒有挑戰西方，甚至譴責半島是在阿拉伯國家中為西方議題服務（Sakr, 2007: 118）。

第三節　從合作到聚合，擴大新聞內容與文化交流

　　隨著時間演變，聚合具有多重不同的意涵。首先，更多研究關注聚合的目的與功能。多數學者認為聚合首要強調節省成本與增加獲利（Philips, Couldry, & Freedman, 2010; Kraeplin & Criado, 2009,; Kolodzy, 2006; Brooks, et al. 2004; Dennis, 2002）；或是研究關注科技在聚合中的角色（Steensen, 2011; Boczkowski, 2009; Newton, 2009; Dupagne.& Garrison, 2006; Pool, 1983; Pavlik, 2001）。同時，也有學者意識到聚合的多元面向，認為聚合不能只看科技單因，而是許多因素的聚合（Fenton, 2010）。在此情形下，有些學者認為媒體聚合包含科技、經濟、新聞三個要素（Prichard & Bernier, 2010）；傑金斯（Jenkins, 2006）則認為聚合

應特別關注文化面相。雖然傑金斯的研究多聚焦在娛樂事業上，與新聞產業較無關，他卻認為聚合應包含媒體聚合、參與文化與集合智慧三個要素。這樣的觀點相當可以轉換到新聞產業的認知上，並用來詮釋半島相關媒體的聚合研究。

　　此外，全球化聚合的特殊功能也開始受到關注。繼聚合分為科技聚合、經濟聚合與文化聚合三種型態的討論後，同樣也已開始關注媒體內容全球化的問題（pavlik & Mclnotosh, 2011: 8-11）。德威爾（Dwyer, 2010: 2-3）想分析政治的、經濟的、文化的、社會的與科技的如何形塑與改變媒體運作，於是認為聚合也是一種意識型態，21世紀的媒體擁有者都想透過更多平臺來獲利，因而使得媒體聚合的經濟與意識型態兩個面向，會在獲利過程中一起運作。由於聚合也面臨區隔的閱聽眾，但經費來源較不依靠廣告發行的半島，其實與德威爾（Dwyer, 2010）批判的情形並不相同。同時，全球化的新聞聚合因為範圍更廣，就更需要新聞室的密切合作，這時的聚合更強調彼此的新聞資源如何交換，以便達到強化彼此的目的（Singer, 2008）。也因此，若借用傑金斯（Jenkins, 2006）的文化觀點，使可以關注半島如何在不同文化、語言與民族的頻道上進行新聞聚合。

　　半島先成立阿語臺（AJA），十年後又成立英語臺（AJE），兩個臺很早就建立非正式的合作關係。半島資深新聞人哈珊伊伯明在AJE成立一年後受訪時曾指出，因為AJA與AJE都是24小時新聞臺，自然在經營、編輯等很多面向都可以合作。他們會交換資訊、交換影帶，也會討論交換的優先順序。雙方雖然存有文化差異，一樣可以坐下來談（Magnan, Boler, & Schmidt, 2010, p. 303），這種合作關係一直持續至今。AJA電視製作人（Senior

Producer）、摩洛哥籍的亞茲以蒙尼西（Aziz Elmernissi）也說：

> 兩頻道間有很多合作，阿拉伯頻道是阿拉伯世界、尤其是某
> 些地區的專家。我們在這裡比英語臺早，我們講阿語，人脈
> 好，有時英語臺會來要消息、資料、影片，甚至報導；他們
> 進不去的地區，通常會來索取影片，也會把重要的訪談拿去
> 翻譯。反過來若世界其他地方發生大事，如亞洲、南美等
> 地，我們就拿他們的報導過來，翻譯成阿拉伯語。（作者訪
> 問，訪問時間為2014年7月5日）

　　由以上可知，阿語臺與英語臺雖是兩個不同頻道，翻譯對方
素材已是常見的合作模式。AJA電視埃及部門主管、埃及籍的受
訪者哈尼法特西（Hani Fathi）進一步說：

> 兩家電視臺會在彼此涵蓋不到的地區協調合作。例如英語臺
> 在印度有駐點，阿語臺沒有。阿語臺範圍大部分在南亞，印
> 尼、馬來西亞和阿富汗等地；泰國則很依賴英語臺，有時要
> 請他們的記者協助訪問，或從英語翻譯為阿語。若是敘利亞
> 新聞，就反過來由阿語臺供應。如果有阿語臺的人在別臺到
> 不了的地方，我們的記者能講英語，就可以為他們作現場報
> 導。反之亦然，例如泰國水災發生時，就是AJE的報導翻譯
> 過來的。（作者訪問，訪問時間為2014年7月2日）

　　此外，由於半島兩個不同頻道間，有不少工作者同時會說英
語與阿拉伯語兩種語言，以致可以同時為這兩個頻道服務。AJE

電視新聞記者哈許姆阿西爾巴若（Hashem Ahelbarra）是摩洛哥人，他說：

> 我們仍然分享資源，我以前曾以阿拉伯語進行報導，我也去
> AJA 沒有駐局的地方，為 AJA 採訪報導。我和 AJA 人員在一
> 處採訪時都會合作，避免出動兩輛轉播車；辦事處也是對所
> 有頻道記者開放。（作者訪問，訪問時間為 2014 年 7 月 6 日）

由於半島的頻道、網路、手機、社群網站等媒體資源愈來愈多，2008 年後期，所有的半島衛星頻道、網路制度性聚合在半島電視網（Al Jazeera Network）之下（Ayish, 2010b: 34）。最近幾年則進行更密集的聚合，更重要的是聚合更包括日常新聞運作中的有機整合。半島電視網總裁（Acting Director General, Al Jazeera Network）、阿爾及利亞籍的受訪者莫斯培發索阿聚（Mostefa Souag）說：

> 以前頻道間的合作只是互相詢問正在採訪什麼，能不能彼
> 此幫忙；後來 AJ Network 決定把網內合作跟日常活動進行
> 整合，我也參與了整合計畫的規劃。我們推行了三年，在
> AJA、AJE 和 AJB（巴爾幹）三者間進行整合。一開始在協
> 調上就碰壁，因為各有各的觀眾；例如 AJA 專向阿拉伯人口
> 播出，AJE 針對英語人口，各頻道的編採很難一致。但假設
> AJA 要採訪臺灣選舉，而 AJE 已在那裡有基地，兩臺就可以
> 共享物資、分擔成本。SNG 車只出動一部，工程師、司機等
> 也只需要一組。這些都要根據實際狀況來作安排。（作者訪

問，訪問時間為 2014 年 7 月 10 日）

頻道間的聚合不只是 SNG 共用的問題而已，新聞人員間也打破組織的界線，相互合作。AJE 電視記者、奈及利亞籍的受訪者阿曼德義狄瑞斯（Ahmed ldris）說：

> 今年 4 月，將近 300 名女學生在奈及利亞北部的波諾遭到綁架，那裡在打仗，死了很多人；（伊斯蘭激進組織）博科聖地（Boko Halam）反對女子上學，被綁的女生有 53 人逃了出來，還有 219 人被關，全世界都在想辦法。AJ 決定布署採訪時，我自告奮勇前往。博科聖地是殺人不眨眼的，我們乘車一路通過叛軍崗哨，AJ 成為第一個到那裡的國際電視臺。當地人見到我們都很高興，因為他們以為已被遺棄。博科聖地事件受到關注時，我好幾次上半島美國臺（AJ America）的現場，有時也接受 AJA 主播訪問；若不會阿語，會有即時翻譯。甚至土耳其頻道（AJ Turk）有需要我們就做。（作者訪問，訪問時間為 2014 年 7 月 7 日）

由以上訪談可知，半島各頻道因各自屬性，彼此為合作，而非競爭關係，以致反而可以因應不同的新聞情勢，互相合作。這樣的合作模式在半島英語臺成立不久即開始，最近幾年則進行更為緊密的聚合。

第四節　利用聚合突破新聞封鎖

由於半島電視臺以報導衝突新聞為主，經常得與政府對抗。

AJA、AJE兩家新聞臺雖然都是半島的姐妹臺，卻受到不同的對待。AJA在成為布希政府仇恨的對象前，早已是摩洛哥、葉門等官員憤怒的對象，因為出現在半島的內容多是政治異議分子、伊斯蘭激進分子與其他沉默無法發聲的人。以致半島記者在17—22個阿拉伯聯盟中，遭到無數次禁止採訪（Pintak, 2010: 292）。AJE成立後，兩個新聞衛星頻道就經常相互接應。巴勒斯坦籍的伊瑪穆沙（Imad Musa）為AJE網路部經理（Manager of Online）。他說：

> 警察國家，或對新聞嚴格監控的國家，是世上最難搞的。我們只能因應，不能逆勢而為。由於各國政府給我們的對待不同，例如中國政府封殺AJ英語臺時，仍容許阿語臺繼續。所以我們在北京曾有一年多時間沒有英語播報，只有阿語。兩個月前，伊朗決定封殺英語，但阿語可以留下。上個月，伊拉克決定英語記者可以留下，阿語記者得走人。這由不得我們；我們只能因應。（作者訪問，訪問時間為2014年7月2日）

但情形也並非完全可以預料。如2013年8月埃及政變後，很多跡象顯示埃及討厭AJA的記者，AJA於是立即關閉辦事處，搬回杜哈新聞部。但AJE在當地的記者並未受到警告，所以照常工作，不料竟無預警被扣上罪名而遭逮捕。為求因應，半島也會儘量找不同國籍的人負責新聞報導。例如，AJE透過當地加薩人（Gazan）擔任特派員來報導加薩情勢。除了報導傷亡情形外，AJE也會報導加薩人如何團結形成穆斯林的反抗運動（Powers,

2012: 209）。AJE電視新聞記者、伊拉克籍的受訪者歐瑪艾爾沙勒赫（Omar Alsaleh）說：

> 我經常採訪伊拉克，我是伊拉克人，沒有簽證問題。我採訪土耳其侵入伊拉克北部追擊庫德工人黨（PKK）；採訪巴格達常發生的自殺攻擊；各部族之間的暴力衝突都歸我採訪。我到利比亞報導阿拉伯之春，4月才去過班加西（Benghazi），待了將近一個月。我上個月23號才從巴格達回來，環境很危險，因為衝突有派系性質，半島記者身分會升高緊張，所以我被叫了回來。（作者訪問，訪問時間為2014年7月7日）

半島這兩個語言不同的新聞頻道，採訪時常會受到不同的對待。AJA電視採訪任派主管、約旦籍的瑪傑耶德哈得爾（Majed Khader）說：

> 我們常要和AJE的同仁討論如何報導阿拉伯世界的問題，尤其是巴勒斯坦和以色列間的問題。我們報導加薩的毀損和傷亡等，AJE的記者去加薩、也能去以色列，他們報導從加薩發射的火箭落進以色列，和以色列兒童驚恐的情形。有人指責我們報導片面，我們澄清不是我們不報導，而是我們不能進入以色列社區。以色列同意我們的記者進加薩、進耶路撒冷，但極少准許我們進入以色列社區，有時還以軍事重地為由拒絕。但AJE的記者同仁有英國人、美國人，就憑國籍，他們可以去。我們不反以色列，也不偏巴勒斯坦。我們如果

能及時取得英語同仁的這類報導，翻譯之後也會播出。（作者訪問，訪問時間為2014年7月6日）

就這樣，AJA、AJE兩個電視頻道深刻體會到，為了突破部分國家的新聞封鎖，兩個頻道實有必要進行更緊密的新聞聚合。也因此，半島可以保持新聞優勢，有助於強化半島新聞品牌在國際間的競爭力。

第五節　共用內容與資源的聚合

半島成立AJ Network後，已開始在不同頻道間、頻道與網路、網路與網路，以及所有平臺與社群網站間，進行各式各樣的新聞聚合，每週固定召開跨頻道的聚合會議，半島稱為計畫會議（plan meeting）。開會時間原本訂在每週四中午12點15分，為了配合半島美國頻道的時差，已延後到下午四點，好讓半島美國也能加入。7月10日下午四時，包括阿拉伯、英語、美國等頻道，舉行每週固定時間召開的計畫會議。會議中美國頻道通過視訊，表達希望能得到更多的伊拉克新聞，會議中彼此討論如何相互支持，也針對新聞運作交換意見。其中還提到希望各頻道新聞人員在葉門加薩等地時可以共用SNG。也有頻道說明自己正在進行的新聞報導，其他頻道則表示興趣並加入討論。所有頻道也討論9月、10月相關的新聞等事務。AJE電視執行製作人（Executive Producer）、英國籍的受訪者瑞梅協楂瑞發（Ramsey Zarifeh）說：

半島電視網（AJ Network）內的各頻道已經合作得很密切。以三星期之前茅利塔尼亞（Mauritania）的選舉為例，我們

英話臺並沒有派人去，因為AJA已有一組人在那裡，而且記者會說英語，我們請他來為AJE報導，現場或專題都有，很有效率地用上了AJA的資源。下週的日內瓦核子談判將要結束，我們已在每週一次的計畫會報上講好，同意在日內瓦共享衛星軌道，報導核子談判。共享軌道就是分攤成本，英語和阿語記者都用一個軌道。另外，我們和AJ America經常共用記者，兩頻道都使用英語，幾乎每天都有這種情形。另一個與AJ巴爾幹有關的是，一個月前，塞爾維亞大淹水，前幾天AJE沒有派人，只有巴爾幹臺通英語的記者為我們報導，並充分利用該臺布署的人力物力。（作者訪問，訪問時間為2014年7月6日）

聚合不僅包括頻道之間，也包括網路與頻道間。AJE另一電視執行製作人（Executive Producer）、加拿大籍的受訪者歐文華生（Owen Watson）說：

我們面對著快速改變的現實，愈來愈多的閱聽者透過社群媒體和網路聯繫我們，從桌上電腦、筆電，到平板電腦，現在首要是智慧型手機。我們和數位網路夥伴通力合作，策劃新聞採訪；英語臺進行採訪計畫時，電視、網路的代表人員均須在座，一起參與。這樣做的用意在於補充同僚的作業，像是製作能給電視或網路使用的圖表等。畢竟上網用推特取得內容，比電視更為容易。（作者訪問，訪問時間為2014年6月30日）

　　AJE網路製作人、也是加拿大籍的受訪者魏福來丁尼克（Wilfrid Dinnick）也說：

　　我要和電視的人混在一起，一起開會，排排坐。如今天有一艘船翻覆，一批想移民歐洲的人遭滅頂。我們會注意，萬一電視的人無暇幫忙，或沒有別的影片時，我可以到互動部門，找找看四年來有多少移民喪命，做個圖表，和視訊一起附在報導中，諸如此類添加內容。（作者訪問，訪問時間為2014年6月30日）

　　有關這個部分，Al Jazeera Network卸任的總裁（Director General）瓦迪哈恩發（Waddah Khanfar）曾指出，他的新聞組織與其他新聞組織不同的地方，就在於AJ會以新聞協力方式生產新聞，而非只重視消費。當今的觀眾不僅接收與消化新聞，他們還可以在新聞生產過程、即時報導新聞、評論突發新聞、散播新聞中扮演積極的角色。由此更可以明白AJE為何如此擁抱新媒體科技與平臺（Powers, 2012: 216）。AJE網路部經理、受訪者伊瑪穆沙說：

　　例如網路要把聲音、電視、文字、照片都整合起來，把故事講得豐富，讓人有如身歷其境；我們今年有一些作品與過去截然不同，如中非共和國革命故事等。總之，我們一步步在做，全力配合人們喜歡的方式去接觸（reach）到他們。例如在非洲，最通用的手機不是iPhone，而是Android，我們就必須設法接觸到他們；或許收音機比電視更普及，我們也要

考慮這個部分；這就是說，不僅要數位深化，有時還得回到
基本面，因地制宜地接觸人們；這才是我們談聚合時該有的
思考。（作者訪問，訪問時間為2014年7月2日）

但，目前的平臺聚合多少仍會因為語言出現限制。AJE網路
編輯、美國籍受訪者賴瑞強生（Larry Johnson）說：

目前英語網路通常只從AJE頻道找素材，因為阿語難得多，
需要翻譯，我們還做不到。將來我們想有更好的做法，現在
只是偶爾會從阿語電處上找，再翻譯給讀者，我們有想去
做，但量還很少。當前是要把電視和網路的合作做好。（作
者訪問，訪問時間為2014年7月1日）

由此可知，為了達到更有效的聚合，半島已制度性地進行聚
合。這類的聚合具有節省成本的經濟因素，卻不是半島聚合最主
要目的。半島仍以達到新聞報導的最大效益，為新聞聚合的主要
考量。

第六節　顧及多元性的文化聚合

半島在擴張媒體時，因為語言、文化而設立不同的頻道與
網路。由於體會到觀眾的多元性，各頻道會因為閱聽眾不同的語
言、文化需求，而進行不同的新聞製作。瑪傑耶德哈得爾說：

半島美國臺上週專程來杜哈和AJA的人接觸，了解我們的工
作情形，我們也同時了解他們的編採理念。AJ美國臺的觀

眾和我們的大不相同，編採方針也不一樣，但這不成問題。
例如在某個美國城市，他們有設備，而我們沒有，我們一樣
可以使用；有時他們做了很好的專題，我們也可翻成阿拉伯
語播出。多頻道聚合以來，我們的成本降低很多。例如以前
AJE可能派20人團隊赴印尼採訪選舉。我們AJA也一樣，抵
達時連辦公室都擠不下，同一件事做兩次；現在經過聚合，
資源運用合理了，成本也下降了。（作者訪問，訪問時間為
2014年7月6日）

因為兩個新聞頻道的觀眾不同，各頻道之間有很多不同層次
和場合上的合作。不但可以擴大新聞來源，又能節省成本。AJA
電視資深訪談節目製作人（Senior Interview Producer）、巴勒斯坦
籍受訪者蕾發索（Rafah Sobh）說：

我的部門是訪談組，我們和AJE之間，成立了來賓網（guest
network），分享我們的訪談計畫。例如，伊拉克某要人發
生事情，我策劃了一次現場訪談，就會把計畫放上來賓網；
AJE或別的頻道，例如AJ美國或穆巴夏等，都可以摘取訪談
片斷或引用他的話等，這是個節省時間和資源的方法。（作
者訪問，訪問時間為2014年7月3日）

然而，即使不同頻道可以相互借用資源，各頻道所需還是有差
異。AJE網路部記者、具有伊朗血統的帕爾法茲（D. Parvaz）說：

我提供的內容都是英文的，因為我是在AJE工作；我會跟

AJA聯繫，問他們要不要我手上的東西。例如，我正在處理
伊朗選舉的新聞給網站用，我和他們就會協調。我們每週見
幾次面，互通有無，彼此不相干擾；有時是他們翻譯我們的
東西，有時是我們翻譯他們的，但在播出之前就會協調，好
有時間翻譯。我們大部分讀者在北美，他們則不是。因為目
標地區不同，取捨內容的標準就不同。（作者訪問，訪問時
間為2014年7月3日）

由於不同頻道會對應到不同的觀眾，新聞工作者就得因應自
己的觀眾來設計新聞內容。受訪者哈尼法特西也指出：

由於AJE、AJA的目標觀聽眾不同，兩臺各有各的節目；我
們這裡以阿拉伯觀眾為主，或旅外的阿拉伯人；英語臺則瞄
準西方人。有時對同一個問題的新聞處理不盡相同。以播出
順序為例，我們開頭多是阿拉伯世界的新聞，敘利亞、伊拉
克、埃及等；而西方觀眾有時會期待先報導板球賽，或南非
運動員殺害女友之類事件。西方視為大事的，我們可能排在
最後，或根本不播。（作者訪問，訪問時間為2014年7月2
日）

AJE雖然不斷發展，在美國領土上卻沒有衛星播送權，但
美國觀眾的成長卻頗明顯。例如，在加薩地區2009年1月發生
衝突時，AJE在YouTube的觀眾出現600%的成長，最大多數的
使用者是美國網民。同樣的，有超過三分之一的YouTube觀賞者
在美國，一樣有超過三分之一的手機與平板觀看者在美國。由

此來看，AJE提供的服務已超過很多公共服務網（Powers, 2012: 212）。AJE網路助理製作人、父母都是西班牙人的受訪者路易亞迦爾西（Luia Garcia）便說：

> 我們在中東卡達以報導國際新聞為主，AJE主要讀者卻不在中東，我們的社群媒體必須顧及這麼多國家，從歐洲到亞太地區都在內，所以刊登需要計畫，要安排時間點。以臉書為例，讀者80%是18到35歲，而這80%當中，60%是男性，40%是女性。而且我們主要造訪者或粉絲在美國，AJE、AJ America在美國推出後，美國觀眾大增，西方世界美國觀眾最多。（作者訪問，訪問時間為2014年7月2日）

雖然半島幾個不同的衛星頻道與網路的觀眾有所區隔，在新聞編排上會有不同想法，卻不代表彼此不能聚合。AJE網路部經理受訪者伊瑪穆沙認為：

> 英語和阿語的聚合有其極限，說英語的人因為族裔關係而成為AJE觀眾，和AJA的觀眾不是同一票，兩臺各有各的觀眾和存在的理由，不能勉強。我們能夠聚合的是基本的層面，像是分享訊息、技術、運作與後勤等，而且我們一直在進步。例如，我不願見AJ阿語臺報導有五人在開羅的街頭衝突中受傷，英語臺卻報導有四人在衝突中受傷；對我來說這是很糟糕的。兩者應該分享資訊、求證，在半島Network層次上聚合，不能各採訪各的，彼此連話都不講。聚合應是指這方面，而不是在編輯方針、播報順序上。（作者訪問，訪

問時間為 2014 年 7 月 2 日）

　　由以上談話可以明白，半島的新聞聚合講求符合各媒體的觀眾需要，同時要求各頻道一致的新聞正確性。並非單以資源分享為聚合目標，或是要求一致的內容，只是翻譯成不同的語言而已。

第七節　善用聚合，增強跨語言、跨文化的傳播

　　自半島電視臺成立後，由於較無資金問題，在全球新聞市場萎縮之際，半島電視臺卻仍在擴充，照顧的語言愈來愈多。除阿拉伯語、英語外，更已陸續發展巴爾幹、土耳其等頻道。由於觀眾不同語言、文化，即反映不同的消費與文化需求。半島電視臺透過有效的新聞聚合，透過不同的編輯生產與新聞分配，設法滿足不同語言、文化、新聞需求的觀眾。但半島也意識到，觀眾變得區隔（fragamented）且難以整合，是目前全球媒體面臨的重大問題（Lowrey & Gade, 2011）。透過聚合理論與本研究的田野觀察，可以清楚發現半島網絡組織（Al Jazerra Network）正努力進行頻道、網路等所有新聞資源的聚合，並設法讓不同語言、文化等觀眾得以聚合。

　　半島由於善於應用聚合的力量，更能清楚掌握不同平臺的不同閱聽眾，頻道間也能充分合作，而非競爭。能在組織內建立這樣的合作關係，其實不是件容易的事。在媒體搶時間的競爭文化中，未聚合的媒體由於平臺界線清楚、財務獨立、又有營利壓力，很容易使不同平臺處於競爭狀態，以致難以形成真正的聚合，導致連一般的合作也非常困難。反觀半島的聚合固然可以節

省部分物力，卻並非以節省成本為主要目標。由於有效的聚合，不但能突破採訪限制，還能為區隔清楚的閱聽眾服務，如此才可能更進一步擴大媒體影響力。

然而，半島在聚合間也出現若干問題。在幾個不同電視頻道開播後，對阿拉伯群眾而言，半島英語臺與半島美國臺似乎成為阿拉伯世界與英語世界的溝通橋梁。但半島基於不同文化與消費需求等考量，英語臺必須照顧英語當地新聞；美國臺同樣必須關心美國當地事務；阿拉伯新聞在西方、英語地區的比重，自然無法滿足阿拉伯社群的期待。AJE和AJA的聚合間，雖能共享資源，卻仍有未能達成共識之處。AJA期待AJE可以做為阿拉伯世界與西方世界的橋梁，結果並不是如此。新成立的AJ美國臺也一樣很少播阿拉伯新聞。AJA電視資深製作人、受訪者亞茲以蒙尼西就說：

> AJ美國臺每天報導的全是美國新聞，完全不重視阿拉伯問題，一點都不碰，完全是美國時事，美國記者報導美國事，完全不碰阿拉伯世界。至於AJE則報導各式各樣的主題，關於阿拉伯世界的大約只占10%，其他都是關於中國、斯里蘭卡、印度、非洲、南美等地的事情。我們現在每晚的整點新聞當中，伊拉克新聞就占20到25分鐘；先前敘利亞、更早的埃及新聞也有30分鐘；英語臺不可能做到這個程度，阿拉伯新聞最多10分鐘，就要換別的新聞。（作者訪問，訪問時間為2014年7月6日）

這點確實是半島面臨的掙扎，從訪談中可知內部已有不同

看法。半島自AJA後，不斷發展頻道，也因為AJE的創立，讓世人更認識半島；但AJE在阿拉伯議題的報導比重可能不如AJA預期。AJE電視新聞記者哈許姆阿西爾巴若說：

> 不能期望我們AJE像AJA那樣報導，因為觀眾完全不同。阿拉伯觀眾對本地區的事情再熟悉不過，英語觀眾則不然。例如報導中東的衝突，AJA可以密集播出中東的事情，AJE卻不行。AJE必須向國際觀眾解釋，設法說明中東人的心態、歷史、宗教等；AJE的觀眾可能在拉斯維加斯，在華府，在臺灣。他們縱使想知道阿拉伯一些事，但並不切身，他們有更關心的事情。AJA可以不斷報導中東某件事，AJE則還要顧及別處的大事。例如中國，中國是AJE的一大目標地區。（作者訪問，訪問時間為2014年7月6日）

雖然半島不同語言頻道面對的閱聽眾幾乎完全沒有重疊，但半島的成立宗旨與新聞表現，即使不同頻道採取不同的新聞標準，卻還是可以發現半島的共通性。瑪傑耶德哈得爾說：

> 美國新聞對我們而言是新聞的一部分，不是全部，不過有時他們的故事非常好，會觸動我們也派記者去，做個像AJ美國那樣的報導。總之，雖然各有各的編採方針，仍有共同利益存在。AJ美國還沒有用過AJA的內容，但以後會用。現在的構想是，讓他們也用一些我們的故事，不僅我們，也從AJB、AJE等取材。這是聚合的用意，以彰顯AJ精神，至少要讓AJ美國一看就知道不是CNN，不是ABC，而是AJ。

（作者訪問，訪問時間為2014年7月6日）

　　從半島實際運作可發現，語言與文化無法達到完全的聚合，卻值得努力。特別在伊斯蘭新聞愈來愈受到全球重視時，有關阿拉伯文化的報導與深入分析自然非常重要。半島其實比其他全球性的媒體如CNN、BBC等，更有資源扮演不同文化間的橋梁角色，也就是透過有效的新聞報導，改變傳播方向為從阿拉伯地區流向其他地區。最常引用的例子是西方領導性的媒體如BBC、CNN等國際新聞，在2003年伊拉克戰爭期間，對半島電視臺的依賴，均有助於強化戰爭中的「阿拉伯觀點」（Arab perspective）（Mellor, 2011: 8）。目前全球超過一百個衛星電視，依然呈現動態的、快速的擴張局面，並且表現出不同的生態。然而，在關注全球衛星電視發展中，西方操控與文化多元兩大因素，使我們忽略了非西方的新聞文化（Rai & Cottle, 2010: 74-75）。

　　從卡達杜哈回到臺灣後，自然想起最切身的臺灣新聞生態。由於強大的市場壓力，臺灣新聞媒體逐漸失去大眾的信任，如果能有一個優質媒體成功立足於臺灣市場，必然能對其他眾多的媒體起帶領作用。基於半島多語言文化與具有公共領域的性質來看，很可能臺灣的公共電視最能扮演這樣的角色。但遺憾的是，臺灣的公共電視經費拮据，原本還包含客語、原住民等不同語言、文化，卻一直未能進行有效的聚合，目前反而走向分散經營的狀態，使得臺灣的媒體規模只會愈來愈小，並無法以更大的新聞規模進而造成更大的社會影響力。此外，臺灣的商業媒體罔顧應有的公共責任，市場導向已使臺灣民眾看不到好新聞，國內幾家媒體集團內部也不能進行有效的聚合，以致難以發揮新聞整合

的力量，實在非常可惜。

　　半島聚合模式固然在臺灣複製的可能性很低，但半島有效結合新聞資源，並能因此照顧不同的阿拉伯、英語、巴爾幹、土耳其、非洲等地的觀眾，讓無聲者發聲，則更令人鼓舞。半島經驗依然值得臺灣深入了解與省思。同時，緊接著發生的阿拉伯之春動盪政治事件，立即成為全球國際媒體關注報導的重點，其間有關社群媒體的應用並與傳統主流媒體聚合的現象，則是下一章的報導重點。

第八章

社群媒體與傳統媒體聚合

以阿拉伯之春為例

2011年8月3日，出現阿拉伯近代歷史上最驚人的媒體景觀。83歲的埃及獨裁者穆巴拉克（Hosni Mubarak）坐著輪椅、戴著護套進入開羅法院，進行公開審判。在他身旁的是他的兩個兒子、他的內政部長，以及六個前朝成員。穆巴拉克隨扈遭控多項罪行，他們曾經下令軍警以武力對待2011年2月的示威活動，這使得穆巴拉克辭職與遭褫奪所有權力。法庭上穆巴拉克的聲音清楚且強壯，他拒絕承認所有的指控。半島電視臺與其他全球媒體全程轉播審判過程，呈現了埃及經過數十年的獨裁政權後，一場混亂卻非常重要的埃及民主。這個訊息同時傳給其他的獨裁者，讓他們明白自己也可能受到司法審判（Kellner, 2012: 230）。

事情起因於2011年的茉莉花革命。突尼西亞一名失業的26歲大學畢業生布瓦吉吉（Mohamed Bouaziz），因為沒有販賣許可證而遭警方沒收賣菜推車，布瓦吉吉隨後在街上引火自焚。此事發生後，2011年1月，突尼西亞發生「茉莉花革命」，突國年輕族群透過手機與臉書串聯上街示威，結果導致威權統治突尼西亞23年的總統班阿里倉皇流亡海外（田思怡編譯，2011）。突尼西亞民眾透過推特及臉書等工具將訊息、照片及影片傳至國外，成為抗議人士與外界世界取得聯繫的溝通管道（李威撰，2011）。

阿拉伯之春（Arab Spring）從突尼西亞開啟，很快遍及許多國家，另一案例則發生在埃及。埃及人民看到突尼西亞人的「茉莉花革命」，竟然成功推翻集權總統，也開始進行另一場民主政治革命。埃及民眾因為不滿總統貪腐，也在2011年1月25日爆發大規模反政府示威。放眼埃及街頭，示威群眾幾乎人手一機，大家高舉手機或相機，將示威畫面上傳到網路。抗議民眾說：「我只要拍下影像或照片上傳，一切就很清楚，因為照片自己會說

話。」（陳俊諺，2011年2月7日）。各個反政府組織和團體，已經準備在28日清真寺祈禱時間之後，號召民眾展開四天以來最大規模的示威，或許是為了阻斷群眾的聯繫，埃及的手機簡訊、臉書網站和推特群組服務都已經中斷（民視新聞，2011年1月28日），「半島電視臺」阿拉伯語頻道也首次在埃及遭到斷訊。

　　想要了解新舊媒體在阿拉伯之春的角色，很重要的是要了解阿拉伯的公共領域的複雜與矛盾特質（Figenschou, 2014: 1），也就是關於「衛星民主」、大眾參與及動員的期待。同時社群媒體提供很多素材給電視，許多衛星頻道都相當依賴推特與其他網路內容，這時新媒體又和電視媒體結合。更重要的是，阿拉伯的舊媒體、衛星電視與社群媒體，都在阿拉伯公共領域間扮演一定角色，界線也愈來愈難區分（Figenschou, 2014: 14-15）。由此可知，有關傳統媒體與社群媒體的聚合，已經是數位時代不可忽視的現象。

　　全球媒體幾乎都來到埃及報導這個世紀大新聞，角度卻未必相同。凱爾納（Kellner, 2012: 230-231）認為，西方媒體在報導穆巴拉克審判前的埃及時，總是強調日益普及的貧窮問題與埃及的分裂，埃及社會的起義（uprising）只是破滅的幻想，西方媒體並不清楚穆巴拉克的審判可能為埃及民主帶來生氣。就在穆巴拉克審判這一天，敘利亞總統阿薩德（Bashar al- Assad）則對反對他的反抗力量，展開血腥鎮壓。葉門出現混亂，巴林有鎮壓。2011年2月，反格達費的叛軍占有利比亞首都半部，也很快遭逢格達費回擊，國家陷入內戰中。

　　阿拉伯之春很快進入炎熱與騷動的夏天，然後進入蕭瑟的秋天與冬天。中東的民主並未好轉，埃及依然持續出現嚴厲的

鎮壓。從2011年11月25日到12月初期，在解放廣場（Tahrir Square）六天的示威活動，造成41個人死亡、超過一千人受傷，反抗者稱之為第二次的埃及革命（second Egyptian revolution）。埃及第一次選舉人民議會代表，穆斯林兄弟會與其他基進的（radical）穆斯林（Islamic Salafis）各贏得50%、25%的選票，開始有人擔心埃及會變成穆斯林國家，也擔心發生軍事政變。太多的暴力阻止埃及的第二次選舉。2011年底，埃及軍隊掌握政權，與政黨與人民的關係非常緊張（Kellner, 2012: 231）。

此外，因為敘利亞反對國際媒體，國際媒體無法進入敘利亞，當地的業餘者成為報導主力，於是有抗爭者自行拍攝電視影像（DIY videos），政府攻擊示威者的畫面被拍下，受傷與死亡的示威者、葬禮等都一一被拍下；業餘者也拍下坦克進入敘利亞哈瑪城市中心、並且砲轟民眾活動的地區、民眾逃避槍擊、狙擊兵從屋頂槍殺民眾以及屍體等畫面，還有人報導一個女孩被坦克碾碎等各種恐怖的鏡頭，說明敘利亞國家恐怖主義正在對抗它的人民。從2012年8月到冬天，每天都有業餘者在社群媒體報導敘利亞示威者遭殺害的訊息，並且提供畫面給所有主流媒體。在敘利亞政府攻擊敘利亞西邊哈瑪（Hama）城期間，很多報導都在半島、BBC與其他電視網播出（Kellner, 2012: 232-233）。再一次，民眾的影帶引發全球關注敘利亞暴力。

從埃及到敘利亞，雖然主流媒體已經全部遭驅趕，卻沒有阻止阿拉伯各種起義新聞傳到世界各個角落。阿拉伯民眾用他們最簡單的傳播工具與社群媒體，就把阿拉伯世界的真實傳播出去。可以說，如果沒有社群媒體，就沒有阿拉伯之春。

第一節　社群媒體在全球興起

　　2014年華人歡度春節時，社群媒體臉書也在2月4日十歲生
日當天，宣布臉書用戶已超過12億人口（賴美君編譯，2014），
接著2月底又傳出臉書以190億美元高價，併購可提供大量互動
的WhatsApp即時通訊社群網站（中央社，2014），以上訊息似
已揭示社群媒體不可忽視的重要性。原本社群媒體一開始只著重
社交功能，幾次突發事件發生後，社群媒體未顯的新聞功能開始
受到注意。2005年7月倫敦地鐵發生爆炸案成為社群媒體興起的
代表性事件。當時BBC收到22,000封電子信、300張照片、還有
遭攻擊當天的若干錄影帶。BBC肯定民眾提供的資料具有相當的
新聞價值，因而將之納入報導內容中，這是第一次民眾提供的內
容被認為比專業記者製作的內容更有價值（Hermida & Thurman,
2008）。

　　從該事件之後，BBC平均每天收到300封電子郵件（Wardle
& Williams, 2010）。「塞拉耶佛的玫瑰」（Sarajevo roses）將砲彈
炸到的地方塗上紅漆，就像玫瑰般以茲紀念的意義全球皆知，其
意在於提醒後人不要輕易忘記當年遭圍城、偷襲轟炸的過往。之
所以能有如此強大的傳播力量，正是因為外國民眾在社群網站提
及此事（James, 2013）。此外，中國大陸民眾慣用的微博社群媒
體，對中國社會帶來極大改變（李開復，2011；郭亮，2010），
在西方一樣知名。2011年中國大陸溫州發生38人死亡的動車追撞
嚴重事故，該訊息正是由乘客在第一時間通過微博發布，乘客還
詳細描述他們的感受與當時發生事故的過程（童靜蓉，2011），
這些內容也成為中國媒體報導引用的內容。

　　從1990年代起，許多人對網路世界有許多樂觀想像，並認為網路可以增進彼此了解，有助於世界和平。但也有研究指出一些先驅型的媒體重視官方意見多於一般個人，而且網路的新聞內容與傳統媒體如報紙與電視差別不大，只是媒體集團跨科技的延伸而已（Curran et al. 2013）。以媒體不自由的羅馬尼亞為例，民眾仍希望BBC不同於受政府控制的國內媒體，能進行更專業的報導（Stewart, 2013）；但也有不少民眾相信社群媒體有其積極功能，民眾可以利用社群媒體提供好新聞，以致馬瑟生與艾倫（Matheson & Allan, 2009: 19）在討論「新聞與數位文化時」，便認為數位科技變得更容易使用，已使新聞記者扮演說故事的時代成為過去。同時，社群媒體提高民眾傳播的功能，愈來愈有可能參與到新聞上。

　　其實民眾提供訊息給新聞媒體並非現在才開始，在《業餘者影像與全球新聞》（*Amateur Images and Global News*）一書中，便指出民眾在網路、電視還未出現的時代，就已開始提供新聞給媒體；一次大戰後，業餘者開始提供照片、影像給媒體，品質均比不上專業的新聞記者；但現在以公民記者為主的民眾提供的UGC（User Generated Content）訊息已更為真實，已是21世紀當代的一大特徵（Andén-Papadopoulos & Pantti, 2011）。

　　社群媒體與新聞的關係愈來愈密切，說明社群媒體也有機會發展而為公共領域。哈伯瑪斯（Habermas, 1989）在其《公共領域的結構轉型》（*The Structural Transformation of the Public Sphere*）一書中，認為「公共領域」（public sphere）的原型即為少數男性布爾喬亞參與的空間。他的想法不斷受到外界批判，認為忽略了勞工與女性的角色，就連哈伯瑪斯也發現自己理論

的缺失。因此，在他後來出版的《從事實到規範間》（*Between Facts and Norms: Contributions to a Discourse Theory of Law and Democracy*）一書中，他已自我批判公共領域必須加入勞工運動與女性主義運動（Habermas, 1999: 374），等於說明所有民眾都有能力建構公共領域的精神，公共領域的多元性特質也受到重視（林宇玲，2014）。而在社群媒體能提供真實訊息、群眾理性討論，並可能以真實的新聞形式發布時，社群媒體的公共領域特質已經非常明確。

　　社群媒體除了可以提供訊息傳遞、意見討論的空間外，當今的社群媒體能即時傳播，功能性更強，因而很快地成為新聞傳遞的最佳通路。媒體意識到社群媒體匯集人潮的優點，新聞媒體更是擴大社群網站的運用，使得社群媒體得以發揮更多的新聞功能，也開始投入人力經營社群網站，並各自開展出不同的社群媒體面貌。這個現象目前已經受到各大媒體的注意，臺灣的媒體也開始經營社群媒體，在新聞製作中運用網路民眾提供的訊息。為了真正認識社群媒體的力量，本章將以阿拉伯之春為案例，探究社群媒體在阿拉伯世界發生重大轉變時所扮演的角色。

第二節　社群媒體及其演變

　　社群媒體（Social Media）雖為眾人常用的普通名詞，依然有學術上的嚴謹定義。有的研究從基礎設備角度出發，強調社群媒體指的是「使用者用來在網路上分享資訊、理念、個人訊息與其他內容的電子傳播形式」（White, 2012: 9）。或是認為社群媒體即為：「人群間可用來分享與討論資訊的網路與行動裝置的工具」（Moturu, 2010: 20）。同時，社群媒體的傳播機制明顯與

傳統媒體不同。若與大眾媒體一對多（one-to-many）的傳播機制相較，社群媒體則強調社群中每個參與者都可以發布訊息，而且和專業傳播者一樣可以傳播到不同閱聽眾身上（Page, 2012: 5）。社群媒體也因此創造出有別於傳統媒體的參與互動文化氛圍，這種互動性可以追溯自1990年代的部落格與維基，創造了個人間互動的可能性（Page, 2012: 6）。有的社群媒體研究則以科技的進步性區分，近20年來，社群媒體因為科技的革新已有許多轉變。從Web1.0、Web2.0、到Web3.0等不同階段的社群媒體都有其不同特性。Web1.0階段為較靜態的傳播；Web2.0時代網路的社交功能愈來愈明顯；到Web3.0時代則進入行動網路時代（Mansfield, 2012），網路互動功能更強了。此外，也有研究以網路社群（Online social networks）、部落格（Blogging）與微網誌（Microblogging）、維基（Wikis）、社交新聞（Social news）、與大量訊息的儲存與分享（Social bookmarking）來進行區分（Moturu, 2010: 23-26）。

　　如今社群媒體中可看到民眾發表訊息（User Generated Content; UGC）的情況更甚於前。UGC也有許多同義詞，更早之前的相關研究稱為CMC（computer-mediated communication），在CMC中，傳播的形式更為多元（Walther, 1996）。有的研究將類似現象稱為網路傳播（online communication），並意識到要禁止負面的傳播行為出現（Kiesler, Kraut, Resnick, & Kittur, 2011）。有的則是泛指非新聞工作者在網路上的參與，並稱之為使用者製作的內容（Kaufhold, Valenzuela, & de Zuniga, 2010）。UGC也被認為是媒體失去大眾信任後的重新思考，並將因此創造新的數位媒體文化（Deuze, Bruns, & Neuberger, 2007），這在傳播領域上通常稱

之為「參與新聞」（participatory journalism）或是公民新聞（civic journalism）。新媒體共有的網路特質具有傳統媒體無法提供的通路、互動與彈性，還能提供社群（community）的感受（Beckett, 2008: 22）。

UGC的內容可能與新聞有關，也可能無關，但都是強調民眾的參與。不過，「參與新聞」比UGC更強調主流媒體如何整合使用者提供的內容，以便生產新聞（Wardle & Williams, 2010: 784），新聞組織也希望能透過大眾參與增加對新聞事件的辯論（Domingo et al. 2008）。因為社群媒體總能聚集人潮，並形成真實的連結（authentic connection）（Rice, 2009: 28），近幾年大眾媒體多已在社群媒體投下極大工夫，社群媒體已經成為新聞媒體擴大新聞來源的主要工具。但媒體新聞記者對社群網站的感受較為複雜，甚至認為社群媒體來得過快，以致新聞媒體難以適應（Quandt, 2011: 173）。

由此可知，社群媒體愈來愈成為新聞主要的消息來源，民眾的角色更受重視（Kawamoto, 2003: 2）。里特爾（Little, 2012）認為每一個新聞事件都可能在社群網站中創造出一個社群，當新聞發生時，大家便會一起討論。其中有人可能是目擊者，有人則只是傳遞消息，但幾乎每個社群都會扮演檢驗真實的角色，這使得網路社群的力量更加龐大。派福里克（Pavlik, 2001）則進一步詮釋，傳統新聞雖有清楚的地域社區概念，卻更希望擴大觀眾群。這個轉變不只對商業與文化有意義，對民主同樣有意義。換言之，新媒體提供更多人參與的機會、建立了社群，並且創造了一個前所未見的新聞管道。

網路時代來臨後，哈珊（Hansen, 2012）認為新聞記者確實

面臨著兩難。一方面數位網路讓新聞記者有更多工具可以進行調查報導、更快速地傳播資訊、為新的顧客創造更多新的平臺；但另一方面，網路上立即快速的傳播實在無法與傳統一對多的大眾傳播方式相容。同時，網路使用者快速增長，也讓媒體更難要求使用者付費；數量極多的網路也很難爭取廣告收入，但大量的網路人潮卻又為媒體所愛，新聞組織更期待能在市場中建立新的商業模式（Weber & Monge, 2011）。即使獲利模式尚未成熟，西方傳統媒體已經非常重視社群網站。尤其在新聞產業逐漸暗淡時，社群網站像是一盞希望明燈，臉書與推特從未限制媒體公司在社群網站中經營顧客，臉書還提供新聞產業一定空間以傳播訊息；推特也允許新聞公司可以在140字以下連結多媒體內容，也可以超連結到新聞主網站中。因為社群網站的策略使然，每一家新聞媒體都會在社群網站中儘量擴大自己的影響力，並儘可能與閱聽眾展開誠實、開放的溝通（Long, 2012）。

　　社群媒體允許使用者可以在網絡世界裡自由聯繫與溝通，同時也可以交換與分享資訊，這類社群網絡又稱為社會網絡化的網站（social networking sites, SNNs），其中最具代表性的例子就是臉書與推特。研究還顯示，從2008年到2010年間，美國的「社會網絡化網站」使用者年齡從33歲提升到38歲，可見社群網絡的人口特徵已經改變，不再是年輕人的天下（Weeks & Holbert, 2013）。有些研究也發現不使用社群網站的成年人，通常社經地位較低，人際關係也比使用社群媒體更弱（Bobkowski & Smith, 2013）。而在最近幾年，社群媒體因為可以提供不同於傳統媒體的新聞形式，因此在新聞的比重上愈來愈重要。總計在社群媒體中出現的新聞接收約可區分為以下幾種方式，包括：（一）參與者想看的新聞

可以讓主流媒體將新聞送到他們的社群網站中。（二）新聞組織
在社群網站中維繫新聞內容，以便使用者參閱。（三）有些人的
社群網站可以連到某些新聞類目，再連到其他人的頁面中供更多
人參閱。（四）使用者可能因為連到其他人的社群網站，而看到自
己想看的新聞（Weeks & Holbert, 2013: 214）。數位科技降低了上
網門檻，創造出「長尾」（long tail）效果，能讓某些議題受到關
注（Walejko & Ksiazek, 2010）。同時，每一個媒體組織都會在競
爭市場中儘可能擴大功能與強化美學，而網路經常是大量商業化
與商品化，以求吸引更多閱聽眾以便獲利（Kenix, 2013）。

　　「社會網絡化網站」日益風行後，美國報紙的網路實驗都已
離不開臉書與推特，大部分的新聞組織更在臉書與推特中建立自
己的社群媒體（Ju, Jeong, & Chyi, 2014），以轉貼自家媒體生產
的新聞。裘等人（Ju et al, 2014）分析美國65家報紙後發現，報
紙透過社群網站來傳播新聞已經成為常態，推特比臉書更能有效
接觸到使用者。傳播業者發現推特等社會網絡系統能連結更多觀
眾，也可利用推特使民眾在電視播報前更早接收到突發新聞。因
此，推特便是媒體傳送即時資訊的重要來源，例如推特使用者就
比主流媒體的閱聽眾，早一步知道美國航空（US Airways）1549
航班在哈德遜河墜機的消息（Greer & Ferguson, 2011）。由此可
知，社群網站之所以可以日益受歡迎，正是因為它能呈現真實社
會的互動與經驗，內容生產者在虛擬社群中也可以像在真實世界
中一樣分享各種經驗、意見、資源與知識，並且很容易就可以達
到範圍更廣的傳播效果（Moturu, 2010: 17-18）。

第三節　社群媒體、公民記者、業餘者與半島的聚合

半島英語臺（AJE）很早就使用網路科技來播送新聞與節目，是第一個在YouTube創立頻道的電視臺。因為上架困難，AJE成立四年時，已有二萬個最受歡迎的節目上網，並有超過八百萬人次觀賞。美聯社在YouTube的影音是AJE的二倍數量，卻只有六百萬人次點閱。更甚者，AJE很早就在網路上直播串流（Stream）節目，AJE也可在美國西部最受歡迎的現場直播（Live Station）網路中看到（Powers, 2012: 211-212）。巴勒斯坦籍、穆巴夏頻道（Al Jazeera Mubasher）網路資深製作人薩米爾西加威（Sameer Hijjawi）就說：

> 網際網路愈普遍，依賴它的人愈多；電視在偏遠地方較吃重，人們不會讀寫，文盲多；城市人依賴網路的較多。阿拉伯世界有些數據，例如78%的加薩人口使用網際網路；在約旦是73%；在灣內則有50%以上，可能到60%；我想將來這數字可能更高，會有更多人用網路，向它投資是關鍵的，電視不會一直重要下去。（作者訪問，訪問時間為2014年6月30日）

半島聚合的、網絡化的新聞更曾因為海地地震與阿拉伯之春事件受到矚目，並讓更多人得以發聲（Chouliaraki, 2013）。半島運用社群網站已有相當成效，社群網站中活躍的公民記者是半島很重要的新聞主力。AJA電視新聞部內容經理受訪者穆罕莫德沙伐（Mohamed Safi）說：

社群媒體在短短時間內已發展出很多形式，儼然已成為主
流。稱它為社群媒體有讓它不受任何約束的意味。而主流媒
體是自我約束的，但社群媒體發展至此，應該也要受約束；
不能說公民記者就可以隨興傳播任何事情，應該像我們一樣
遵守原則。這裡的人，他們甚至認得出影片中的街道，一眼
就知道真假。（作者訪問，訪問時間為2014年7月6日）

　　值得一提的是，半島與公民記者的聚合為其他媒體少見。
以AJE為例，AJE於2008年11月開始發展公民新聞學，有一個
專屬網頁致力從廣大的國際觀眾中，尋找新聞的見證人。在加
薩衝突時則有一個「你的媒體」（Your Media）網頁，蒐集許多
由巴勒斯坦傳來的影片與照片。公民記者會利用各個社群網站傳
來消息，但需要有經驗的專業記者來驗證新聞真假，確認為真後
就可整合到主流媒體的報導中（Powers, 2012：213）。在2010年
的伊拉克選舉中，AJE則提供輕型錄影機給意見領袖，以便更了
解整個選舉過程。同時，由於AJE了解不可能在每個地方都有自
己的記者，也不能提供安全保障，所以AJE相信伊拉克進行選舉
時，伊拉克人就可以幫助他們記錄這場選舉。AJE（2010）的網
路上說：「每一個影片中的人都是一般伊拉克人，他們的觀點和
經驗很少在新聞中出現。透過影片，我們可以聽到他們的聲音，
看到他們的臉孔，並對伊拉克內部有更多的了解」（Powers, 2012:
215）。AJE網路部經理、受訪者伊瑪穆沙（Imad Musa）說：

　　以電視為例，我們仍以通訊社為主要消息來源，當然還仰仗
　　駐外記者，他們清楚來龍去脈，快、而且在現場，對通訊

社的依賴和1970年代的電視新聞業幾乎沒有兩樣。這幾年
來，社群媒體也是新聞來源之一。我不必遠赴肯亞，攝影、
製作、記者一行，花五萬美元去採訪十天。我現在就可以在
此聯繫某個可靠的消息來源，快得很，用手機即可辦到，省
得派一批人馬前往肯亞，不必再如此大費周章。從這個觀點
來看，有數不清的人遍布世界各角落，為我們做實地報導。
（作者訪問，訪問時間為2014年7月2日）

不僅AJE如此，阿拉伯世界主要的媒體半島阿語臺（AJA）
更是大量運用包含公民記者等業餘人士。但因為這類非專業記者
只說特定一方的故事，所以還是得同時採取許多查證工作。AJA
的哈尼法特西（Hani Fathi）說：

我們設法運用新媒體，徵求信得過的業餘人士提供資訊，我
們自有查證之道，但只能到90%，無法保證100%真實。我
們只能盡力而為，若不仰賴這些將一無所有。（作者訪問，
訪問時間為2014年7月2日）

AJA電視資深製作人、受訪者亞茲以蒙尼西（Aziz Elmernissi）
也說：

我們從各種來源和網路接收很多新聞，尤其現在阿拉伯世界
到處在打仗，敘利亞、伊拉克等都是，新聞每天像潮水般進
來，消息是否正確有賴詳察。我們在各現場有記者和眼線，
可請他們查證消息正確與否，對國際通訊社的報導亦是如

此。（作者訪問，訪問時間為2014年7月5日）

　　這裡所說的眼線（source），其實是半島蒐集新聞非常重要的方式，敘利亞便是其中一個敏感地帶。AJA電視新聞部內容經理穆罕莫德沙伐說：

> 再說敘利亞，我們一再申請前去採訪，但申請送到他們的外
> 交單位總是沒了下文。我們不能漏新聞，所以也仰賴一些公
> 民記者，或一些有敘利亞政府同意的電視臺（networks）或
> 頻道，他們有團隊駐在大馬士革，同時也有人在敘利亞政府
> 失控的地方。總之，儘管敘利亞拒絕AJ入境，我們仍千方
> 百計報導發生的事情。我們在很多地方有眼線，在如此艱困
> 的情形下，我們的敘利亞報導仍很出色。（作者訪問，訪問
> 時間為2014年7月6日）

　　半島與公民記者聚合的特殊經驗，更是半島得以延伸新聞報導戰線的主要原因。半島在情勢緊張的敘利亞、利比亞、伊拉克等戰區，都有長期合作的當地人士、目擊民眾等，協助確認新聞、提供畫面等重要工作，以幫助半島記者完成新聞任務。半島在此時提供弱勢者發聲的機會，也讓組織外的公民記者，也有機會參與半島的新聞工作中。負責電視訪談節目的蕾發索（Rafah Sobh），也有關於敘利亞的報導經驗。她說：

> 阿拉伯之春的報導很大一部分是靠我們訪談組，因為必須在
> 現場找人訪談播上螢幕，而很多地方禁止我們去採訪，例如

敘利亞，我們得依靠活躍人士（activist），或請當地記者為
我們報導；藉這些訪談，讓阿拉伯世界知道事情真象，因為
敘利亞電視臺總是粉飾太平，否認有革命，也沒有殺戮，
隱瞞真象。當埃及政府說沒有什麼示威活動。當 AJ 阿拉伯
臺播出和西方電視臺等不一樣的訪談、炮擊、酷刑、殺戮等
現場畫面時，才能揭露真象，才能說明當地政府如何誤導民
眾。（作者訪問，訪問時間為2014年7月3日）

　　由於半島非常關注衝突與戰爭新聞，雖然大部分都是半島的
新聞記者親自採訪，但很多時候也會出現無法進入新聞現場的狀
況，必須靠當地人提供可信的資料。AJE 電視記者歐瑪艾爾沙勒
赫（Omar Alsaleh）說：

底格里和莫蘇被攻陷那天，我看到很多視訊、照片，戰士在
街上的照片，都是不容否認的證據，然後政府切斷網路，消
息全部中斷；打電話到政府，他們也不回。幸運的是，我們
一些眼線有無線電，或找到有網路或電話的地方，跟我們聯
繫；然後我們會和別的消息來源以及通訊社核對內容。例如
他們說伊拉克部隊控制了底格里，我們打電話給消息來源，
得知那裡確實打過一仗，政府軍打跑了叛軍；然後再核對路
透和 AP 等通訊社的報導內容，才能確認是否為真。有時通
訊社沒有消息，只有我們有時，我們就會和底格里的眼線取
得聯繫，若說法一致，也予以採信；若他說沒這回事，我們
就暫時不播。（作者訪問，訪問時間為2014年7月7日）

　　半島的各個新聞來源有的像是網路社群中的公民記者，有的則是目擊事件的當地人士，以業餘者身分提供訊息。在數位網路時代，民眾的角色更受重視，每個人都為數位新聞盡力（Kawamoto, 2003）。但半島與當地社群的關係比其他聚合的媒體更加密切，危險性也更高，甚至可能出現生命的威脅。半島阿語臺新聞部報導經理（Input Manager, News Department, AJA）穆罕莫德沙伐說：

> 在地的公民記者，不是臨時從千里外調來的可比，空降記者不知道當地的複雜情形；不諳種族、宗教、部落、政治的複雜性。公民記者對這些可是一清二楚，只要能懂得做新聞的一些技巧和平衡報導原則，就可以勝任。我們會給他們一些攝影、編採、撰稿的訓練。我略過一些事情不講，是因為會危及某些人的性命。除此之外，我有問必答。（作者訪問，訪問時間為2014年7月6日）

　　由訪談中可知，由於特殊的中東情勢，半島必須在可能危及生命的情形下，實踐公民記者與專業媒體的聚合，為當代的新聞聚合尋找更大的可能性。這時的公民記者，對抗的不是市場對新聞的傷害，而是政權對新聞的壓制。因為這樣，難怪半島一直與他們熟悉的地方人士，保持密切的關係。

第四節　阿拉伯之春，全球主流媒體與社群媒體聚合

　　阿拉伯之春是全球媒體高度關注的新聞。在阿拉伯之春發生時，正好也是傳統媒體進行媒體轉型，並試圖運用社群網站的時

候。阿拉伯之春的出現，恰恰可以讓所有主流媒體認識到社群網站驚人的力量，同時也看到它的缺點。《紐約時報》負責社群網站應用的莎夏柯倫（Sasha Koren）說：

> 社群媒體2009年在《紐約時報》新聞部裡只是一人作業，2011年1月擴大成三人，那時還有很多人不信社群媒體有什麼價值；不久就發生反抗獨裁的阿拉伯之春，1月25日開始，從埃及擴及中東各地。接著2月日本發生海嘯和核災。這兩件大事的資訊在社群網站上極快地傳播，比傳統通訊社如路透等快得太多。人們想知道開羅怎麼樣了，塔雷爾廣場有什麼事？就會上社群網站。很多埃及人或外國人從那兒發出報導；當時我們還沒有記者在現場，但找對了人，搭上線，就請他們代勞，以部落格等方式，補傳統媒體之不足。社群媒體從此令人刮目相看，這個平臺把訊息傳出來的速度，有時比通訊社和其他通道快上三、四個小時，於是社群媒體夯了起來。不僅如此，因為年輕一輩，記者和讀者，都與它契合，為了競爭力，我們須好好加以利用、開發。（作者訪問，訪問時間為2012年2月2日）

《紐約時報》資深新聞工作者派瑞克里昂斯（Patrick J.Lyons）在2004年調到網路，2011年負責國際新聞編輯檯。他說：

> 我們鼓勵記者多多與讀者對話互動，擴大採訪的視野；以往這類互動稀少而且緩慢，網路盛行後大不相同，尤其社群媒體成為重要來源，不能不善加運用。（作者訪問，訪問時間

為 2012 年 2 月 6 日）

　　由於社群媒體快速的傳播力量，已經成為主流媒體非常主要的報導工具。同時，網路已突破地理位置限制，更是能強化主流媒體報導國際新聞的資訊來源。《衛報》報紙和網路製作主任強納生卡森（Jonason Casson）說：

> 推特儼然已是突發新聞大看板，記者必爭之地。《每日郵報》的網站很成功，品質上則很羶色腥，充斥比基尼和上空照片，我們不會那麼做；我們堅持正派，以新聞立足。不過，我們變得很國際化，五年前上衛報網站，可能看到英國教師罷工，一堆蘇格蘭和威爾斯的政治新聞；現在則有很多敘利亞、阿富汗的事情。我們和臉書往來很多，談他們的讀者和他們的工作，試著效法這些科技公司。（作者訪問，訪問時間為 2012 年 9 月 4 日）

　　然而，社群媒體雖然速度極快，隨時可以帶來新的訊息。但因為訊息提供者多半為業餘者，自然不可能提供太專業的內容。有時就會讓主流媒體擔心可能影響新聞品質。BBC 的佐雅楚諾瓦（Zoya Trunova）說：

> 敘利亞動亂時，每天都有約 50 則視訊進入 BBC 的 Hub，品質非常不一。打打殺殺、受傷的自拍場面；若別無選擇，畫質只得將就。那些傳過來或求售的視訊，多屬突發事件，不會是完整的新聞報導；如果傳來的是新聞報導，品質也堪

慮。因為BBC怎麼能播出民眾自製的節目？突發新聞也就罷了，我們要的只是畫面，說明和內容可以控制。（作者訪問，訪問時間為2012年9月6日）

當傳統媒體使用社群媒體新聞時，品質確實是一大問題，但在阿拉伯之春的新聞發生時，因為主流媒體記者無法靠近新聞現場，社群媒體於是成為主要的新聞來源。BBC記者艾蜜莉布查娜拉（Emily Buchanana）也說：

敘利亞等地的新聞很多是民眾發出來的，所謂UGC，指的即是使用者產出的內容。電視或行動裝置畫面不穩，是品質很差的畫面。因為我們進不去，別無選擇，觀眾也只好容忍；BBC以前的高標準，攝影機不能晃動等，碰到這種情況全然無法要求。（作者訪問，訪問時間為2012年8月29日）

除了畫面品質外，更關鍵的是訊息的真實性。以前新聞記者只學習必須確保自己的訊息為真，但由於社群媒體並無守門機制，以致訊息就很難保證必然為真，這對主流媒體的信譽將形成很大的挑戰。《衛報》負責社群網站的羅貝卡愛麗森（Rebecca Allison）也說：

我們必須找到平衡，尤其有突發新聞時；例如敘利亞局勢，我們未經證實就不報導，即使看來落後。因為最壞莫過於網站報導了錯誤消息；要想到《衛報》是信譽卓著的媒體，不能在推特或別的網站上看到什麼就跟，忙不過來時壓力很

大。我們發現即時部落格（live blog）在查證方面是很有用
的工具，開放與讀者互動，新聞也變成活的；我們也透過雲
端，向讀者發問、求助，那是很棒的改變，我們也會從中得
到消息，真的很好玩。（作者訪問，訪問時間為 2012 年 9 月
4 日）

　　有關確定社群網站真實性一事，已經成為傳統主流媒體必須
的訓練。《紐約時報》影音負責人安黛瑞（Ann Derry）指出：

在製作大報導時，我們有時會徵求視訊，我們對於採用市民
訊息時很審慎，因為來源和真偽難辨。每當發生大事，如埃
及暴亂、阿拉伯之春等，都會有很多人上傳影片。我們通常
是透過一家叫 Storyful 的公司，為我們尋找可信的視訊。這
家公司是幾個新聞人創辦的，對於辨識影片很在行。（作者
訪問，訪問時間為 2012 年 2 月 3 日）

　　因為阿拉伯之春的報導而打開知名度的半島英語臺，為了
維持新聞的可信度，同樣必須關注新聞正確性的求證。半島英語
臺製作人（executive producer，AJE）歐文華生（Owen Watson）
說：

敘利亞戰事就是一例，三年來參戰的各造傳出很多視訊，有
的來自戰士，有的來自年輕記者，來源多不勝數。我們憑
新聞部的知識，求證不遺餘力。同時，我們同事中有敘利
亞人，他們還會求證地點、求證天氣如昨天某地下了雨嗎？

還會考量消息來源可靠嗎？以前用過嗎？我們研判帶子上的
內容、阿拉伯語的腔調等。最後我們還是不能說它100%可
靠，因為那不是我們拍的。（作者訪問，訪問時間為2014年
6月30日）

　　為了採訪阿拉伯之春的新聞，對半島阿語臺也是很大的考
驗。半島阿語臺新聞部報導經理（Input Manager, News Depart-
ment, AJA）穆罕莫德沙伐說：

我們有時不需要靠公民記者，因為可以利用YouTube，只要
確保能驗證其真實性。我們採用視訊要通過一些步驟，這
些視訊只有一個管道上傳、或有很多管道上傳？有多少人看
過？有沒有可疑之處？方言、口音和地點對不對得上？有沒
有加工過？很多程序。我們發現假視訊的次數很多，假視訊
放上YouTube不外散播假消息，混淆真象。我們很小心，避
免上當。此外我們也有道德守則；血腥畫面不能上電視；衝
擊強烈的鏡頭要糊化，並先打出警語等。有時我們檢視所取
得視訊的內容，有時我們和其他頻道播出的對照，但這仍不
足以說它是真的。如果我們認為是真的，又合乎道德守則，
我們就播。如果認為有問題，即使5%或10%，也不能用。
萬一發現用上了假的材料，不管是取自YouTube，或某人拍
的，或購自供應者，我們會勇於認錯，在螢幕上道歉。
我們不應再稱社群媒體，要稱主流媒體才對，因為它達到的
人數現已遠遠超過主流媒體。社群媒體在短短時間內已發展
出很多形式，儼然已成為主流。再稱它為社群媒體有讓它

不受任何約束的意味，而主流媒體是自我約束的，社群媒
體發展至此應該也要受約束；不能說公民記者就可以隨興
傳播任何事情，應該像我們一樣遵守原則。上傳者是誰？所
在地是哪裡？所傳的東西是真是假？全都不明。這樣的東西
YouTube上不勝枚舉，所以我主張應把它導向主流，要遵守
規則，要負責任。（作者訪問，訪問時間為2014年7月6日）

　　自從2010年12月，突尼西亞開始政治覺醒行動起，緊接著
埃及、利比亞、敘利亞、葉門與巴林也接連展開。這時，很多
美國人開始閱讀半島英語臺以及它的網站、YouTube網頁與社
群網站。在阿拉伯之春事件發展中，羅伯生（Robertson, 2012:
9）比較BBC和半島的報導有何不同。她發現半島主要是草根觀
點，BBC則是男性菁英觀點。在英國羅浮堡大學（the University
of Loughborough）（2012）另一個研究中，則發現半島採用的意
見有約半數是中立的，不過半島報導反對政府的意見多過支持
政府的意見。在阿拉伯之春中，半島建立了獨立的新聞來源，
訪問者多數是在街上的民眾更多於在官方大樓中的官員（轉引
自Figenschou, 2014: 18）。半島英語臺也發展常態的網路目擊記
者，並且和社群網站如YouTube、推特的內容進行整合，並且
讓官方與抗議者的報導得以調和，藉著這個部分，半島等於提
供一個平臺使得抗議者更能強化與擴大他們的影響力。羅伯生
（Robertson, 2013: 335）也發現半島英語臺比它的競爭者BBC、
CNN更積極使用社群網站，並且在阿拉伯之春運動中，許多報導
引用YouTube、業餘者、部落格的內容，同時在若干報導中，強
調推特、臉書的重要性。半島英語網站經理（Manger of Online,

AJE）伊瑪穆沙說：

> 2011年阿拉伯之春時，我們在社群媒體上就很出色，甚至
> 推特，我不曾見過那麼熱鬧，人們不停地傳送即時訊息；一
> 開始大家還不清楚推特是幹什麼的，以為只是玩家的東西，
> 現在它已和其他訊息來源一樣重要。我們現在已決定每個數
> 位單位都該有專屬的社群媒體人員，為什麼？因為阿拉伯語
> 有別於英語，不僅議題不同，觀眾行為更是各地不同。在阿
> 拉伯地區、中東，觸達觀眾自有一套，相當成功；例如臉書
> 的粉絲人數已經加倍，阿拉伯之春前後，臉書大行其道，被
> 用來擺脫政府檢查。網站當時沒有現在這麼自由，推特也不
> 及臉書普及。一個敘利亞朋友告訴我，臉書是唯一跟外界聯
> 繫的管道，用來通報難民動態，又有誰被捕，誰被槍殺等。
> （作者訪問，訪問時間為2014年7月3日）

因為阿拉伯之春，很多人都明白社群網站、公民記者的力量。雖然如此，依然不能否認主流媒體與社群網站聚合後，更可以讓社群網站力量發揮到最大。半島阿語臺在阿拉伯之春事件中一直與社群網站、公民記者保持最好的聯繫，並且進行即時的報導，終於使得阿拉伯之春，很快受到全球民眾的重視。

第五節　半島新聞聚合網與阿拉伯之春

阿拉伯之春讓半島電視臺再度受到重視，相關討論也因此而起。911事件後，人們第一次討論「半島效應」（Al Jazeera Effect）。半島效應指的是半島在地方與全球均建立能見度，並且在

阿拉伯跨界的互動中，建立泛阿拉伯網絡的重要角色。在阿拉伯
之春後，人們第二次討論半島效應。只是，在阿拉伯之春的情境
中，使用「半島效應」時，有兩個略為不同的意涵，主要即是分
別針對半島阿拉伯語臺與英語臺分別進行評價。

　　第二次的「半島效應」第一個是強調半島阿語臺在阿拉伯
起義（Arab uprisings）中的角色。有些研究者認為半島阿語臺
與其他地方衛星頻道，對於抗議者新聞立即框架化、合法化，
並使他們給更多觀眾認識。例如，半島阿語臺幾乎立即把埃及
的起義視為革命（revolution），並且對抗議者的運動等報導非
常慷慨（Figenschou, 2014: 15）。半島阿語臺分派主任（Head of
Assignment, AJA）瑪傑耶德哈得爾（Majed Khader）說：

> 阿拉伯之春起了很大的震憾，因為這不是一個民主的地方，
> 統治者擁據權位；他們一死，情況改變，人民心態也跟著不
> 同了。穆巴拉克垮臺代表一個時代結束，代表著民心所向。
> 過去二或三年，有些人排斥半島，說半島與他們對立；我想
> 他們並不是真的恨半島，而是他們的信念和社會現況兜不攏
> 所致；半島正是只講真話。（作者訪問，訪問時間為 2014 年
> 7 月 6 日）

　　在阿拉伯之春運動期間，半島阿拉伯衛星頻道是最受歡迎
的阿拉伯衛星電視新聞頻道，但同時也導致爭議性的討論。在各
地的起義時刻，阿拉伯不同的地方政府對媒體多會採取強硬措
施，如關掉手機與網路等新媒體傳播，同時趕走記者；在阿拉伯
之春爆發期間，也曾發生攻擊、或是逮捕記者的事。但令人印象

深刻的是，半島阿語臺的阿拉伯記者總是可以在地面上不斷延伸他們的報導；半島阿語臺的記者很有經驗躲開地方的檢查，卻又能繼續報導阿拉伯的真實情況，這些記者也是促成改變的敘事的重要角色（Figenschou, 2014: 17）。半島阿語臺資深訪談製作人（Senior interview producer, AJA）瑞華索本（Rafah Sobn）就說：

> 埃及政府對外說沒有示威活動，那麼我們播出的即時畫面該如何解釋？有所謂 fixers 的人為我們供應照片，也有自願的人，也有 YouTube 來的，來源很多，現在就有人在街上傳畫面過來。使用這些埃及人的畫面是因為埃及政府不准我們去採訪。我們在伊拉克也被禁，所以也有 fixer 在那裡，他們形同通敵。也有請自願者為我們報導，在某些城市，他們也冒著危險，多半要躲躲藏藏。（作者訪問，訪問時間為 2014 年 7 月 3 日）

在阿拉伯各地起義時期，半島效應同時也用來指稱半島英語臺的角色，也成為半島英語臺報導阿拉伯之春時的通用名詞。對全球說英語的觀眾來說，半島英語臺是不可少的媒體，可以直接找到新聞來源，直接掌握所有反叛地區的新聞（Figenschou, 2014: 15-16）。這說明半島英語臺想挑戰西方控制的新聞流通，並且想從一個南方的、草根的觀點來報導新聞。半島英語臺因此啟動了一些策略。半島英語臺在全球都有特派員，特別是在南方（the Global South），是它的競爭者較少出現的地方。半島英語臺分散它的特派記者到各個地方蒐集資料，其中有許多特派員幾乎就是在自己的家鄉進行報導，以致半島從一開始就在新聞競賽中領

先。簡單來說，半島比 CNN、BBC 等其他西方媒體，有更多的特派記者在現場（Figenschou, 2014: 16）。

阿拉伯之春發生期間，主流媒體雖然爭相報導，卻也引發不同的評價。美國傳播學者凱納爾（Kellner, 2012: 208-211）主要以電視為觀察對象。他肯定半島電視臺在有關阿拉伯之春的報導中，已經成為中東民主改革的堅強支持者（partisan），同時也是反抗獨裁者的堅強支持者。凱納爾認為，CNN 與 BBC 雖然同樣支持阿拉伯之春，卻缺乏半島基進的民主精神。半島以民主改革之聲的姿態出現，網路與全球媒體則用來協助中東社會轉型與切斷與蓋達恐怖主義的關係過程等。凱納爾認為在他 2011 年的阿拉伯之春研究中，半島英語臺有許多有關阿拉伯之春的深度報導，英語網站有文章、部落格、還有許多討論，已贏得他心目中的第一名。

半島英語臺位於卡達杜哈，使用的是全球通用的英語，普及性自然遠大於半島阿拉伯語臺。兩個姐妹臺在阿拉伯之春發展期間，對於阿拉伯之春的支持立場相似，並因為文化聚合展開最多的合作。半島英語臺記者遭埃及政府逮捕，半島阿拉伯語臺和英語臺一樣高聲抗議。相較於半島阿拉伯語臺對阿拉伯世界的重大影響，以英語為主的半島英語臺，自然能獲得更多全球民眾的收看。也因此，當半島英語臺記者遭埃及政府羈押時，全球關心新聞自由人士，都給予最高的關注。

阿拉伯之春前，美國因為 911 事件，認為半島（阿拉伯語臺）是恐怖主義的傳聲筒，以致無法對半島產生信任，美國社會只有幾個城市看得到半島，上架非常困難。半島英語臺創臺後，一直努力改變自己的形象，希望能從恐怖分子傳聲筒印象中轉型。半

島英語臺在阿拉伯之春的報導中，一直把進入美國當成目標，並
且希望可以透過有線電視的形式接觸美國觀眾（Youmans, 2012:
57-58）。半島英語臺提供不同於西方的新聞標準。例如，名人
新聞在半島英語臺並不具有新聞價值。半島英語臺說明自己想報
導西方媒體荒廢報導的部分，「地球南方」（the Global South）為
它正式的傳播訴求，這些地方只會在政變與地震時，才會獲得
報導。同時，半島英語臺發言人說明他們不會進行「空降新聞」
（parachute journalism），所有的記者都會是地方的以及語言相通
的，並且會對新聞主體提供真實的再現。半島英語臺更因為報導
阿拉伯之春，再一次揚名國際。

　　2011年7月以前，埃及的改革相當不穩定，半島報導埃及即
將在開羅的解放廣場（Tahrir Square）發生的示威活動。該活動
由穆斯林兄弟會（Muslim Brotherhood）組織，並且是一次非宗教
（secular）武力與穆斯林武力間的團結證言，雙方協議要一起舉行
示威遊行。然而在7月29日一次更大的示威活動中，穆斯林兄弟
會卻把非宗教徒推到一邊，不讓他們上臺說話，使得該團體立即
召開記者會反對兄弟會劫持他們經營數月的改革議題。埃及獲得
媒體的關注較少，評論者也不抱希望。但半島英語臺還是企圖進
入進行採訪，卻發生四名記者遭逮捕判刑事件，一人因身體狀況
欠佳先釋回。半島英語臺製作人歐文華生說：

　　當時遜尼派在突尼西亞站穩之後，勢力擴張到利比亞和埃
　　及，推翻了當政者；我們記者只是為半島英語臺報導政治和
　　經濟的改變，人民如何看待現況和期望未來。我們在採訪報
　　導阿拉伯之春時，和採訪其他事件沒有不同。半島英語臺

完全就事論事，平衡報導。新聞工作不是犯罪，半島英語臺記者巴哈、莫哈米和彼德等三人的情況是，他們跟採訪對象在旅館房間中遭到逮捕，被控和穆斯林兄弟會同謀散布動搖政府的消息，他們只是在錄音、報導、傳送新聞；他們並非從事特務，任誰都知道他們的行蹤。這事只顯出那個政府多麼緊張、多麼提防質疑者，視他們為敵或敵人的同路人。我們沒有辦法，但罪名都是莫須有的。半島英語臺見證了阿拉伯世界這段時間不尋常的改變，從一個區域到整個阿拉伯世界，求變的力量在敘利亞釀成內戰，千萬人喪命，造成二次大戰之後最嚴重的難民危機。（作者訪問，訪問時間為2014年7月1日）

　　半島英語臺為了想播出另類聲音的理念，他們邀請草根的網絡組織、行動者與政治批評者到節目中；半島英語臺當地的記者有足夠的在地知識與經驗，並且和姐妹臺半島阿語臺一起合作，所以能有效拓展所有的地方資源。很重要的是，當半島的其他競爭者只能從屋頂，或是在自己棚內播新聞時，半島的記者卻是在街上和抗爭者進行訪問與報導。半島英語臺總是儘可能聘用當地人為特派員，它的記者就住在新聞故事中，更可以掌握半島的核心價值，同時也更能了解正在發生中新聞的複雜性。他們能說當地的語言，了解當地的文化、宗教與生活方式，也比較知道如何與當地官員打交道；自己的人脈資源也比較多，較可以公平呈現地方觀點。半島英語臺記者歐瑪艾爾沙勒赫也說：

　　身為伊拉克人，我熟知當地民性，這比非伊拉克人占有優

勢。遜尼派約一年前開始抗爭，有六個省經常發生衝突，我
一去就知道怎麼回事，西方記者則一頭霧水，他們看事情非
黑即白；薩達姆海珊是遜尼派，他走了，遜尼人覺得受什葉
派領導的政府打壓，被邊緣化；他們抗爭引起衝突，導致伊
拉克今日的動亂。我覺得了解的程度是主要差異，依我看，
很多西方媒體的伊拉克報導都沒抓住重點。當所謂伊斯蘭國
開始坐大，很多人以為他們是蓋達的化身，其實不然，不全
是，還有別的成分，有一直跟入侵美軍打游擊的遜尼人，大
多是海珊的餘黨和殘部，還有國家主義者、伊斯蘭信徒等，
他們未必理念一致，但有共同目標，就是推翻現在的政府；
這是很多西方報導缺少的理解；我在這方面比非伊拉克人占
有優勢。（作者訪問，訪問時間為2014年7月7日）

　　甚至，很多半島英語臺報導阿拉伯之春的記者與主播都具有
阿拉伯背景，和BBC相較，半島英語臺使用更多的女性特派員與
地方記者，較少的西方白人男性記者（Figenschou, 2014: 17）。
Samuel-Azran（2010: 98）也認為，英文版的半島新聞網，已使
得半島成為一個具有可信度、美國媒體以外的一個主要新聞來
源。有些人之所以會看半島，是因為在CNN根本看不到這樣的
新聞（Samuel-Azran, 2010: 97）。半島英語臺製作人（executive
producer, AJE）歐文華生說：

　　我們的阿拉伯報導多很多，那是因為我們在這裡，在中東；
　　和BBC偏重歐洲、尤其歐洲北半部，關於布魯塞爾，美法德
　　的事情特多，因為他們的世界在那裡。當然他們報導亞洲和

非洲，但給人的感覺就是歐洲電臺；這無關膚色口音，而是
內容。我們有阿拉伯風，因為地緣，這是我們的後院，報導
當然多；但原則是相同的。

半島英語臺也提供給網路活躍分子（activists）論述權利，
不但報導他們，也讓他們的論述內容得以因為半島英語臺而傳播
出去，無形中形成培力（empower），並且是用當地人的論述來
形塑阿拉伯之春的啟蒙運動。半島英語臺打破政府議題設定的意
圖，也打破阿拉伯世界以外的專家在一些事件上詮釋。因為半島
英語臺強而有力的作為，反而激起全世界與美國人的興趣。有些
長期反對這個頻道的美國人，現在也改變立場。於是，有愈來愈
多的政治菁英、媒體工作者與公共知識分子都以半島英語臺為新
聞來源，並且公開表明（Youmans, 2012: 63）。半島英語網路記
者（Journalist News Online AJE）帕爾法茲（D.Paruaz）更認為是
阿拉伯之春，讓大家認識網路的力量。她說：

> 半島的電視和網路原本沒有太多互動，改變這個情況的是阿
> 拉伯之春。因為我們比電視快，電視的鏡頭多放在塔弗廣
> 場，而我們則和遍布各地的社群媒體互通，突尼西亞、埃
> 及、利比亞等都有。現在電視也有網路組（web desk），記
> 者會找我們要社群媒體上的材料，推特、臉書、視訊、影像
> 等，匯集分析各地的動靜。這是我最早感覺到的一種聚合，
> 可以體會到半島即時新聞的價值。
> 利比亞是另一種情況，本土傳媒亂七八糟，像樣的報導不是
> 沒有，但多的是捕風捉影；他們也不諱言新聞業不健全。格

達費鎖國得很徹底，多數地區沒有網路，旅行困難，護照只有阿拉伯文，街道沒有路牌，郵件不通，長期如此封閉，外國記者不去如何知道發生什麼事情？積極的公民記者報導犯禁而送命時有所聞。敘利亞也一樣，有的連名字都不知道的。埃及不一樣，穆西被罷黜之後，臨時軍政府接管，他們封掉所有反對的傳媒，只剩政府喉舌，這樣行嗎？順便一提，別以為埃及政府只容不下半島，我親眼看過警察毆打兩名外國記者，罵他們攝影機亂拍，他們不是半島的人，那天《新聞週刊》的記者也被警察痛毆、收押；也就是說所有非政府一邊的媒體都不見容，而那些合法媒體對發生的事情全都不提；所以去採訪的確有其必要。（作者訪問，訪問時間為2014年7月3日）

半島英語臺很明顯地想要逆轉全球的資訊流量，在全球新聞上，半島英語臺要做一個「破壞分子」（subversive）的角色（Youmans, 2012: 62）。在一些主要新聞上，可以發現半島英語臺反同質化（counterhegemonic）的報導原則。也因此半島英語臺成為許多美國人想了解埃及、突尼西亞、利比亞與其他阿拉伯國家在2011年阿拉伯抗議行動（Arab protest movement）時的主要新聞來源，這類需求一直在成長中，網路的情形也是相同（Youmans, 2012: 67）。也有人認為補上半島的報導後，可以讓主流媒體的新聞更完整。這也使人發現，網路其實更具有民主的特質，可以有更寬廣的敘事與建立世界的全貌。從網路可以得到比電視更多的訊息（Samuel-Azran, 2010: 100）。

特別的是，2011年的阿拉伯之春，半島英語臺挑戰南方的

國家領袖，半島英語臺以它深入與協助其進步的報導，批評幾個阿拉伯的領導者。像是利比亞的格達費（Muammar Gaddafi）、突尼西亞的班阿里（Zine El Abidine Ben Ali）與埃及的穆巴拉克（Hosni Mubarak）。半島並且嘗試網絡化的新聞型態（networked journalism），即讓抗議者與地方媒體都能分享半島的新聞，以對抗政府的新聞控制。半島英語臺也幫助阿拉伯之春的改革運動得以國際化，對政府權力提出質疑，並且在不同人口間促進團結的陣線（Youmans, 2012: 63）。

因為這樣，美國前國務卿希拉蕊柯林頓曾稱讚半島英語臺：「為某些人或事，提供史無前例的支持，說明半島英語臺之所以能在美國有很多網路觀眾，是因為它報導的是真實的新聞。同時，半島也以報導改變人們的心靈與態度，不管是喜歡半島、還是討厭半島，半島都是有影響力的（effective）。」希拉蕊還說要找一些經費來支持美國在海外的資訊活動，以便能與半島相抗衡。明顯地，希拉蕊標示出資訊戰爭的意涵，也暗示美國政府與這個新電視臺間的關係（Youmans, 2012: 65）。

然而，在阿拉之春中，也有一些人對半島產生懷疑。由於2011年的阿拉伯之春轟動全球，全世界都為阿拉伯的民主運動喝采，葉門也是其中之一。青年運動組織在2011年時開始對抗當時的政權，當時好不容易贏得一點葉門人民的信任，如今已全被憤怒與仇恨取代，這場政治變動反而帶來災難。這對葉門的民主革命是很大的諷刺，因為戰爭導致葉門人民傷亡，青年運動被視為侵略者與叛亂組織，只能在戰爭中持續自己的政治影響力。

半島阿語臺與英語臺因為阿拉伯之春，雙雙變成全球與地方領導性的媒體，也因此引來批評。歐洲最有影響力的德國雜誌

《明鏡週刊》（*DER SPIEGEL*）也報導指出，半島新聞工作者蘇里門（Suliman）把工作辭了，他說：「在阿拉伯之春以前，我們代表的是改變的聲音，也提供中東地區的批判家和政治運動家一個平臺，但是現在半島已經變成政治宣傳者了。」(Kuhn, Reuter & Schmitz, 2013.2.15)

　　值得注意的是，卡達與阿拉伯之春的主要運動關係緊密的同時，也為阿拉伯世界製造敵人，因此卡達開始遭受一些抨擊，並且流失它的聲譽，也讓世人開始懷疑卡達是否足以代表阿拉伯世界，為他們發聲，卡達在阿拉伯世界的發聲地位產生轉變。本來沙烏地阿拉伯、阿拉伯聯合大公國以及巴林與卡達對抗，因為卡達表態支持穆斯林兄弟會，導致埃及總統穆西（Mohamed Morsi）垮臺的兄弟會，被阿聯及沙烏地阿拉伯視為是恐怖組織，然而另外兩個海灣國家科威特及阿曼則保持中立。遜尼派為主的GCC（海灣阿拉伯國家合作委員會〔Gulf Cooperation Council, GCC〕）國家與什葉派的伊朗一直以來是敵對狀態，通常根據宗教教派的不同，各自擁有盟友。海灣阿拉伯國家同時也對於伊斯蘭國（ISIL）近來的崛起感到警戒，尤其伊斯蘭國已經占領伊拉克、敘利亞大面積的領土，並且宣稱具有「哈里發」政權。伊斯蘭國視海灣國家的皇室政權為非法統治者，並且對波灣國家已經造成威脅，吸引當地數百名年輕人加入武裝部隊（Basma, 2014,12, 9）。

　　批評家認為，比起以前，半島愈來愈成為一個政治宣傳者，而忘了遵守新聞獨立的原則。如半島曾經報導賓拉登、稱伊拉克前總統海珊是個獨裁者、埃及統治者穆巴拉克是窩囊廢。而且，半島的記者還會報導異議者，包含被穆巴拉克關在監獄多年的穆斯林兄弟會成員。這樣勇氣與資訊兼具的新聞，替半島拿下許多

獎項。但阿拉伯之春後，許多以往被視為異議者的人紛紛坐上大位，而這些羽翼未豐的領導者卻經常忽略民主原則，半島電視臺卻對這些新統治者逢迎拍馬（ Kuhn, Reuter & Schmitz, 2013.2.15 ）。

　　阿拉伯之春讓半島阿語臺、英語臺贏得稱讚，同時也引來質疑。阿拉伯之春的政治效應還在持續中，社群媒體的重要性，則是愈來愈顯著，並且成為國際主流媒體無法忽視的一環，第九章將完整研究包括CNN在內的各大全球媒體，如何在社群媒體中，尋找有助於資訊傳播的新聞元素。

第九章

社群媒體與新聞

不同媒體的聚合策略

　　社群媒體除了可以提供訊息傳遞、意見討論的空間外，當今的社群媒體能即時傳播，功能性更強，很快地成為新聞傳遞的最佳通路。新聞媒體意識到社群平臺匯集人潮的優點，更是擴大社群媒體的運用，使得社群網站得以發揮更多的新聞功能，也開始投入人力經營社群網站，並各自開展出不同的社群經營面貌。

　　許多學術上的討論都會思考究竟要以何種理論來看待社群媒體（Papacharissi, 2011），而聚合的、網絡化的新聞更曾因為海地地震與阿拉伯之春事件受到矚目，並讓更多人得以發聲（Chouliaraki, 2013），因數位網路而興起的「聚合」（convergence）理論，實為認識社群網站極佳切入觀點。近年來全球傳播學界對社群媒體有許多討論，像是UGC、或是媒體中介傳播、參與式傳播，這些理論固然可以解釋社群媒體的角色，卻無法看清社群媒體與新聞媒體間的關係。

　　這時，打破界線的聚合理論，卻可以真實反映出新聞媒體與社群媒體的傳播關係。傳統傳播研究將傳播分類從個人傳播、人際傳播、組織傳播與大眾傳播，這些不同的傳播模式也同時界定了傳播者與接收者間的關係。從社群網站演進的過程可以發現，新科技模糊了人際傳播與大眾傳播的界線，科技也改變資訊傳播的過程與各種來源間的社會影響動態。聚合常用來描述網路中的各種現象，但華瑟（Walther, 2011）等學者卻想以聚合概念來討論大眾與人際關係的聚合。如果從聚合角度出發，可以發現社群網站正是「媒介的人際傳播」（mediated interpersonal communication）的新型態，並可定義為「可以超越時間與空間限制的人與人之間的互動」（Walther et al. 2011: 20）。

　　當然，學術上非常好奇，當愈來愈多的個人參與社群網站時，

是否也因此帶動他們有更多的公共參與（Kim, Hsu, & Zuniga, 2013）？現在人們可以很輕鬆地上網找到想要的訊息，這是過去從未有的現象，這個現象則是由熱心的業餘工作者創造而來（van der Wurff, 2008: 65-66）。這時，網路內容的生產者與專業者的界線已經模糊，內容的生產者也可能同時是內容的消費者。因為這樣的聚合，托斯貝瑞與李騰堡（Tewksbury & Rittenberg, 2012）在他們出版的《網路新聞與參與新聞》（*News on the Internet and Participatory Journalism*）一書中便指出，新聞已從有權力的單位，轉移到小團體與公民個人身上的現象，實可視為是資訊民主化的一種形式。

此外，社群網站也可以是報導的工具，現在不少記者經常使用推特來報導新聞。研究發現國外記者最常用推特來討論新聞，或是行銷他們自己的報導（Cozma & Chen, 2013）；推特也漸漸變成一種新聞來源，可以方便、低廉與高效率地提供新聞記者新聞與資訊（Broersma & Graham, 2013）。但像推特這樣的社群網站也讓記者非常頭疼，因為記者常不知道他們該如何回推（retweet）給他們的追隨者。而且如果只在140字內回覆，卻又沒有交代該有的新聞情境，還能算是可信的新聞嗎（Johnston, 2011）？如今常可看到主流媒體運用社群網站中的內容進行報導，媒體與社群的界線已經模糊；媒體平臺也常將社群內容作為新聞內容與節目內容，可見兩者間已出現聚合現象，已經看不見清楚的界線。

第一節　新聞媒體與讀者的聚合

社群網站既已打破資訊的傳送者與接收者的角色，也開始改

變網路記者的工作型態。因為使用者可以在社群網站中說故事，因而更強調社群網站上的互動過程（interactive process），其中包含專業新聞工作者提供的新聞，也包括一般人提供的私人故事（Page, 2012: 1-2）。閱聽眾與專業內容生產者的界線模糊，也是一種聚合。新聞媒體網站如BBC新聞網、MySpace新聞、業餘者、專業者所生產的內容，就會因此形成聚合（Kung, Picard, & Towse, 2008: 176）。讀者、聽眾、觀眾可以在媒體及其內容中產生互動，這些都會改變新聞記者傳播的方式（Herbert, 2000: 12）。新聞記者必須有能力發掘群眾的智慧來充實新聞，並且捨棄新聞記者獨占詮釋真實的觀念（Little, 2012）。這也說明，記者與讀者進行聚合已是數位時代發展下的自然趨勢。

　　公民新聞學和使用者生產內容的概念陸續被提出後，過去的研究側重的往往是業餘者與專業新聞記者的討論。研究認為專業媒體和公民媒體（citizen media）有競爭（competition）、互補（complementarity）、整合（integration）三種不同的關係（Neuberger & Nuernbergk, 2010）。這其中，公民參與對新聞守門也會造成一定的威脅（Lewis, Kaufhold, & Lasorsa, 2010）；公民新聞也對傳統新聞的價值與流程都形成新的挑戰（Holton, Coddington & de Zuniga, 2013）；同時，社會民主與公司的自由立場界線有時會顯得難以分明（Pickard, 2013）。為了讓內容可以獲得信任，新聞媒體對於社群網站的內容都有一定的守門（Bastos, Raimundo & Travitzki, 2013）。何密達與舒曼（Hermida & Thurman, 2008）兩人在檢驗英國的報紙網站時，非常關切全國性的報紙如何整合讀者提供的新聞。他們發現英國報紙會採取守門的取徑（gate-keeping approach）來整合讀者提供的新聞。

　　新聞媒體必須守門，一方面做到民眾參與新聞生產，一方面則又必須設法確定在媒體上登載的社群網站內容為真，方可使得閱聽眾得以將之視為新聞等同看待。一般認為，Web2.0將閱聽眾從訊息的消費者轉變為訊息的生產者。哈特利（Hartley, 2013）的研究指出，網路記者在突發新聞發生時，常會使得網路編輯可以有更高的自主性。這時，由於網路媒體在時間速度上的要求，社群網站往往可以提供更多的新聞來源。現在因為媒體大量使用社群網站，兩者的對立面也跟著模糊了。不過，哈伯瑪斯（Habermas, 1974; 2006）一方面相信媒體有助於建立一個社會論述的結構體，以及大眾進行民主辯論的空間；但哈伯瑪斯也表達他對網路正反情感（ambivalence）都有的心情。他說，使用網路可以同時擴大與侷限溝通情境，這是為什麼網路可以對知識生活帶來破壞的原因；但在此同時，非正式的平行連結又能弱化傳統媒體的科層組織，允許公民在任何時候去關注新聞議題。網路的平等主義付出的代價是去中心化。在網路中，知識階層喪失了製造焦點的權力。然而，由於聚合作用，網絡化新聞還是保持了新聞的價值，並且提高新聞的需求與在社會中的重要性（Beckett, 2008: 6）。同時，在專業者與業餘者間、生產者與產品、閱聽眾與參與的界線均變得模糊，它追求的是可滲透性（permeability）與多面相（multi-dimensionality）。

　　新聞聚合為數位新聞創造了新的面貌，也為當代新聞帶來了新的挑戰。這也構成本章的研究旨趣。本章將探討主流媒體在運用社群網站中，由於閱聽眾與專業內容生產者的界線模糊，民眾如何因為社群媒體的運用而參與新聞製作、新聞媒體又如何選擇新聞、兩者關係如何，都是非常有趣的研究課題。

　　本章採取質化的研究取徑（qualitative approach），針對五個全球新聞網站進行內容檢視。所謂質性研究即是以「解釋」的立場提供第一手的資料來說明經驗世界，具有一定的實證功能；且因質性研究遵循解釋主義的路徑，研究過程與研究發現均與研究者個人的觀察極為相關（陳向明，2008）。同時，質化研究因為強調詮釋，把人的活動視為文本，研究者本身對於現象必須要有深層的領會，因為人的言行不能用自然科學和物理的方法來分析（張芬芬譯，2008）。本章研究的五個新聞媒體網站分別是美國《紐約時報》、美國有線電視新聞網（CNN）；英國《衛報》、英國廣播公司（BBC）與卡達半島電視臺（Al Jazeera），研究期間為2013年10月至2013年12月。為了對「文本」（社群網站）進行更周延的研究，本研究委請十名研究生負責觀察，並且是以兩個同學共同負責一個新聞網站的方式合作，以便能相互驗證。所有研究成員針對社群網站相關面相進行觀察，研究期間每兩週固定開會討論，並就觀察到的現象進行更多延伸性的思考。在三個月研究期間，參與觀察者均無人缺席。

　　為了真正認識社群網站的力量，本章試圖探究講求專業經營的五個全球性新聞媒體，究竟如何經營社群網站，並將社群網站中的訊息轉化為新聞，以擴大民眾參與新聞生產的現象。本章關注的面相包括：一、主流媒體如何運用社群媒體；二、主流媒體如何確認內容為真，並將之轉為報導的內容？三、社群網站是由民眾主導、還是由主流媒體主導。本章尤其關注社群網站訊息與新聞間的關係。由於採取質化的觀察法，因此本章在提到相關內容時會儘量交代網址或是截圖。

　　在本章檢視的五個社群網站中，可以發現每一個全球主流媒

體，無不大量運用社群媒體，各主流媒體也藉著社群網站進行各
種新聞產製（見表1）。

表1：觀察網站經營使用社群網站一覽表

類型 媒體	Twitter	Facebook	blog	自創社群網站	其他
《紐約時報》	✓	✓	✓		
《衛報》	✓	✓	✓	✓（Guardian Witness）	為特定事件成立專屬網站
CNN	✓	✓	✓	✓（iReport）	
Aljazeera	✓	✓	✓	✓（The Stream）	Instagram、Google+ 等社群網站
BBC	✓	✓	✓		在臉書設立 World Have Your Say

第二節　新聞媒體積極運用社群媒體，爭取新聞時效

　　本章檢視五個全球社群網站後發現，推特、臉書與部落格均
已為各大媒體大量運用，各媒體多半運用推特發布即時新聞，臉
書與部落格則可作為更深入的討論。推特跟臉書一樣是《紐約時
報》經營社群網站的重心。《紐約時報》在推特一天大約張貼60
餘則訊息，臉書則為十餘則。推特上會出現「即時新聞」；臉書
則極少出現即時新聞，觀察期間只有紐約火車出軌以及曼德拉過
世等事件例外。《衛報》一樣是利用推特發布即時新聞，《衛報》
還會利用推特與讀者進行網路上即時的問與答，或是新聞實況轉

播。例如《衛報》在推特上邀請難民營管理者柯雷恩史契米特（Kilian Kleinschmidt），針對敘利亞內戰對孩童的影響於線上回答民眾問題；[15][16]《紐約時報》臉書上的回應數與按讚數的互動比例極高，在《紐約時報》經營的社群網站為最高，但是《紐約時報》編輯偶爾才與讀者互動。《衛報》每日固定在臉書貼文20—30則，一樣很少在臉書上與讀者互動。

電視新聞媒體一樣積極經營臉書及推特。CNN每日發文頻率平均約15—20則。BBC也是在經營臉書時，以推特為報導突發新聞、即時快訊。BBC推特平均每天會有80—100則訊息，訊息較及時，報導面向也更多元，大多數訊息以文字為主，有些也會配圖或影片。以烏克蘭暴動新聞為例，推特就大量轉推來自BBC駐莫斯科記者羅森伯格（Steve Rosenberg）和BBC歐洲編輯休伊特（Gavin Hewitt）兩人的推特。另外，BBC也常轉推非洲特派記者哈丁（Andrew Harding）深入非洲當地，提供動亂、政治、戰爭等事件的最新消息。BBC的臉書一天約有5—10則左右的新聞更新，雖然沒有推特即時，則數也比其他媒體少，但新聞內容較為深入，有圖文或是影像配合，報導的方式較為完整，整體的點閱率及討論度都相當高。CNN臉書上的民眾回應比推特上的熱烈，但CNN幾乎從未自臉書上蒐集民眾意見作為報導。不過，CNN臉書仍然形塑了熱絡的討論空間，且因為CNN臉書的瀏覽人數最多，所以大家都會傾向在上面發言。

由以上可知，多數媒體使用推特為發布、轉貼新聞的工具，

---

15 請見網址：http://www.theguardian.com/global-development/2013/nov/29/syria-refugee-camp-readers-questions

16 請見網址：https://www.facebook.com/10513336322/posts/10152113301181323

卻很少取其中的內容來報導，觀察發現只有CNN會使用推特的
留言作為新聞素材。例如對於教宗方濟各（Pope Francis）或是曼
德拉新聞的回應，CNN都曾引用推特的民眾反應來製作新聞。
同樣，媒體雖然非常重視臉書的經營，卻很少使用臉書提供的新
聞。主要是因為臉書為匿名，經常會出現猥褻的、種族與性別上
的惡性回應，使得新聞組織被迫重新思考從臉書獲取新聞的做法
（Ebner, 2011）。不過，臉書畢竟聚集最多人潮，當曼德拉去世
時，有民眾在臉書留言表示自己曾經收到曼德拉的來信，才看到
《衛報》罕見地留言，希望能得到相關照片或資料（圖9.1）。

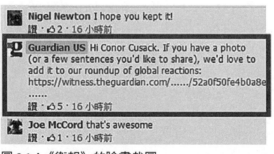

圖 9.1：《衛報》的臉書截圖

　　半島電視臺則是使用臉書、推特、Instagram、Storify、Google+
等多種社群網站，再搭配新聞主網站（Aljazeera English）來進行
各種新聞相關活動。
　　半島電視臺雖然大量利用社群網站，卻還是最偏重自創的社群
媒體——串流（The Stream）[17] 平臺。串流平臺中的影音、文字、

17 The Stream網址為：http://stream.aljazeera.com。

圖片的資源都相當豐富，還有與民眾互動的設計，並由此開展各種以其為名的周邊社群網站如推特、臉書、Instagram、Google+、Youtube、Pinterest等。串流臉書上也簡短說明串流網站成立的宗旨即在於「整合個人成為新聞網的一部分」。[18] 另外，半島電視臺因拓展美國市場，除了有「串流英語（The Stream English）」外，亦有「串流美國（The Stream America）」。「串流美國」主要針對發生於美國事件。CNN iReport 則是CNN的公民新聞平臺，為民眾分享故事、討論議題（Share your stories, discuss the issue with CNN.com）的公民新聞平臺。每一至兩週都會設定新的主題（assignment），讓民眾據以提供相關的新聞素材，也積極整理民眾的素材作為首頁的特色報導。任何使用者只要註冊為iReporter，便能上傳新聞、影音、照片至此平臺。

　　和半島、CNN相較，BBC並沒有成立民眾專屬的社群網站，替代做法則是在臉書設立「世界有你的說法」（BBC World Have your Say）欄目[19]，BBC會拋出議題，讓民眾討論、分享看法，或請民眾提供相關照片。社群網站上由BBC選定的主題內容多是國際新聞中的重大事件、或是話題性高的議題，像是曼德拉逝世、海燕颱風、曼谷暴動、烏克蘭暴動、北韓金正恩處決叔父等。

　　各大媒體大多只在推特、臉書轉貼自家生產的新聞內容，他們在自己創設的網站中，則會非常重視網友發表的報導與評論，也常成為主流新聞的內容。半島電視臺的串流平臺就是由16名

---

18 網址：https://www.facebook.com/AJStream/info
19 網址：https://www.facebook.com/worldhaveyoursay

專業編輯選取重要事件、蒐集素材製作而成。他們選定主題、介紹事件、呈現網路上的不同言論立場、邀請網友評論等方式呈現新聞主題，除了星期一到星期四固定在晚上七點半於半島電視臺《Episode》（長約35分鐘的電視節目）播出外，也有僅在網站呈現的「Web Only」部分。

　　CNN則非常善用iReport作為專題甚至即時新聞，以補足CNN人力無法顧及之處，例如澳洲大火[20]、海燕颱風災情[21]都是如此。iReport先設計一些機制，邀請民眾根據此主題製作報導。主題類型多元，第一類為「發表意見」（Sound-off）[22]，民眾可針對每日新聞發表感想，時間限制在60秒以內，CNN便可直接使用錄製的影片。第二類則為「開放故事」（open stories）[23]，則是邀請民眾參與重大議題或是國際事件，並可跟CNN記者及iReporter一起報導。公民記者可以在「開放故事」特定的議題下，自己去採訪並發揮報導的能力，通過認可機制後，公民記者的報導便可以在CNN上曝光。例如民眾若想加入波士頓馬拉松案的報導行列，就可進入頁面，當中還會有地圖可以顯示每個iReporter所在的位置（圖9.2），以及他們提供的訊息或在當時拍的影片內容。這也可讓CNN記者即使來不及親自到現場採訪，也可以透過當地民眾的文字影片訊息，提供新聞事件更多的第一手資訊。[24]

　　在報紙方面，英國《衛報》則是創立「目擊者」（Guardian

---

20 網址：http://edition.cnn.com/2013/10/20/world/asia/australia-fires/
21 網址：http://edition.cnn.com/2013/11/12/world/asia/typhoon-haiyan-people/
22 網址：http://ireport.cnn.com/group/soundoff
23 網址：http://ireport.cnn.com/open-stories.jspa
24 網址：（http://ireport.cnn.com/open-story.jspa?openStoryID=957533#DOC-963994）

圖 9.2：CNN 公民記者參與波士頓馬拉松案報導

Witness）網站平臺[25]。「衛報目擊者」成立於 2013 年 4 月 16 日，
成立起因於過去一些重要新聞之所以能進一步突破，便是來自民
眾所提供的訊息，民眾觀點往往能擴大新聞切入的角度。[26]「衛
報目擊者」設立的宗旨在於試圖結合民眾與新聞記者製作訊息而
製作，並鼓勵民眾以手機提供身邊的故事給《衛報》，讓新聞事
件的呈現更加完善。《衛報》會設定議題、或是參考民眾意見開
設議題後，再邀請民眾提供訊息，並從資訊中製作出新聞。「衛
報目擊者」透過使用者共創與參與，讓讀者的經驗、文字或所拍
攝的照片，有可能成為新聞的一部分。《衛報》也會整合「衛報
目擊者」與推特訊息來製作新聞，例如史諾登開庭的即時新聞報
導，便是整合現場資訊與各方人士於推特的看法、再加上過去所
收集的資料，讓新聞的呈現更具深度與廣度，所有產製的新聞均
放於「衛報目擊者」主題類目中。

25 網址：https://witness.theguardian.com

26 http://www.theguardian.com/help/insideguardian/2013/apr/16/introducing-guardianwitness-
platform-content-youve-created

第三節　發生災難與重大事件，社群媒體可增強新聞報導功能

　　許多新聞研究均指出，網路已經破解新聞組織所守的「門」，網路互動、參與的特質，使得媒體常是扮演新聞的起點，並非終點（Singer, 2006）。同時，只要發生公共危險或是重大事件，人們還是會把注意力轉到新聞上（Lester, 2010: 3），目前更延伸到主流媒體經營的社群媒體身上。在本章研究期間，正好發生海燕颱風與曼德拉過世等突發與重大事件。為了便於說明，本章將以海燕颱風事件做為災難發生時，媒體使用社群網站的主要說明案例。另將以曼德拉過世的重大突發新聞事件，來說明各媒體如何進行社群網站的運用。

　　在災難發生後，很明顯可以發現各大媒體大量運用社群網站，其中有的是為獲取新聞，也有媒體藉社群網站提供救災、尋人等服務。在海燕颱風侵襲菲律賓時，BBC 會徵求當地民眾上傳相關影音訊息到「世界有你的說法」（World Have Your Say）中。BBC 的「世界有你的說法」平時的臉書點閱率不算高（很少超過50讚，大多都20－30），每天新增的動態也不超過五則。但在災難發生時，BBC 卻會提供新聞線索與資訊，並開放民眾參與。以海燕颱風為例，留言中常有民眾貼出哪裡需要救援，或是需要物資項目等訊息，也會提供當地最新的情況；BBC 也會運用「世界有你的說法」社群網站徵求有相關經驗者，或是請民眾提出問題。BBC 還會不斷詢問民眾，或是能聯繫到的當地民眾，請他們發表意見。另外，也會有BBC 氣象主播做分析，民眾可以提出問題，再請氣象主播作解答。同時，BBC 也會藉由社群網站，提供事件的背景資訊或即時狀況。像是海燕颱風事件，有一則是「菲

律賓如何替颱風取名？」，也會提供颱風的風速、強度等背景資訊，還有即時災情的照片、影片，使民眾能夠先掌握對該事件的基本訊息，再來參與提問與討論。

　　碰到重大事件發生時，半島電視臺也會提供即時報導，甚至設立專門應對該議題的「即時部落格」（Live Blog）。在海燕颱風[27]跟曼德拉過世[28]的事件發生後，都成立了「即時部落格」。「即時部落格」的內容除了有半島電視臺記者的第一手即時報導，也有網友提供的訊息、社群網站中的相關消息等。像是海燕颱風的報導，便是大量引用半島推特的內容，以及其他媒體在推特的現場狀況描述。這個系列部落格內有大量災區影像的照片。半島的串流網站則是由其編輯團隊選定議題，搜集相關資料後呈現正反兩面的論述，以及網友的相關意見。雖然各種報導幾乎涵蓋全球，非洲、亞洲的新聞比例還是較高，而且所呈現的新聞在一般主流新聞媒體上均甚少呈現。但是這種看似多元的情況，其實仍然有其一致的選取標準在。因為半島串流多將關注放在抗爭性質的新聞事件上。因此，海燕颱風從11月8日登陸菲律賓後，雖陸續造成重大災情，引起國際關心，但是半島串流卻沒有報導任何故事，僅有串流的臉書上轉貼兩則相關新聞。因為在半島電視臺的規劃上，海燕颱風相關的訊息跟新聞都放在「即時部落格」中，除此之外便沒有任何討論。

　　海燕颱風時，CNN iReport立即成為尋人平臺，對使用者而言，這也是吸引他們到iReport關注最新狀況的原因。海燕颱風發生後，民眾可使用iReport蒐集新聞及尋人啟示公布欄。一旦災

---

27 http://live.aljazeera.com/Event/Typhoon_Haiyan_2?Page=0
28 http://live.aljazeera.com/Event/Nelson_Mandela_7?Page=0

難發生，iReport都會設立主題，蒐集民眾對當時狀況、後續災情的紀錄，海燕颱風也不例外。當時iReport設立「海燕颱風：你的故事」（Typhoon Haiyan：Your Stories）主題來蒐集受災民眾的新聞，並製作後續的專題報導，像是「海燕颱風：面對這個暴風雨」（Typhoon Haiyan: Faces of the storm），同時也新增一個「開放故事」（open story）的主題，讓相關新聞可以在世界地圖上直接檢視。此外，iReport還新增了一個「菲律賓愛的尋訪」（Looking for love ones in the Philippines）主題，它不僅在內文提供google.org的尋人平臺，也鼓勵民眾將尋人啟示貼到iReport，讓身處異地的家人可以透過iReport，知道在菲律賓的友人安全與否。同時CNN也使用這個尋人平臺上的資訊製作新聞報導，除了在報導中提供讀者可提供援助災民的方式外，也在文章一開始便貼上iReport尋人平臺的連結。CNN會運用報導與iReport相互串連，以發揮援救功能。例如若有民眾提供有用的訊息，iReport會分享給google資料庫，iReport上可搜尋有關海燕颱風的五百多則公民報導[29]。另外「開放故事」[30]的地圖上可看到來自菲律賓不同地區的民眾作的報導內容。這些報導的素材非常多面向，更貼近當地狀況的細節消息，以及媒體不會逐一報導的小故事，對於救援和物資的流通提供一定的幫助，也有助於官方媒體與民間合作。這樣搭配起來，CNN整體能夠提供的訊息就能比其他媒體多。

　　除了推特與臉書外，《紐約時報》主要使用部落格報導海燕颱風[31]，在部落格上有近30篇關於海燕颱風的相關報導，11月8日

---

29 http://ireport.cnn.com/search/ireports?q=typhoon+haiyan

30 http://ireport.cnn.com/open-story.jspa?openStoryID=1058473#DOC-1065110

31 http://query.nytimes.com/search/sitesearch/#/typhoon+haiyan/365days/blogs/

當天就已經發布在部落格上，其中並匯集推特上各種第一時間海燕
颱風的資訊。《紐約時報》的部落格從11月8日到11月26日，又
陸續報導災難情況、救援情況、其他國家對菲國的援助、與其他
國家災難（海地、四川）的恢復與如何救助當地倖存者等相關新
聞。因為《紐約時報》旗下的部落格分類極多，海燕颱風相關內
容也就出現在各個部落格（The opinion pages、The Lede、LENS、
City Room、India Ink、Dot Earth）中。《衛報》和《紐約時報》一
樣會在臉書與推特上提供海燕颱風新聞連結的貼文，另外《衛報》
還開設即時更新的新聞專頁 [32]「海燕颱風：菲律賓正在進行救援工
作──現場更新」（Typhoon Haiyan: Philippines relief efforts underway
- live updates），消息來源則是來自其他社群平臺，如「衛報目
擊者」開設「海燕颱風／約蘭達：進行中的救援工作」（Typhoon
Haiyan/Yolanda: ongoing aid effort）（圖9.3）議題，歡迎民眾提供相
關資訊。

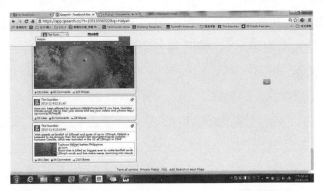

圖9.3：《衛報》開設社群平臺，歡迎民眾提供資訊

---

32 https://www.facebook.com/10513336322/posts/10152021074466323

第四節　發生突發新聞時，新聞媒體更是大量運用社群網站

　　突發的新聞事件常讓新聞媒體無法有充分時間進行新聞策劃，也無法快速提供訊息，這時主流媒體多半更加注重社群網站，《紐約時報》似乎較例外。《紐約時報》的新聞線索資訊都是由報社的專業團隊獲取，並不會開放平臺讓民眾提供資訊與線索。在曼德拉事件中，《紐約時報》依然維持一貫風格，只是利用社群網站向民眾報導最新消息，就是不會要求民眾提供新聞。《紐約時報》首先利用推特報導曼德拉過世的即時新聞（圖9.4），並請讀者關注南非記者波爾格倫（Lydia Polgreen）的推特，並且轉貼她的發文。《紐約時報》南非記者波爾格倫則展開密集的實況報導，12月5日到6日的23:39—00:01間，南非總統祖馬開記者會宣布曼德拉過世，波爾格倫在20分鐘內連續發了14則推特。她從南非時間12月5深夜到12月6日上午，共發文、轉貼了35則左右的推特。在此同時，《紐約時報》還重複貼出《紐時》為曼德拉做的系列報導，包括文字報導、影片、演講集錦、照片及大事記等。《紐約時報》也轉發其他媒體記者、名人的推特，就是未採用一般民眾的意見。《紐約時報》也使用臉書大量轉貼曼德拉過世的消息。

　　《衛報》則是透過「衛報目擊者」平臺設立專題「全球震撼：曼德拉給你的啟示？」（Reactions around the world: what does Nelson Mandela's legacy mean to you?）[33]。透過文字、圖像和影音，《衛報》希望人們藉由這個平臺，說出他們對這位南非第一位黑人總統的看法，並於七天內吸引了66個人上傳檔案，內容多

---

33 http://ppt.cc/TBaR

即時新聞

圖9.4：《紐約時報》使用推特報導即時新聞

為文字紀念。「衛報目擊者」也持續邀請讀者貢獻文章或照片，《衛報》還於12月10號進行網路直播曼德拉的紀念儀式，[34] 推特也同步播出，只要有名人發表重要演說，《衛報》推特都會以摘要呈現。《衛報》也在「衛報目擊者」上開設專題[35]，讓有參與紀念式的民眾可以上傳影音照片。

　　BBC「世界有你的說法」也是從事件首日12月5日延續討論到12月13日。事件首日就以特別專題的方式，立刻在推特及臉書上收集各方民眾意見，隔天晚上的《世界有你的說法》（*World Have Your Say*）節目就以曼德拉逝世為主題討論，在節目中主要以南非當地民眾的意見為主，也特別指派記者到當地蒐集民眾意見和哀悼的影像畫面。另外，一開始BBC徵詢意見時並未設定區域範圍，但在一天後便只徵詢在曼德拉逝世地點索韋托（Soweto）當地民眾的意見，在「世界有你的說法」平臺上轉推的民眾意見也以索韋托民眾為大多數，其他轉推的民眾意見也都是非洲裔的身分。

---

34 http://www.theguardian.com/world/video/2013/dec/10/nelson-mandela-memorial-service-live
35 https://witness.theguardian.com/assignment/52a5c173e4b0a8ed49b80ce7

　　CNN對於曼德拉過世新聞一樣非常重視，且連續進行全版洗版。12月6日臺灣時間五點鐘時，CNN首先以突發新聞宣布曼德拉逝世消息（推特也播出），並貼出現場連結電視和手機新聞報導，接著CNN臉書開始連續且密集轉貼12則與曼德拉相關的動態。這些文章範圍極廣，包括介紹曼德拉生平、經歷的事件、貢獻、小故事等，也有編年大事記、圖輯、影片，文章也連結到意見（Opinion）網頁上，由跟曼德拉接觸過的編輯記者，去描寫曼德拉這個新聞人物。在大量貼出訊息的同時，CNN也透過臉書丟出問題與讀者進行互動，例如：「以下是曼德拉曾說過的話，你受到哪句的啟發最深？」同樣的動態換不同的圖貼了好幾次。同時，因為這是突發大新聞，在每篇動態中，CNN不斷強調並貼出手機和網路播出即時電視新聞的連結，邀請讀者掌握最新的報導。接著iReport也很快跟進這個事件，臉書上馬上貼出一則動態，尋求曾經有機會接觸過曼德拉的讀者，提供他們的故事或是照片給CNN，將有機會被採用成為CNN報導的一部分，也開了開放故事（open story）讓民眾參與[36]。由於曼德拉總統的身分，以及他在捍衛種族議題上的奉獻，可以發現這些公民記者的論述有許多來自非洲國家，或是住在美國或其他國家的非裔民眾。（圖9.5）

　　半島電視臺同樣極為關注曼德拉過世的新聞，半島電視臺本身的臉書專頁不只大量轉發曼德拉去世的消息，更主動詢問網友曼德拉的生命對他們有何影響，並且徵求網友與曼德拉的合照與影片。同時，半島電視臺也為了這個事件開了即時部落格（Live Blog）[37]，除了會轉貼半島電視臺的報導外，也有一些是半島電視

---

36 http://ireport.cnn.com/open-story.jspa?openStoryID=1066244#DOC-1068386
37 http://live.aljazeera.com/Event/Nelson_Mandela_7

圖9.5：民眾提供重要資訊給CNN，有機會成為報導內容

臺藉由各個社群網站蒐集到的網友與曼德拉的合照等。值得關注
的是，串流英語和串流美國雖都作了報導，但是兩者的取向並不
同，詢問網友意見時使用的字彙也不相同。串流英語上的社群
反應很熱烈，第一則關於曼德拉過世、南非未來會如何的貼文
（Former South African President Nelson Mandela has passed away at
the age of 95. What's the future of South Africa without Mandela?）
很快就被轉發6,342次，並且在12月6日下午快速製作成網站
（web only）的故事，主題是「曼德拉的生命對你是何意義？」
（What did Nelson Mandela's life mean to you?），並邀請網友錄製
30秒的短片發表意見。

第五節　社群網站強調專業的編輯守門

　　社群網站由於來源無法控制，講求內容經營的媒體都會設
有專人管理，並不定時與閱聽眾互動。目前各媒體均已設立專
門人員負責UGC的相關事務，並確定內容是否為真。如BBC

在2005年時是由各單位自行處理，2012年已設有20人的UGC
中心（User-Generated Content Hub），負責處理UGC的相關事
務（Turner, 2012）。BBC對於臉書中的留言都會仔細觀看，雖然
BBC對於大部分的留言都不會回覆，但只要有人問幾點播？何時
重播？或是指正錯誤，BBC就會立即針對該留言回覆。同時，
BBC會將重點文章「置頂」，置頂文章也較能凝聚討論熱度。除
了臉書上資訊外，BBC還會在廣播、電視節目播出時，在推特上
同步轉推節目上來賓的重要發言。若來賓有推特帳號，通常會以
標籤來賓，不過也因訊息數較多，且無置頂功能，民眾討論串
分散在不同訊息底下。BBC對於民眾留言採取自由開放的態度，
不會多加干涉，除非是有涉及到人身攻擊等字眼才制止，如：在
同性戀議題中，有民眾留言攻擊同性戀者，BBC即回應要求刪除
留言。

　　CNN一樣設有專人管理社群網站。CNN 臉書上的貼文標準
形式是：文字＋連結＋圖片。文字為新聞內容摘要，不會有管理
者的個人感想、情緒用語。提問的都是民眾的意見、做法，而不
是他們的「感覺」；民眾在這樣的提問方式下，也會針對問題提
出具體回答，而非情緒抒發，這使得CNN 臉書的每一則新聞下
的留言串都像是一個論壇。另外，CNN 臉書也會以單純的「Yes」
或「No」的提問方式，來提高回應數。又因為CNN 臉書的留言
非常多元，又有優先顯示「讚」數最高留言的機制，使得留言者
可以即時看到自己想法的迴響程度。這個做法更可能促使民眾提
出有內容的意見，並因此創造更多的互動機會。而在災難時期對
於民眾張貼的尋人啟事，iReport管理者幾乎都會通過審核，掛上
「on CNN」的認證標籤。另外，iReport的管理者也會定期追蹤各

則啟事的最新狀況，若已找到人會在標題寫上「Found」，因此並不只是被動地讓民眾張貼訊息而已。此外，從iReport及臉書留言中可發現，有些民眾會進一步提供更多尋人平臺的資訊，例如紅十字會或是其他協尋的臉書專頁，而菲律賓的災民也會利用留言反映當地狀況、請求援助或是批判政府。

在每一則故事下，半島的串流（The Stream）都會鼓勵網友留言、轉發至自己的社群網站頁面。尤其是製作成《Episode》電視節目的故事，串流都會將議題拋出後，廣泛邀請民眾給予意見、錄製30秒的影片發表其看法。如果有網友以文字留言，串流的記者編輯也會留言給他，請他錄製成影片。而當節目播出時，民眾可在推特上以半島電視臺或串流為標籤（#hashtag），發表自己對於進行中節目內容的看法或感想。串流也曾經在臉書上舉辦「有關印度的公開編輯會議」（India Open Editorial meeting）[38]活動，由串流主持人利用google+帶領討論，邀請網友加入討論關於印度的議題。在串流的社群網站（例如臉書、推特等）上，都可以見到其編輯管理員轉貼媒體報導。除了轉貼串流自己產製的故事外，也常有一些其他媒體的報導，頻率大約是一天1—3則。但是串流在轉貼或超連結其他媒體報導時，其選取的標準不會脫離串流平常製作的取向，大多是以偏抗爭事件為主。

除此之外，在曼德拉過世的新聞中，亦可看見串流網站使用特殊的網頁設計，吸引民眾在網頁停留、閱讀，或是願意在此發表意見、討論的痕跡。曼德拉過世當天，串流的網頁上出現一幅曼德拉的圖像（圖9.6），等民眾將滑鼠游標移動過每一個馬賽克

---

38 https://www.facebook.com/events/522561197828646/?ref=22

方塊之後，就會浮現出年輕的曼德拉的形象（圖9.7）[39]。傳播科技的運用更形多元。

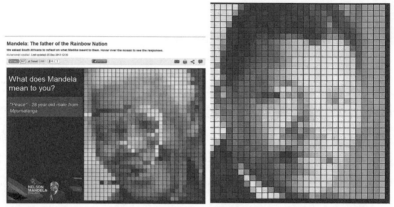

圖9.6：半島社群平臺上的曼德拉　　圖9.7：年輕的曼德拉出現在半島社群平臺上

　　觀察串流這個社群網站平臺上的文章，可發現他們在網站編輯上具有固定的型態。串流團隊會從推特上面尋找較多人關注的有標籤（#hashtag）的故事，進而透過編輯篩選、組織、排版後形成為一個主題。若該事件編輯意圖將之做大，或是讓網友發表更多意見，就有機會成為電視節目的內容，具有影音製作與曝光在電視臺上的機會。

　　BBC在臉書中對於重大國際新聞的處理模式十分一致，推特是以即時、大量（一百則相關消息）但瑣細的方式提供資訊，而在臉書中則是較為完整、重點式的提供資訊。BBC從事件的發生

39 網址連結：http://stream.aljazeera.com/story/201312060117-0023236

到結束都會持續追蹤並就事件做出相關補充。如曼德拉過世消息傳開，BBC立刻有相關的報導，一天內發布十幾則的動態，讓民眾藉由臉書可以完整地掌握系列消息，從曼德拉生平、補充種族隔離制度、葬禮相關事宜、曼德拉家鄉、紀念物、圖片影音，甚至更換封面照片為曼德拉肖像等，非常詳細地整理了相關資訊，可感受出BBC對此議題的重視程度。BBC在臉書中持續關心各式人權議題，種族議題則是在曼德拉逝世系列新聞中提到，但只有提到南非種族隔離政策的歷史，並未提及英國當地的種族問題。在處理史諾登的新聞方面，BBC持客觀的態度，沒有特別花篇幅報導，也未掩蓋消息，可了解BBC在報導上整體而言是中立的角度。

　　如何檢驗公民新聞的真實性，已經是新聞媒體為了使用社群網站，漸漸興起的新聞技能（King, 2012），大部分是要確認內容為原創，工作人員也經常要使用電話詢問內容的真實性。各大媒體均設有專門人員處理此事，King（2012）就指出CNN計有八名全職人員負責社群網站內容的查證工作。本章也觀察發現，CNN在使用者張貼前不會有任何檢查機制，所以在新聞發布時會標示此內容與CNN無關（Not Vetted for CNN）；但在內容經過CNN團隊的事實查證後，文章右上角便會標示「CNN iReport」圖樣，該主題中也會被歸類為「on CNN」。而在iReport的所有訊息中，有些報導右上角會有個小「i」，這就表示這則iReport有經CNN官方的認可，會顯示「Approved for CNN」。iReport的管理者（CNN producer）在查證後，也會在新聞內容加上註解或更詳細的資訊（producer's note）。這表示CNN不只是開一個平臺給公民使用，讓大家在上面自由發表意見，而是官方新聞媒體真的會

去看，會去評估和鑑定他們認為有用的觀點和報導，並且經由認可之後，讓公民記者知道他們的報導確實可能在CNN正式的新聞報導中出現。這一方面是給公民記者報導的動力，另一方面也能真正達到新聞媒體官方和民眾相互合作，透過訊息的整合讓報導更加豐富。

　　半島串流也能夠讓網友提供意見、成為其消息來源並且納入報導，為此串流的記者編輯還有社群網站管理員，都很願意和網友互動，對於網友提出的問題，也往往會給予回答。像是如果有網友問說是否有做過相關報導，如果有做過，記者編輯也會回答並將連結附上。《衛報》對於外界質疑如何審核民眾提供的內容真實性，「衛報目擊者」利用圖片的EXIF（Exchangeable image file format，可交換圖像文件），可以顯示圖片如何被拍攝、曝光時間，藉此來驗證該圖片是否真實，許多看似真實的現場圖片藉此被證明是偽造、修改或是捏造。此外，《衛報》除了利用EXIF信息來驗證圖片真實性，也堅持進行複查，透過編輯的層層審查，確保圖片的真實。《衛報》同時也支援手機APP，方便民眾上傳，《衛報》便能透過原生APP來確保圖片的真實性。此外，透過這種方式，可以有效率管理所有過程，以及智慧型手機拍攝的額外訊息。

　　從本章的觀察可知，負責任的媒體對於民眾提供的訊息，都會有一定的求證機制，確定內容為真時，便可採取新聞的形式處理，對提供訊息的民眾可產生更大的鼓勵作用。但也因為內容真實性檢驗不易，因此有些媒體僅在社群網站中運用民眾提供的訊息，並不會在媒體的新聞中採用。

第六節　社群網站中，媒體與民眾互為主體

　　本章研究發現，各大媒體均已投入一定人力經營社群網站，並會設定議題讓民眾討論。這些議題多是由媒體內部的工作者擬定，再開放民眾參與討論，很少讓民眾自行設定議題。從「議題設定」（agenda-setting）的觀點來看，媒體也許沒有告訴我們該想什麼，但是他們卻會提供一定的議題來讓人們注意（Anderson, 1997: 24）。艾德（Ader, 1995）也指出個人對於無法親身接觸的議題會非常仰賴媒體，甚至以媒體為唯一來源，這時媒體就可發揮強大的議題設定功能。在媒體自行經營的社群網站中，一樣可以看到媒體強大的議題設定功能，例如BBC每日所發布的新聞數量相當龐大且多元，在臉書中可以明顯看到會以國際抗爭、國際重大新聞為主，此外，軟性新聞如新奇、科技、科學等，占每日的動態比例也很高。民眾並不能影響議題走向，但BBC會根據點閱率來決定每日新聞類型的分配比例。半島電視臺串流的編輯團隊則會刻意經營非主流與較邊陲地區以及性別、種族與敘利亞戰爭等議題。即使串流嘗試使用UGC，編輯經常性地會在臉書上詢問或是蒐集民眾意見，來決定未來要發展的主題。然而，他們卻可能會直接發想民眾並沒有提出的主題，大部分的民眾回應並不會得到專業管理者或是串流記者編輯的回應。

　　BBC「世界有你的說法」是BBC和民眾互動的主要平臺，民眾透過此平臺達到參與討論社會議題的效果，而BBC也透過民眾的分享、討論，獲得更多資訊的來源，另外，BBC也藉由詢問民眾的疑惑，補足BBC報導面向的缺漏，是個不錯的社群媒體使用方式。BBC也會利用標籤（#hashtag）的功能搜索有用的資訊。

因為BBC在報導第三世界的新聞時，有時會塑造出悲慘、落後的形象，或是譴責其內戰的不人道、血腥，留言會有許多民眾表示那是文化傳統（如女生不能開車），或為伊斯蘭教辯護，有許多留言甚至與BBC本身立場相悖。BBC在爭議事件中會儘量保持中立立場，如11月25日討論「伊朗停止核子協議」時，BBC「世界有你的說法」以蒐集伊拉克（反對方）和伊朗（支持方）兩國官方與人民為主；在討論內容上，都會力求正反並陳，以維持客觀平衡的立場。BBC在「世界有你的說法」討論各式議題，有部分民眾對於曼德拉逝世的大量報導感到厭倦、反感，會在底下留言表示BBC應停止報導曼德拉相關新聞，他們想看其他新聞和其他重要事件的報導。另外，BBC在突發新聞的推特上發布曼德拉女兒的發言，遭民眾留言質疑這並不是突發新聞，不應如此處理。也有針對BBC曼德拉報導內容的質疑，認為BBC只凸顯出曼德拉正面的一面，並不夠客觀。不過，大多數的人仍認為曼德拉逝世值得報導，也認同BBC報導內容的框架。各式意見都可以在BBC「世界有你的說法」中出現（圖9.8）。

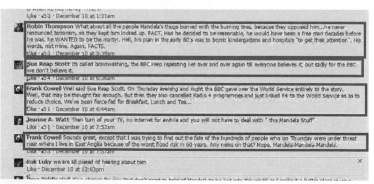

圖9.8：BBC社群平臺呈現民眾的不同看法

　　半島電視臺的記者與編輯們，也會隨時瀏覽民眾提出的意見
並做出行動。舉例來說，有民眾反映為什麼串流沒有對於匿名面
具遊行的相關報導（圖9.9），而後半島電視臺串流的主持人便回
應說謝謝他的推薦，隨後串流網頁中也出現〈The Million Mask
March〉[40]這則報導。同時，當民眾批評串流沒有跟上的抗爭消息
時，串流團隊較有可能與之聯絡，並儘快更新進度。（圖9.9）

圖9.9：民眾可透過社群平臺提供半島電視臺建議

　　雖然主題呈現的決定權是在串流的編輯團隊手中，但是串
流卻設立了民眾參與的機制。串流的網站已設置記者的即時部落
格，能讓民眾透過這樣的方式獲知許多地點第一手的情況，並能
與該名記者互動。串流網站也提供管道讓民眾主動展現，民眾可
以透過錄製30秒短片的方式，讓自己的聲音有機會躍登串流平臺

---

40 http://stream.aljazeera.com/story/201311052102-0023167

與大眾媒體。除此之外，個人在推特和臉書上的言論，也有機會被選進網站，成為該主題之下的素材。民眾在閱讀故事時，右側欄會問你要不要也錄下自己的看法（Record Your Vedio），透過網路攝影機的方式，很快就能將自己的意見表達出來。從每週串流的節目播出內容來看，不少人會使用這樣的功能，且使用者來自世界各地。

　　《紐約時報》對社群網站的議題掌握著主控權，民眾看似可以在每一篇貼文下表達看法與觀點，但《紐約時報》並沒有採納或者回應民眾觀點，報導新聞與選擇貼文類型時仍然按照自己的模式。《衛報》方面，雖然任何人都可以在「自由評論」（Commentisfree）上面發表言論，但在《衛報》的「社區內容部規範與參與守則」（Community standards and participation guidelines）[41] 中也清楚指出，過度激烈、偏激、具攻擊性的言論，都會被《衛報》所移除，或在言論呈現前進行適度的調節，並在文章以「removal」標示。即使在「自由評論」此一平臺，《衛報》仍擁有文章編輯的權利[42]。「衛報目擊者」的規範[43]中也說明除了《衛報》自訂議題外，民眾也可以提出建議，然而一般民眾並無法了解頁面上呈現的議題到底如何產生。因此，「衛報目擊者」的經營彰顯主流媒體的議題設定比例實高於展現民眾的主動性，民眾較像是在議題設定的架構下填補內容。但是《衛報》也會藉由報社內的「開放新聞」（open journalism）機制，讓讀者分享照片、文字或影片，有時也能影響報紙的內容。

---

41 http://www.theguardian.com/community-standards
42 http://www.theguardian.com/help/terms-of-service
43 https://witness.theguardian.com/moreabout

　　CNN iReport 雖然是個開放的公民新聞平臺，民眾仍只能跟著管理者所設定的主題來發表，任何不類屬上述主題或是非熱門主題的報導，並沒有機會被發現。此外，iReport有權利選擇他們認為「有吸引力」的報導，作為CNN報導的使用題材，或是置於首頁。不過，民眾在監督媒體、表達意見上仍具有主動性。例如當CNN的新聞標題及臉書引言誤導觀眾時，民眾就有機會表達不同聲音的機會。有則新聞報導一名婦人從推特得知住家附近發生一起嚴重交通事故，而死者剛好是她的先生[44]。然而，單從臉書的引言描述以及文章標題，使得許多讀者以為是那名婦人正在車上使用推特，而撞到他先生，因此在高達兩千多則的回應中，有許多譴責及誤解的留言，這些留言又引發更多讀者大肆批評。為了釐清事實真相，也避免更多無知的讀者再留下更多可能傷害那名婦女的言論，民眾直接在留言中寫下這整件事情的重點，或是對來龍去脈有完整闡述；更可顯示在臉書中，民眾不只是讀者，其實也是記者、編輯、監督者。此一討論串也引發許多讀者對於使用臉書、推特等社群媒體的反思，包括究竟要不要將事故、傷亡的照片貼上社群網站；第一時間獲得資訊是否也代表著剝奪當事者的隱私權等等。另外，讀者也批評CNN 不應在不了解事件來龍去脈的情形下誤導觀眾，也不應該利用這些已在其他社群網站上流傳的悲劇，吸引讀者的關注，卻再度傷害了當事人。（圖9.10）

　　同時，在CNN臉書上，常見民眾對於CNN選取新聞的批評，包括太過娛樂、不是新聞……。但也有人會為臉書辯護，認

44 https://www.facebook.com/cnn/posts/10152157989116509

David Gary CNN... challenge yourself to find news stories that don't cash in on other people's tragedies. Also, you have become an agency of simply reporting what people are posting on social media. Aim higher. You used to be the most credible news source in the world, now you are little more than the re-reporters of things we've already read on Reddit.
Like · Reply · 👍 42 · December 5 at 11:52pm

Eric Liss Thank you! Exactly my sentiment.
Like · 👍 2 · Yesterday at 1:31am

Abby Yang ProPublica is deemed more newsworthy. Try there.
Like · 👍 1 · Yesterday at 2:15am

圖9.10：民眾在CNN的社群平臺表達批評的建議

為不該總貼一些嚴肅的新聞。對於這些爭辯，CNN 臉書的管理者大多沒有回應，或只以制式化的官方回應感謝民眾反應。由以上可知，各大媒體一方面主導社群網站的議題，具有議題設定功能，另一方面還是期望能提供民眾參與的機會。同時在維持媒體公共領域的前提下，並不會剝奪民眾提出批評的聲音，也因此得以維繫社群網站的經營。

第七節　媒體充分掌握聚合以運用社群網站

從上述的研究發現歸納可知，西方主流媒體多已充分體認社群網站的重要性，多數媒體更相信民眾具有創造新聞的潛能，不但已在既有的社群網站上設立專屬媒體的空間，也會自創社群網站，讓民眾成為主要的新聞來源。值得指出的是，主流媒體不再使用單一社群網站，而是多重運用、整合各式社群媒體，甚至自創民眾專屬的社群網站，透過各式社群媒體不同形式的聚合，讓社群媒體的功能可以有更大的發揮；同時，傳統主流媒體也與社群網站進行聚合，一同達到媒體產製新聞的最大效果。聚合將社

群網站與主流媒體串起，也將民眾與記者串起，各式社群網站的科技與內容同時也不斷聚合。媒體與社群網站的聚合現象，已使數位時代的聚合更加豐富多元。本章因此嘗試就「各式社群網站的聚合」與「主流媒體與社群網站聚合」兩大面相進行整體分析並做成結論。現分述於後：

一、各式社群網站的聚合，可產生更大效果

　　本章認為，西方主流媒體不但已充分利用既有的社群網站，作為轉貼新聞、發布新聞的工具；同時也自創社群網站，以求達到聚合的最大效果。這方面的情形非常多元，例如，BBC不同的推特間會互相轉貼，像是BBC世界新聞（BBC News World）會轉貼BBC國內新聞（BBC News[UK]）、BBC突發新聞（BBC breaking News）、BBC世界有你的說法（BBC World have Your Say）以及其他BBC各國版本的新聞。《衛報》也是先在推特和臉書上發表訊息與新聞網站之連結，隨著事件持續發酵，再以民眾專屬網站「衛報目擊者」蒐集來自民眾的各類資訊。《衛報》也會利用推特、臉書為「衛報目擊者」宣傳，或是轉貼其所產製的新聞。

　　可以發現，有企圖心的媒體都會使用既有的社群網站，也會採用跨平臺、多媒體的聚合概念處理內容。半島串流在操作議題時會將同一個大主題以連續不同的小主題呈現，企圖產生堆疊效果。例如同志議題、波多黎各新聞各有兩則時，一則做成電視播出的節目內容，另一則做成文字整理的故事在網路傳播，有些還會搭配資訊視覺化（infographics）的運用，可見媒體、平臺、多媒體科技都可以聚合起來充分運用。CNN則是充分運用臉書、

推特、部落格及iReport等社群網站。推特在CNN所有社群媒體中追隨者最多，但是因為推特是以快速的訊息曝光為目的，因此訊息的圖像、影片功能較弱，討論或轉發的情況也比較少；臉書的追隨者雖不及推特，卻能完全發揮社群媒體匯集討論的功能。在臉書的部分就分得很細，各節目或是頻道會有自己的粉絲頁面（CNN iReport、CNN Heroes、CNN International等）。CNN 臉書上也有許多「感人故事」的新聞，例如幼稚園女孩在聖誕表演中為聾啞父母比手語、或是特殊疾病的女孩決定向同學勇敢承認自己因病而禿頭等，其中有許多都是與病魔對抗的故事，且在12月篇幅有增加的趨勢。這些新聞有些取材於CNN iReport中的「告訴我發生的好事」（Tell us the good stuff.）[45]，也有宣傳iReport的目的。由此可知，各式社群網站交叉運用的情形非常普遍。

二、主流媒體與社群媒體的聚合，發揮新聞的最大效果

在討論媒體聚合時，學者會特別注意新媒體與舊媒體的問題（Applegren, 2008）。除了社群網站間不同形式的聚合外，將社群網站人潮「導引」到主流媒體網站、傳統媒體中，才是新聞媒體經營社群網站最主要的目的。像BBC就會在社群網站轉貼或超連結媒體報導的新聞與資訊。如在臉書中的動態幾乎都是轉貼自本身網站的新聞或是節目，達到宣傳主流媒體、增加主流媒體網站流量的目的；臉書就像是主網站的重點整理，內容來源幾乎都是主流媒體本身的網站。臉書也會相互連結BBC其他相關粉絲專頁，拉抬其他粉絲專頁的曝光度，也讓BBC主要的粉絲專頁資訊

---

45 http://ireport.cnn.com/topics/1037802

更加多元。

　　又以CNN為例，主要最大的平臺還是「CNN」。因此CNN也比較會將各種整合式的訊息或是連結貼在臉書上，以作為最大的資訊平臺。CNN iReport也是CNN重要的社群網站，CNN會善用它的資源並和主流媒體的報導進行結合。iReport與CNN主網站的報導都會相互串連至彼此網站，例如點進iReport的專題「想了解父母親」（Want to get real about parenthood）下的文章連結，就會進入到CNN的新聞網頁[46]；從內文中，又可再連結回iReporter的內容[47]，CNN用這種方法讓兩個網站的瀏覽率都能提高。雖然多半以軟性的議題居多，但是當發生如海燕颱風和曼德拉過世等大事件時，就能看到公民記者報導的強大威力，並相互串聯以達到雙贏、多贏的局面。當然，能吸引民眾在iReport發表的最主要原因就是主打「可被製作成CNN新聞」，iReport極力強調這一點，也確實落實了。

　　「串流」（The Stream）是半島電視臺主要使用的社群網站，藉由編輯群選擇重要事件，以選定主題、介紹事件、呈現網路上的不同言論立場、邀請網友評論等方式呈現故事。其中內容有的會放在半島電視臺的《Episode》節目中播出，有的則是在網站上呈現。因為可能在電視臺中出現，串流的使用程度為最高，串流的臉書與推特使用程度則為次高。因為這兩個使用者較多，因此在轉發相關故事時，常能夠誘發較多討論，與讀者互動的部分也都較高。以串流的臉書為例，其粉絲專頁點讚數以每個禮拜400—500人穩定增加，主要的使用者來自於英國，且多是18—24

46 http://edition.cnn.com/2013/12/23/living/irpt-personal-essays-yir-2013/
47 http://ireport.cnn.com/docs/DOC-910282

歲的年輕人[48]。另外，Instagram因為著重影像，使用方式偏向於分享特定國家城市的影像，無論是主網頁或是不同社群網站間皆有分享其影像，也有一定的使用比重。

《衛報》一樣試圖聚合社群網站與主流媒體。《衛報》會從中挑出最有話題性，發布成小新聞在推特上分享。《衛報》總編輯艾倫羅斯布里奇（Alan Rusbridger）在2013年12月4日接受英國下議院詢問有關史諾登洩密的問題時，《衛報》除了開設網頁進行現場直播國會質詢現場外，也在推特上密集發表質詢現場狀況。《衛報》即時轉播質詢現場的做法，讓粉絲能夠馬上掌握史諾登相關訊息，針對該次質詢的留言高達625則，民眾幾乎都是站在《衛報》這邊，認為政府不能隨意擷取民眾隱私，並且為《衛報》總編輯加油。

社群網站上之所以能出現議題多元的現象，主要因素實在於西方主流媒體幾乎都已確認民眾為新聞的珍貴資產，也能補新聞專業記者不可能遍布全球的問題，因而都會投入相當人力經營社群網站，並使用中立客觀的引言，有效引導大家針對議題進行討論，才有可能創造意見的多元性。而在社群網站功能日趨健全，並與主流媒體達到內容的聚合時，主流媒體不但能因此擴大消息的廣度，也能增加自己的閱聽眾。可見聚合實為新聞媒體經營社群網站時，不能不把握的關鍵思惟。

寫到這裡，卻也不得不提及，國內的新聞媒體雖也重視經營社群媒體，卻是採取小編經營的非專業做法。為了讓內容可以獲得信任，新聞媒體對於社群網站的內容都有一定的守門（Bastos,

---

48 https://www.facebook.com/AJStream/likes

Raimundo & Travitzki, 2013）。但臺灣的相關社群網站多半由「小編」負責，看不出編輯守門的專業性，似乎也不期待小編扮演新聞專業的角色。

　　本章以三個月的時間，密切觀察這五個全球新聞網站運用社群網站的相關現象後，更深刻體會到，媒體一方面可以聘請大批記者，堅持記者報導作為媒體特色外，更多全球性媒體已經能夠善用社群網站，並透過求證機制鼓勵更多民眾參與新聞的產製。這個新現象若能持續，代表更多民眾有機會參與新聞的產製，媒體也能真正成為大眾的媒體。本章在研究之外的個人心得是，社群網站實是數位時代開展數位新聞的重要角色，看到幾個全球媒體的成功經驗，不得不讓人同意貝克特（Beckett, 2008）的預言，結合記者與民眾的超級媒體已經發生；這個媒體機制真的可以讓世界更好；這樣的媒體境界，真的讓人忍不住展開雙臂擁抱。

第二部分

臺灣媒體的
轉型與聚合

第十章

臺灣四大報紙集團的新聞聚合

　　媒體數位化前夕，全世界充滿著唱衰報紙的論調。傳播學者菲利普梅爾（Philip Meyer, 2004）在其《消失的報紙》（*The Vanishing Newspaper*）書中，就預測報紙會在2043年消失。《經濟學人》（*The Economist*）也直指報紙即將到來的沒落（2006）。沒有人看好報紙，壞消息果然接連傳來，報紙關門、裁員、併購的消息不斷，再加上2008年的經濟危機，美國一年幾乎就有16,000記者失去工作。報紙沒落導致許多人擔心新聞的發展，之所以如此，是因為在新聞世界中，報紙記者不但數量最多、也一直扮演關鍵角色（Young, 2010: 610）。即使公民記者愈來愈受矚目，政治部落格更可發揮一定的輿論影響力（Keen, 2007），但是學者並不認為公民記者可以取代專業記者，反而堅信能夠提供每日新聞的專業記者還是新聞的基石（Compton & Benedetti, 2010: 496）。

　　雖然時不我與，歷史最久的報紙自是不能坐以待斃。巴茨苛瓦斯基（Boczkowski, 2009）就察覺許多傳統新聞媒體正努力在新媒體環境中存活下來，報紙媒體尤其致力於這方面的努力，以致報紙轉型成為數位時代備受矚目的媒體現象。隨著科技的進步，報紙從1990年開始，就開始與科技革命奮戰，幾乎每一家報紙都設立延續報紙品牌的新聞網站，第一階段新聞網站的出現，被視為是報紙轉型的第一次的媒體科技革命。近幾年各大報紙媒體又相繼在網路新聞中進行更大規模的規劃，因而被認為是第二次的媒體科技革命。在第二波網路時代，聚合已是個包含極廣的概念，包括更好的網路呈現、更低的價格、更廣的容量、網路各作業部門標準化、更開放的網絡平臺、更佳的網路外部設備、解除管制、全球化等許多面相（Kung, Picard, & Towse, 2008: 37-40）。

　　帕恩赫斯特（Barnhurst, 2010）研究《紐約時報》（*The New York Times*）、《芝加哥論壇報》（*The Chicago Tribune*）、《波特蘭奧瑞岡報》（*Portland Oregonian*）三份報紙，就發現未來的媒體商業模式雖然仍處於不確定狀態，但發展新聞網路還是未來的可能方向。而且，報紙與網站藉由跨媒體合作提供多平臺的新聞供應，還可以因應不同的閱聽眾，製作不同的新聞內容。若干報紙品牌的新聞網站亦不斷提升自己的重要性，甚至已可以和電視相媲美，因為愈是年輕讀者愈有可能接觸網站（Schroder& Larsen, 2010: 532）。也因此報紙與網路聚合的現象愈來愈明顯，這些紙媒還能在網路上發展過去沒有的影音新聞、多媒體新聞、並且還能加強與讀者的互動性，並藉著社群網站增加讀者的參與。以致在國外，媒體的競爭已經轉移到網路上（Malone, 2012: 8）。

　　網路上的聚合現象必然涉及科技的整合，「聚合」（convergence）現象也先後出現。聚合會改變新聞傳播的方式，當今思考媒體科技、產業與新聞時，很難不使用這個概念。不同形式的傳播媒體都可以透過聚合影響他們的閱聽眾（Herbert, 2000: 8）。在聚合的世界裡，所有形式的內容都變得數位化。聚合有時候會使用mediamatics（media telematics）一詞取代，目的在於說明它的功能一定超越單一媒體之上。自古以來從印刷術、電報、電視、衛星，以及網路等傳播科技都改變了新聞的形式，可以看出這些都是由科技所趨動（Beckett, 2008: 6）。

　　從科技角度來看，傳統報紙記者抗拒科技一事還是經常受到批評。《紐約時報》編輯尼爾察斯（Neil Chase）曾表示：「報紙在網路發行已經十年以上，記者與編輯們還是存在著許多對於科技的不安感。」為《華盛頓郵報》（*The Washington Post*）工作

的羅伯康特納（Robert Kuttner）則覺得主流媒體認為科技就像是遲到了一樣。這些說法都顯示出傳統媒體對於新科技的發展，多半用不安、甚至負面的心情來看待（Barnhurst, 2010: 555）。但現在報紙記者已感受到傳播科技為不可抗拒，報紙能發展新聞網站，就是網路科技導致。現在《紐約時報》的情形已大不相同，已經是由網路帶動報紙，新聞的速度也比以前更快，《紐約時報》2013年網站訂閱收費金額可達9,100萬美元，2013年的數位發行收入也可能會超越數位廣告（楊士範，2013）。

由此可知，聚合概念必然包括具有一定科技性的網路擴展。在這樣的理念引導下，西方報紙面對聚合，一方面會藉由傳播科技建立更多元的新聞聚合；另方面也嘗試建立新的商業模式，形成更多不同形式的新聞聚合。但是臺灣的報紙聚合現象，卻與西方大不相同。

回過頭看臺灣的報紙產業，情況一樣並不樂觀，但各大報紙集團對網路的態度卻仍躊躇不定。2006年一年內，臺灣有六家報社吹了熄燈號，還在的報紙紛紛裁員，逐漸形成目前四大報紙集團爭奪臺灣市場的態勢。表面上看來，《中時》、《聯合》、《自由》、《蘋果》四大報紙均已建立新聞網站，並且與傳統報紙進行合作。這些新聞網站首先發揮的是新聞匯集的功能，作為自家媒體集團所有新聞的整合平臺。像是聯合新聞網就整合了《聯合報》、《聯合晚報》和《經濟日報》，同時開始提供自製的影音新聞。中時電子報除了有《中國時報》的新聞內容，也加入《工商時報》、《旺報》、中廣新聞與中天、中視的影音新聞。除了匯集不同媒體間的新聞外，電子報（新聞網站）還能利用網路功能，將相同主題的新聞歸在同一類目下，方便讀者快速掌握訊息。自

由時報系則有《自由時報》、《臺北時報》（*Taipei Times*，為英文報），也發展各自的新聞網站。來自香港的壹傳媒新聞集團擁有《蘋果日報》、《壹週刊》、《爽報》（免費報）、壹電視（2013年出售給年代電視）等媒體，而蘋果日報網站則已將上述媒體內容整匯在同一個網站平臺中，新聞網站看似已整合新聞集團下的所有媒體，一同加入新聞競爭。

同時，因為臺灣各家報紙集團，都擁有報紙以外的不同媒體，各家媒體並不是以網路為媒體聚合的第一策略，反而是運用各自不同的媒體資源，以致出現不同形式的新聞聚合現象。雖然擁有媒體的數量與發展進程有所不同，四家報紙在主要的網路平臺上，也都有一定的經營，不僅放置自家新聞內容、迅速更新即時新聞，還努力耕耘影音新聞。像中時電子報放置中視、中天新聞；聯合新聞網則設置「聯合影音網」，同時錄影製作影音新聞，另外也招募公民記者一同豐富影音新聞的內容；《蘋果日報》也採相似模式，利用動畫製作動新聞。使得臺灣的報紙集團進行跨媒體內容整合的情形愈來愈明顯。雖然這四家媒體集團擁有的資源不同，卻同時展開各種的新聞聚合策略，以擴張各自的媒體力量，並且形成臺灣傳統報紙因應數位時代的媒體轉型現象。這在媒體轉型過程中，實已形成極具代表性與饒富研究旨趣的新聞現象。

只是，臺灣四家報紙集團所表現出的聚合現象，雖然或多或少都與網路有關，但如果將之與西方經驗進行比較，會發現許多相異之處。同時，臺灣的新聞聚合現象，固然有跨平臺現象出現，卻未必與科技有關；有許多西方文獻中未見諸討論的聚合現象，則在臺灣的報紙進行跨平臺中出現。由此來看，想要認識

臺灣的新聞聚合現象，實不宜採用與網路更為直接有關的聚合概念，而應尋找更合適的定義來解釋臺灣的聚合現象，將更為合適。

　　基於上述，本章企圖從聚合的概念切入，進一步檢視數位新聞時代來臨後，臺灣四家傳統報紙有關聚合的各種現象。本章以歷史最久的報紙新聞工作者為觀察視角與訪談對象，嘗試以臺灣四大報紙集團「旺旺中時集團」、「聯合報系集團」、「自由時報系集團」與「壹傳媒集團」為研究對象，初探不同報紙集團出現的新聞聚合現象。

第一節　新聞聚合與新聞品質

　　聚合必然與媒體有關，聚合常是指新媒體嵌入既有媒體與傳播產業的過程，因而也會以「媒體聚合」這個名詞來描述其中有關調適、合併與轉換的過程（Dwyer, 2010: 2）。在討論媒體聚合時，學者也開始注意新媒體與舊媒體結盟運作的問題。這個時候，傳統報紙一定被認為是舊媒體，但是因它而有的報紙網站具有數位特性，又會被認為是新媒體。克雷伊佩林與克瑞亞朵（Kraeplin & Criado, 2009: 19）兩人在檢視聚合新聞成長之時，就發現報紙一直是網站與電視聚合的夥伴。此外，根據莫林納（Molina, 1997）所言，數位媒體因為互動性、個人化，以及可不斷更新的特性，使得印刷報紙「一對多模式」（one-to-many model）受到動搖。但他還是注意到，這些報紙公司依然是數位內容的主要供應者。部分西方學者歸納新媒體和傳統媒體的關係可分為競爭、整合與補充三類，儘管新舊媒體相互依賴的關係互有差別，到目前為止，還沒有任何證據證明新媒體網站可取代舊

媒體（Neuberger & Nuerbergk, 2010; Phillips, 2010）。相反地，傳統媒體為了生存與發展，有不少媒體公司開始設法結合新媒體（Bowman & Willis, 2003），而展開跨媒體的新聞聚合策略。數位化使得報紙記者可以使用不同媒體進行報導；而在討論新聞聚合時，更發現傳統報紙往往是聚合的發動者。

　　在傳播科技進步的數位時代，新舊媒體聚合的情形非常普遍。但如果追問，為什麼要聚合？就可從其目的了解該媒體採用的策略。有的學者指出，因為生活方式是區隔的，所以新聞的閱聽眾也是區隔的，在這種情形下，聚合是指每天在不同時間、用不同的形式提供新聞給閱聽眾，以便回應閱聽眾生活方式的改變（Kolodzy, 2006: 11-12）。雖然聚合的原因是為了解不同媒體間如何相互結合，但更有學者指出聚合之所以在此時受到大量使用，是因為討論重點是在於如何獲利（Gordon, 2003: 59-60）。然而，促進新聞聚合固然可以促使消費者透過不同媒體取徑，以接觸到類似的訊息，但是媒體集團發動新聞聚合的原動力仍在於經濟考量。

　　在新聞聚合現象出現後，數位時代記者的工作模式立刻受到影響，強調多技能的背包記者將愈來愈普遍；新聞記者必須具備一定的電腦素養才可能從事新聞工作。在媒體聚合的數位新聞時代中，一個人工作的形式（one-person news crews）愈來愈常見，而且在無法顧及新聞品質的情形下，就得生產影音新聞（Pavlik, 2001: 8），工作量多是呈增加的趨勢發展。新聞聚合時代對新聞記者的角色定位差異也極大。也有學者認為記者最主要的責任就是寫作與報導，新科技可能讓記者分心（Kawamoto, 2003）。費納肯恩（Finucane, 2006）提出當代新聞記者的三大標準。他認

為，首先，好的寫作與編輯技能還是基本的；其次，不管是何種平臺，內容一定要做到告知、有趣以及經得起檢驗；最後，無論在今日或是未來，保持彈性（flexibility）均是新聞室的求生關鍵。而赫爾斯特與特瑞德威爾（Hirst & Treadwell, 2011: 457）在探討紐西蘭的新聞教育時也談到，聚合的技術包括數位說故事的技巧、網路設計、拍照與攝影技巧都是基本的技能。但是也有學者認為在有關記者專業性要求中，好的寫作能力還是最重要的；也有多媒體公司表示他們最想找到有好奇心的人，多媒體生產只是居於次位的能力要求而已。

　　雖然聚合意義多元，但臺灣的四大報紙媒體所處的集團，卻均擁有其他媒體與事業，因而聚合也與所有權有關，因此出現許多不同的聚合現象。本章採取葛登（Gordon, 2003）特別關注媒體所有權的聚合觀點，進一步討論臺灣四大報紙的聚合策略；並試著從中探討在獲利前提下，新聞品質受影響的情形。本章主要是想研究臺灣傳統報紙發生在21世紀的相關新聞聚合現象。臺灣四家主要報紙分別是《自由時報》、《聯合報》、《中國時報》、《蘋果日報》，前三家報紙是家族經營，第四家原為香港上市公司，壹傳媒所有權本可能於2012年10月以175億臺幣賣給前中信金副董事長辜仲諒與台塑集團總裁王文淵，現在又由黎智英自行經營。這四家媒體集團一方面延續傳統報紙的經營，一方面亦開發網路，並各自展開不同形式的新聞聚合現象。

　　由於這四個媒體集團都是以報紙為主向外擴展，本章因而從報紙工作者的觀察為主，在2011年四大媒體集團開始進行聚合時間為研究期間。本章受訪者均為報紙的新聞主管，或是新聞工作者。主管階層者均與集團高層有極深的互動，年輕記者則均實際

涉及聚合相關問題。受訪者有的在新聞部門，有的在言論部門。因而不但是新聞聚合的參與者，也是最佳見證者。本章研究採用深度訪談法，以了解臺灣四家傳統媒體所經歷的聚合過程。本章共訪問來自臺灣四家傳統媒體共十名新聞工作者（表1），受訪者來源是採邀請與滾雪球兩個方法進行，並在受訪對象中，儘量兼顧新聞主管與一般記者等不同背景。

　　本章的問題意識包括：臺灣新聞媒體出現何種不同的聚合現象？新聞聚合的過程為何？媒體公司強化新聞聚合的目的為何？聚合現象出現後，對於既有的新聞思想以及記者採訪方式有何影響？上述問題意識，將透過深度訪談以獲得真相。

表1：受訪者資料一覽表

受訪者	服務媒體	工作年資	受訪時間
受訪者A	中國時報編輯部高階新聞主管	二十年以上	2011. 8. 26.
受訪者J	中國時報編輯部資深新聞主管	二十年以上	2011. 11. 23.
受訪者B	聯合報編輯部高階新聞主管	二十年以上	2011. 9. 9.
受訪者C	聯合報編輯部影音記者	一年以上	2011.10.2.
受訪者H	前聯合報編輯部中階新聞主管	十年以上	2011.11.17.
受訪者D	蘋果日報編輯部中階新聞主管	十五年以上	2011.9.29.
受訪者E	蘋果日報編輯部中階新聞主管	十五年以上	2011.10.4.
受訪者F	蘋果日報編輯部記者	五年以上	2011.10.7.
受訪者G	自由時報編輯部高階新聞主管	二十年以上	2011.9.30.
受訪者I	自由時報編輯部中階新聞主管	十年以上	2011.11.21.

　　本章透過深度訪談發現，臺灣媒體集團雖已發展數位網路，迎接新一波的新聞媒體轉型，然而現階段，報紙在新聞聚合過程

中，依然扮演著不可或缺的角色。以致臺灣所形成的新聞聚合現象，與西方的媒體發展進程並不相同。本論文歸納相關現象如下：

第二節　新聞聚合由市場主導，網路角色消極

　　雖然數位化時代宣告報紙將會消失的警訊，然而臺灣四家新聞集團的新聞運作，與國外新聞聚合並不相同。國外的新聞聚合多由網路主導，並提出「數位第一」的概念。最好的新聞、獨家新聞，都已經是在網路首先出現，接著才印在報紙上。即使是網路免費的報紙如英國《衛報》也是如此。所謂「數位第一」，即是所有新聞、包括獨家新聞在內，都是首先在網站刊登，其次才是報紙，但臺灣卻一直未出現這類的聚合情形。《聯合報》新聞主管B就說：

　　綠營林萬億鬧緋聞的報導，《聯合報》做得很大。市場很現實，我們賣報紙是要賣給我們的讀者群，我們明白他們偏藍的特質，這是現實，由此可知主力競爭並不是在新科技，而是報紙。傳統媒體還是我們的本，對我們集團來講，三個報紙媒體還是報社最主要基礎。不僅目前財務主要來源是報紙，如果沒有傳統報紙提供內容，網路登什麼？（作者訪問，訪問時間為2011年9月9日）

　　由以上可以明白，臺灣的報紙產業還是著眼於市場的特定讀者，也是媒體集團的主要來源，因而國內報紙依然把競爭重心放在報紙上，網路並不是主要的競爭平臺。不僅聯合報系如此，《自

由時報》也出現相同看法。《自由時報》資深記者、受訪者I說：

> 我們老闆林榮三曾說，網路新聞不要錢，如果新聞都登在
> 網路上，還有誰願意花錢買報紙？所以他對發展網路沒有興
> 趣。而且，因為政治立場偏藍的讀者有《中國時報》、《聯
> 合報》兩報在競爭，但綠色的這一塊卻都是《自由時報》
> 的，所以《自由時報》不會放棄報紙的經營。（作者訪問，
> 訪問時間為2011年11月21日）

　　以報紙領導聚合在《中國時報》也非常明顯。《中國時報》
過去是獨立的編輯運作，自從旺旺集團入主後，《中時》自2011
年初開始與中視、中天等集團內的媒體新聞主管，一同召開跨媒
體的新聞會議；這個聚合機制是由總管理處發動，每天晚上六點
時，集團內所有媒體主管會有一個電話會議，董事長蔡衍明也會
參加。會中由各媒體報告當天會處理的重大新聞，《中時》、《工
商》、《旺報》、中天、中視陸續報告，最後加上《時報週刊》，
就是沒有網路部門人員參與，可見網路在中時並不被認為是個媒
體，只是個放置集團所有新聞訊息的平臺而已。旺旺中時集團無
論報紙與電視，均有獨立的人力編制，但當旺旺中時報系試圖藉
著集團內的媒體內容發揮影響力時，報紙往往扮演著議題操作的
首要角色。《中國時報》高階主管A提到：

> 日前雙英的ECFA辯論，就是報紙帶頭操作出來的。馬英九
> 與蔡英文雙方原先都沒說要辯論，但是《時報》覺得這個問
> 題很重要，就在報紙評論施壓。當《中國時報》預備要主導

議題時，我們先在報紙上寫，集團內的電視臺可以配合操作
談話性節目，網路上也會設置討論區，我們還做民調。這樣
報紙炒、電視炒、網路炒，三、兩天這議題就真的起來了。
但發動第一槍的，都是報紙。（作者訪問，訪問時間為2011
年8月26日）

本研究發現，雖然媒體擁有者為了達到聚合效應，會要求媒
體間進行跨媒體合作，執行起來其實非常困難。尤其長期來報紙
一直是新聞界的龍頭，也是最主要的新聞供應者，並因此賺取廣
告費用。但因為報紙的速度比不上網路，自然讓報紙失去速度的
優勢。《聯合報》高階新聞主管B總結說：

國外的報紙獲得獨家新聞，因為要吸引讀者，一定是先給網
路播，第二天報紙再告訴你更詳細的內容。《紐約時報》就
是這樣，每天早上，總編輯會先開會決定當天的網路頭條，
然後再想網路上的《紐約時報》要做什麼新聞。過程中都是
以網路新聞的經營為主。而對我們來說，當《聯合報》獲得
獨家新聞，究竟要不要給網路先播，對我們來說真的很掙
扎。（作者訪問，訪問時間為2011年9月9日）

由以上可以明白，儘管國內媒體已注意到跨媒體的聚合現
象，但因為國內新聞媒體認為網路為免費，無助於市場的獲利，
因而並未賦予網路扮演聚合的火車頭角色，以致臺灣新聞實務界
一直未能出現由網路領頭的新聞聚合模式。網路只是整合報紙已
經刊載的新聞，正是巴茨苛瓦斯基（Boczkowski, 2004）三種模

式中的複製模式而已。因為這樣，報紙還是各媒體集團的龍頭，數位媒體只是後端的資訊整合平臺，根本不可能發揮積極的作用。由此也可以明白，臺灣媒體集團的新聞聚合，其實還沒有真正做到數位化。

第三節　新聞聚合不是合作，而是競爭

　　雖說臺灣還沒有出現真正的新聞聚合，但還是可以看到集團內的不同媒體不斷互動，這類跨媒體運作可以增加媒體集團收益，集團內的不同媒體間，還是有一定的新聞共享情形。臺灣四大報紙集團在聚合策略上，多是以報紙的聚合為主要考量。在有關報紙公司的媒體聚合策略上，艾普爾葛蘭（Applegren, 2008: 53-59）將之分成三類。分別是：一、是為生產影像的聚合策略；二、計畫成立電子報的聚合策略；三、從使用者角度提供數位聚合的報紙服務。她同時也指出，很多報紙均嘗試在編輯部門設立中央新聞室（central news desk），來供應所有的通路所需的內容。臺灣的情形也類似，像是《自由時報》會與同一集團的《臺北時報》共享新聞，再將新聞放在自由時報網站中；《蘋果日報》也會提供稿單給壹電視、《爽報》。但艾普爾葛蘭（Applegren, 2008）所列舉的報紙聚合策略，卻可能忽略媒體內部無法消除的相互競爭關係。《蘋果日報》記者F說：

> 我們公司內部感覺比較像是競爭，因為內部沒有訊息交換機制，變成我們有時候還要監看壹電視做了什麼內容。一早壹電視要參考日報的新聞，等晚一點他們有自己的消息時，我們就要關注壹電視午間或是晚間的報導。同樣，我們跟《壹

週刊》也是競爭關係，兩邊訊息是沒有互相流通的。照片資源雖可以共享，但新聞內容在出刊以前，兩方是互相不知道的，我們都是等他們出刊了，才知道發生什麼事。（作者訪問，訪問時間為2011年10月7日）

聯合報系於2009年成立影音事業部，並招募新進人員提供影音新聞，同時要求現有記者製作影音新聞（udn TV於2013年8月於MOD開臺上架，並於2016年7月1日下架），可見聯合報系相當側重於影音新聞的跨媒體產製。由於聯合報政策性投資發展影音，也使得傳統報紙部門與影音部門間，發生矛盾現象。聯合新聞網影音記者C說：

報社內有的文字記者頗支持影音，也很配合；但有的記者明顯覺得影音是多餘的，對我們的要求都會覺得不耐煩。他們只要求影音部照他們的採訪方向來製作，我都快覺得自己像是傳播公司、不是記者了。可是請他們讓我們看文稿，他們又不太願意，覺得那是他們的東西。我覺得很奇怪，大家同屬一家報社，為什麼要這樣？我明明在報社，但報社記者對我並不友善，有些記者很討厭影音部的人。例如在一個新聞場合，我自我介紹是影音部同事，對方竟說：「欸？你來了我就不能發影音嗎？」會覺得他的配額被搶走了。（作者訪問，訪問時間為2011年10月2日）

此外，旺旺中時媒體集團擁有報紙、電視等多媒體，但是歷史最久的《中國時報》不但不會把他們的獨家新聞先放在網路

上，更擔心總管理處發動的跨媒體聚合，會使報紙喪失優勢。也會參加這項會議的《中國時報》高階新聞主管A說：

> 如果報社正在醞釀比較爆炸的新聞，報社主管不會在電話會議中講明。因為曾經發生好幾次，時報主管在開會時聊一聊《中時》打算做的新聞，中天主管在一邊聽到，馬上就撥電話，電視那邊就先處理了。所以，時報有些重要新聞就不會在電話會議中報告。雖然老闆是要求集團內各媒體不要分彼此，可是要媒體沒有本位是不可能的。這是我的記者辛苦跑來的新聞，怎麼可以就被別人拿去？（作者訪問，訪問時間為2011年8月26日）

另一新聞集團自由時報系集團相較其他三家，擁有的媒體數量雖較少，但《自由時報》發動的新聞聚合現象，則是表現在新聞媒體與其他非媒體產業的聚合上。由於報紙具有相當的言論影響力，《自由時報》會特別強化報紙與其他事業的聚合。《自由時報》高階新聞主管G指出：

> 《自由時報》的相關企業有聯邦銀行、房地產、YES123人力銀行。因為有報紙，金管會就不敢隨便來查。聯邦銀行在臺灣的金融機構不具代表性，在其他媒體的能見度都較低，可是在《自由時報》往往可以得到一定的版面，甚至於不大的活動也可以見報。又如聯邦銀行有時候會被別家媒體負面報導，別家報紙不會幫忙澄清，還會落井下石，這時《自由時報》就會給自己發個正面回應。媒體的政治的影響力，報紙

的力量還是比電視扎實。（作者訪問，訪問時間為2011年9月30日）

　　換言之，由於臺灣的報紙集團均是以獲利觀點來追求聚合，各個媒體自然會放大經濟效益的重要性，而出現對新聞聚合無益的相關現象。值得提出的是，聚合過程產生集團內部的競爭或是無法合作的情形，這些負面效應在現有的聚合理論的探討中，其實相當受到忽略。而媒體與其他非媒體的聚合，也只是利用媒體來獲取集團的利益，可見聚合均與利益脫不了關係。

第四節　聚合有助於集團獲得政商利益

　　由訪談結果可知，媒體聚合的效應並非只是在媒體上，更多的是媒體的政治利益與商業利益，使得報紙重新找回在媒體中的角色地位，當報紙將各個不同媒體整合在一起後，反而可以為媒體經營者帶來更大的政商權力。臺灣的媒體擁有者均明白報紙是他們能夠握有政治影響力的主因，因而不論報紙是否是賺錢的主要事業，卻還是各大新聞集團中最重要的媒體。在傳統新聞價值中，新聞的重要性可由新聞的即時性（timeless）、顯著性（prominence）、鄰近性（proximity）及預期效果（probable consequence）來判斷（Mott, 2006）。但本章研究發現，在各家新聞集團採取不同的聚合模式後，並不會以新聞的重要與否做為新聞的判斷標準，以致新聞品質自然會受到某種程度的影響。目前臺灣報紙媒體經常舉辦大型活動，並靠著集團內相關企業媒體的強力宣傳來獲利，對於報紙的言論力量均產生極大的負面影響。《中國時報》高階主管A便說：

　　集團內的活動一定會擠掉一些新聞，現在所有報紙都會辦活
動，這邊在辦清明上河圖、富春山居圖；那邊在辦埃及文物
展，或是畢卡索展……，每次報紙都會用至少二分之一的版
面來報導。這種新聞已經跟業務結合，它只是集團內部認為
的新聞，並不是一般人界定的新聞。現在我們判斷「什麼是
新聞」的準則變了，原本最主要應是以專業來判斷這是不是
好新聞，可是因為集團化又多了另一個準則，即是集團內部
的活動就要大幅報導。（作者訪問，訪問時間為2011年8月
26日）

　　由《中時》與《自由》的兩個訪談可知，臺灣的報紙集團不
但可以設定新聞議題，更可藉此擴大媒體的政治與商業勢力。可
見報紙帶動聚合的結果會使集團內的新聞內容跟著轉變。《中國
時報》資深主管A又說：

　　以前時報記者要知道老闆跟哪些政治人物關係好，現在變成
要了解老闆背後的商業網絡。旺旺是上市公司，又是食品業
者，老闆還會做一些轉投資，造成新聞記者要有足夠的敏
感。另外也涉及老闆個人。比方郭台銘的富士康跳樓事件發
生好一陣子，老闆原本交代不要批判他們。可是有一天時報
把有人罵富士康的意見報導出來，郭台銘還直接在記者面前
修理《中國時報》。這一修理把老闆惹火了，他馬上發動集
團總攻擊，從報紙到電視、從言論到新聞，全面修理、全面
批判，立場一下子轉變。（作者訪問，訪問時間為2011年8
月26日）

以中時媒體集團所指出的郭台銘報導案例內幕可知，當中時集團發動跨媒體的新聞整合時，目的均在於媒體擁有者政商關係的考量，包括報紙、電視、網路的跨媒體新聞聚合現象因此產生。又以2012年中時因為併購中嘉有線而引發臺灣學者黃國昌等到NCC抗議，旺旺中時集團立刻動員《中國時報》、《時報週刊》、中天、中視等電視媒體，對黃國昌展開猛烈攻擊，因而引發社會反彈，並以街頭社會運動形式，對旺旺中時集團表達抗議（蘋果日報電子報，2012）。此一現象也立即獲得壹傳媒集團動員旗下《蘋果日報》、《壹週刊》、壹電視等媒體，聯手進行相關報導，因而兩個與集團利益有關的新聞聚合現象同時發生。根據《中時》統計，《蘋果日報》自2012年元月起，報導旺中案已有400則全屬負面的報導，並且大篇幅指射中時集團製造假新聞（中時電子報，2012）。由此可知，臺灣幾個媒體集團所發展出的跨媒體新聞聚合現象，都是以集團的經濟利益為主要考量，而非因為數位時代的傳播科技而導致。集團老闆的政商利益還是決定新聞內容非常主要的力量。換言之，經濟與意識型態仍是決定新聞內容的關鍵因素。在這方面，《自由時報》受訪者也提出相似現象。《自由時報》新聞主管G指出：

> 對《中時》跟《自由》兩個老闆來說，他們主要賺錢的產業不是媒體，他們認為報紙還是值得去做，是因為報紙帶給他們的政商利益，遠大於報紙的虧損。他們如果沒有媒體，就只是赤裸裸的生意人。媒體使他們不只是一個商人而已，而是一個有武器的人。《自由時報》的其他事業就是金融跟建設，房地產更是不能外移到大陸的內需產業，所以在媒體主

張就會強調本土。如果錢都留在臺灣，大家都在臺灣投資，房地產就會漲，他就能賺錢。《中國時報》老闆的事業跟《自由時報》幾乎完全相反。蔡衍明老闆主要是在大陸成功的，他成功後不可能搬回來，所以《中國時報》就會變成倒向大陸的媒體。（作者訪問，訪問時間為 2011 年 9 月 30 日）

由以上訪談結果可知，新聞聚合的效應更多是著眼於媒體的政治利益與商業利益，報紙能夠提供的新聞影響力，則成為臺灣媒體集團跨媒體整合的主要領導者。當報紙將各個不同媒體整合在一起後，目的在於為媒體經營者帶來更大的政商權力。臺灣的媒體擁有者均明白報紙是他們能夠握有政治影響力的主因，因而即使報紙目前並不是賺錢的主要事業，卻還是各新聞集團中最重要的媒體。

第五節　記者多技能，新聞能力反而弱化

艾爾道（Erdal, 2011: 219-220）曾在他的研究中提到幾個不同形式的跨平臺合作模式為：一、單一記者為多平臺提供新聞；二、記者因應不同平臺創新內容；三、不同媒體與平臺記者共享內容與合作；四、跨媒體記者為不同平臺進行新聞合作。在臺灣四大報紙中，四種情形都出現過，各報卻出現不同的情形，但幾乎每家報社記者都必須為報紙、網路等不同媒體供應稿件。路線記者還須以短訊方式，即時發到網路中，以增加新聞的影響力；現在更要求短訊須具備吸睛的點閱率。

較不同的是，聯合報系的記者不但要發文字稿，還要發影音稿，因而引起「聯合報產業工會」出刊抱怨（聯工月刊，2010 年

11月30日）。《聯合報》內部也在思考，未來記者該具備的能力究竟是什麼。《聯合報》高階新聞主管B說：

> 我們從2010年一月開始要求記者具備製作影音新聞的能力，就是把記者找回來，訓練他們製作一分半的影音新聞。但是年輕記者整合與詮釋訊息的能力，卻一直缺乏早年記者曾有的訓練。我以前每天耗很多時間跟採訪對象磨，可能兩、三天都沒有一則新聞，主管也不會覺得怎麼樣。可是現在人力精簡，工作量又增加，已經沒有多餘時間培養和傳承記者的採訪經驗，年輕記者也沒有時間學習怎樣做一個好記者、怎樣寫特稿、怎麼觀察、採訪等。我認為這才是核心競爭力，可是這樣的核心競爭力正在流失當中。（作者訪問，訪問時間為2011年9月9日）

媒體記者一方面對數位時代表示肯定，另方面也出現負面意見。這種情形就像艾普爾葛蘭（Applegren, 2008: 4）認為，聚合的相反即是分歧（divergence），這兩個概念其實是緊密相連的。當科技聚合時，一方面會創造新的發行通路，從使用者觀點而言，也會經歷資訊的分歧。《聯合報》新世代記者C說：

> 臉書可以算是新科技嗎？現在媒體常常會在臉書上找馬英九講了什麼，譬如馬英九說到他與太太周美青認識多久，然後就可以做成一條新聞。我以前認為只有有線電視臺才會做這種事，應該只有電視新聞才會這麼無聊。但我發現報社新聞現在也常搞這些東西，可能是因為新媒體帶來的方便吧！我

本來也使用推特，但是一天醒來，發現手機中的訊息多得不
得了，很多都是無用的訊息，我乾脆全刪了。（作者訪問，
訪問時間為2011年10月2日）

派福里克（Pavlik, 2001）之所以強調新媒體正在改變新聞，
是因為新媒體可以提供更便宜、更快速的工具，使記者可以跟上
截稿時間。但這樣一來，也取代記者過去穿鞋子跑新聞的傳統。
壹傳媒為了增加電視新聞的製作能力，便在網路上製作動新聞，
多數是以社會新聞為主，這類動新聞其實是由真人模仿新聞人物而
來，卻也逐漸累積基本觀眾群。一名負責動新聞製作的記者E說：

動新聞以社會新聞較為討喜，每天約有一大半的新聞都是社
會新聞。動新聞會請演員先演一次，我們裡面有很多穿潛水
衣的人，他們身上會黏很多感光用的螢光點，假設動畫中需
要有人打架的畫面，就會有真人做那些動作，動畫師再根據
螢光點模擬畫出來。動新聞已經培養出基本觀眾，他們也習
慣這種報導方式。如果我們的配音太嚴肅，還會被網友罵，
他們會說：「這是動新聞，輕鬆一點嘛！」（作者訪問，訪問
時間為2011年10月4日）

同時，由於動新聞已成為壹傳媒重要的新聞類目，因而集團
內會動用更多人去進行。而當集團內因為合作而逐漸模糊媒體界
線時，新聞記者的工作量反而增加。《蘋果日報》中階主管D談
到：

動新聞除了動漫的部分外，還需要類似電視的影像攝影，這
個部分要求的量很大，直接影響最多就是原來的攝影部門。
攝影部門最早只做平面攝影，現在還要拍影音，現場的文字
記者就要去幫他們拿麥克風等等。《爽報》最早就是自己的
人力改寫，現在因為需求量愈來愈多，使得《蘋果日報》記
者有時候同一個新聞得要寫兩種版本，要先寫短的版本給免
費的《爽報》用，後寫正式版給《蘋果日報》用。（作者訪
問，訪問時間為2011年9月29日）

另外，由於媒體聚合的目的在於尋找最多數的觀眾，因而在
新聞產製時，常為了爭取不同的閱聽眾，而採取不同的新聞製作
方式。一名《聯合報》離職記者H提到臺灣報業的整體現象時，
他這麼說：

現在臺灣已成為全民爆料，很多新生代、中生代記者，都會
到網路上跑新聞。民眾都知道記者會上來看，還會公開叫記
者來抄。一些公家單位因為明白記者的心態，於是也會找一
些年輕人上網發訊息，就等著記者來抄。這讓我開始懷疑數
位匯流的價值，當媒體的閱聽眾也身在數位匯流中，我不知
道是媒體記者帶著觀眾進行數位匯流、還是閱聽眾帶著媒體
進行數位匯流？（作者訪問，訪問時間為2011年11月17日）

這名《聯合報》離職記者說明了新聞聚合其實存在受制於閱
聽眾影響的現象。從以上可知，表現在網路上的新聞聚合雖可帶
來更多形式的新聞內容，像是影音新聞、動新聞均是，但是卻使

得好新聞、好記者的定義形成動搖；而且還可以發現媒體內容受
閱聽眾的影響愈來愈大，這可說明媒體集團進行新聞聚合的目的
其實是為了擴大閱聽眾，目的並不在於提升新聞品質；而在新聞
聚合時代來臨後，雖然記者有更多機會跨媒體進行新聞報導，但
似乎只是加重了記者工作分量，並沒有提升記者更多生產好新聞
的機會。

　　除了報紙會靠著舉辦大型活動以獲利外，目前所有媒體都感
受到爭取閱聽人的壓力，以致即使數位時代可以藉著進步的傳播
科技很快獲得訊息，但因為閱聽眾已經明顯區隔化，報紙集團才
不得不聚合（Kolodzy, 2006: 11-14）。《聯合報》一名新記者對此
就感到非常困惑，因為在數位媒體時代，最受歡迎的還是羶色腥
新聞。受訪者C說：

> 我以前都是看電視新聞，進入媒體之後我才開始看報紙。我
> 覺得報紙還是比較負責任，資訊也比較豐富扎實，電視新聞
> 會覺得做錯了沒關係。可是現在我不知道什麼叫作正確的報
> 導，報社頭條的決定標準讓我很莫名其妙。譬如之前有好幾
> 天的頭條新聞是蕭美琴、陳瑩、許建國三個立委的三角戀，
> 我很奇怪為什麼這個是頭條？24小時新聞臺一直報這個三
> 角戀，我們也連做了三、四則，占了相當的比重。我不知
> 道我還可不可以理直氣壯地說我是一個記者，這對我來說是
> 一個滿遺憾的事情。（作者訪問，訪問時間為2011年 10 月 2
> 日）

　　又以動新聞為例，壹傳媒的動新聞雖然獲得了一定的觀眾青

睞，也成為壹電視、網路與報紙拉抬的重點，卻未必獲得內部記者的認同。一名《蘋果日報》記者F說：

> 我覺得好新聞、好記者的定義，從過去到現在並沒有什麼改變。我不可能認為動新聞的「補教人生」是好新聞。「好新聞」跟「好看的新聞」不見得會一樣。我也覺得補教人生很好笑，它掛在網路上，我就會點開來看，這是我會做的事。但若要我評斷它的內容是好或是壞，我會說那是沒有價值的新聞。（作者訪問，訪問時間為2011年10月7日）

綜合上述不同報紙工作者的談話可知，聚合造成新聞品質下降，新媒體藉著聚合的廣泛使用，報紙的影響力正在下降。由以上分析可知，新聞工作者認為數位時代需要的已不是新聞的深度與完整性。新聞速度須比以前更快，以便提供話題。雖然剛特（Gunter, 2003）認為數位媒體可提供空間，允許新聞以更創新與有趣的形式呈現，但是也有負面評價認為速度與空間使得新聞變得愈快愈薄（speed it up and spread it thin）。傳統新聞備受批評的新聞小報化現象（Kitch, 2009），在數位時代一樣未因新聞聚合而有所改變。而且，新聞記者工作必須愈來愈快速，才能符合新聞機構的需要，以致記者扮演機器駭客（robohacks）與抄聞（churnalism）的機會，更多於做一名記者與編輯的工作了（Fenton, 2010: 7）。傳統新聞價值中推崇的如優質新聞如調查報導，在數位時代可能更難出現了（Peters, 2010）。

330 新聞，在轉捩點上：數位時代的新聞轉型與聚合

第六節　臺灣報業的新聞聚合，無助於提升新聞品質

本章嘗試從聚合角度，討論臺灣傳統報紙進行新聞聚合時，對新聞產生的影響。本章一開始即嘗試釐清聚合意涵，發現聚合被視為是數位科技的代名詞；可以保持新聞價值，並可提高新聞在社會中的重要性，更是新聞媒體在數位時代的新挑戰（Beckett, 2008; Fidler, 1997; Sundet, 2007）。但實際檢視臺灣案例時卻發現，臺灣媒體集團在進行聚合時，科技在其中擔負的角色卻較小。本章特別想指出，目前臺灣的新聞聚合現象並非由數位化科技主導，也非因新聞的多元化而聚合，而是因應報紙集團的現實需求，形成臺灣的新聞聚合現象。

首先，本章發現，臺灣的傳統報紙在數位時代的新聞聚合中，實扮演著非常重要的角色，雖然可以發揮媒體議題設定的正向功能，卻也可能因為媒體的商業本質以及獲利特性，使得新聞聚合更大成分是在於獲取政商利益。本章亦想指出，新聞聚合原意固然在於強調媒體的跨平臺的經營，可讓閱聽眾有更多機會接觸到新聞；但是本章研究臺灣四家報紙的新聞聚合策略卻發現，媒體擁有者反而是利用跨媒體的新聞聚合進行政商利益的競逐，已經偏離新聞考量。因為新聞聚合明顯以追求利潤為主要考量，以致在其中引發若干問題。帕恩赫斯特（Barnhurst, 2010: 564）研究報紙網路化過程後，也發現網路化是報紙為增加獲利的手段，目的並不在於提升新聞或是公共事務。正因為如此，臺灣媒體集團所謂的新聞聚合，其實非常接近克樓迪茲（Kolodzy, 2006: 4）所謂的：「新聞聚合指的是利用各種不同媒體，以達到多元的閱聽眾。」這時，新聞品質一事並未被納入考慮。

　　其次，本章亦指出，媒體聚合對於記者的工作習慣與形式造成極大轉變，聚合形成媒體多技能的工作需求，既要會採訪、文字寫作、也要熟悉影音製作，多媒體操作將成為數位時代新聞記者的新要求。這固然是時勢所趨，但本章也認為報紙集團在進行跨媒體的新聞聚合時，因為著重新媒體技能的技巧，反而忽略提供新聞記者深耕新聞議題的機會，也無暇進行更多新聞來源的探索。如果這樣的現象不能改善，對於臺灣的新聞品質，必然是一大傷害。

　　以致，本章發現，臺灣的新聞媒體的內容品質並沒有因為聚合而提高，反而出現下降的現象。傳統媒體中常見的羶色腥、或是媒體為自身利益而展開的新聞控制並沒有減少，數位時代跨媒體、多元的新聞聚合現象，反倒增加媒體擁有者的政商影響力。由此來看，數位時代認為因為新聞聚合有助於新聞發展的說法，非常值得商榷。新聞媒體的新聞品質，原本被市民社會視為是民主資產（Schudson, 2008），但商品化的市場驅力已經使得新聞本質發生改變。換言之，聚合並無助於新聞品質的改善。

　　最後，本章研究發現，聚合使得媒體集團握有更高的議題操作權，聚合現象對報紙產業帶來最大影響的，其實不是科技，也不是更多功能的網路平臺，而是因聚合帶來商業導向的媒體發展趨勢，才是傷害新聞品質的主要原因。如何透過法律、政策加以防範、減少惡化，也是本章想提醒的。一如弗里德曼（Freedman, 2010: 50）從政治經濟學的觀點分析認為，市場邏輯壓過新聞邏輯，才是最關鍵的因素所在。然而，媒體科技與聚合現象不斷變化，其實很難有效借用外力使之減緩當中的負面現象。例如最早關心聚合的美國學者普耳（Ithiel de Sola Pool）極為關切管制聚

合（regulatory convergence）一事，認為相關管制應隨著生產與消費而來。以美國為例，美國政府雖然看到媒體提供同樣的服務，卻還是使用不同的法令來進行管理，一直沒有統一的管理架構（Drucker & Gumpert, 2010: 5），以致很難形成遏止負面效應的有效力量。以臺灣的新聞聚合現象來看，有關生產與消費等應有的適當因應機制，一樣付之闕如，負面現象目前也很難有效防止。

由此來看，聚合是媒體老闆認為可能獲利的時尚產物；新聞媒體集團實驗不同策略的聚合形式，理應在跨媒體形成更大能見度的前提下，提供更高品質的新聞。令人遺憾的是，臺灣四大新聞集團現階段的新聞聚合，雖可為投資者帶來好處，卻無益於新聞品質的提升。當媒體集團高唱聚合時，公民社會更應注意新聞內容，究竟發生了什麼變化。同時，媒體所發動的新聞聚合一方面說明媒體界線的模糊，卻也提示跨媒體時代的來臨。本章因此認為，數位時代應該增加科技運用的機會，使得新聞聚合能有更多正向力量發生；同時，新聞聚合期待記者具有跨媒體生產新聞的能力，但新聞專業義理與新聞意義的逐漸淡化，還是新聞媒體產業最需要深思的。

在本章完成臺灣平面報紙媒體的聚合訪問後，接著就要進入國內電視的聚合進行研究。第十一章將探討電視媒體如何近用新媒體，即使是數位時代才出現的新聞現象，結果卻令人擔憂。

第十一章

為什麼聚合

臺灣電視轉借新媒體研究

　　新媒體時代來臨，人類的傳播行為幾乎重新翻動。因為新媒體易於使用且形式多元，一般民眾很容易就能上傳文字、影音等訊息到網路世界；大量的人際溝通、言論廣場紛紛出現在新媒體連接形成的網絡空間中，甚至在社會案件中扮演特定角色。像是2012 年受到媒體大肆炒作的影劇人士毆打司機案，就是因為目擊司機提供行車記錄器拍下的關鍵影帶，方有助於真相的釐清（蕭承訓、林偉信、陳志賢與林郁平，2012年2月9日），行車記錄器拍下的內容也立刻受到電視新聞強力放送。這種案例在臺灣並不是第一次，2011 年新北市發生救護車出勤途中，卻遇到小客車駕駛擋路、比中指、還急踩煞車事件，導致救護車內人仰馬翻，垂危老婦不治身亡。所有過程全部被救護車的行車記錄器拍下並上傳到YouTube上。網友們展開人肉搜索，找出惡擋車號蕭姓學生的真實身分，此一新聞甚至造成行車記錄器熱賣（劉榮，2011年1月5日）。

　　除了行車記錄器之外，安裝在室內、室外、甚至是公車上的監視器，也可提供代表真實的素材。基隆市長張通榮到派出所咆哮拍桌關說，值班檯後方的監視器全程錄下，張通榮才因此依妨害公務起訴（社會中心，2012年10月9日）。為解決治安問題，警方會將涉及公共安全議題的相關影帶提交電視播送，以便媒體協助破案。一般民眾也可以將自行拍到的畫面上傳到 YouTube 等網路上。值此數位網路時代，民眾實扮演著更為積極的角色。若干社群媒體也提供了更多內容傳播的機會，這類藉用網路流傳的社交媒體，因為大量人潮集結，開始受到傳統媒體重視，甚至成為傳統媒體的重要新聞來源（Burgess & Green, 2009）。

　　加上數位時代的影音新聞愈來愈普遍，因為這樣，流行的

新媒體愈來愈受到傳統媒體關注。以 YouTube 為例，一開始一般臺灣民眾上網看 YouTube，可能是想看看新的音樂 MV，或是發現什麼好笑的短片。但是當 2009 年臺灣發生八八水災時，民眾也會用手機拍下水流湍急的危險情況，並上傳 YouTube。此外，也曾有網友公布警察亂停車買檳榔的行徑；各類選舉候選人也紛紛在 YouTube 放上自己的行程或是宣傳活動。YouTube 等於鼓勵更多人成為明日的傳播者（Ying, 2007: 1）。這使得新聞記者不得不重視 YouTube 等新媒體傳送的訊息。2011 年 1 月發生「茉莉花革命」，突尼西亞民眾透過手機、推特及臉書等工具將訊息、照片及影片傳至國外。甚至，中國大陸也企圖利用推特等網絡，在各地展開「中國茉莉花革命」。中國當局也開始進行管控，中國最大的微博網站甚至禁止搜尋「茉莉花」一詞（林禾寧，2011 年 2 月 20 日）。

不可否認，新媒體也可能遭人錯誤使用。英國大城市相繼發生群眾滋事，《衛報》（*The Guardian*）看到手機短訊有人呼籲：「各路人馬一齊到倫敦牛津街搗蛋」、「所有人都去牛津街圓環集合，商店任你搗毀，東西任取。」（何鉅華，2011 年 8 月 12 日），手機成為集結鬧事的工具。中天新聞臺播出〈影片全面失控、瘋傳〉及〈劣！李宗瑞影片網路傳付費下載賺黑心錢〉兩則新聞，內容是以翻攝網路影片截圖為主，然而網路中流傳的這類相關影片已侵犯個人隱私的保護。以致國家通訊委員會（National Communications Commission, NCC）認為中天畫面雖已馬賽克處理，仍能辨認播出圖片為性行為相關內容，違反新聞報導節目畫面應符合「普」級規定，因而開罰 30 萬元（王鼎鈞，2012 年 10 月 9 日）。可見新媒體內容相當多元，端看如何選擇與運用。

上述正反並陳的案例正說明新媒體與新聞已有一定的連結關

係，無形中新媒體功能也有了調整。推特一開始原設定為朋友間
聯絡感情的工具，所以網頁上的問候語是：「你正在做什麼？」
（What are you doing?）；隨著新聞需求增加，推特把問候語換成
了：「發生什麼事？」（What's happening?），希望在第一時間
（the real time）把世界各地的消息提供給使用者，就連美國總統歐
巴馬大量使用推特，科技轉型使得推特成為獲得新聞訊息的媒體
之一（Talbot, 2010.02.23）。此外，臉書的發展也非常驚人，甚至
被稱為世界第三大國（Doctor, 2010 ／林麗冠譯，2010），重要新
聞人士也開始利用新媒體，中華民國總統馬英九有臉書，中央氣
象局氣象播報主任鄭明典、疾管局副局長施文儀、前行政院發言
人胡幼偉等，他們的臉書都曾經先後成為媒體新聞的報導素材。
既然新媒體世界裡到處都是新聞的供應者，已經成為傳統媒體的
消息來源管道之一。而且，新媒體科技以截然不同於傳統記者的
思惟方式推出各種資訊，在新鮮度上甚至比傳統新聞更吸引人
（Kawamoto, 2003: 2）。

　　然而，臺灣傳統電視新聞採用新媒體訊息進行報導的情形，
卻受到社會輿論的批評。國內的傳播學者也批評電視過度使用新
媒體內容，使得電視新聞只剩下娛樂功能，完全沒有領導輿論的
能力（生活中心，2011年8月14日）。由於國內輿論不斷質疑傳
統媒體過度使用新媒體內容等相關現象，以致國家通訊傳播委員
會於2011年12月8日邀集國內電視新聞經理級以上主管，參加
「線上新聞製播座談會」，會中並要求各家電視新聞單位訂定「線
上新聞製播規範」，以便自律。

　　「線上新聞」指的是內容來自網路、新媒體，並為傳統電視
報導的新聞。當電視新聞從業人員利用大眾媒體報導新媒體訊息

時，新媒體很快成為傳統媒體取材的主要來源。傳統媒體電視帶入新媒體內容時，便形成傳統媒體與新媒體結合的「新聞聚合」現象。這種情形正如同葛登（Gordon, 2003）所言，在21世紀開始，如果想要跟上有關科技、商業，或是新聞的發展，是不可能不觸及「聚合」這個概念的。本章關切的聚合指的即是傳統媒體電視與新媒體的聚合。這類情況在臺灣電視界日益普遍，卻一直缺乏系統性的深入研究。因而，本研究關心的是，新媒體內容好壞互見，傳統媒體（電視）究竟如何採用新媒體的訊息做為新聞報導題材？其選擇標準為何？是否足以反映新媒體的整體內容？還是出現落差？則是本研究亟欲觀察的課題。

　　傳統電視與新媒體結合，打破媒體界線進行新聞聚合，這種內容生產乃跨新、舊媒體產生，因聚合形成的影響就不只是內容而已，還涉及新聞組織的運作與新聞專業相關問題。艾爾道（Erdal, 2011）為了解跨媒體的聚合現象，於是透過新聞工作（news work）、新聞文本（news texts）兩個概念，從不同角度了解新聞組織有關聚合的策略與跨媒體的新聞聚合現象。本章亦企圖從電視新聞工作、電視新聞文本兩面相，釐清國內電視新聞組織如何再現新媒體新聞，以及新聞記者使用新媒體的工作情境。在新聞文本方面，本章主要透過內容分析法，了解電視新聞使用新媒體生產新聞的情形；本章以臺灣七家24小時有線新聞臺為研究對象，以兩個月的時間長期檢視電視新聞臺播送新媒體內容的情形，並就新聞訊息的公共性進行分析。本章是以2011年10月、11月兩個月每晚六點到八點的黃金新聞時段為觀察重點。在新聞工作者方面，本章透過深度訪談法深訪電視新聞主管與記者，以了解新聞工作者使用新媒體訊息產製電視新聞的動機與使

用策略。本章並嘗試在資料文本與深訪意見並陳的情況下，針對此一現象進行批判。

第一節 數位時代，新聞再定義

從媒體發展史的觀點來看，對於何謂「新聞」，一直有著不同的解釋。在媒體理論的探討中，麥克魯漢（McLuhan, 1964）首先提出「媒體就是訊息」（the medium is the message.）的名言，說明媒體具有定義新聞權的事實。麥克魯漢此一名言不但可以解釋兩百年來的大眾媒體的影響力，亦有助於說明數位時代社交媒體的文化生產行為（Levinson, 1999: 40）。以西方將近兩百年的新聞歷史來看，多是由主流媒體決定新聞的定義與內容。1830年以前的西方報紙不但非常昂貴，而且是以政黨資助為主要經費來源，內容也是以政治新聞為主，「客觀中立」的新聞理念在當時還未產生。隨後開始流行的大眾報紙則是以包含犯罪與人情趣味的內容為主，這時的政治新聞雖然並非完全被忽略，但基於經濟自主原則，政治新聞已變得較少涉及。直到1896年阿道夫奧克斯（Adolph Ochs）買下《紐約時報》時，提出「無懼或是無私地提供公正的新聞報導」（to give the news impartially, without fear or favor, regardless of party, sect or interests involved.），這些理念終於成為當代新聞最珍貴的遺產（Kovach & Rosenstiel, 2001: 53）。以報紙為主的媒體時代，新聞有了最初的定義。最為人所知的概念是：「適合刊登的就是新聞」（all the news that's fit to print）。同時為了與黃色新聞進行區隔，還提出「不會弄髒早餐桌布」（it does not soil the breakfast cloth）。這些說法均在於強調新聞的適當性（fitness）（Mott, 2006: 74）。寇瓦茨與羅森斯堤（Kovach &

Rosenstiel, 2001）在《 新聞的基本要素：新聞記者與大眾該知道與期待的》（*The Elements of Journalism: What News People Should Know and the Public Should Expect*）一書中，提到新聞的第一要素就是「真實」（to the truth），爾後又有「客觀性」（objectivity）的提出。雖然有關客觀性的爭辯存續至今，但是最後客觀性被解釋成記者「追求證據的透明過程」（a transparent approach to evidence）（Friend & Singer, 2007: 7-12）。客觀性的理念在 1990 年代中期開始動搖，新聞不再那麼強調客觀性，在網路互動傳播形成後，新聞開始被當成是一種「對話」（conversation）（同上引：13），而有了新的定義。

　　60餘年前，伊納斯（Harold A. Innis, 1951）就曾提醒，一旦換了時間或是空間任一因素，媒體就可能製造偏見（bias）；變動的媒體理論本身就是媒體發展歷史的一部分，如今數位媒體科技則又再度打開另一個媒體歷史的新紀元（Jensen, 2010: 65-66）。莫特（Mott, 2006: 74-75）也指出，新聞可能受到空間、是否適當報導，以及讀者是否有興趣等因素限制；加上編輯的集中控制與成見，也是限制新聞內容的主要因素。因此新聞也發展出各式定義，如「讀者想知道的就是新聞」（news is whatever your readers want to know about.）；或是「不會破壞品味或構成誹謗罪的就是新聞」（anything that enough people want to read is news, provided it does not violate the canons of good taste or the laws of libel.）；也有人認為讀者看了會說「天啊！」（gee whiz!）的就是新聞；而從編輯選稿的角度來看，會認為「好的編輯會選擇刊登的就是新聞」（news is whatever a good editor chooses to print.）。

　　由以上可知，新聞的要素實取決於媒體的判斷，甚至媒體

形式就會左右新聞的定義。甘恩斯（Gans, 2009: 20-21）特別強調新聞並不是由品味與美學來判斷，而是以可經驗的正確性為基礎。如果新聞媒體報導錯誤，則個人與社群都會受到傷害。其次，民主社會雖然不會規範民眾如何選擇藝術與娛樂，但是卻應該受到充分告知，以便他們可以盡一個公民的責任。因此，即使多數人喜歡人情趣味或是虛構的戲劇更甚於硬新聞，公眾對於硬新聞還是應有基本的認知。甘恩斯的說法正說明新聞工作者如何選擇新聞的重要。面對新媒體時代，傳統媒體究竟如何從新媒體中選擇新聞，則成為本文探討的重點。

第二節　科技與社群媒體

　　面對數位新聞時代的新聞定義發生轉變的趨勢，「科技」更在其中扮演關鍵角色，使得媒體科技的任何使用者，都可以晉升為內容生產者，全面更改古典新聞學時代新聞記者是新聞的唯一產製者現象；數位媒體時代由於科技提供的便利性，一般民眾亦可加入新聞的產製，閱聽眾坐等著被告知（sit back and be told）的時代（Gauntlett, 2011: 9）已經在20世紀結束，正式宣告數位新聞時代來臨。喀瓦孟圖（Kawamoto, 2003: 4）認為「數位新聞」的定義指的是使用數位科技去接觸、生產與傳送新聞和資訊給具備電腦視讀的閱聽眾。幾年前 YouTube、Google 並不存在，這幾年卻已經成為最大的媒體，並且是傳統媒體最強大的競爭者，對新聞的影響力一直在增加中（Beckett, 2008: 11）。

　　這個定義說明無論是業餘者或是新聞專業人士，都可以使用傳播科技成為數位新聞的一部分。以致數位新聞時代一方面增加了一般民眾生產訊息的機會；一方面也能促使新聞記者改變傳統

說故事的方式，新聞生態也發生變化。

　　科技確實帶來前所未見的數位傳播時代。YouTube於2005年2月成立，很快成為網路影片的領航者。當愈來愈多人從影片中獲得特別感受時，YouTube創造了一個大量觀看與分享影片的社群，而且這個社群可以從點閱率與評論，了解影片的評價（Ying, 2007: 2-3）。在網路時代，製作內容必然包含連結，岡特列特（Gauntlett, 2011: 2）在他所著的《生產就是連結》（*Making Is Connecting*）一書中，就指出資料與理念經常連結；創作也會與社會層面連結；以及透過分享，我們的創作會與大社會與大環境產生連結。這使得一般民眾可以透過傳播科技的普遍化，達到前所未有的傳播效果，並且結束文化工作者、新聞記者長期壟斷文化論述的情形。在網路盛行時代，網路變成主流，使用者開發了更多的多元性與想像力。網路提供人們製作媒體內容的機會，更特別的是在技術上非常容易就可以與他人連結（同上引：3），像是臉書從大學生網站到現在成為普及全世界的社交網站，因為眾人聚集而帶來極大商機（Kirkpatrick, 2010／沈路等譯，2011）。又以大陸微博為例，目前也成為中國政府極為關注的社交網站。谷歌全球副總裁兼大中華區總裁李開復在他所著的《微博改變一切》一書中，就提到他一開始是在微博上記載自己生活中的新鮮事或是感人的事，但他很快發現他的數百萬粉絲更想知道他對某個新聞事件的看法（李開復，2011：11-13）。

　　科技對新聞的影響，是數位新聞時代無法逃避的話題（Steensen, 2011: 311-312）。茨蘇（Tsui, 2009: 54）認為可以從新聞做為一個機構，以及新聞是一組原則與價值兩方面，來回答科技對新聞的影響。傑夫賈維斯（Jeff Jarvis）在為《超級媒體：拯救

新聞就可以拯救世界》（*SuperMedia: Saving Journalism So It Can Save The World*）一書的序言中指出，記者在數位時代可以使用的工具一直在擴充中，一些連結與研究使得記者很容易得到訊息。部落格總是允許大家可以發表與貢獻。手機可以幫助目擊者提供他們所看到的內容，形式包括文字、圖片、聲音和影像。資料庫與維基百科引來更多團體貢獻他們的知識（Beckett, 2008: viii）。這使賈維斯相信媒體的兩個天性是雙向的（two-way）與協作的（collaborative）。他認為新聞應該在「已知」與「想知」間形成對話；而記者扮演的角色就是監護人（curators）、促發者（enablers）、組織者、教育者等的角色。因而數位科技的普遍化是新聞發展的另一個機會。

　　相較相信科技可以使新聞更好（Boczkowski, 2009）、或是認為科技可以改進大眾文化與民主（Beckett, 2008），另有人提出悲觀的論調，認為數位科技將造成新聞的終結。紐頓（Newton, 2009: 78）就認為科技對新聞的影響是負面多於正面。他指出新聞應是掌握真實，新聞的重點乃在於掌握人的心靈，藉著發展與傳播直觀與理性的資訊，新聞才能認知到自己建構社會事實的角色。此外，科技也帶來負面的案例，YouTube上經常可看到霸凌、暴力的影片，像是媒體恐慌的聚合（media panic convergence），當中的核心就是使用科技去霸凌其他人（cyberbullying）（Burgess & Green, 2009: 20）。另外有些部落客與網路使用者其實是把自己看成傳統守門人的對立面，他們只是想提供園地讓使用者暢所欲言，並不保證訊息必定為真（Friend & Singer, 2007: 121）。

　　針對以上課題，新聞變得去神祕化，並且打破閱聽眾與生產者間的障礙，反而加速傳統新聞價值的解構，本章則特別關注

傳統媒體結合新媒體的聚合現象探討。由於新舊媒體科技整合後帶來內容的聚合，就會涉及與內容生產相關的議題。數位新聞最大的特點，就在於有一種新聞聚合發生在傳統媒體與新媒體之間。派福里克（Pavlik, 2001: xii）特別提到包括電子傳播、電腦與傳統媒體的聚合現象正在發生。若以新媒體嵌入既有媒體與傳播產業的過程來看聚合，可以從中理解有關調適、合併與轉換的過程；也可以指出新舊媒體互動後帶來的新聞聚合現象是複雜的與多層次的（multilayered）（Dwyer, 2010: 2）。此時的聚合指的則是有關新聞的思考、生產以及傳送新聞的新形式。以具體的推特為案例來看，因為聚集名人大量使用、放消息的現象（Marwick & Boyd, 2011），使得新聞記者不得不在上面找新聞。再以YouTube而言，YouTube已形成新型態的媒體權力（media power），它不但受到媒體注意，並已成為主流媒體的部分內容（Burgess & Green, 2009: 15）。

　　由以上可知，由於新媒體受到民眾極大重視，因而新媒體更因此成為傳統媒體重要的取材來源。有關吸引閱聽眾興趣的說故事本質並沒有改變，數位新聞甚至提供新聞報導更大的可能性。到最後，結合新傳播科技與說故事能力兩者構築而成的新聞學，將開展不同於傳統的新面貌，也就是數位新聞的內涵。但新舊媒體聚合後的數位新聞未必如此樂觀，首先得檢視新媒體內容的特質。數位時代造成使用者可以大量參與訊息的生產，這類使用者生產的內容（User-Generated Content; UGC）經常不是有關公共領域的考證與發言，更多是有關個人的私領域（Jonsson & Ornebring, 2011: 133）。新媒體開始流行後，推特很快在主流媒體中受到大量使用，當記者大量使用推特新聞時，記者好像一

直為推特新聞所環繞（ambient journalism），形成記者使用新媒體的困境（Hermida, 2010: 299）。社群網站等新媒體已經破壞傳統媒體守門的功能，且社交媒體正在形成新形式的新聞結構，從中可以看到網路對傳統新聞的影響，同時也改變了新聞的定義（Hermida, 2010: 300）。更指出新媒體引發的最明顯效應即在於對新聞內容造成影響。新媒體也開始影響新聞記者的工作，因為新媒體可以提供更便宜、更快速的工具，使得記者可以跟上截稿時間。但同時也增加剽竊，取代了記者穿鞋子跑新聞的傳統（Pavlik, 2001: xiv）。

第三節　新聞聚合的經濟分析

傳統媒體之所以會大量結合新媒體以生產新聞，更重要的是聚合內隱含的經濟因素。這個產業所帶起的新經濟包含生產者、分配者、消費者的連結，所有參與者均期待可以減少時間與成本。聚合亦指使用一個以上的媒體以觸達不同民眾，同時也可回應互動的多元形式。而聚合同時也令人擔心新聞室有關獲利的考量，會多於新聞的考量（Kolodzy, 2006: 13-22）。

另一方面，傳統媒體的記者雖可從新媒體中發現更多有趣的故事，加上新聞受制於市場的情形愈來愈普遍，已經很難再像過去一樣成為大眾獲得知識的來源。已有研究發現媒體在經濟議題上，使用實務界的意見已多於學界，顯現市場氛圍對媒體影響愈來愈大（Dahlgren, 2010: 32）。

從批判的角度來看，不同媒體所形成的媒體聚合現象，經常遮蔽了實際運作、編輯流程與發行策略的重要轉變，而且常是違背、或是破壞了新聞的原則。跨媒體不過是形成綜效的主要策

略（Erdal, 2007: 78），就是以更少的資源，讓更多的新聞在更多的平臺中露出，卻沒想到也會因此形成新的問題。像是 YouTube 是使用者生產的內容，已經形成無法律、無倫理等低規範的病態行為。YouTube 把「麻煩當成樂趣」、「把樂趣當成麻煩」的現象似有增加趨勢，而且這個現象是以年輕族群為主（Burgess & Green, 2009: 16-17）。再者，聚合強調從機構立場進行多平臺整合，為商業的新型手法（new ways of doing business），指的即是以跨平臺的聚合做為追求利潤的方法（Dupagne & Garrison, 2006: 239）。傳統媒體結合新媒體的新聞聚合涉及傳統媒體使用新媒體的新聞選擇，媒體的新聞選擇則是以媒體收益為主要考量。這類以經濟為主要目的的新聞聚合，正是本章試圖探討的重點。

　　為了解電視媒體以新媒體科技為新聞來源的報導邏輯，本章主要關注「新聞文本」與「新聞工作者」兩個面向。在「新聞文本」方面，本研究採取內容分析法，本章研究臺灣七個24小時新聞頻道，包括 TVBS-N、三立、民視、中天、東森、年代與非凡等新聞頻道將新媒體等網路訊息轉化為新聞的情形。這七個頻道中，除非凡新聞臺為財經臺外，其他均為一般性的綜合新聞臺。本章研究觀察的電視文本時間為 2011 年 10 月進行至 2011 年 11 月，每天 18:00—20:00 的黃金新聞時段，觀察時間共兩個月，觀察新媒體新聞則數共 5,097 則。在「新聞工作者」方面，本章接著採用深度訪談法，深訪不同新聞臺的新聞主管、記者等相關人士。現就兩個研究方法的進行情形，分別說明於後。

　　內容分析法被認為是一種有系統、客觀的量化分析法（羅文輝，1991）。McQuail（2000: 493）提到內容分析的目的是為了分類媒體的產出內容、找尋相關影響、進行媒體比對等。本章進行

研究的七名研究生、七名大學生共14人經受訓後，再進行內容分析的編碼歸類工作。本章首先由14名編碼員針對七個新聞頻道進行檢視，發現新聞中出現來自新媒體等網路訊息為新聞來源時，則列入計算，其他類新聞則不計算。本章對於同時有主播播報、記者影音報導兩者的完整新聞，方列入計算；主播念乾稿的新聞則不計算在內。總計新媒體新聞則數共 5,097 則。

　　本章研究在編碼過程中，共有幾個不同階段的工作。本章發現臺灣新聞頻道出現邁克雀斯尼（McChesney, 1999: 57）所謂的瑣碎（trivia）與鬆散（fluff），情形與傳統新聞的內容大不相同，因而決定就實際監看情形進行詳細的分類。本章將電視新聞再現新媒體新聞的內容，依實際狀況共分成21類。分別是 (1)犯罪：標題或旁白強調提出告訴（元配不排除提告小三；店被砸欲以影片當提告證據）。(2)名人：指非影劇和非政治界的名人（不丹國王、賈伯斯、格達費之子等）。(3)車禍意外：車禍事件＋非車禍的意外事件（飛機撞入摩天輪）。(4)商業：指報導目的為行銷、報導商品訊息、置入性行銷等。(5)影劇八卦：演藝名人、緋聞八卦、電影選角、演唱會。(6)人情趣味：報導能帶給觀眾正面意義、溫暖、光明面的訊息。(7)社會：似犯罪事件但無涉提告；似人情世故，卻呈現負面評價之各類社會事件。(8)教育問題：與學生有關之新聞報導（學生不讓博愛座）等。(9)家庭糾紛：家人間的爭執（兄弟、父子間不合；婆媳爭吵；元配與小三）。(10)情色：指影片畫面刻意強調裸露或具有性暗示。(11)災難：颱風、海嘯、地震等自然災害。(12)財經：正規財經訊息（占領華爾街事件）。(13)政治：政治新聞、選舉消息等。(14)民生消費：與生活有關的消費訊息。(15)環境生態：統包一切環境新聞。

(16)醫療：醫療相關新聞。(17)新奇：小貓小狗的可愛逗趣影片；網友創作；具有 KUSO 效果，可博君一笑。(18)運動賽事：體育名人、體育競賽。(19)時事：指該則新聞具有特殊時效性。(20)科學新知：科學講解等可提供知識之新聞。(21)素人：網路影片爆紅人士，多是由媒體取稱號。

　　新聞類目設計完畢後，本章再一一檢視內容，並就新媒體種類進行歸類。包括 YouTube、室內外監視器、大陸網站、行車記錄器、臉書等新媒體一一進行類別統計。如果一則新聞中使用兩種新媒體，將以兩次計算，以此類推；因而新媒體總數會超過新聞則數。接著本章再將七家新聞臺使用新媒體內容的情形區分為「新聞主體」、「新聞起點」、「畫面補充」三類，並進行統計；最後再就這些新聞涉及的「公共性」進行統計，以「很不強」、「不強」、「普通」、「強」、「很強」五量表進行分類。

　　本章之研究對象為臺灣七個 24 小時新聞頻道，包括TVBS-N、三立、民視、中天、東森、年代與非凡，觀察時間為 2011 年 10 月進行至2011 年 11 月，每天18:00—20:00 的黃金時段，觀察時間共兩個月。本章之所以取樣兩個月，是想了解兩個月內有關新媒體新聞的分配比例是否呈現差異。另一方面本章亦希望能擴大樣本，以了解新媒體內容的多樣性。研究期間每個頻道由研究生與大學生兩人一組，負責一家電視臺的內容分析歸類。任一頻道均是在兩名編碼員同意後，再進行內容類目的編碼，如果兩人意見不同時，則請編碼員在每週一次的研究會議中，針對難以建立歸類共識的新聞提出討論，這樣其他六個頻道的另12 名編碼員亦可加入討論。而在所有歸類編碼工作完成後，本章為求嚴謹，同時又請 14 名編碼員，針對抽樣新聞進行編碼員相互同意度檢驗。

　　在信度檢測方面，本章透過簡單隨機抽樣，從全數樣本中抽取每家電視臺各兩則新聞作為前測樣本，總共抽取 14 則。決定前測樣本後，再由 14 名編碼員依據 Holsti（1969）所提出內容分析相互同意度與信度公式進行，就勾選之內容進行檢驗。本章經 Holsti 公式進行檢驗結果如下：「新聞類型」、「新聞來源」、「使用原因」、「公共性」經信度公式檢驗後的結果為：0.99、0.98、0.99、0.98。四項的信度皆高於 Holsti 訂立之 0.9 信度標準。

　　本章在內容分析完成後，則由研究者與各頻道負責主管與一般記者，進行深度訪談，以取得更多田野資料（胡幼慧，2001）。本章在選取樣本時，在主管方面均是以直接負責黃金時段的新聞工作者為主；在一般記者方面，則以具有製作新媒體等網路新聞者為主。為尊重當事人意願，本章以匿名方式記錄結果。計訪問人士如表 1。

表1：深度訪談人士與時間表

受訪者	職稱	受訪日期
受訪者 A	新聞臺高層	2011.12.12
受訪者 B	新聞臺高層	2011.12.15
受訪者 C	新聞臺高層	2011.12.23
受訪者 D	新聞記者	2012.1.2.
受訪者 E	新聞記者	2012.1.2.
受訪者 F	新聞記者	2012.1.20.
受訪者 G	新聞記者	2012.1.21.

第四節　電視新聞以新媒體為訊息來源現象顯著

　　本章經統計得知，七個頻道在兩個月間使用新媒體總則數為5,097 則。各新聞頻道在 10、11 不同月分，均呈現類似的比例；七個新聞頻道採用新媒體訊息的排名順序，在這兩個月內也無差異，可見本研究取樣有一定的代表性。 中天、東森、TVBS-N 的使用率排名前三，其他各臺也有一定比例。全部情形見表 2。

表 2：個別頻道的則數（分開及加總）的總數與排名（依則數排名）

頻道則數	全部則數	十月總則數	每日黃金時段播出則數	十一月總則數	每日黃金時段播出則數
中天	1,113	535	17	578	19
東森	962	453	15	509	17
TVBS-N	826	443	14	383	13
年代	713	318	10	395	13
三立	585	307	10	278	9
非凡	516	274	9	242	8
民視	382	201	6	181	6

　　本章雖發現各臺在新聞則數、單則新聞的秒數上有相當差異，[49] 但從表 2 可知，臺灣七家電視臺使用新媒體新聞的現象，依

---

49 本章研究發現，各家新聞臺的新聞則數與秒數是有相當差異的。——說明：民視在 10 月、11 月的晚間新聞則數從 39 則到 48 則均有；TVBS 平時約為 42 則，假日曾到 50 則，而雙十節當晚則只有 28 則。非凡新聞臺晚上兩小時新聞時段的新聞只有 30 則，該頻道有些新聞的製作時間非常長。三立兩個小時的新聞則數約落在 40—47 之間，平均是 44 則。中天新聞兩個小時則數約為 57—59 則，平均 58 則。東森新聞臺兩個小時新聞則數為 55、56 則之間；年代則數約為 45—50 則之間。由以上可知，這七臺的平均時段不一，以致很難以單一則數進行全體的統計。

然非常明顯。再從受訪的新聞主管與記者口中亦證實，電視臺發現新聞量不足時，最可能到網路上找新聞。主管 B 說：

> 我承認我們常常有稿量不夠的情況。小小一個臺灣，這麼多新聞臺，哪有這麼多事情？所以有的時候的確是在不得不的現實考量下的填空做法。如果新聞稿量夠，我根本不需要這樣的東西。（作者訪問，訪問時間為 2011 年 12 月 15 日）

電視臺記者 D 也指出，當稿量不足的時候，他們就得上網快速找新聞。他說：

> 稿量不夠的時候，公司就會叫我們上網找新聞，還要我們重複畫面，或是定格放大、做效果等。我曾經做高速公路上兩臺車互相超速，其中有一臺車對外丟垃圾，我們還把垃圾圈起來，並放大丟垃圾的畫面。要配合街訪時，如果民眾的回答是「普通」、「還好」時，我們就不會用；我們會一直問到有民眾回答是很驚訝的，才會使用。（作者訪問，訪問時間為 2012 年 1 月 2 日）

由此可見，網路新聞不但會在新聞不足的時候出現，還會被刻意放大與進行選擇性的民眾訪問，這種情形已成為臺灣電視新聞的常態。

第五節 電視臺使用新媒體種類多元，來源不明者比例最高

由於數位化的新媒體已經成為傳統電視取材的來源，以致必須就這些傳播科技的種類再做分類。本章檢視新媒體種類進行歸類後發現，電視臺對於新媒體的使用中，以「其他與未標示來源」為最大宗，共 2,181 則；其次是 YouTube 的 1,417 則、室外監視器 540 則、民眾提供的部分為 494 則、室內監視器為 342 則、臉書則有 257 則，行車記錄器 203 則。大陸各網站內容也是有線新聞臺經常採用的來源，如果把大陸網站為一來源統計總則數，發現總則數為 397 則，數量非常多。由於有的新聞同時使用兩種以上的新媒體來源，在本研究中均一一列入統計，因而總數為 5,973 已超過總則數 5,097。現將統計結果彙整為表 3。

本章發現，傳統電視一方面大量使用新媒體訊息，卻又經常未清楚交代消息來源，或是標示不清，以致電視媒體竟以來源不明的網路新聞占 36.51% 為最高，甚至比第二高的 YouTube 高出 12.79%。未標示來源的網路訊息，連最基本的新聞準則都做不到，背後因素實須探討。受訪者 G 指出：「民眾有訊息常會上傳 Mobile01 網站，記者就會去那裡找新聞。我們不能打出網站名稱，會變成幫他們打廣告。」（作者訪問，訪問時間為 2012 年 1 月 21 日）

媒體一方面期待去人氣旺的社群網站找新聞，一方面又不願交代來源，以致在新聞播出時會出現新聞來源不明的現象。此外，沒有著作權困擾，也是各家電視臺大量使用網路新聞的主因。電視臺主管 B 也說：

表3：新媒體來源種類分類

新媒體種類	則數	百分比
其他與未標明來源網站	2,181	36.51%
Youtube	1,417	23.72%
監視器—室外	540	9.04%
民眾與機構提供	494	8.27%
監視器—室內	342	5.73%
臉書	257	4.3%
監視器—行車記錄器	203	3.40%
大陸網站—優酷	123	2.05%
大陸網站—其他	107	1.79%
PTT	99	1.71%
大陸網站—土豆	58	0.97%
大陸網站—新浪	46	0.77%
大陸網站—微博	38	0.64%
監視器—公車	26	0.44%
大陸網站—不知名	25	0.42%
監視器—救護車內	17	0.28%
總計	5,973	100%

註：以各頻道加總統計，已由多至少排列

　　大陸網站不會跨海來告，大家就快樂地免費用了，我覺得大家都有這種便宜行事的心態。電視臺之所以只寫「翻攝網路」，是因為我們也不知道這個權利是誰的，但是公司嚴格規定一定要明確載明消息來源，大家在那個規範下，只好以「網路」稱呼。（作者訪問，訪問時間為 2011 年 12 月 15 日）

　　而在清楚標示來源的新媒體種類方面，又以 YouTube 比例為最高。不同新聞頻道對於新媒體雖有不同偏好，仍以 YouTube 為最常見。中天的 YouTube 就有 380 則；原本在使用新媒體情形排名第五的三立，卻在喜歡使用 YouTube 的新聞頻道中排名第二，共有 273 則；東森也有 254 則。在 YouTube 中，以民視和年代兩個新聞頻道為最少，各為 29 則、26 則。透過本章統計可知，YouTube 網路影音平臺的興起，已成為電視臺找尋題材的重要管道。同時，YouTube 提供了更多的畫面，以致電視臺記者經常會從 YouTube 中找新聞。記者 G 指出：「行車記錄器很多也是從 YouTube 抓下來的，民眾提供的其實不多，提供最多的是網路跟警察。」（記者 G，受訪於 2012 年 1 月 21 日）

　　在新媒體內容檢視時發現，大陸網站其實是臺灣新聞頻道經常使用的內容來源。這些網站內容有的是文字、有的則是影音。最常受到使用的包括大陸微博、大陸優酷網、土豆網等。使用最多的則是中天新聞頻道（143 則）、東森新聞頻道（128 則）與 TVBS-N（87 則）。這三家新聞頻道使用大陸網站的情形，遠遠超過其他新聞臺（三立 15 則、年代 13 則、非凡 12 則、民視 2 則）。大陸新媒體新聞中，又以優酷網使用最多。電視新聞主管 C 說：

　　　優酷網已經是另外一個 YouTube，就是一個共同的公開平臺，那個平臺也不知道丟上來的內容是哪裡來的。像國外有註明 logo 的媒體，或者是一個獨家消息，我們在報導時就會比較謹慎。但如果是趣聞、表演，放上去的人也是希望廣為報導，如果全世界媒體都在播他的新聞，他應該開心死了

吧。（作者訪問，訪問時間為 2011 年 12 月 23 日）

　　然而，大陸網路新聞中的訊息很難分辨真假，臺灣新聞臺卻已大規模採用。中天新聞使用不少來自大陸的網路新聞，在觀察期間，晚上兩小時的黃金時段平均每天有 2.3 則為大陸新聞，2011 年 10 月 17 日一個晚上就有四則來自大陸網站的影劇新聞。如〈女藝人豆花妹密戀男藝人毛弟〉、〈大陸當地見死不救的新聞〉、〈鐵頭奇人〉、〈高調宣揚慈善行為〉等新聞。10 月 18 日則是報導〈大陸小孩炫富行為〉的社會新聞和〈大陸客狂買 Iphone 4S〉的商業新聞等等。

　　除了 YouTube、大陸網站外，國內新聞臺同樣大量使用監視器與行車記錄器。總排名第四名的年代新聞臺，在室內外監視器的使用情況卻是排名第一（197 則）；其次是中天（170 則）；而在大陸網站使用最少的民視，在監視器的使用上也是排名第三（159 則）。

　　另外，在行車記錄器方面，又可看到中天明顯最多，計有 63 則。其次是東森的 33 則；年代也有 32 則；三立有 30 則；TVBS-N 是 24 則。民視有 18 則；非凡則是 0 則。由本章可知，各式監視器與行車記錄器已經成為常見的傳播工具。透過行車記錄器常可看到完整的車禍過程，非常吸引各電視新聞臺。因為這類媒體可以提供畫面，需要畫面的電視新聞很容易就採用。同時這類新聞之所以受到使用，其實與觀眾屬性有關。電視臺可以從新聞報表中，找到廣告主需要的客戶。電視主管 A 就說：「現在客戶要的是 24 歲到 49 歲比較年輕的族群，電視臺就要投其所好。我們也感覺到男性觀眾對行車記錄器滿感興趣的。」（作者訪問，訪問

時間為 2011 年 12 月 12 日）。

　　各式監視器與行車記錄器已經成為非常常見的傳播工具，但相較其他新媒體，行車記錄器的使用似有消退現象。針對此點，新聞主管 B 說：

> 我們很少能夠看到完整的車禍發生過程，一開始行車記錄器的收視率是很好的。但是當今天一則、明天兩則、後天三則，而且每一臺都播。觀眾第一次覺得新鮮、第二次還覺得新鮮，播個十次之後就不新鮮了，每一臺都播後就更不新鮮了。於是效果會遞減，因為收視率不好，行車記錄器也就不紅了。（作者訪問，訪問時間為 2011 年 12 月 15 日）

　　由以上訪談可知，電視新聞不但會在新聞不足時使用新媒體訊息，更會因應收視率提供的觀眾資料，發現觀眾對新媒體新聞的興趣，再決定是加碼製作或是減少製作。

第六節　傳統媒體採用新媒體訊息，偏重社會與娛樂

　　電視臺大量採用新媒體做為訊息來源的新聞量極大，其所呈現的新聞內容，亦是經過新聞臺選擇的結果。本章內容分析後發現，各大新聞臺增加新媒體為訊息來源後，獲得採用的新媒體內容以「社會」（1,249 則／占所有新聞的 24.50%）、「影劇八卦」（590 則／ 11.58%）、「犯罪」（577 則／ 11.32%）三類新聞為前三高。「新奇」類的新聞也有 507 則（9.95%），「商業」與「民生消費」各有 406 則（7.97%）、393 則（7.71%）。「車禍意外」也有 326 則（6.40%）。全部統計如表 4。

表4：新媒體新聞類型總計

新聞類型	則數	百分比
社會	1,249	24.50%
影劇八卦	590	11.58%
犯罪	577	11.32%
新奇	507	9.95%
商業	406	7.97%
民生消費	393	7.71%
車禍意外	326	6.40%
政治	264	5.18%
名人	143	2.80%
財經	128	2.51%
人情世故（正面）	103	2.02%
醫療	74	1.45%
教育問題	63	1.16%
素人	62	1.22%
環境生態	61	1.20%
運動賽事	36	0.71%
科學新知	32	0.63%
災難	23	0.45%
情色	21	0.41%
時事	21	0.41%
家庭糾紛	18	0.35%
總計	5,097	100%

註：已由多至少排列

　　從內容分析結果可知，傳統電視媒體之所以選擇新媒體訊息，往往是在於新媒體訊息透露的社會性與娛樂性。以排名第一的社會類訊息來看，發生在一般人間的糾紛爭執，常是電視報導的重點。像是東森新聞臺10月17日〈婦狂砸西門町熱狗攤糾紛〉、10月24日〈帝寶停車場一車占兩車格〉、10月30日〈衣服不給換　爆衝姐拚了〉、11月1日〈挑錢掉地路人撿討三成〉等；而且重點常是放在衝突、刺激的打人、爭執不斷的場面等。1月11日的〈粉圓夫妻分家恩仇錄〉，10月13日的〈史上最牛小三毆打元配〉，都是以新聞方式報導私人事務，這都與電視臺的網路選擇興趣有關。中天新聞臺使用最多的類型也是社會類新聞，如10月4日〈鄰居交惡，鄰居將尿桶灑向拍攝者的家中〉、10月8日〈大陸地鐵，女子因男子不讓坐兩人大打出手〉、10月20日〈婦人虐狗新聞〉、10月21日又報導這名婦人的狗失蹤，最後則是10月24日報導這名婦人家被撒冥紙的新聞等。三立新聞臺社會類線上新聞在該臺也是第一位，包括11月6日的〈酒後鬧事？轎車攔公車大罵亂超速〉、10月23日〈誇張垃圾車闖紅燈＋大迴轉樣樣來〉、11月20日〈巴士停路中間，汽機車逆向〉、以及10月23日〈硬要擠！公車開機車道騎士罵翻〉為引用自臉書中網友提供的片段。

　　若以非凡新聞臺為例，非凡新聞臺之取向不同於一般新聞臺，故其社會與新奇類別並不突出，出現最多的新聞類別乃是商業（210則／40.7%）與財經（114則／22.1%），這與非凡新聞臺將自家頻道定位為財經臺有極大關聯。靈異鬼怪類新聞出現在年代電視臺的數量較多，10月21日〈攬秀樓靈異事件〉、10月23日〈亞馬遜河附近有外星人出沒〉、10月26日〈土耳其最高峰

亞拉臘山上，出現諾亞方舟遺跡〉、11 月 2 日〈婆羅花罕見，三
千年盛開一次〉、11 月 4 日〈馬雅預言 2012 冬至為世界末日〉、
11 月 9 日〈2011/11/11 11:11 將發生大事〉等都是。記者 F 說：

> 政治組記者負責網路的部分比較少，社會組來就會較大。比
> 如之前中指蕭的新聞；或在救護車上對老先生大罵等，這種
> 新聞最夯的畫面都可以在網路拿到。社會組記者會上網去看
> 有沒有新的消息，這麼做是為了蒐集消息。（作者訪問，訪
> 問時間為 2012 年 1 月 20 日）

此外，本章還發現，電視媒體不論採用任何新媒體的訊息，
影劇八卦都是排名在前的重要新聞選擇標準，反觀像是「環境
生態」（61 則／ 1.2%）、或是「科學新知」（32 則／ 0.63%）的
新聞量，則很少受到採用。以 YouTube 為例，影劇八卦排名第一
（18.68%）、新奇第二（16.99%），社會新聞為第三（16.63%）。
分開各臺來看，TVBS-N 則以「影劇八卦」為第一位（27.78%）；
年代的影劇八卦（26.92%）在該臺也是排第一。中天的新聞類型
排列則是以社會（21.32%）第一，影劇八卦第二（20.00%），新
奇第三（19.21%），三者相加已經超過60%。比較特別的是，三
立在使用 YouTube 時，社會為第一高（21.61%），政治卻是第二
高（19.41%），影劇八卦則是排名第四（10.99%）。東森新聞臺使
用 YouTube 時，新奇新聞是占第一（33.07%），影劇八卦則是第
二位，占18.50%。非凡新聞臺則是商業新聞為第一（55.30%），
但非凡即使是財經臺，第二高的還是影劇八卦（16.13%），財經
則位居第三（10.14%）。而民視的 YouTube 使用率雖然很低，卻

偏重社會（24.14%）與犯罪（17.24%），政治和影劇八卦兩類均占13.79%，排名第三。由以上可知，各新聞網站在 YouTube 中最大的收穫是可以取得更多的影劇八卦新聞。

如果改以標示來源的大陸網站來看，採用的新聞類型數量最多的也是影劇八卦。依序是影劇八卦（30.50%）、社會（20.75%）、新奇（15.25%），其中「影劇八卦」則是「新奇」的兩倍，情形和 YouTube 的使用類似。可見新聞臺對於新媒體等網路訊息的選擇已出現明顯取向，儘管是不同的網路平臺，電視臺都是以一樣的標準進行內容的選擇。

第七節　新媒體內容成為新聞主體，無助於公共性

本章注意到，各頻道對於新媒體的使用方式不一，有的是當成新聞的主要內容；有的是當成新聞事件的源起開頭來介紹；有的則是因為電視需要畫面，所以做為畫面補充。因此，本章便以「新聞主體」、「新聞起點」、「畫面補充」三者，來了解各頻道的使用情形。相關情形見表5。

由以上統計可以發現，最常將新媒體訊息當成「新聞主體」的是中天新聞頻道，高達74.9%。中天的做法多是直接將影片作為新聞主體，電視臺本身多數未進一步產製，或是對影片陳述的事件作後續的報導。以致報導的角度都以網友為主，電視新聞好像是網站影片的播放器。而三立新聞臺雖然使用新媒體的比例為倒數第三，一樣是將新媒體訊息直接做為新聞內容，達58.48%。如三立新聞11月7日播出〈體操選手空翻飛躍行進車輛〉、11月6日的〈愛布偶奮不顧身 澳童爬進抓娃娃機〉、11月4日的〈天降黃金雨 貓熊界霸凌〉、11月3日的〈狗被搔肚 變木頭人學鴨

表5：個別頻道新媒體（主體、起點、補充）的則數與百分比

頻道	新聞主體	百分比	新聞起點	百分比	畫面補充	百分比
中天	919	74.9%	94	7.7%	214	17.4%
東森	408	41%	239	24%	349	35%
VBS-N	390	41.6%	118	12.6%	430	45.8%
年代	459	54.90%	153	18.30%	224	26.79%
三立	362	58.48%	39	6.3%	218	35.22%
非凡	112	21.5%	47	9%	362	69.5%
民視	221	57.40%	50	12.99%	114	29.61%

叫〉等，新聞臺都是擷取現成的網路影片，加上簡單幾句旁白，即可完成一則新聞。而使用排名最後一位的民視，將新媒體訊息直接做為新聞內容的比例也相當高，達57.40%。此外，在「新聞起點」部分，最常在新媒體中找新聞，也就是將新媒體訊息當成新聞事件來源的是東森新聞臺，占24%。而最常將新媒體內容拿來做為「畫面補充」的則是非凡新聞臺的69.5%與TVBS-N的45.8%。如TVBS-N從11月23日一路延續到11月25日的新聞〈陳浩民對女模上下其手〉，此則新聞在三天皆有播出，三日內這則新聞的處理均使用到新媒體，但三天使用的來源皆不相同。三天共同使用到的新媒體為大陸網站東方新地，其餘會因每日播報角度不同而找不同的畫面來補充，23日使用到痞客邦網頁，25日除了網頁的使用更增加不明來源影片，似是為了增加畫面的豐富度。而電視有關這類新聞的報導也經常出現重播現象。以年代為例，年代10月23日的〈男子當街練九九神功〉、〈成人影

片不斷被偷〉、以及11月6日的〈誤認LED風箏為飛碟〉等網路
上隨手可得的新聞，在電視上經常重播。本章經內容分析後發
現，國內新聞臺使用新媒體時，竟以將新媒體直接轉成新聞主
體為常見。七臺中，有四臺以新媒體新聞為主體的數量超過一
半，分別是中天（74.9%）、年代（54.90%）、三立（58.48%）和
民視（57.40%）；TVBS-N（41.6%）和東森新聞臺（41%）也
超過40%；非凡電視臺不是綜合臺，新媒體做為新聞主體降為
21.5%，這個結果顯示國內綜合新聞臺大量依賴新媒體等網路訊
息，對電視新聞內容已產生關鍵性的影響。

　　本章監看5,097則新聞並進行統計，再依公共性做討論。之
所以以公共性做為討論的標準，是因為在NCC要求各新聞臺製作
製播規範時，東森新聞臺討論是否有必要製播這類新聞，具體提
出以「公共性」、「獨特性」、「新聞性」為判斷指標。[50] 本研究
認為「獨特性」、「新聞性」的標準認定上差異較大，但是「公
共性」應該可以形成較明確的標準。因而就請14名編碼員進行公
共性檢定。本研究在執行過程中，先和所有編碼同學「試看」多
則新聞後，再針對影片內容訂出五個等級的標準。這五個等級的
編碼標準為：(1)「議題與大眾切身相關，對多數民眾影響廣大。
或是新聞報導形式除了告知事件始末；或是教育民眾應該如何因
應」之標準訂為公共性「很強」的標準；(2)「事件雖為個人事
件，報導中會請專家針對新聞議題提出專業看法，並輔以相關資
料」之標準訂為公共性「強」的標準；(3)「新聞僅傳達某類訊
息，未見新聞記者追蹤報導」之標準訂為公共性「普通」的標

50 此一資料出自東森新聞臺之「東森新聞製播規範」。

準；(4)「報導內容缺乏議題性，報導形式偏向電腦搜尋作業即可
完成」之標準訂為公共性「不強」的標準；(5)「該新聞來源為不
明網頁或入口網站；或是內容缺乏任何自製；或是對社會大眾並
無益處；或是報導形式可能涉及商業利益或宣傳廣告」等之標準
訂為公共性「很不強」的標準。本章在標準確立後，才由所有編
碼同學展開編碼的工作。

　　本章在五等級的量表中發現，新媒體內容在傳統媒體再現的
結果，呈現公共性「不強」的狀況共 3,004 則，達 58.94%，「非
常不強」的數量也有 1,524 則，達 29.90%，兩者合計達 88.84%。
換言之，傳統媒體報導新媒體訊息時，幾乎都是呈現對公共性有
負面影響的狀態。其次是「普通」的有 541 則，占 10.61%。而被
認為公共性「強」的卻只有 28 則，占 0.55%，在本章觀察期間，
被認為「很強」的則是掛零。相關情形見表6。

表6：新媒體新聞公共性

公共性	則數	百分比
不強	3,004	58.94%
非常不強	1,524	29.90%
普通	541	10.61%
強	28	0.55%
很強	0	0%
總計	5,097	100%

註：以各頻道加總統計，已由多至少排列。

　　從以上統計結果可發現，出現在電視新聞臺的新媒體新聞，

多屬於公共性較弱的新聞，這種情形與傳播界批評媒體公共性不足的現象頗為相近（彭芸，2005.05.01）。不過，電視新聞臺也報導了少數可歸類為公共性「強」的新聞案例。TVBS-N 臺公共性最高達「強」的則數有三則，分別為 10 月 31 日的〈地球第 70 億寶寶菲國誕生　人口暴增恐造成資源爭奪〉新聞中，提到了全球人口危機，並輔以許多資料說明，資訊性相當豐富，且與全球人民息息相關，最後有警惕意味，故其公共性「強」。另外 TVBS-N 在 11 月 3 日的〈嬰兒剪睫毛才能濃又密？醫生斥無稽〉（此則重複兩次）為一醫療新聞，與其他醫療新聞相比，此則新聞原理解釋完整，並輔以專家說法，又澄清了民眾原本的傳統概念，故判定公共性為「強」。又以民視為例，10 月 16 日〈超商遠紅外線感應門如照 X 光？〉在翻攝網路後，還進一步訪問專業人士，再整理出 X 光暴露量的影響程度，故公共性為「強」；而 10 月 17 日〈茶飲始祖麥香奶茶傳將漲 47%？〉及 10 月 19 日〈拒當凱子　網友拒買咖啡〉報導中，均清楚說明各家企業飲品的價格及漲幅，使民生消費時有具體參考概念。11 月 8 日〈加重酒駕肇事刑責　最高七年徒刑〉即日前〈女消防員救援反遭撞而截肢〉事件的後續追蹤報導，民視亦整理出法令改變前後的差異。上述新聞的處理方式均提供較完整的資訊和分析，故公共性較強，只可惜此類新聞在這次的觀察中並不多見。在這方面，新聞主管 B 說：

> 我覺得網路有些內容不錯，前一陣子大家討論的中指蕭，就是從網路開始發酵的，所以我並沒有完全否定網路新聞的作用，而且這件事情我覺得跟公共有關，可以成為大家討論的議題。但我必須說，真正在使用網路，而且是正面、然後攸

關公共利益的比例，我個人的經驗是太少了。（作者訪問，訪問時間為 2011 年 12 月 15 日）

新媒體新聞雖然公共性太弱，卻因為可以帶來一定的收視率，使得這類新聞在目前的新聞生態下，根本不可能減少。換言之，電視臺一方面在缺稿時需要新媒體新聞，更重要的是電視新聞是靠新媒體新聞來衝高收視率，因而，記者還是會繼續生產這樣的新聞。記者 F 就說：

這種內容跟收視率有關，要收視率好就跟素材有關。像女孩子在捷運上罵人，那個收視率就很高啊，只要有罵人的動作，衝突性愈大，觀眾就愈愛。（作者訪問，訪問時間為 2012 年 1 月 20 日）

這種新聞對新聞臺其實是兩面刃，記者本身已發現長期處理這類新聞後，在新聞的熱情上，會有後退的情形。電視記者 G 說：

製作這種新聞相對輕鬆（笑），因為我們不用再找畫面了。這種新聞處理起來很快，又有收視率，我們缺新聞的時候就會拿出來用。不過公司也知道做這種新聞比較輕鬆，不會讓我們只做一條。（作者訪問，訪問時間為 2012 年 1 月 21 日）

公共性不強都是電視臺選擇新聞的結果。有關此一現象，早有研究指出傳統媒體其實是基於自身需要選擇新媒體中的新聞，

並非完整呈現新媒體的全部現象。曾有學者批評傳統媒體資訊大多繞著政府單位轉，對於公民訊息則較為欠缺（Walejko & Kaiazek, 2010: 415），這似乎為傳統媒體使用新媒體等網路訊息，提供了若干正當性；但傳統媒體使用新媒體等網路訊息也同樣招來批評；Burgess & Green（2009: 19-20）以 YouTube 為例，指出 YouTube 常會放一些侮辱人、或是鼓勵暴力的影片，不料這些內容竟成為專業記者工作的一部分，主流媒體採用的 YouTube 案例，往往並非 YouTube 社群的代表。以致新媒體在數位時代被認為是一般民眾發聲，或是提供多元意見的公共領域，但這些內容並不符合目前電視新聞的選擇標準。各臺的公共性強度，見表7。

表7：新媒體新聞再現各大新聞頻道的公共性表現

	很不強	不強	普通	強	很強
中天	328（29.47%）	622（55.88%）	152（13.66%）	11（0.99%）	0（0%）
TVBS-N	322（39.13%）	437（52.90%）	64（7.78%）	3（0.36%）	0（0%）
三立	163（27.86%）	352（60.17%）	69（11.8%）	1（0.17%）	0（0%）
東森	422（43.91%）	465（48.28%）	75（7.80%）	0（0%）	0（0%）
民視	25（6.54%）	323（84.55%）	30（7.85%）	4（1.05%）	0（0%）
年代	169（23.62%）	479（67.28%）	60（8.41%）	5（0.70%）	0（0%）
非凡	95（18.41%）	326（63.18%）	91（17.64%）	4（0.78%）	0（0%）

　　整體而言，臺灣七家電視臺以新媒體相關的報導公共性均

不強。在公共性「不強」的部分，大多是社會或是犯罪事件，因為都只是陳述事實，並沒有繼續延伸下去做報導，因此公共性不強。另外，公共性「很不強」的大多是新奇與影劇八卦此兩類，尤其 TVBS-N 的新聞類型「影劇八卦」占了播報總數的第二名。此外，「新奇」的部分，多為網路上有趣的影片及趣聞，此二類新聞雖然有娛樂效果，但對公眾的影響力普遍較低，若無特別內容，此項的公共性多為「很不強」。

第八節　傳統電視與新媒體為市場聚合，損害新聞專業

隨著新媒體的數量愈來愈多，新聞記者工作情形正在發生改變，甚至開始影響電視記者的專業。由本章內容分析與深度訪談看來，電視臺大量使用新媒體，並不是為了提升新聞品質，反而藉著新媒體等網路訊息彌補電視臺人力的不足，同時滿足廣告主需要的特定觀眾。這種心態，許多學者已明白指出，新聞聚合的目的正是為了獲得閱聽眾（Jenkins, 2006; Kolodzy, 2006; Kraeplin & Criado, 2009）。而從電視收視率的「閱聽人商品」（audience commodity）觀點，更可明白這些閱聽眾其實為廣告主所需（Budd & Steinman, 1989: 9）。由此可知，電視新聞臺實踐新聞聚合時，理應是為了追求更高品質的新聞，現在新聞聚合只為了利益，無益於新聞、讀者、觀眾與網友（Kolodzy, 2006: 9）。因而，弗里德曼（Freedman, 2010: 35）也警告說，傳送新聞的傳統經濟模式正處於危機中，當這些新聞組織看到他們的閱聽眾不斷下降，還得面對來自網路的廣告競爭，因此有評論者預言既存的新聞環境將面臨崩解。至於崩解的原因，本章經深訪後認為，電視臺對於新媒體等網路訊息的濫用，形成電視記者的虛無心態，更造成

電視新聞專業的逐漸解體。可見臺灣電視臺選擇新媒體等網路訊息，關心的只是私領域現象，有關公共領域的部分出現比例極低（Fenton, 2010; Jonsson & Ornebring, 2011）。

值得擔憂的是，臺灣有這麼多家24小時新聞臺，報導新聞的目的全是為了獲利。新聞固然有商品本質，仍須符合社會利益。現在電視臺一方面希望能從經營新聞上獲得利益；另方面又不願投資，以致出現目前大量借用新媒體等網路訊息的現象，造成電視新聞受到社會詬病。這種現象雖非臺灣獨有，但當新聞媒體減少投資時，已經無法說明這樣的媒體，如何還能扮演監督者的角色（Peters, 2010: 270）。一些線上的電視記者就頻頻被問到，為何總是做這類的新聞？受訪記者 F 說：

> 很多人覺得這種新聞很白痴，也有採訪對象跟我們抱怨做這個新聞有什麼意義。如果可以了解，會知道這是記者不得不去做的事。我們當然希望能夠不要這樣，因為這會影響記者本身的採訪。但是現在電視記者每天光是報稿就來不及了，不得已還是繼續做，久而久之會覺得這樣做沒有意義，最後就離開，很多人都是這樣。我覺得現在電視臺太多，投資電視頻道太少，很多人進來沒多久就離開，所以記者的素質一直培養不起來。（作者訪問，訪問時間為 2012 年 1 月 20 日）

同時，電視新聞臺也把網路新聞做為競爭的指標，以致先獲得網路畫面的電視臺，就會打出「獨家」字樣，使得電視臺的競爭轉移到網路新聞的競相取得上，但是新聞記者卻毫無成就感。受訪記者E指出：「網友都很敢講，有什麼就直接講出來。

而且我們常常會標出『獨家』。不過我做的時候，我都不會用自己的名字，因為我覺得很丟臉。」（作者訪問，訪問時間為2012年1月2日）。由此可以明白，電視臺迎接數位時代的心態就只是把新媒體等網路訊息當成免費的內容，同時要求新聞記者從網路上尋找新聞，美其名是了解社交群體的動態，其實是尋找免費畫面的來源。而電視大量使用這類新聞，可能造成新聞記者採訪本身的怠惰，最後受到傷害的是新聞本身與新聞專業，民眾發現新聞機構長期仰賴外在的新聞訊息時，就會對此一媒體失去信賴（Tewksbury, Jensen, & Coe, 2011）。一旦電視新聞失去了觀眾的信賴，想再重建形象可能就沒那麼容易了。

本章採取內容分析臺灣七家24小時新聞臺使用新媒體等網路訊息的情形，並針對電視新聞工作者進行深度訪談，以了解電視媒體再現新媒體等網路訊息的情形。最後發現，傳統電視對於新媒體其實是選擇性使用，以致呈現的內容多為社會、影劇八卦與犯罪等新聞，從結果上來看，會發現新媒體等網路即使可以為傳統電視帶來新的消息來源，卻依然不能增加新聞的多元性，電視臺所選取的網路新聞並不能反映真正的網路生態；相反地，來自新媒體等網路訊息可以讓傳統電視媒體不須花費太多成本，即可滿足收視率與吸引特定閱聽眾的經濟需求。以致，電視媒體結合新媒體以便接觸廣告主想要的閱聽眾，傳統電視所採取的新聞聚合策略，目的僅在於市場的經濟效益，已經背離新聞專業的要求。

再從數位新聞的角度來看，數位時代被視為是傳統媒體轉型的重要時刻，新媒體的崛起更有助於增進傳統媒體說故事的方法。諷刺的是，傳統電視媒體甘於讓市場領導專業，不但未能精

進電視新聞品質，反而促使電視新聞採取更多瑣碎、缺少意義等
訊息，新媒體的多元訊息根本無法再現於傳統電視新聞中。

　　本章揭示當今傳統電視結合新媒體所創造的新聞聚合現象
時，已暴露出傳統電視新聞的專業困境。新聞聚合已是數位時代
不可或缺的現象，當問題回歸到新聞專業時，還是要徹底深思
新媒體可以為傳統電視增加影響力的可能利基，傳統電視媒體不
能僅是盲目發動新聞聚合，反而惡化電視新聞應有的專業性。因
而，本章認為，當今電視新聞應釐清新媒體、社交網站、傳統媒
體的分際與新聞聚合的目的，重新擬訂使用新媒體等網路訊息的
合理標準，以反映數位網路社群的多元面貌。而要讓電視媒體有
所領悟，除了電視新聞工作者應有所省思外，一般民眾也可以發
揮一定的監督力量。一如傑金斯（Jenkins, 2006: 12）特別提醒
的：「一般民眾應設法了解，聚合對他們所接觸的大眾媒體產生
了何種影響。」如此，電視臺內外齊心齊力，才可能讓電視新聞
回歸到新聞專業的正軌上思考。

　　同時，若想在數位時代確立新聞專業，那麼行之多年的置入
性行銷現象已經嚴重戕害傳統新聞，不能在新媒體出現。但因為
經濟考量與非專業的新聞競爭等因素，置入性行銷已進入新媒體
中。如此「新瓶裝假酒」的現象，既不能稱之為聚合，更不能容
許存在，以免扼殺網路獨立的新聞空間。

第十二章

新瓶裝假酒

分析批判新媒體的置入性行銷

近幾年新媒體崛起，為傳播科技寫下新的一頁，帶來前所未見的傳播景象。新媒體大幅改變人們的傳播行為模式，其中不但蘊藏傳播產業的無限商機，也確實聚集了最多的人潮。最常聽見的笑話是「聚集五億人潮的臉書是世界第三大國」（Doctor, 2010／林麗冠譯；2010），手機甚至可以導致政黨輪替（陳俊諺；2011）。這些藉用網站傳輸的新興媒體，以新穎、時尚、現代感十足的姿態出現，徹底顛覆了傳統媒體單向傳播、壟斷訊息的局面。

新媒體自不同於傳統媒體，媒體內容也有極大差異。傳統媒體以新聞為主要內容，但新媒體一方面以網絡化的社交媒體姿態呈現，自由傳遞草根性的各類訊息；另方面又可傳遞包含電視、廣播、雜誌、其他新聞網站的各項新聞內容，使得新媒體中的訊息更顯多元。新媒體正以新形式改變新聞，新媒體也正在改變新聞組織、新聞記者與閱聽眾、廣告、消息來源間的關係（Pavlik, 2001）。派福里克（Pavlik, 2001）是個樂觀主義者，他認為新科技可以帶來更好的新聞，也相信新媒體一定可以在我們的社會中扮演更重要的角色。而且，由於網路具有存放大量資訊、進入容易、互動性以及立即回饋等優點，年輕的閱聽眾喜歡快速與互動的網路，所以新媒體可以成為超越傳統科技的平臺。同時，網路具有明確的目標群眾更是萬般吸引廣告主。科技變遷會把很多不同形式的媒體整合在一起（Gordon, 2003: 59），形成前所未見的媒體聚合現象（media convergence）；芬頓（Fenton, 2010: 5）也認為目前要了解新媒體或是新媒體內容，不能只是看科技單因的變化，而是看聚合的結果，更使得聚合成為新媒體是否得以發展的關鍵因素。

由於新媒體具有一定優勢，因此成為傳統媒體轉型的典範。

舊媒體似乎已經沒有辦法在資本經濟中生存下去，傳送新聞的傳統經濟模式正處於危機中（Freedman, 2010:35）。許多傳統媒體紛紛轉型為電子媒體，以尋求產業的生存與獲利；另外訊息多元的新媒體也成為傳統媒體的消息來源（Lin, 2013）；在此同時，新媒體也是傳統媒體主要的競爭對手。如2000年初期出現的部落格在傳遞資訊與八卦上都扮演著重要角色，並且和專業的新聞媒體運作發生衝突（Dennis & Merrill, 2006: 162）。另外，美國發現頻道（Discovery Channel）發生工作人員遭挾持，這個訊息便是民眾首先從推特發出，而後成為眾所矚目的社會新聞（Farhi, 2010）。2011年7月中國溫州的高鐵（動車）事件，也是由微博首先發出訊息，再引發全中國媒體的後續報導。可見在訊息傳輸的速度上，傳統媒體已經落後新媒體了。

第一節　新媒體的置入性行銷

　　然而，發展迅速的新媒體，也有值得令人擔憂之處。各式的網路犯罪、大量垃圾訊息、個人資料外洩，都是新媒體常見的漏洞。而在訊息品質方面，由於新媒體多是免費使用，自然會以增加廣告曝光來獲利。以iPad的電子版雜誌為例，使用者在翻頁時會自動跑出動畫式廣告。此外，新媒體不同於傳統媒體之處，更在於它不僅僅是單向式發布廣告訊息的媒體，還具有強大的互動性，可以創造許多和使用者進行連結的方式。常見新媒體透過有趣的活動、或是針對新媒體本身的媒體特性，發展出各式各樣的行銷手法，這些手法是以產品訊息曝光率增加為最終目的。並且，在動畫式廣告結束時，還會出現該廣告官方網頁的超連結，讓有興趣的使用者可以藉由點擊超連結接收進一步的訊息。除了

多媒體的影音呈現之外，內容提供者也會設計互動的小遊戲（例如滾動式視窗以及Q&A），來增加使用者接近廣告的意願。新媒體中廣告呈現的形式非常多元，除了傳統媒體的廣告形式外，其他所謂覆蓋式、侵入式的廣告均有極大表現空間。換言之，新媒體幾乎可以視為是廣告與行銷的創意天堂。

　　上述的廣告內容有的容易辨別，有的廣告因為與其他非廣告訊息並置，也經常出現難以區分的現象。看似純粹訊息的「置入性行銷」是否已出現於新媒體中，就成為本論文關心的議題。本文針對新媒體的內容進行分析，並且深度訪談新媒體相關工作者後發現，傳統媒體中極受詬病的新聞置入性行銷，已在新媒體中出現。新媒體中的置入性行銷更因數位媒體不同的搜尋設計、媒體聚合、不受空間限制等特性，加深了置入性行銷的作用。

　　傳統媒體將「新聞廣告化」稱之為「置入性行銷」，指的是藉著新聞形式進行廣告行為。傳統媒體如報紙與電視由於新聞、廣告區隔較明顯，可以有清楚的分界。但是新媒體中內容與廣告區隔的概念，已經不像傳統媒體那樣涇渭分明，以致新聞與廣告極容易混合。甚至新媒體中的內容是否就叫做「新聞」，都有些說不清的現象。例如虛擬的網路遊戲（Second Life）中有美國有線新聞網（CNN）、美國廣播公司（ABC）、美國哥倫比亞廣播公司（CBS）、澳大利亞廣播公司、路透社等實體媒體進駐；而虛擬的網路世界中任何業餘使用者，又可以針對真實世界自由發布訊息。不得不令人重新認識數位新聞的多元面貌。

　　為此，梅瑞爾與丹尼斯（Merrill & Dennis）兩人在《媒體論辯》（*Media Debate*）一書中進行辯論。梅瑞爾（Dennis & Merrill, 2006: 163）認為，如果將網路視為是新形式的新聞，或

是新聞的延伸，那麼網路使用者都是新聞界的成員嗎？這些人
都是記者嗎？如果答案為「是」，那麼我們可能要停止使用「新
聞」這個名詞。因為對一個花了半世紀報新聞的人來說，新聞如
果有缺點或是表現不好，就應該努力創造更好的記者。梅瑞爾想
說的是，網路與新媒體正在降低新聞的水平，他們悄悄地進入新
聞的領域，還把自己稱為「新新聞」，許多網路使用者都是匿名
傳播，沒有任何守門的行為。他們希望自己可以擴大論壇、民主
化新聞、並提供更大範圍的公共傳播，但他們未編輯的內容與
偏見卻會破壞傳統媒體建立的公信力，如果不多加束縛，新媒
體一定會降低新聞的水平（Dennis & Merrill, 2006: 164）。丹尼
斯（Dennis & Merrill, 2006: 165-166）則認為網路與新媒體可以
強化新聞。多年來傳統媒體總是被批評提供太少的內容與深度，
在這種情形下，網路可以提供更多人們需要的選項，這當然是一
種好處。丹尼斯的觀點為數位新聞提供一定的正當性，喀瓦孟圖
（Kawamoto, 2003: 2-3）也認為每個人在網路上做的，都可促使
人們去思考數位新聞的挑戰與機會。也可以伴隨原受到區隔的大
眾，衍生出網路新的寫作技術與功能，以最快的速度傳送、全面
開放與雙向互動。從這個角度來看，網路這個新科技實對民主帶
來了助益（Fenton, 2010: 6）。

　　新媒體以網路為基本架構，以各種不同的形式出現，達到四
通八達、更加數位化的現象，而有數位新聞（Digital journalism）
的產生。數位新聞和傳統新聞有一定的差別。首先，數位新聞是
一個以使用者為核心的新聞概念。數位新聞的使用者更主動，
「接收者」（recipient）的傳統觀念可能不再正確，或許用「資訊
搜尋者」（information seekers）會更正確。即使傳統媒體的使用

者不具備網路素養，一樣可以從數位新聞中受益。大體而言，新媒體具有以下的特性：每一個消費者都是生產者；消費者可自由選擇多元的媒體；可以得到免付費的服務與資訊；新媒體彼此競爭的同時又可相互合作；新媒體的功能已經超過搜尋引擎與電子信箱（Levinson, 2009: 2-3）等特性。這種多重選擇可以避掉傳統媒體被認為缺乏情境與完整性等缺點。但因媒體包裹中可能包含形式不一的訊息，因而新媒體中有關新聞的定義，常會加深新聞置入性行銷問題的複雜性。

第二節　新媒體的置入性行銷模式

　　既然數位化媒體具有廣告與行銷的極大空間，就應更仔細檢視網路置入性行銷現象。可以預見的是，網路置入性行銷的現象應該比傳統媒體複雜。一方面是因為媒體科技所致；一方面則是因為訊息發布者比傳統媒體呈現形式多元；再加上新媒體在設計時已使廣告與新聞相互銜接，新媒體互動中可能出現「看到的是訊息，點進去卻是廣告」，可知廣告與新聞已經很難截然兩分。同時，新媒體的經營者多數並非以經營新聞為主，這使得他們認為新聞與廣告混合，並不是個問題。例如YouTube還明白公告，他們可以為合作伙伴提供置入性行銷的服務，並強調「YouTube的許多合作夥伴都將付費產品置入性內容，視為其商業模式的重要關鍵，而且這個行銷手法已成為線上影片產業十分盛行的贊助方式。」[51] 因而，新媒體中是否應維持新聞與廣告清楚分離的專業倫理原則，對新媒體來說，可能並不構成議題。一名在傳統媒

---

51 請見網址：http://www.google.com/support/youtube/bin/answer.py?hl=zh-Hant&answer=154235&ctx=cb&src=cb&cbid=-1nggmg9xubirb&cbrank=1

體中負責經營新媒體的工作者Ａ指出：

> 新媒體的主導者並非是傳統媒體的轉型網站，而是入口網
> 站、社群網站、電子商務網站，這些新媒體是廣告的主要獲
> 利者，像是關鍵字的廣告，傳統轉型的新媒體是分不到好處
> 的。對這些真正的新媒體而言，根本沒有版面區隔和廣告置
> 入的問題，他們會認為廣告也是一種資訊，只要使用者可以
> 接受，沒有區隔與否的問題。置入行銷如果是個問題，在他
> 們那裡問題會更大。（作者訪問，訪問時間為2011年6月8
> 日）

　　新媒體除了具有內容生產部分，更包含系統平臺部分，因而
對於新媒體新聞置入性行銷的了解，就必須將系統的部分納入。
而系統可以操作的部分則以關鍵字的排序最為主要，排序愈在
前，愈受到使用者注意。這使得新媒體的系統操作，也成為置入
行銷的一環。

一、網路系統操作

（一）關鍵字排序

　　網路搜尋中關鍵字的排序一直是廣告主非常關注的面向，
關鍵字的廣告大多發生在大型入口網站身上。這幾年流行所謂
的「搜尋引擎最佳化」（search engine optimization; SEO），指的
即是一些公關公司，或是SEO公司，可以協助委託者在Google、
Yahoo等入口網站中，讓特定關鍵字的排序超前，並因此獲利。
會有此委託需求的，多是些規模不大的公司行號，例如已有不少

醫院診所透過 SEO 操作，在特定時間的關鍵字搜尋時，可以排名在前；另外發現選舉時也有類似操作。受訪者 A 就指出，2010 年蘇貞昌與郝龍斌競選臺北市長時，都曾進行這類的操作。即將有利的正面新聞排序較前，負面新聞則儘量往後走。SEO 的系統操作，為新媒體置入行銷特有的手法。一名臺灣新媒體工作者 B 指出：

> SEO 在業界有所謂的「白帽 SEO」與「黑帽 SEO」之別。以 Google 為例，它的搜尋引擎會提供方便搜尋，像是建議下標題、不建議網頁以 flash 呈現等建議，以便訊息或是網站可以更容易被搜尋到。原本 Google 等入口網站是針對連結的量自動形成關鍵字，並認為這樣具有「網路民主」的意涵，愈多人相連就表示這個網頁愈重要，其中描述的語言也會漸漸成為該網站的代表關鍵字。Google 甚至還會鼓勵網站擁有者提供網站架構，這時用的 SEO 手法完全是遵循搜尋引擎的指示來做，稱為「白帽 SEO」。
> 「黑帽 SEO」指的則是帶有貶抑、或是具有操作性質的 SEO。SEO 操作的方法很多，最主要有兩種。一種稱為連結農場（link farm），就是開設很多網頁相連，並刻意操作四處相連，以便此網站的排序可以較前。另外還有人會做內容農場（content farm），即會為了某些關鍵字，刻意產生很多零碎且沒有意義的文本。這些大量的文本會影響搜尋引擎，因為搜尋引擎無法判斷內容是否重要，會以為這裡有大量相關的資訊，就會從中產生關鍵字，如此一來搜尋時就會排名較前。（作者訪問，訪問時間為 2011 年 6 月 17 日）

　　關鍵字的排序置入，已經成為目前新媒體置入最主要的形式，新媒體工作者多認為Google、Yahoo並未從中獲利，而是SEO公司、或是行銷公司從中賺取利潤。這一類公司都是小規模經營，僱用二、三個人加上工讀生、或是「水軍」即可運作。「水軍」的酬勞則是以發布訊息的則數計算。另外也有公司平時就培養很多臉書粉絲團的帳號，保證可以讓某些公司在行銷時達到例如「粉絲團破萬」的宣傳效果，讓民眾誤以為這是事實，而非廣告行銷。中國大陸一名新媒體工作者C說：

　　　水軍意指是來灌水的，原是BBS上的用語。關鍵字業務都是
　　　外包形式，現在大陸有很多鄉下農民不種田，到網吧中當水
　　　軍就有收入，只要不斷地複製、貼上即可，不但可承接臺灣
　　　的訂單，連美國的都可以接，反正就是一直重複「複製」、
　　　「貼上」的動作即可。由於完成一則價錢是五毛錢，所以稱
　　　為五毛黨。中國也有業務是來自大陸官方，官方單位認為政
　　　府有義務在微博、BBS上發布訊息，價錢也差不多。（作者
　　　訪問，訪問時間為2011年8月10日）

　　換言之，新媒體中的關鍵字置入，藉著Google、Yahoo所提供的搜尋服務來進行操作，而扮演關鍵角色的則是水軍。水軍的任務很多，他們可到討論區完成任務，亦可到臉書形成粉絲團。受訪者A指出：

　　　討論區是另一個廣告置入的重點區。這方面的置入非常普
　　　遍。最常見電視臺遇到偶像劇上演時，行銷公司會派他們平

時培養的水軍到有關偶像劇的討論區內，去做正向意見立場的維護，或是在負面新聞進行攻擊時要進行防衛。若干小型公關公司會向委託單位保證，可以讓討論區中的正向新聞高於負向。這類的公司會培養很多粉絲團的帳號，讓需要的公司商家，可以在推出時達到如「粉絲團破萬」的行銷效果。（作者訪問，訪問時間為2011年6月8日）

中國大陸新媒體工作者C則說，大陸的行銷公司與廣告公司同樣也會進行這樣的草根操作，這類公司的經營者有的也是臺灣人。換言之，由於大陸人力足，工錢低，新媒體的置入性行銷現象已經無國界之別了。

（二）討論區的置頂

要說明的是，由於置入行銷一定會涉及對價關係，因而本章並不會把網路自動產生的「搜尋建議」納入，而是針對有對價行為的各種行為進行討論。討論區除了水軍、僵屍粉絲（大陸用語）外，可以藉著系統操作進行置入的還有討論區置頂的現象。受訪者B指出：

在若干規模較小的網站新媒體中，也可看到某些網站會透過系統進行操作，以達到某種行銷效果，讓使用者產生誤解。例如，可以花錢修改系統，讓某個訊息「置頂」，即放在討論區的第一位，因為置頂的做法已經違反系統操作原則，說明新媒體的內容置入性行銷意指系統操作者也可以收費。（作者訪問，訪問時間為2011年6月17日）

　　由以上案例可知，新媒體的系統支援置入性行銷的運作，實是新媒體不同於傳統媒體之處。

二、假藉公民記者之名的置入性行銷

　　從正面來看，新媒體帶來公民新聞學的實現。以全球之聲（Global Voices）為例，該網站是由超過300個遍布世界各地的部落客和翻譯者組成，特別著重國際主流媒體少見的聲音，倡議全球言論自由，保護公民記者報導各類事件的權利。公民記者是指在網路上，每一個人都可以針對身邊發生的事件，進行切身的觀察與報導。公民記者的守則要求應做到盡量中立客觀；報導性的文章要尊重事實，作者也要為自己的言論負責。同時也要清楚交代自己在報導事件中的角色與位置；文章不應涉及商業性或做為政治人物的宣傳，亦不能以報導和文章謀私利（李康莉，2011，6）。

　　公民記者表現在部落格的現象最為明顯。部落格的興起曾被認為是對傳統媒體具有相當抗衡力量的草根媒體，但是部分部落客隱藏收費事實撰寫文章的情形，還是引來網友的撻伐（蘋果日報，2011）。以國光石化事件為例，主要的爭執點即在於政府花錢邀請部落客到國光石化廠參觀，[52] 事後有部落客在文章中描述得好像自己非常了解國光石化；也有部落客的文章給予正面的論述（今日新聞網，2011年1月11日）。以致有環保團體批評部分部落客寫的文章像是遊記分享，缺乏專業的描述，甚至質疑是置入性行銷的文章（康杰修，2011）。

---

52 見網址：http://funp.com/xp/?event=1512&post

　　部落格的置入行銷已成常見手法，有些部落客也會使用「公民記者」的名詞與廠商接觸，廠商多是指公司行號、或是地方政府等。還有部落客會將廣告當成一般文章來寫，常見介紹美食者將餐廳的地址、電話、地圖放上去。但部落客不認為這樣有錯，並認為可達到「訊息完整」的效果，與傳統媒體的思惟極不相同，一般廠商會要求部落客不要特別標示是廠商的合作文。但在置入行銷的爭議出現後，已有部落客為維持信譽，會在結合廣告訊息的文章中提到「這是一個試用的機會」、或是加註工商合作文、廠商試用文等；有的則是在文章標題就註明「廠商合作／工商時間」，或直接在文章分類上把「工商合作」類獨立出來，這種做法有點類似傳統媒體的「廣編稿」。

　　可以明白的是，在美食、旅遊、消費這些領域中，傳統媒體的力量已被部落格大量取代，也因此形成另一個廣告置入的溫床。弔詭的是，傳統媒體由於受到置入性行銷影響信任度，許多人才將信心放在業餘的公民記者身上，這方面又以部落客最具代表性。因而，當部落格出現置入行銷，或是假公民記者之名、行置入行銷之實時，更讓人意識到置入性行銷形成的因素，並未因媒體性質而有差異。

三、複製傳統置入性行銷手法

　　不過，必須說明的是，新媒體除了有系統介入置入行銷的新手法外，傳統媒體使用的置入性行銷手法，一樣會在新媒體中出現。即是廣告內容完全以新聞的姿態出現，並未標明是廣告。網路工作者A說到：

從形式上看起來都是新聞。也就是網路經營者已經將整區、或是整個頻道賣給廣告商，所有廣告資訊都是以新聞的方式呈現，內容完全是由廣告主製作、提供與編排。我們可以將網路某個欄目（或稱為頻道）整個賣給廣告主，使用者看不出是廣告。（作者訪問，訪問時間為 2011 年 6 月 8 日）

此外，傳統媒體「不經意」的產品露出手法，在新媒體中也非常普遍。以 YouTube 為例，YouTube 一開始是非商業性的影音分享平臺，相關使用者會主動上傳自己覺得有趣的影音內容。但隨著 YouTube 使用人數達到一定的數量後，就會吸引廠商也將推銷的訊息放到此一平臺中。YouTube 的平臺也會利用分享使用心得的方式來介紹商品，常見美妝教學的相關影音內容之中，特定的化妝教學影片，會藉機露出某些化妝品的品牌；另外一些介紹遊戲的影音內容，也會藉由介紹影片來推銷特定遊戲。還有類似網路部落格的開箱文，以及作者藉由體驗遊戲來推銷等，都是利用單純的介紹影片，在影片中讓特定商品露出，以達成廣告效果。以此來看，新媒體的置入行銷依然牽涉到新媒體經營者對新聞、或是網路訊息的態度。新媒體工作者 A 補充說，他們不會在選舉、保險、藥品等新聞內容中進行置入性行銷，但不否認有些高級藥品，還是得用置入性行銷來報導。因為現在廣告公司下預算時，都會要求做置入性行銷，如果不配合，廣告很容易就下架。可知傳統媒體中直接「買新聞」的現象，依然在新媒體中出現。新媒體為了市場競爭壓力，必須操作置入行銷手法。不過，新媒體經營者認為，新媒體的使用者接受新聞置入性行銷的彈性、比例，都比傳統新聞來得高，對廣告置入也較不在意。同

時，新媒體由於科技的特性，使得廣告主在新聞置入性行銷上更具主動性與正當性，訊息內容與廣告的分界愈來愈困難。綜合歸納深訪意見後發現，由於廣告主認為新媒體在廣告上往往可以達到出奇不意的效果，多半會要求新媒體也和傳統媒體一樣，採取將廣告置入到新聞或是內容中的行銷模式。

第三節　新媒體置入性行銷的偽聚合

　　若要進一步了解新聞置入性行銷在新媒體的其他現象，可以透過聚合（convergence）概念進行釐清。聚合（或譯為匯流）是新媒體運用最廣的名詞。數位新聞因為媒體聚合，或是為了追求綜效（synergy），會在不同媒體間，進行相互拉抬的夥伴關係。聚合不但改變了傳統新聞的面貌，創造了新媒體的新聞面貌，也可能出現正反兩面（ambivalence）的後果（Storsul & Stuedahl, 2007）。「聚合」是傳播學者普耳（Ithiel de Sola Pool, 1983）因震懾於科技的神奇妙用而第一次使用；後續研究者相信隨著科技的全球化，政府對新聞的壟斷與控制會變得更加困難（Herbert, 2000: 14-15）。不過，傑金斯（Jenkins, 2006: 3）反對把媒體科技的整合當成聚合；他認為必須是鼓勵消費者尋找新的資訊並在分離的媒體中進行連結的文化轉換，才是聚合。

　　依此概念發展，可知置入性行銷中的使用者並非真的主動，過程中更無文化轉換的意涵。因而，置入性行銷實是假借科技整合，目的則是追求商業利益的傳播，可說是一種「偽聚合」（pseudo-convergence）。在置入性行銷過程中，各式媒體間的合作與連結固然更加密切，說穿了只是利用平面與電子媒體去找到不同的閱聽人而已。本章因而嘗試就「偽聚合」概念，檢視置入

性行銷在新媒體中出現的現象。

我們要理解，網路不但已經變成有關傳統內容分配的通路，亦能降低內容再生產與分配的成本，這也顯示網路的使用者已經不像早期那麼受到重視。如果要評估網路對內容生產有任何影響，可以說網路已使得「靠內容賺錢」這件事變得更困難（van der Wurff, 2008: 67），目前已可見傳統媒體中的置入性行銷，也會因為網路的複製而在新媒體中流傳，卻無人管控。此外，藉著網路的互動點擊設計與群集媒體的使用，都可使置入行銷的現象更加擴大。

一、設計互動式點擊

新媒體強調互動功能，因而很注重訊息設計，以吸引使用者點擊。以臉書為例，臉書在達到目的之前，必須經過幾道手續，像是使用者想玩小遊戲或是想接觸某訊息的時候，並不是一點擊標題或程式就可以立刻進行，過程中會先跳接很多畫面，例如：「請先按讚」、「請推薦給幾個朋友」、或是「請同意這個應用程式存取你的個人資料」等，之後才能達到目的。而在這些過程中，這個商品或是遊戲已經藉由點擊程序產生廣告效益，這也是新媒體置入呈現的模式之一。

再以臉書為例，臉書的官方小遊戲所做的置入性行銷，也曾因此引起使用者的反感。其中一個案例是，紅極一時的開心農場，在2009年曾將果汁品牌置入在遊戲中，隨後又有幾項產品加入，還在遊戲中為果汁產品設計種子、作物、房子等等，再跟實際的飲料商品結合，進行贈送開心農場百萬農民幣的活動。許多開心農場使用者因而紛紛購買該果汁產品，以獲得遊戲中的農

民幣，但隨後開心農場也遭到使用者抗議，最後以撤銷這項產品置入收場。或是以部落格為例，常見美妝的影片教學，乍看下以為是部落格結合影片的美妝教學分享，但實際上部落客使用的教學用化妝品，均是某一品牌的產品，產品名稱很明顯露出！同時，部落客還會在文章末端，再附上網址連結以傳遞廣告訊息。而YouTube中最著名的例子莫過於2009年的「宅男的最後120小時」，該片以宅男苦惱單身，最後美夢成真的劇情，吸引大批的網友觀賞。許多人認為該影片創意十足，卻不知道這支影片其實是香港旅遊發展局為宣傳「香港繽紛冬日節」的置入性影片。短短二天即吸引超過十萬人次瘋狂點閱（唐鎮宇，2009年12月19日）。

在新媒體中，使用者要接觸到訊息之前，常會出現各式視窗跳出的情形，以使得消費者更容易接觸到廣告。以部落格而言，部落格內的陳列式廣告多半在左上或是右上等使用者目光容易接觸的欄位。有的部落客網誌會在左側用諸如「四隻小浪浪的飼料」、「謝謝你！感激不盡」等簡短標語進行情感訴求，讓粉絲因支持該部落客而點擊廣告，協助部落客獲利。另有一案例為提供創業教學資源部落格，該部落客又另提供如臉書、噗浪和微網誌等的資源分享。不過，使用者若想獲取該資源，必須先協助點擊出現在資源分享網址列上方的廣告，才能成功下載需要的資源。又以噗浪而言，除了常用來結合部落格文章，以增加使用者接觸廣告的機會，另有一個明顯的方式是卡馬救星。卡馬救星協助使用者在無法使用噗浪的時候，仍持續發出噗浪訊息在個人、朋友的動態頁面上，但這時的訊息已非原使用者的訊息內容，而是廣告。

二、群集媒體的使用

不同新媒體間特殊的互動性與連結，也讓訊息和廣告的流動更為明顯。由於現在廣告的形式愈來愈多元，不再單單僅限於點擊式的廣告，隱含在文字、影片還有互動應用程式的設計，都是廣告商可以投入的重點。有許多廣告取向的部落格，會藉由在旁邊放置臉書和噗浪連結的方式，讓使用者可以經由點擊轉載內容到自己的臉書和噗浪頁面上，或是分享推薦給朋友。

以臉書為例，曾見臉書常出現跟論壇結合的形式，很多文章或是笑話、小故事，都會在臉書上出現一小段，點擊之後卻很反常地跳到外部連接的論壇網站，那裡才有較長的文章出現。但是看到最後或是關鍵點的時候，卻又出現必須「按讚分享到臉書頁面」才可繼續看完的提醒，因此使用者紛紛按讚分享，以使論壇上的這篇文章可以出現在自己的頁面上。這個過程已讓臉書的訊息被切成片段，又因論壇充滿各式廣告，使用者很容易就誤觸廣告，這種模式實已破壞臉書原有的訊息單純性。

新媒體中，媒體之間相互串連和結合的方式較為容易，且在新媒體上讓商品訊息曝光的成本非常低。因而商品訊息若想曝光在新媒體上，通常不會只採取單一新媒體，而會結合三或四種，以一網打盡。像是部落格和噗浪、臉書甚至是Youtube之間，已有同步發布的選項。以某牙醫診所為例，群集媒體的使用包括：搜尋關鍵字、關鍵字廣告、部落格推薦以及YouTube影片。

其中，臉書是最具多媒體性質的新媒體，它集合了各個平臺的取向，可以像部落格一樣發布長的網誌文章，一樣具有留言板；也可以像噗浪一樣簡短發布一兩句話的動態；更可以像YouTube一樣發布和轉載影片，使用者都可針對該影片回應討

論；也有廠商成立的粉絲團近似於官方網站；還有互動小遊戲等應用程式設計。部落格結合噗浪的手法則是在近年也很常見。許多知名的YouTube影片都是先在臉書上流傳，才可以當紅。在噗浪中，也有很多噗友連結YouTube影片，其中噗浪有一個常用的外掛程式，只要噗友噗說我要聽＋要聽的歌曲名，小歌手就會自動幫你找歌，找的幾乎都是YouTube上的歌曲影片。這些新媒體彼此間，已經建立互利共生的關係了。

第四節　重建新媒體訊息與廣告的清楚分際

如本章所述，網路新聞並非以經營新聞品質為主，而是便於廣告主可以從中尋找特定的目標人口資料（target niche demographics），這就會對新聞的民主角色帶來很大的衝擊。廣告主可以透過網路直接與消費者接觸，因而傳統媒體中編輯和廣告主的歷史性連結就受到破壞，並因此影響新聞的傳遞（Freedman, 2010:37）。在這樣的情況下，最主要的問題不是閱聽眾的下降，而是新聞與廣告連結的商業模式變得去規則化（degeneration）。同時，網路新聞還有一個大問題是，使用者多認為網路新聞應該是免費的，一旦不必收費，使用者數量就會擴大，便能吸引廣告主。《經濟學人》（The Economist）在2006年就指出網路媒體的讀者比報紙讀者價值更低，是因為使用者是隨興地、片段地使用網路新聞（Freedman, 2010:45）。另外，網路新聞的正確性也被認為低於傳統媒體，加上新媒體置入行銷的情形，已比傳統媒體複雜，使用者更是難以分辨。即使發現異狀，也因為使用者未付費而無法理直氣壯。部分研究也已開始指出這方面問題的嚴重性（Philips & Freedman, 2010）。

　　但有些國家已開始注意置入行銷對新媒體的傷害，並已有相
關新媒體倫理的規範與要求（Lasia, 2008）。舉例而言，為了防
止日益嚴重的部落格置入性行銷，繼美國和英國之後，「南韓公
平交易委員會」已於今年制定新的規定，要求部落客如果收受廠
商好處，必須在發表相關文章時披露，藉以限制部落客拿好處吹
捧產品的手法。「美國聯邦貿易委員會」也說明他們雖不會監看
部落格，但會針對民眾投訴進行調查，必要時將祭出罰款，臉書
和推特使用者也受同樣規範（陳正杰，2011）。然而臺灣到今日
其實依然是靠業者與輿論方式自清。臺灣媒體最討厭官方介入，
新媒體自不例外。但是，國內廣告置入到新聞的現象已在傳統新
聞中成為公開的祕密，從業人員無法自拔，官方至今也找不到徹
底根絕的管理妙方；如今又看到新媒體中有關置入性行銷的濫
用，令人擔憂的是，我們可能會在傳統媒體之後，再次看到新媒
體因置入性行銷，形成另一次媒體社群集體墮落的現象。

　　更須正視的是，在討論有關傳統媒體的置入性行銷議題時，
關切的是新聞工作者的專業倫理問題；但在新媒體的數位新聞
中，牽涉層面卻變得極其多元。除了延續一如傳統記者之訊息提
供者的專業倫理外，尚包括系統工程師的系統操作倫理等。換言
之，新媒體中任何參與者均有各自的專業倫理，卻先後罔顧自
身的專業倫理，才會使得新媒體的置入性行銷現象，變得如此普
遍。

　　新媒體的誕生曾經如此備受期待，置入性行銷卻可能破壞新
媒體予人的信任感。為了重整媒體公信力，如何加強新媒體中不
同工作者的專業領域，共同維護媒體訊息純淨的環境，實為臺灣
公民社會的重要課題。此時不僅應強化民眾的電腦素養，更應強

化新聞記者的電腦素養，在臺灣如何具體實踐資料新聞學，即是
第十三章企圖討論的重點。

第十三章

臺灣資料新聞學興起

發明網際網路（www）、被稱為「網路之父」的英籍科學家提姆柏納爾斯李（Tim Berners-Lee），與他的同事奈傑爾夏伯特（Nigel Shadbolt）是協助英國政府公開資料的兩個關鍵人物。他們兩人一直幫忙英國政府公開資料，並建立英國政府資訊公開平臺（data.gov.uk），可供人免費使用。當時記者問他：「政府花那麼多錢，整理那些資料是要給誰用呢？」

柏納爾斯李具體指出：「這是新聞記者的責任。」他表示，人們需要具備資訊技能（data-savvy）的記者，來幫忙從資料堆中找故事。柏納爾斯李更認為分析資料以獲得珍貴的資訊，將是新聞的未來（Arthur, 2010）。

西方媒體深刻體會數位媒體氣勢銳不可擋，已成為傳統媒體轉型的可行方向（林照真，2013a，2013b）。之所以如此，是因為一方面數位的網路傳播加速壓縮傳統平面媒體（報紙及雜誌）的發行量，以致印刷媒體必須求變方能生存；另一方面數位網路平臺提供大量空間，傳播科技更帶來多元的資訊設計與呈現形式，尤能吸引網路上聚集的年輕社群，也讓印刷媒體充分體認數位傳播時代已經來臨。驚人的傳播科技促使新聞面貌發生徹底改變，如今網路已成為眾人獲得資訊的最主要來源。遺憾的是，這樣的體認一直未在臺灣發生，臺灣的平面媒體仍然以最多資源固守傳統媒體市場，對數位媒體的經營相當有限，可見臺灣的新聞產業並無法扮演火車頭的角色。這時，臺灣的新聞教育界必須掌握全球最新動態，作為新聞產業界的參考。資料新聞學即為其中一例。

此刻，資料新聞學的影響力仍不斷擴大，發展資料新聞學可以為未來的新聞發展帶來新的生命，記者在資料處理中扮演的

是意義創造者（sense-makers）的角色，並且可以拉近新聞與社會的距離；如果做得好的話，還可以帶來新的商業模式，讓新聞媒體有重生的機會。在這樣的情形下，歐洲新聞中心（European Journalism Centre）與英國阿姆斯特丹（Amsterdam）大學開始組織資料新聞學領域的發展。這個工作共有三個環節，分別是：找資料（data mining）、資料視覺化（data visualization）與多媒體報導（multimedia storytelling），並要在過程中設想各種可能性（European Journalism Centre, 2010）。臺灣目前已有「優質新聞發展協會」關心此事，並已出版《資料新聞學開講》專書（林麗雲，2013）。此外，臺灣大學新聞研究所則已有林照真開設「資料新聞學」課程（林照真，2013a），則是國內首次開設新聞相關課程。

　　與臺灣業界想法不同的是，西方新聞產業一直非常看重資訊圖表，認為可以帶來商機，進而建立商業模式。其中的思考在於，網路必須具有傳統媒體無法提供的內容或服務，才可能增加附加價值，與資料新聞學有關的「互動資訊圖表」（Interactive info graphics），就被認為具有如此的附加價值。《紐約時報》、《衛報》、《經濟學人》都經常使用資料報導，目前亦有彭博（Bloomberg）公司以提供財經資料給使用者而獲利；《紐約時報》因此估計2008年美國的相關產業產值可達63億美元（Gray, et al. 2012: 58-59）。特別是，當平面媒體與電視只能呈現靜態的、或是線性的資訊圖表時，網路的互動性可以讓使用者像個指揮者（director）一樣使用圖表。視覺在內容客製化上更是重要，互動資訊圖表尤其是（Schroeder, 2004）。由此更可明白，資料新聞學有兩個構成要素，即是使用程式軟體來處理大量的初

始資訊，並且加以視覺化（Gray, et al. 2012），經過這樣的程序後，當讀者在網路上接觸到資料新聞時，常會讚嘆資訊竟能如此優美。

由以上可知，資訊視覺化是海量資料最後的呈現方式；在視覺化之前的資料蒐集與資料分析，都將成為資料新聞學前置作業的兩項重要工作。這個工作在西方已有數十年的發展，但西方能有這樣的發展並非偶然，其實是需要相關法令的配合。以美國為例，美國的《自由資訊法案》（Freedom of Information Act; FOIA）於1966年誕生，內容規範除了負面表列的九項限制，其餘的政府資訊都必須公開（林照真，2006）。此一工作為所有的資料分析奠定了最好的基礎。反觀臺灣，則是遲至2005年才通過施行《政府資訊公開法》，規定政府有義務開放資料。但政府的資料開放情形不一，臺灣新聞界並不常使用此一方法，加上傳統新聞技能的訓練並不包括電腦軟體程式的運用，以致資料開放至今並未受到新聞界重視。有趣的是，臺灣目前反而是具有電腦軟體的資工背景人員對此一問題頗為關心，以非政府組織「零時政府」來說，便強調該組織致力推動資訊透明化、言論自由與資訊公開，也標舉以程式改造社會的理念（零時政府，2014）。另一Code for Tomorrow（2014）組織，也一樣強調資料的開放，其組成人士也以資訊背景者為主。

這真是非常少見的現象，在臺灣關心政府資訊開放的相關人員，竟然是由資訊人員展開，而非新聞實務界、或是新聞教育學界。在這些資工人員已有一定努力，卻在舉辦活動帶動更多年輕人加入時，發現缺乏資料分析的新聞敏感與新聞能力。就有新聞實務界人士私下指出，若干資訊人員費了好多工夫分析資料後的

結果，卻是新聞界早已知道的事實；有時也發現資訊人員只是將大量資料視覺化，並未能從中找到有意義的新聞現象。而相關資工背景人員也認為他們面對資料時，常常不知該從何處下手，並直言新聞背景的人參與太少。以「零時政府」而言，就有成員意識到此一問題，已開始邀請具有新聞背景的熱心人士，能一起加入涉及特定議題的專案分析工作。

由此可知，資料新聞學其實是想從開放資料中尋找更多新聞，以取代傳統只能進行個案訪問、或是呈現小規模真實的方式。若要達到此種功能，使用者必須具有利用電腦軟體處理大量資料的能力；並具有一定的新聞感，能從資訊分析中尋找有意義的新聞，最後再以視覺化的方式呈現。這對當今新聞界與新聞教育來說，都是極大的挑戰。然而，由於資料處理涉及不同領域的整合，又涉及大量資料的處理與分析，必然需要電腦軟體的相關認知與應用。在今日臺灣新聞教育缺乏數位訓練的前提下，勢必得設法結合資訊專業，才可能實踐資料新聞。本研究因此想探討在實踐資料新聞學的資料蒐集、分析、資訊視覺化等步驟時，如何進行新聞與資工的跨領域合作。

第一節　資料新聞學成立要件

資料新聞學發展的第一要件，就是必須要有公開、容易取得的原始資料，才可能使用資訊軟體進行分析，以便從中發現新聞。由於美國早已有政府資訊公開的法令，因而美國新聞界向政府要求提供資料的情形非常普遍。這些資料有的可以免費索取，有的必須付費；有時無法順利從政府手中取得重要的資料時，新聞界就得和政府打官司。因此，循法律途徑要求政府公開資料，

是新聞界常用的手段。美國主要的新聞機構，都聘有律師負責與政府交涉資料等業務。不過，新聞記者未必會循法律途徑去要資料，主要是擔心報導主題可能因此外洩（林照真，2006）。因此，循傳統途徑與受訪者打交道，永遠是新聞記者工作時非常重要的一環。

時至今日，資料已比過去普遍，這方面的發展不但需要資訊自由化的資料建制與法令配合，也涉及不同領域的整合；另外更涉及政府資訊公開、透明的問題。西方政府均已展開資訊更加開放的行動，美國總統歐巴馬於2009年宣布成立data.gov新網站，數以千計的套裝資料已經開放人們使用。英國也在2010年的聯合政府選舉時就承諾開放資料，做為政策透明化的一部分。2012年英國政府又再一次強調政府的透明度，因而對外公布政府資料。所有英國地方政府也被強制要求公布超過五百英鎊的個人消費資料，這對原本景氣並不樂觀的地方新聞而言，等於是突然出現的資料寶藏（Rogers, 2013: 33-37）。同時，資料公布的事不盡然只限於政府單位，目前由於資訊自由流通等法案通過，全世界已燃起資料開放（open data）運動，也有一定的成效；一般人上網，就可以從很多來源取得資料。

新聞記者在報導時，一直都很需要資料；若干資訊能力較強的記者，都會養成儲存原始資料的習慣。他們在進行傳統採訪時，除了設法取得意見外，也會向特定人士索取更多的原始資料。接下來，就要看記者如何從資料中發掘新聞。

要從資料中發掘新聞，首先要有新聞的問題意識，然後才在相關資料中挖新聞。這些資料可能從普查、或是調查中獲得，也可能還是未經整理的資料，都必須進一步分析整理（Ward, et al. 2010）。新聞記者以自己的新聞感，比對出有用的資料後，並且找出問題的型態（pattern），就可以找到更好的新聞。由此可知，資料在資料新聞中的重要角色。

　　資料新聞學包含兩個階段，第一個階段是蒐集資料、分析資料、從資料中找到新聞故事；第二階段則是因為資料數目龐大，於是要試著以視覺化方式呈現，才能說明新聞故事的全貌。這兩個部分，與早期的新聞教育都有一定差異。資料新聞學與調查報導中的「電腦輔助報導」（computer-assisted reporting）非常相近，眼前的整體配套條件已較過去成熟許多。過去有不少第一個階段就要蒐集的資料，均已轉型為非機密資料，而是公開、甚至多數是免費的原始資料（raw data）。同時，分析資料使用的軟體有不少也是完全免費，分析軟體等工具也愈來愈多元，這些都與全球資料開放運動的蓬勃趨勢息息相關。

　　想要檢驗這些資料，就必須確定這些資料已做好極佳的數位典藏，並且具有清楚、前後一致的類目，才可以進行試算。電腦輔助新聞報導是其中值得一談的現象。美國新聞界近十餘年來大力發展「電腦支援的報導技術」（computer-assisted reporting），就是要在電腦中發掘到別人不知道的故事。這項技術就是由記者利用一些特殊軟體，從大量資料已經整理妥當的資料庫中找到需要的資訊，進而發現新的事實。

　　當記者使用電腦來檢驗資料時，所依據的不再只是單單幾個個案的資料，而是數千、數萬個個案資料，這將使記者的報導更具權威性。同時，使用電腦進行的調查報導也需要採用一些簡易的社會科學方法，並把這些方法延伸到資料庫的分析上，記者要學習運用這些軟體，也要在電腦中算出需要的結果，如此記者就

可以發現別人所不知道的事實，更可在匿名新聞來源提供訊息時作為佐證。但首先要強調的是，電腦終究只是工具，重點還是記者如何跑新聞。在電腦輔助新聞學（computer-assisted journalism）中，電腦只是用來幫助記者，而非取代或宰制他們的工作，像賴斯納（Neil Reisner）這位電腦輔助報導的專家所言：「電腦輔助報導本身不能製造好的故事，但它可以幫助我們去問更好的問題，並寫出更好的故事。」

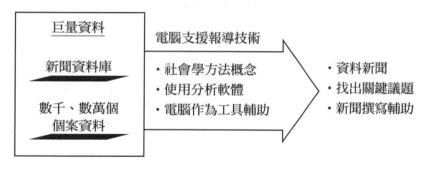

圖 13.1　資料新聞學具體落實的三個階段。

　　舉例來說，當民眾想了解癌症死因時，可以從政府資料開放平臺（data.gov.tw）上取得癌症年度、死亡原因、鄉鎮市區別、性別、年齡代碼及死亡人數等結構化的數據資料。若試圖就這些相關資料進行全面分析時，資料數量可能達到數十萬筆到近百萬筆。因此分析者必須具備使用電腦分析資料的能力，包括學習使用相關分析軟體，或是借助資工人員協助等。接下來，基於透過資料發現資訊的目的，資料分析者須具有一定的問題意識，能從數據中找出現象，形成關鍵議題，便可成為新聞的來源。相關新

聞作品請掃描以下的QR code，即可看到臺大新聞所等學生一一
完成的作品（或上網http://datajournalism.ntu.edu.tw）。

　　類似案例不勝枚舉，使用者可依據議題需求，到國內外各式
資料平臺上，設法尋找需要的資料。資料開放已為全球趨勢，本
章最後雖已列出若干平臺，請勿以此自限。

　　由此可知，結構化的、完整的資料，必然有助於新聞產製。
目前全球已見許多開放資料，確實有助於電腦輔助報導。根據
國際數據資訊（International Data Corporation; IDC）公司的資料
指出，近幾年全球政府機構、國際組織、非政府組織大量開放
資料，約有90%的資料在兩年前根本不曾存在（Gantz & Reinsel,
2011），這說明巨量資料（big data）時代已經來臨。巨量資料不
但顯示資料具有特定的數量，同時也說明必須在資料間建立一定
的連結性，以致巨量資料已經在民主社會中扮演極為重要的角色
（Malik, 2013）。

　　政府資料依法必須公開，已經是民主社會常態，因為是民主
國家一定要做的事，各民主國家正陸續進行資料建制工作。西方
政府很早就已展開資訊開放行動，並且強調利用傳播科技（ICT）

來建立與經營政府的資訊系統（Bhatnagar, 2004）。21世紀更被認為是巨量資料快速發展的時代，最主要工作即是在網路上蒐集、儲存資料，並且確保這些資料可以使用電腦軟體進一步運用（Baqir & Iyer, 2010）。因為這樣，全國各民主國家已經投入國家資源，展開相關工作，不但可以提供民眾更加了解政府施政，也可讓政府更加透明、公開，真正實現民主理念。

2012年美國政府再一次強調政府的透明度，因而又對外公布政府資料。除了專屬的網站外，不同政府部門也有特定欄目開放資料。例如，美國能源局也有專屬網站，其中還包含其他國家的相關能源資料（http://www.eia.gov/）。西方國家之所以這樣做，是因為在開放政府（open government）、或是E政府（E-government）的觀念下，政府都必須開放資料。在民主思潮中，開放政府是市民應有的權益，所以是政府必須要做的事。

從國外建制資料的情形看來，除包括開放特定機構的資料外，也非常強調不同行政單位間資料的相互支援，如此一來，人們便可以使用各程式軟體，去應用隱藏在這些資料背後的資源（Lewis, Zamith, & Hermida, 2013）。換言之，政府開放資料的目的就是需要人去使用，並不是僅做到形式的公開而已。因此，2007年英國政府立法機構網站（legislation.gov.uk）就主張政府應把握資訊公開後的創造、消費、再利用所帶來的經濟效益（Mayo & Steinberg, 2007；轉引自行政院研考會，2013）。換言之，政府資訊不能只考慮開放的單一層面，一定要與資料的運用結合討論，才能讓資料的效益發揮到最大。這方面的發展不但需要資訊自由化的資料建制與法令配合，也涉及不同領域的整合，更涉及政府資訊公開、透明與加值運用等問題。

　　臺灣和美國不同的是，美國要求政府開放資料的立法基礎《自由資訊法案》（Freedom of Information Act; FOIA）早於1966年誕生。反觀臺灣則是遲至2005年才通過施行《政府資訊公開法》，並規定政府有義務開放資料，以致許多有關政府資訊開展的相關業務已比美國遲延。但至少，臺灣已經完成政府資訊公開的立法工作，相關法令皆已完備，並且也設立政府資訊公開平臺（data.gov.tw）；各級政府單位網站依法也設立「政府資訊公開」欄目，陸續開放資料，但是開放的情形目前看來並不理想。

第二節　開放政府與開放資料

　　政府資料的加值運用指的是開發原始公部門潛在之資料，並使之成為加值資訊（value added information）。所謂加值應用，指的是便利於終端使用者的目的，以強化公部門的使用性與有效性（行政院研究發展委員會，2013）。政府資料的加值應用更在於公部門應致力於資訊的電子化，以便於公民可以順利取得政府資訊。同時也要確保在進入這些資料時，不會有太大的門檻障礙（Aspland, 2012）。但根據Lin（2014）研究國內中央與地方各級政府機構，發現政府的公開資料情形有待加強。

　　本研究以World Wide Web發明人提姆柏納爾斯李的五顆星資料為評價標準（http://5stardata.info/tw/）。星數愈多，資料可運用電腦軟體進一步運用的機會就愈高，更能提高資料的價值，並且確認資訊公開者的用心。依據該標準，從一顆星到五顆星的標準分別為：

表 1：Tim Berners-Lee 的五顆星資料

★	民眾可在網路上找到資料（e.g., whatever format and PDF）
★★	資料是結構的形式出現（e.g., Excel, SHP, WMS）
★★★	公開軟體可應用的形式（e.g., CSV, JSON、KMZ、KML）
★★★★	使用統一資源標識符（URIs）提供資訊
★★★★★	連結所有資料以提供情境資訊

　　本章由四名研究生進行統計分析，主要是從這153個政府機構網站的「政府資訊公開」欄目中，分析公開資料的品質。由於同一單位公布資料的格式不一，以致統計時必須以百分比來分析。以行政院為例，公開的資料檔案中有75%的資料是PDF檔，屬一顆星標準，另有 25%則為Excel檔，屬兩顆星。因此，本章的做法是先將各個政府單位資料在一至五顆星所占的比例統計出來，並將政府部門比例加總，再除以政府數目，就可得到本章呈現的比例。本章檢驗中央與地方各級單位共153個。除最高的總統府與五院外，五院的一級機構有41個接受檢驗。21個地方政府一級單位受本研究檢驗。另外，中央政府與地方政府共有81個二級單位也在研究範圍內。這153個政府機構必須在他們的政府機關網站中開闢「政府資訊公開」欄目，並依法公開政府資料。

　　統計後發現，政府公開資料中可供電腦軟體運用的比例過低，國內153個政府公布的資料中，有高達64.74%為一顆星。由於一顆星為PDF檔，電腦軟體無法直接閱讀，並不利於資訊的公開。就連總統府與五院等臺灣最高治權機關所公開的資料，多數也是以PDF檔呈現。然而，要使用開放資料，並非只是取用網路

上的靜態資料而已。政府儲存資料的形式就有很大的問題。目前
臺灣的政府資料可以利用電腦軟體運用的比例過低，兩顆星以上
的資料只占所有資料的34.74%，比例並不高。其中，兩顆星的
Excel檔有29.25%，三顆星有2.78%，四顆星為2.71%，可見臺灣
政府的公開資料並不利於進一步的運用。這樣的情形自然不利於
民眾參與公共事務。

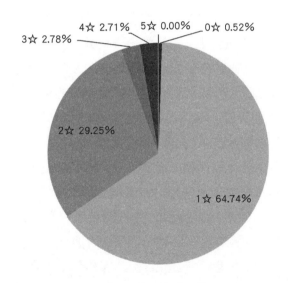

圖13.2　153個中央與地方政府開放資料依五顆星檢驗情形

　　本章亦發現臺灣政府也開始朝電腦可直接運算的方向開放
資料，這類的資料一定是在二顆星以上。從本章統計得知，中
央政府提供Excel檔等可運算的二顆星資料達30.37%，地方政府
則達43.33%。另外，中央政府三顆星有8.41%，地方政府則只有

0.48%。中央政府四顆星的資料又降到2.32%，地方政府更只有0.24%。即使資料公布的格式已較開放，卻還是出現公開的資料並不完整的問題。例如，農委會水土保持局提供九筆JSON檔案的資料，仍有一半的資料是電腦無法判讀的PDF檔。國防部等單位也能提供CSV檔案，但這類資料的數量並不多，國防部CSV檔只占所有資料的5%，有60%還是PDF檔。如果再將中央政府與地方政府做比較，會發現中央政府較能向更有利於電腦運用的方向開放資料，但也沒有任何政府單位在資料公布的品質上，可以達到五顆星的標準。

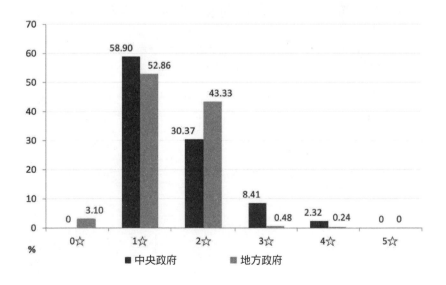

圖13.3　國內中央與地方政府公布資訊之比較

從政府公布的資料來看，目前約有幾個問題：

（一）、政府資料不全，公布的常是法規，或是整理過的資料，並非原始資料。

（二）、政府的資料有將近七成是以PDF檔出現，不利於資料在電腦中進一步運算，自然就很難進一步應用。

（三）、使用者的資訊背景不同，目前國內政府的資訊呈現形式，無法滿足不同背景之使用者的需要。

因為臺灣政府公開的資料問題不少，因此在使用資料時就必須與負責資料公開的政府交涉。由於臺灣新聞界尚未養成使用公開資料製作新聞的習慣，本章只能從臺大新聞所進行資料報導的學生、資工相關人員進行深度訪談，以了解相關情形。本章在2014年6月至8月間，共訪問八名受訪者。受訪相關資料如下：

受訪者	職稱	受訪日期
受訪者A	新聞所研究生	2014.6.16.
受訪者B	新聞所研究生	2014.6.23.
受訪者C	新聞所研究生	2014.6.24.
受訪者D	新聞所研究生	2014.6.24.
受訪者E	新聞所研究生	2014.6.24.
受訪者F	資工背景資料開發者	2014.8.11.
受訪者G	資工背景資料開發者	2014.8.11.

本研究提出的問題如下：

一、使用開放資料時，為何需要與政府機關聯繫？

二、政府提供資料時的立場與態度為何？

三、在試圖取得政府資料時，約會遇到哪些困難？

本章在深度訪談後的發現如下：

一、政府資料並不是以電腦可判讀的格式出現

臺灣的政府資料多數是以PDF的格式出現，根本無法直接由電腦來判讀與分析。不但臺灣情形如此，即使英國已經發展開放資料多年，仍然有政府資料是以PDF檔出現，可見多數政府仍不願提供結構性的公開資料給民眾使用（Egawhary & O'Murchu, 2012）。由於上述研究發現有超過64.74%的資料是PDF檔，讓使用者非常苦惱，因此必須與政府承辦人員交涉，希望能夠取得Excel格式的資料，結果卻非常挫折。受訪者B說：

陸委會給我們的是PDF檔，我希望他們能給我們Excel檔，這對他們來說很簡單，但他們認為政府只規定他們要公開資料，並沒有規定要用什麼樣的形式提供，所以他們不願意幫我們轉檔。經濟部的人還說，給PDF檔就是不希望民眾可以那麼方便使用政府資料。我還發現有些政府單位甚至不知道自己必須公開資料，所以網路上很多資料是缺漏的，而且政府公開的資料常是他們已經簡化過的內容。不過，不同政府單位的情形都不同，有的部會做得比較好，有的做得不好。（作者訪問，訪問時間為2014年6月23日）

受訪者C則說：

　　國內資料常靠打電話去查資料，有時也找不到直接負責的
人，電話就會轉來轉去。我做政治獻金議題時，要跟監察院
要資料，都是紙本掃描，因為資料量大，要一本一本翻，還
要影印紙本。而且資料的年代並不齊全，如果要最新的資料
就必須再打電話。

中央和地方對於資料也是分開管，有時候要和中央要，有時
要和地方要。地方政府要看運氣，他們常是紙本，並未電子
化，就算比較進步的也是PDF檔。政府資料公開平臺上面的
資料很少，還有很多資料還未公開。臺灣的地震資料沒有確
定的地址，我們無法在地圖上具體標示出來，後來是在美國
網站上找到臺灣的地震資料。（作者訪問，訪問時間為2014
年6月24日）

　　有公開資料對新聞工作者來說，是非常關鍵的事，在美國如
《華盛頓郵報》（*the Washington Post*）也都是從聯邦政府公開的資
料庫中，找到可報導的故事（Briggs, 2010: 256-257）。受訪者D
的經驗則是：

　　我們能要到的資料有的是文件檔，立委財產是用文字敘述，
有的是紙本，但不是說是開放資料（open data）嗎？我們就
是拿不到開放的電子檔。我建議他們用Excel，他們就說用
PDF檔已行之多年，他只是一個小職員，要我們不要為難
他。（作者訪問，訪問時間為2014年6月24日）

資工背景的受訪者F則說：

臺灣有23個縣市，很可能就有23種資料格式。很多部門代號都沒有統一。以村里鄉鎮縣市的地理區域來說，內政部和交通部的地理代號都沒有統一，如果我想就兩個資料進行交叉比對，根本沒有辦法。而且同一單位每年所使用的資料也沒有統一的代號，這也凸顯為什麼五顆星會提到單一網址的事，這樣才能連到其他的資料上。（作者訪問，訪問時間為2014年8月11日）

二、政府單位和民眾對資料公開的標準不一

受訪者D認為，政府資訊公開平臺上的資料很少，都不是重要資料，真正重要的資料並沒有放上去。受訪者E也說：

我看到有的資料名稱很吸引人，打開卻只有一頁。有的很公開，點進去都是法規，或是只有一、二頁，他們以為這樣就叫公開了。我們想做監視器與犯罪的地圖，臺北市網站上可以找到監視器資料，都是PDF檔。監視器的open data只有臺北市有，其他直轄市都沒有。我們想做臺灣全面性的檢視，資料都不夠。（作者訪問，訪問時間為2014年6月24日）

受訪者B說：

我曾和行政院三個政府單位（經濟部、農委會、陸委會）要資料，其中經濟部和陸委會並沒有給我資料，我要的資料是有關該部門付費買廣告的情形，我認為應是可公開的資料，但他們就是不給。（作者訪問，訪問時間為2014年6月23日）

受訪者F則說：

還是有很多資料沒有用，這種情形太多了，即使在形式上可以達到四、五顆星也沒有用，因為公開的都是不重要的資料；重要的資料反而都不公布。常感覺丟出的資料是大家不需要的，我常覺得我需要的資料在open data中找不到，就得自己一直摸索，我希望能有壓力讓政府公開這些資料。例如「地籍資料」每年可為政府帶來數十億的收入，這些資料都是建商在買，一買就是幾千萬。內政部有提供一筆一筆資料查詢的功能，再去地圖做比對，但速度非常慢。（作者訪問，訪問時間為2014年8月11日）

三、政府資料公開必須講求專業

當政府依法必須公開資料時，就會出現很多民眾直接索取資料的機會，也會發現不同經手人，面對民眾的態度很不相同。受訪者A說：

網路上的資料往往都是散的，我無法從網路上得到完整資料，一定要到政府機構現場才會給。一開始他們要收規費，一份十元、二十元，什麼資料都可以給，但都要錢。我要的資料有四、五千頁，我負擔不起，我去了很多次該單位，後來公務員知道我的用途是學校作業後，就把PDF檔偷偷給我。（作者訪問，訪問時間為2014年6月16日）

受訪者D則說：

我們打電話去要時，對方都說不方便，還會要我們提出公
文，常常很長一段時間都沒有回音，我們去催，大家好像都
不想給。有的分局比較溫和，但他們似乎會相互聯繫，最後
我們什麼都拿不到。我告訴他們，我們是依法來要資料，但
他們告訴我，因為犯罪涉及隱私，都用個資法擋掉我們的需
求。（作者訪問，訪問時間為 2014 年 6 月 24 日）

受訪者 G 則說：

政府資料最嚴重的問題是一直沒有一個統一單位來做，可以
在不同單位中建立一致的代碼、使用方法、一致的法規，但
現在資料格式沒有統一，不同單位使用不同格式。我們懂資
工的人都要用寫好的轉換程式才可以轉換，不是每個人都可
以處理這樣的資料。這涉及到公開資料的人不知是誰要用
這些資料？以及他們又會怎麼用這些資料？而資料釋放時與
個人隱私的界線又為何？政府公開資料也要注意資訊安全問
題，因為公開資料後，敵對的中方也可能取得這些資料。所
以，開放資料一定要做全國統一的工作，就要知道使用者的
需求，並建立一個全國統一的格式，同時也要注意資料公開
的國安問題。（作者訪問，訪問時間為 2014 年 8 月 11 日）

由以上受訪者的談話可知，目前政府資料必須改進之處在
於：1.資料公開的形式不利於資料的運算，也難以進行加值應
用；2.負責公開資料的政府人員無法信任索取資料者；3.不同部
門資料整理時標準不一，難以進行跨部會的資料運算。以上三

點，都是國內發展開放政府、開放資料的幾個障礙。

第三節　新聞與資工的跨領域合作

　　很自然的前提是，首先，因為數位時代出現一些軟體工具（software tool），本身就是非常合適用來呈現資訊。今日人們不再需要加強大的電腦，或是要懂得C++才能做視覺化；相反地，人們可以使用便宜的硬體去創造複雜的視覺化軟體。因而，以處理資訊為產業核心的新聞媒體，自然會開始發展新聞資訊。前美聯社新聞主管柏特（Burt Herman）認為，因為資料新聞學一定關係到電腦科學，其中一個辦法是設法提供駭客（Hacks/Hackers）經費，由駭客社群負責探索如何使用科技（technology）與新知（know-how），以便能更加認識這個世界。他並提供駭客的網站（http://hackshackers.com），該網站的目的正是結合技術人員與新聞記者，以促使這兩種專業人士可以面對面交換觀念，並發展合作的可能性。另外一個方法則是採取史杜飛（Storify）方案（http://storify.com），這個網站的目的就是希望發展簡單的軟體工具，來協助更多人應用（European Journalism Centre, 2010）。以上，都恰恰說明資訊專業仍有一定門檻。

　　如果希望資料新聞學能在未來發展，就需要新聞記者對資料能產生共鳴；並且歡迎開發者（developer）、或是資料發掘者一同參與；更多的記者自然必須擁有新聞專長，對於問題要能清楚掌握。賀曼（Herman）進一步認為，最好能有真正專業的程式設計師（programmers）參與其中，這個人也可以是記者。這種需求，就像我們需要一個真正專業的攝影師、剪接師、製作人的道理是一樣的（European Journalism Centre, 2010），如此新聞才真

的可能提升品質。如果希望資料新聞學的發展能夠超越今天，以上幾點將是非常重要的。

　　同時，在進行資料新聞工作時，也要關注會發生在資料上的相關問題。因為當資料具有巨大的數量，就更需要強而有力的工具來發掘資料中的新聞；有關這方面的認知或許不難，卻是臺灣新聞教育的缺口。本章一方面認為資訊視覺化有機會為臺灣的新聞產業帶來生機；同時也主張應在新聞產製的教育中，教授更多數位技能。本章採取歐洲新聞中心的研究觀點，充分體認資訊科技與新聞整合的重要性；並認為唯有如此，才可能真正落實資料新聞學，作為未來新聞教育與新聞實務改進的依據。

　　本章也結合新聞與資訊等不同領域的研究生，一同學習新聞資訊與視覺化等工作，並從中了解新聞工作者進行資料新聞學可能產生的問題。本章研究自 2013 年 4 月至 2013 年 7 月，分別邀請新聞、資訊、美術設計等不同領域的研究生共 11 人參與。其中包括五名臺大新聞研究所研究生、四名臺大資工所學生、一名臺大工程科學及海洋工程學研究所研究生。新聞與資訊領域研究生以抽籤決定夥伴，兩兩配對，每個月須完成一個資訊視覺化作品。除新聞、資訊同學共十人外，尚邀請一名交大應用藝術研究所同學負責美術視覺。在該研究進行至 6 月時，有三名資工同學因忙於其他計畫而退出，本研究於是又邀請具有資訊背景的臺大資管所、臺大機械所兩名研究生補位。在分工時，本研究者首先言明任務分配原則，即新聞所同學負責資料蒐集，資訊專長同學負責資料處理；兩方討論視覺呈現方式時，則可邀請應藝所同學參與。最後五組共完成 11 個資訊視覺圖表。

　　研究過程中，研究成員每兩個禮拜開會見面，一同討論問題

與檢討作品，本研究者得以參與觀察；部分同學也會在研究過程中即時反映問題。同時，在研究結束後，本研究者又以開放式問卷蒐集參與研究生的意見，計有七名同學以書面正式回答研究者提出的問題。受訪名單與時間如下：

表 3：新聞與資工學生受訪名單

受訪對象	受訪身分	回答問卷時間
受訪者 A1	新聞所研究生	2013.9.26.
受訪者 B1	資工所研究生	2013.9.27.
受訪者 C1	新聞所研究生	2013.9.27.
受訪者 D1	資訊背景研究生	2013.9.27.
受訪者 E1	新聞所研究生	2013.9.27.
受訪者 F1	資工所研究生	2013.9.28.
受訪者 G1	新聞所研究生	2013.10.4.

為了解新聞、資訊同學在參與資料蒐集、分析與視覺化等工作過程中，可能產生的互動問題。本研究提出的問題如下：

一、請問你（妳）覺得在資料蒐集、資料分析與資訊視覺化過程中，新聞所同學找資料、資工（或有資訊背景）的同學負責完成視覺圖表，是否是好的合作方式？

二、請問你（妳）覺得在合作過程中，不同領域間的溝通是否有困難？可否舉例說明？

三、請問在合作過程中，你（妳）覺得自己的專長可以充分

發揮嗎？

四、請問你（妳）覺得這樣的合作模式，優點是什麼？缺點
　　是什麼？

五、可以告訴我，你（妳）對資料蒐集、資料分析、資料呈
　　現等製作資訊視覺化的改進想法嗎？

六、請告訴我任何你（妳）的感想。

　　本研究以抽籤決定組員，一開始就是任務導向，完全讓同學
在工作中相互合作，由於一個月就得生產出一個作品，以致同組
的新聞與資工同學並沒有輕鬆交流的機會。同時，參與本研究的
新聞與資訊同學均為第一次合作，過去並不認識，對於對方領域
與專長亦不甚了解。受訪者B1說：「優點是分工簡單，缺點是彼
此並不真的知道對方在做什麼。」因此在研究過程中，一直有一
些問題出現。主要現象為：

一、新聞所同學覺得與資訊同學溝通困難

　　由於這個計畫的發動者在分工設計上是從新聞資料蒐集開
始，因此新聞所同學必須就各種來源尋找相關資料，還得想到新
聞點，此一階段資工同學並無法參與。而當新聞所同學將資料交
給資訊同學時，新聞所同學一樣無法參與運用資訊軟體的流程。
又因為雙方專長差異極大，新聞所同學因為對於程式、網頁等知
識認知過少，溝通並不容易。新聞所E1同學說：

　　剛開始的時候確實溝通有些困難，有些資訊科系的同學並不
　　太清楚「能做什麼」，或是誤會「新聞點」的意思，造成兩

方覺得「值得做」的內容不太一樣，兩方必須溝通很久。
（作者訪問，訪問時間為2013年9月27日）

　　看來，資料新聞要落實前，最困難的地方恐怕就在於兩方如何真正充分合作。在研究進行之前，新聞與資訊兩方同學對於視覺化呈現資訊新聞的作法都非常陌生，即使已經看過許多國外案例，學生本身並沒有執行的經驗。新聞所研究生G1說：

　　新聞所同學因為不清楚電腦程式技術，想像的呈現方式可能在實做上有困難，因此成果往往跟想像中有些落差，也降低圖表資訊呈現的效果。這次使用了許多網路上的開放原始碼，是製作資訊圖表最簡便的方法，然而如此一來也限制圖表呈現的形式，無法按照原先的草圖呈現。此外，非新聞領域的同學對「新聞性」的概念模糊，會把重點放在互動性，以為可以做成像遊戲一樣。（作者訪問，訪問時間為2013年10月4日）

　　新聞所研究生C1也說：

　　在對資料的呈現上有時會有落差，新聞所同學會認為資工同學有能力呈現出新聞所希望的互動圖表，但資工同學卻說很難達成，或是找不到相關的套件來改寫，最後只好屈就於現有的套件來進行思考，而無法呈現新聞所同學最希望的互動圖表。資工同學多半是建立在已經存在的套件上，去進行最大限度的修改，來符合彼此希望呈現的樣貌。（作者訪問，

訪問時間為 2013 年 9 月 27 日）

　　過程中可以感覺到新聞所同學的心情有些失落，但是資工同學也很委屈，認為新聞所同學提出了難以達到的要求。資訊同學會認為新聞所同學其實不清楚他們的專長。資訊專長的研究生 D1 說：

> 新聞同學可能認為網頁設計就像空白畫布一樣，想要有什麼就畫什麼上去便可。其實設計上得尋找網路上的各種模板，了解如何運用後，再加以調整產生需要的圖表。例如有一份世界地圖的作品，新聞所同學希望地圖上點到某個國家後，在視覺上能有浮起來的效果，網路上沒有人有相關的應用程式能讓我們使用。如果真的要花時間去寫程式，必須花很多時間，等寫出來研究計畫也結束了。（作者訪問，訪問時間為 2013 年 9 月 27 日）

　　此外，由於新聞所同學無法理解資訊同學的能力、工作所需時間，以致無法明確訂定交稿時間。就有資工同學私下抱怨，為達到新聞所同學想達到的網路效果，他熬夜兩天才做了出來；但新聞所同學卻認為「他很混」。新聞所同學 A1 因此說：

> 不同領域間的溝通確實有困難，我們有新聞的敏感度與專業，資工同學也有自己的專業。當各自堅持自己的專業時，就容易僵持不下。舉例來說我們認為有新聞點的資料，他們會反過來質疑為什麼要找這類資料；我們認為網站可以如何

呈現，他們又會以資訊圖像化的專業來質疑我們，整個溝通過程較不順暢。還有，資訊背景同學一直覺得自己比較像工具，我們新聞所同學又無法了解他們寫程式的程度，也不知道到底可以做出怎樣的成品，必須反覆嘗試。（作者訪問，訪問時間為2013年9月26日）

因為這樣，雖然彼此還是維持和諧的合作關係，卻總是存在無法有效溝通的現象。新聞所同學因為和計畫主持人為同所師生，心理壓力較大，又不知如何有效改善工作效率。加上計畫主持人認為應由新聞背景同學，就像新聞實務界的文字記者一樣，負起作品成敗責任。因而新聞、資訊兩方同學心情差異極大，感覺得出新聞背景的同學較為焦慮。

二、新聞所同學面臨尋找資料、資料處理等困難

因為新聞所同學缺乏使用應用軟體處理大量資料的概念，因此多半得從多元管道找資料，卻不一定可以派上用場，挫折感很強烈。新聞所同學G1說：

製作資訊圖表最重要的不是技術，而是要有概念。在蒐集資料的過程中經常找了很多資料、卻看不出有什麼新聞；或是本來想的新聞點被資料推翻，常常做白工。（作者訪問，訪問時間為2013年10月4日）

由此可以理解，尋找資料是新聞背景同學須面臨的極大挑戰。新聞所同學花不少時間上網，也要與政府單位交涉，深深明

白資料得來不易。同時，同學找到的數位化資料可能上千筆，新聞所同學得先檢視這些初始資料，找到一定新聞點後，再交由資訊同學往下做，以致新聞所同學必須進行初步的資料分析工作，但這個環節其實非常困難。新聞所同學E1說：

> 在資料蒐集這塊想當然是新聞背景同學的責任，但是當資料量非常大的時候，其實是很大的困難。若把資料整理給資訊背景的同學做，資訊背景同學的負擔將會太大；可是我在資料整理時其實遇到很大的困難，因為資料整理沒有想像中簡單，當資料量達上千筆的時候，不可能一筆一筆處理。所以新聞背景的同學必須學會一些資料整理的技巧，或是強化Excel的學習。（作者訪問，訪問時間為2013年9月27日）

因為前端的新聞資料取得不易，連帶影響後端資工同學的士氣。過程中也有資工同學私下反映，他們的工作不該在尾端才出現，他們也可以和新聞所同學一起想新聞點、一起找資料，而不是被動地一直等著。資訊專長研究生F1說：

> 資訊系有專門領域做人機界面或互動；也有做資料圖像化的。這其實是細分之後的領域，一般資訊系訓練出來的學生不一定有這樣的技能。我在資訊系做的比較偏向資料分析，就是拿到一筆資料後去看裡面可以找到什麼好玩的事。只是新聞所同學資料蒐集不易，以致資訊系同學沒辦法馬上實作。（作者訪問，訪問時間為2013年9月28日）

　　原來，受訪者F1的專長正是分析大量資料，以求發現新的
現象，但是新聞所要拿到原始資料就要花很多時間，資工同學的
專業要很慢才能派上用場。加上資料蒐集本來就有極大的難度，
以致造成資工同學無法參與更深。資訊專業同學F1便說：「我覺
得我們拿到的資料實在太有限了，以至於想呈現的內容，可能礙
於資料不足而無法呈現。」

　　因此，新聞所的同學也開始意識到，資訊視覺化對新聞所同
學而言，就是要努力在其中找到新聞。受訪者G1就說：

> 這次的經驗讓我了解，製作一個好的資訊圖表，除了必須挑
> 選本身就適合用圖像呈現的新聞，也要在數據中找出顯著的
> 新聞點，這都是需要非常敏銳的新聞鼻與分析能力才能順
> 利、有效率地完成。過程中，找資料和想新聞點其實相輔相
> 成，也是花最多時間的。（作者訪問，訪問時間為2013年10
> 月3日）

　　透過以上訪談可知，資料新聞學第一步的資料處理部分，其
實需要新聞與資工同學相互合作。新聞所的同學要設法找出原始
資料，並與資工所同學一起分析資料，再從中找到新聞，工作才
有可能順利完成。在資料分析過程中，新聞與資工同學必須一起
合作，才可能真的達到從資料中找到新聞的效果。

三、新聞工作者有必要強化資訊設計概念
　　因為資料新聞學包含資料蒐集與資訊視覺化兩個部分，在資

料蒐集之後，新聞所同學會希望能與資訊同學一起專注於視覺化的呈現上。但是新聞教育既有的訓練並不包括資訊視覺化這一部分；資訊教育也不包括資訊視覺化部分。以致新聞與資訊兩方同學，都面臨資訊設計的問題。在這方面，資訊同學得自己去找模組來改寫與運用。資訊背景的受訪者D1則補充說：

> 我覺得這還是較好的合作方式。不過由於資工在寫網頁、美感設計上比較薄弱，中間需要一起規劃網頁呈現的大致架構，如排版、使用者互動設計等，最後再讓資工的同學做成網頁。（作者訪問，訪問時間為2013年9月27日）

但資訊背景的同學想法差異較大。資訊專業的受訪者B1就提到：「資工的同學專長不是視覺表現，資訊視覺化應該要有一個過程，即夥伴共同決定作品應該以何種方式呈現、以何種方式互動。」資工背景的受訪者F1也提到：「在這個計畫中，是把拿到的資料作呈現，所以我覺得我是在學新的技能，而非使用現有的專長。」

總體來看，新聞所與資訊所同學在合作過程中，多能互相尊重與學習，但因為資料新聞學必然涉及一定的資訊專業，讓新聞所同學有些力不從心，也讓雙方的對話難以交集。資訊專業背景的F1同學就說：

> 上了研究所之後很難認識其他科系的朋友，這是個好機會。在聊天的過程中，也可以了解不同領域的訓練過程有什麼樣

的差異，也發現彼此有些習慣與認知的差異。譬如說新聞所同學可能比較不能接受圖表以 log scale（對數掃描）呈現，但在資訊系的圖表中，這個呈現方式是很常用與直覺的。（作者訪問，訪問時間為 2013 年 9 月 28 日）

不但資工同學有此感受，新聞所的同學感受亦相同。受訪者 C1：

文字與圖表呈現間的轉換，其實真的不容易。資工同學受限於時間，並無法專心地從無到有寫出一個程式，加上圖表的產生也需要美術相關人才同步進行，建議應擴增團隊人數，讓新聞與資工都有了解相同資料的同學可以一同討論。雖然每次聚會可以有意見分享，但是畢竟做的主題不同，有時很難突破瓶頸。設計人才應該多一點，並且容易聚會討論。（作者訪問，訪問時間為 2013 年 9 月 27 日）

在本研究中，由於負責美術的只有交大應藝所一名學生，必須新竹、臺北兩地跑，因此經常無法就近討論，這名負責的同學多是在新聞、資訊的同學已經大致決定樣貌時，才有機會參與。但因為很多部分都已定案，因此無法做太大幅度的調整。這名同學私下便說：「大部分同學只把我當美工，多半是希望我來幫他們把圖畫得更好看些而已。」但其實，在資訊視覺化過程中，設計的重要性已令參與者深深有感，卻又不是他們的專長。幾個新聞背景同學最後認為，這個工作其實可由新聞背景的同學擔任。受訪者 A1 就說：

我認為製作資訊視覺化應該是由一個小組進行，這次的嘗試問題可能在於人數太少，只有兩個人，我們也沒有美術專業，單靠交大應藝所同學要處理我們五組的呈現會較吃力。我認為以後可以由兩名新聞所同學搭配一名資訊背景同學，在製作過程中三人可以反覆討論，意見也會比較多元。三人也可以一起找資料，同時可以學習如何用程式製作資訊視覺化，互相學習會比較適當。（作者訪問，訪問時間為2013年9月26日）

另一新聞所同學受訪者G1說：

製作圖表新聞最重要的是，如何把大量資訊轉化為圖表，讓讀者更好理解，但過去未上過相關的訓練及課程，比較難在短時間內看到一堆數據就找出新聞點。我覺得在這次的合作上，身為新聞所的學生（我）在這方面發揮得沒有很好。雖然找資料是新聞所同學該具備的能力，但做到後來感覺有點機械化地在複製貼上那些數據而已，甚至有時需要把資料轉成程式碼的形式，這就跟新聞專長較無關。若新聞所同學能自己學會圖表製作技術，製作過程中應會更有成就感。（作者訪問，訪問時間為2013年10月3日）

為了真正落實資料新聞學，本研究透過參與觀察與問卷訪談了解新聞與資訊背景一起工作時，可能出現的問題，並設法進行歸納，最主要目的就是要排除困難，讓新聞與資訊的跨領域合作真的可以達成。

第四節　強化新聞從業人員的資訊能力

　　本章目標在於理解如何強化新聞人員與資訊專業人士的合作關係。透過同學訪談可以明白，本研究雖然採取清楚的分工概念，促成新聞與資工的同學相互合作，同學們也已準時產出資訊圖表。但過程中不同專長同學未能有充裕時間相互了解，以致新聞、資訊、藝術背景等參與同學，對合作情形並不滿意。未來如果真想做到成功的資料新聞學，或許可以從這次經驗中得到改善的靈感。

　　先從資訊蒐集的方面來看，這方面問題較小，新聞所同學多能體認在資料蒐集一事上，新聞所同學責無旁貸。新聞所同學也較擅長與新聞對象打交道，過程中會發現新聞所同學不斷透過電話、信件、出公文等方式與政府單位聯繫，其中有的成功、有的失敗，這部分雖然科技成分很低，卻是資料新聞學是否得以實現的第一步。這部分，實為新聞所同學的專長。

　　在取得資料後，緊接而來的資料分析工作，就有賴新聞與資訊同學充分合作了。在本研究中，雖然有的新聞所同學會進行資料的初步處理，但因為未能事先教授新聞所同學使用資訊軟體，以致分工中多是將這方面的工作交由資訊專長同學進行。因為新聞所同學無法參與，也就無法在眾多資料中學習資料處理，以發現可能隱藏其中的新聞。同時，由於臺灣的政府資訊開放較不完整，經新聞所要回來的資料，有的是簡單的資料，以致資訊專長的同學會認為已經不必再用軟體處理，只要將其視覺化呈現即可。

　　而在資料分析工作結束後的視覺化呈現上，對新聞、或是資

訊專業的同學都算是新的專業。這部分的專長不歸屬於新聞、也不歸屬於資訊，即使交大應藝所同學在視覺美學上有一定訓練，對於如何透過視覺化讓資訊產生新聞感，一樣感到陌生。由於資訊專長同學必須完成互動功能等最後的呈現，因而必須自學才能達成，有人反映：「資訊人學到新的專長」。而新聞同學因為新聞技能中極少視覺與圖表訓練，在這方面也是全新的摸索。過程中發現各組新聞與資訊同學中，有的能充分溝通與合作；也有同學因為溝通不良，面對截稿時間實備感壓力。

這樣的過程，對本研究者在新聞教育與新聞實務上有相當啟發。本研究者充分感受到，未來若想發展資料新聞學，必須做到以下幾項工作。一、強化新聞所同學的資訊處理能力。新聞背景的同學若能擁有一定的電腦分析能力，就可以進行初步的分析；二、強化新聞所與資訊同學的合作，必須設法讓雙方更明白彼此專長。新聞背景同學雖然可能具有一定的電腦分析能力，但如果資料很複雜時，一定需要資工專長的同學協助，兩方若能有效合作，就能很快從中掌握有意義的訊息；三、強化資訊視覺化工作。這方面多數涉及軟體模組的改寫與套用，新聞專長的同學也能學會，但更重要的在於掌握圖表呈現重點，也可以自行繪製草圖後再交由美編人員處理。

這三個環節的工作重點，都是傳統新聞教育未曾關注的部分。本章強調新聞人員必須學習與資訊人員合作，也必須強化自己的數位專長，如此不但可以讓新聞工作更能與數位接軌，也能改善與資訊人員的互動關係。

本章認為新聞教育最可以著墨之處就在於第一個部分。即雖然新聞背景同學可以找到資訊同學協助分析資料，但如果新聞

所同學也能獲得一定的程式知識，就可以自己進行資料分析。本研究也建議當新聞人員力有未逮時，則可請專業的資訊人員為後盾。因而，新聞所同學有必要增加自己的電腦識讀（computer literacy），並學習與資訊專長同學建立良好的合作關係，同時充分明白資訊人員的專長，將是未來非常重要的工作。如果新聞工作想要有更好的發展，未來的新聞教育與新聞實務，都應開放更多資訊專長的人才參與，才能真正提升新聞記者的能力。由此可預見未來新聞記者既有的專業內涵將會有所調整，新聞人才的來源也會更多元化。

　　整體而言，本章認為資料新聞學已是未來非常重要的新聞發展趨勢，但需要發展這項不同於傳統的新聞技能，更需要新聞所同學進行跨領域的學習。然而，這並不是要新聞系所同學疲於奔命，什麼都要學。跨領域的學習是要新聞所同學明白，數位化新聞報導的工具愈來愈多，這些都有助於新聞品質的提升與增加新聞閱聽眾的參與。現在資料新聞學已是美國《紐約時報》與英國《衛報》非常重要的說故事方式，也因此拉高了這兩家傳統媒體在數位時代的影響力，這可說是全球傳播史上，後印刷時代非常重要的發展趨勢。臺灣媒體若有決心提升新聞品質，已經不可迴避資料新聞學的挑戰，更不能不強化應用電腦軟體說故事的新聞挑戰。

資料新聞、視覺新聞相關網路資訊

各國政府開放資料平臺

http://data.gov.tw

http://data.taipei/

http://data.gov

http://data.gov.uk

http://www.data.go.jp

http://www.data.gov.ge

http://data.stats.gov.cn

http://www.eia.gov

資料庫

學術調查資料庫（SRDA）

https://srda.sinica.edu.tw/search

Penn world table（消費、投資、進出口）

http://www.nsd.uib.no/macrodataguide/set.html?id=28&sub=1

LIS (cross-national data center)

http://www.lisdatacenter.org/our-data/

The world Top Incomes Databaces（全球收入資料庫）

http://topincomes.g-mond.parisschoolofeconomics.eu/

媒體資料庫

http://ire.org

datablog

http://www.theguardian.com/data

http://www.youtube.com/watch?v=fj4qkMTEEIE(YouTube Google sketch up)

http://www.nytimes.com/interactive/2012/12/30/multimedia/2012-the-year-in-graphics.html?_r=1&

http://www.guardian.co.uk/news/datablog

The Economist(2006). The Economist guide to economic indicators.

Wong, D.(2010).The wall street journal guide to information graphics.

常用工具

Google Spreadsheet

http://d3js.org/

http://gephi.org/

http://marijerooze.nl/thesis/graphics/?paper=NYT

http://www.bls.gov/data/inflation/calculation.htm

http://tgos.nat.gov.tw/tgos/EngWeb/TGOS_ENG_Home.aspx

http://www.qgis.org/

http://grass.osgeo.org/

http://www.naturalearthdata.com/

http://www.reliefshading.com/

http://www.diva-gis.org/gdata

http://wiki.openstreetmap.org/wiki/Category:Features

http://meteor.com/

http://ivaynberg.github.io/select2/

http://www.coolinfographics.com/

http://datajournalism.stanford.edu/

https://github.com/doggy8088/frontend-tools

http://vvvv.org/

http://processing.org/(digital sketch)

http://projects.propublica.org/schools/（案例Ａ）

http:// http://www.ft.com/topics/themes/EU_Structural_Funds（案例Ｂ）

http://www.wheredoesmymoneygo.org/；

http://www.wheredoesmymoneygo.org/dailybread.html（案例Ｃ）

http://g0v.tw/

http://hack.g0v.tw/project

http://seo.dns.com.tw/?p=1342

http://www.codecademy.com/zh/courses/web-beginner-en-HZA3b
/0/1?curriculum_id=50579fb998b470000202dc8b

GitHub: http://github.com/codefortomorrow

http://www.yuhuihuang.com

http://developer.nytimes.com/(Beautiful visualization, chap:15)

http://www.cs.umd.edu/hcil/socialaction/(Beautiful visualization, chap:10)

http://www.informationisbeautiful.net/

http://www.guardian.co.uk/news/datablog

http://www.propublica.org/special/message-machine-you-probably-dont-know-janet

http://www.chartball.com/
http://www.cytoscape.org/

受訪者名單

《紐約時報》

《紐約時報》受訪者名單

受訪者	職稱	受訪日期
Christopher Drew	Senior Journalist	2012.1.27.
Kevin McKenna	Deputy Business Editor	2012.1.30.
Ian Fisher	Day Editor	2012.1.30.
Jim Roberts	Assistant Managing Editor/news	2012.1.31.
Mark S. Getzfred	Assistant Editor	2012.1.2.
Gerry Muliany	Deputy Politics Editor	2012.1.2.
Catherine Rampell	Economics Reporter	2012.2.2.
Lori Moore	Web Producer	2012.2.2.
Sasha Koren	Interactive Editor	2012.2.2.
Jenna Wortham	Technology Reporter	2012.2.3.
Andrew D. DeVigal	Multi Media Editor	2012.2.3.
Tyson Evans	Interactive Editor	2012.2.3.
Ann Derry	Editorial Director video& Television	2012.2.3.
Andrea Kannapell	Senior News Editor	2012.2.6.
Prtrick J. Lyons	Day Editor Foreign Desk	2012.2.6.
Steve Duenes	Graphics Director	2012.2.6.
Archie Tse	Senior Graphics Editor	2012.2.7.
Andrew Kueneman	Designer	2012.2.7.
Mika Grondahl	Senior Graphics Editor	2012.2.8.
Adam B. Ellick	Correspondent	2012.2.8.

《衛報》

《衛報》受訪者名單

受訪者	職稱	受訪日期
Alastair Dant	Lead Interactive Technologist	2012.8.20.
Alex Graul	Interactive Developer	2012.8.20.
Michael Robinson	Head of Graphics	2012.8.20.
Paddy Allen	Online Graphic Editor	2012.8.22.
Lisa Evans	Data Researcher	2012.8.22.
Jenny Ridley	Graphics Artist	2012.8.22.
Ian Cobian	Senior Reporter	2012.8.23.
Toby Helm	Political reporter(the Observer)	2012.8.24.
Jonathan Ricards	Interactive Editor	2012.8.28.
Mustafa Khalili	Multimedia News Editor	2012.8.31.
Joanna Geary	Digital Development Editor	2012.9.4.
Rebecca Allison	News Editor	2012.9.4.
Melissa Denes	Arts Editor	2012.9.4.
Jonathan Casson	Head of Production	2012.9.5.
Will Woodward	Print Editor	2012.9.6.

BBC

BBC受訪者名單

受訪者	職稱	受訪日期
李文	中文廣播主管	2012.8.22.
Emily Buchanana	World Affairs Correspondent	2012.8.29.
Andy Moore	Correspondent	2012.8.29.

James Howard	Product Manager	2012.8.30.
Jonathan Paterson	Deployment Editor	2012.8.31.
Oliver Bartlett	Senior Product Manager	2012.9.3.
Peter Horrocks	(Director of Global News	2012.9.4.
Dmitry Shishkin	Development Editor	2012.9.6.
Zoya Trunova	Video Editor	2012.9.6.

半島電視臺

半島阿語臺受訪者（Al Jazeera Arabic，穆巴夏（Mubasher）頻道則加註）

受訪者	職稱	受訪日期
Abdul Rdhman	Assistant interactive Producer, Al Jazeera Mubasher	2014.6.30.
Sameer Hijjawi	Senior Producer, Al Jazeera Mubasher	2014.6.30.
Shujaat Ali	Political Cartoonist, Al Jazeera Mubasher	2014.7.1.
Hani Fathi	Program Editor, Head of Egyptian Desk	2014.7.2.;2014.7.4.
Rafah Sobh	Senior Interview Producer	2014.7.3.
Richard Zakher	Graphics Editor	2014.7.4.
Aziz Elmernissi	Senior Producer	2014.7.4.;2014.7.5.
Aref Ahmaro	Script Editor	2014.7.5.
Majed Khader	Head of Assignment	2014.7.6.
Abdelhak Ceddah	Head of Planning Section	2014.7.6
Mohamed Safi	Input Manager	2014.7.6.

半島英語臺網（Al Jazeera English）受訪者

受訪者	職稱	受訪日期
Owen Watson	Executive Producer	2014.6.30; 2014.7.1.
Wilfrid Dinnick	Executive Producer, Online	2014.6.30.
Larry Johnson	Online Editor	2014.7.1.
Luia Garcia	Assistant Producer	2014.7.2.
Imad Musa	Manager of Online	2014.7.2.
D. Parvaz	Journalist, News Online	2014.7.3.
Hashem Ahelbarra	Journalist	2014.7.6.
Ramsey Zarifeh	Executive Producer	2014.7.6.
Omar Alsaleh	Journalist	2014.7.7
Ahmed ldris	Journalist	2014.7.7.
Mohammed Hadded	Senior Interactive Producer	2014.7.8.
Mohamed Shokeir	Programme Editor	2014.7.8.
Salah Nagn	Director of News	2014.7.9.

半島電視網（Al Jazeera Network）受訪者

受訪者	職稱	受訪日期
Jonathon Powell	Manager	2014.7.9.
Dr. Mostefa Souag	Acting Director General	2014.7.10.

　　臺灣報紙受訪者名單（因受訪者不願具名，故依序以代號編碼列出）

報紙受訪者名單

受訪者	職稱	受訪日期
受訪者 A	中國時報編輯部高階新聞主管	2011. 8. 26.
受訪者 J	中國時報編輯部資深新聞主管	2011. 11. 23.
受訪者 B	聯合報編輯部高階新聞主管	2011. 9. 9.
受訪者 C	聯合報編輯部影音記者	2011.10.2.
受訪者 H	前聯合報編輯部中階新聞主管	2011.11.17.
受訪者 D	蘋果日報編輯部中階新聞主管	2011.9.29.
受訪者 E	蘋果日報編輯部中階新聞主管	2011.10.4.
受訪者 F	蘋果日報編輯部記者	2011.10.7.
受訪者 G	自由時報編輯部高階新聞主管	2011.9.30.
受訪者 I	自由時報編輯部中階新聞主管	2011.11.21.
受訪者 J	報紙網路主管	2011.6.8.

臺灣電視受訪者名單

受訪者	職稱	受訪日期
受訪者 A	新聞臺高層	2011.12.12
受訪者 B	新聞臺高層	2011.12.15
受訪者 C	新聞臺高層	2011.12.23
受訪者 D	新聞記者	2012.1.2.
受訪者 E	新聞記者	2012.1.2.
受訪者 F	新聞記者	2012.1.20.
受訪者 G	新聞記者	2012.1.21.

臺灣與中國大陸網路受訪者名單

受訪者	職稱	受訪日期
受訪者A	臺灣新媒體主管	2011.6.17.
受訪者B	中國大陸新媒體工作者	2011.8.10.

研究生、資工人士受訪者名單

受訪者	職稱	受訪日期
受訪者A	新聞所研究生	2013.9.26.
受訪者B	資工所研究生	2013.9.27.
受訪者C	新聞所研究生	2013.9.27.
受訪者D	資訊背景研究生	2013.9.27.
受訪者E	新聞所研究生	2013.9.27.
受訪者F	資工所研究生	2013.9.28.
受訪者G	新聞所研究生	2013.10.4.
受訪者H	新聞所研究生	2014.6.16.
受訪者I	新聞所研究生	2014.6.23.
受訪者J	新聞所研究生	2014.6.24.
受訪者K	新聞所研究生	2014.6.24.
受訪者L	新聞所研究生	2014.6.24.
受訪者M	資工背景資料開發者	2014.8.11.
受訪者N	資工背景資料開發者	2014.8.11.

參考文獻

今日新聞網（2011年1月11日）。〈另類置入？部落客：中油的煙囪排放水蒸氣〉。上網日期：2011年8月17日，取自：http://www.nownews.com/2011/01/11/301-2681028.htm#ixzz1AiXfoDpQ

王惟芬、黃柏恆、楊雅婷譯（2010）。《一位數位移民的告白：Facebook iPad twitter e-reader 如何翻轉我們的世界》。臺北市：行人文化。（原書 Bilton, N. [2010]. *I live in the future and here's how it works: Why your world, work, and brain are being creatively disrupted*. New York: Crown Business.）

王鼎鈞（2012.10.09）。〈中天播李宗瑞馬賽克交媾圖遭罰30萬元 NCC：可辨識性行為〉。上網日期：2012年10月18日，取自「YAHOO! 奇摩新聞資料庫」http://tw.news.yahoo.com/ 中天播李宗瑞馬賽克交媾圖遭罰 30 萬 -ncc- 可辨識性行為 -001245389.html.

中時電子報（2012年9月2日）。〈惡搞坐大壹傳媒腐蝕媒體文化〉。上網日期：2012年9月2日，取自：http://news.chinatimes.com/focus/501011858/112012090200096.html

中央社（2016年3月26日）。〈英獨立報吹熄燈號　員工敲桌歡送自己〉。中央社，上網日期：2016年3月27日，取自：http://www.cna.com.tw/news/ahel/201603260117-1.aspx

中央社（2014年2月20日）。〈WhatsApp 臉書花190億美元買下〉。中央社，上網日期：2014年2月24日，取自：http://www.cna.com.tw/topic/Popular/4316-1/201402200003-1.aspx

生活中心（2011.08.14）。〈「Ptt、YouTube、臉書」學者：電視臺淪為網路書籤〉。上網日期：2012 年 2 月 21 日，取自「NOWnews 今日新聞資料庫」http://www.nownews.com/2011/08/14/545- 273 5234.htm#ixzz1mbgk1QLy

民視新聞（2011.01.28）。〈埃及示威擴大 7 死千人被捕〉。臺北市：民視電視臺。

朱元鴻（2014）。〈半島禮讚〉。《傳播研究與實踐》，4 (2): 1 - 24.

田思怡編譯（2011 年 1 月 16 日）。〈攤販自焚＋臉書傳播→突尼西亞總統流亡〉。《聯合報》，第一版。

行政院研究發展委員會編印（2013）。《資訊分享與共榮：政府資訊資料公開與加值應用》。臺北：行政院研究發展委員會。

西門柳上、馬國良、劉清華（2010）。《正在爆發的互聯網革命》。臺北：商訊文化。

江靜玲（2013）。〈「玩夠了」英逼衛報銷毀史諾登資料〉。中時電子報，上網日期：2013 年 8 月 25 日，取自：http://tw.news.yahoo.com/玩夠了-英逼衛報銷毀史諾登資料-213000013.html.

李京倫（2016.3.26.）。〈30 年英國「獨立報」紙本熄燈　從此網路見〉。聯合影音：上網日期：2016 年 3 月 27 日，取自：https://video.udn.com/news/463532

李開復（2011）。《微博改變一切》。上海：上海財經大學出版社。

李康莉（2011,6）。〈埃及 2.0 革命教父是「部落客」！〉《30 雜誌》，82: 102-104。

李威撰編譯（2011 年 1 月 6 日）。〈突尼西亞人民群起　抗議貧窮〉。《立報》，第 4 版。

何鉅華（2011.08.12）。〈英國騷亂──社交媒體亦兵亦賊〉。上網日期：2012 年 7 月 31 日，取自「卓越新聞電子報資料庫」http://

www.feja.org.tw/modules/news007/article.php?storyid=798

社會中心（2012.10.09）。〈「我就這麼記恨」張通榮咆哮全都錄〉。上網日期：2012年10月9日，取自「YAHOO! 奇摩新聞資料庫」http://tw.news.yahoo.com/ 我就這麼記恨——張通榮咆哮全都錄-234553579.html

沈路、梁軍、崔箏譯（2011）。《Facebook 效應》。北京：美華文。（原書 Kirkpatrick, D.[2010]. *The facebook effect: The inside story of the company that is connecting the world*. New York: Simon & Schuster.）

吳筱玫（1999）。〈　位時代之「新聞」產製面貌——從兩個案例看網路媒體如何影響新聞形塑〉。中華傳播學會論文。

林禾寧（2011.02.20）。〈嚴防莉花革命 傳中國開始逮人〉。上網日期：2011年2月20日，取自「新頭殼網站」http://newtalk.tw/news_read.php?oid=12158。

林奇伯（2011年2月）。〈一封信的力量〉。《遠見雜誌》，296: 164-172。

林俊宏譯（2013）。《大數據》。臺北：天下文化。原書Mayer-Schonberger, V. & Cukier,K. [2013].Big data: A revolution that will transform how we live, we work, and think. London, UK: John Murray Publishers.

林宇玲（2014）。〈網路與公共領域：從審議模式轉向多元公共模式〉。《新聞學研究》，118: 55-86。

林照真（2015）。〈分析與批判傳統報紙在聚合現象中的角色——以臺灣四大報紙集團為例〉。《中華傳播學刊》，23:3-34。

林照真（2014）。〈其實，華人媒體並不在意社群網站〉，臺北：新聞優質發展協會出版。羅世宏、童靜蓉主編《社交媒體與新聞業》，頁：121-138。

林照真（2013）。〈為什麼聚合？：有關臺灣電視新聞轉借新媒體訊息之現象分析與批判〉。《中華傳播學刊》。23:3-40

林照真（2013a）。〈課堂中的資料新聞學：臺大新聞所的實踐經驗〉，《資料新聞學開講》，林麗雲主編，頁：79-93。臺北：新聞優質發展協會出版。

林照真（2013b）。〈當代聚合對傳統報紙轉型的影響與衝擊：有關《紐約時報》與《衛報》的比較研究〉，中華傳播學會2013年年會。

林照真（2006）。《記者，你為什麼不反叛》。臺北：天下雜誌出版社。

林麗冠譯（2010）。《消息經濟來了 —— 數位內容正這樣改寫世界，不參與、就淘汰》。臺北市：大是文化。（原書 Doctor, K. [2010]. *Newseconomics: Twelve new trend that will shape the news you get.* New York: St. Martin's Press.）

林麗雲主編（2013）。《資料新聞學開講》，臺北：新聞優質發展協會出

邱煜庭（2010）。《網路集客力：從SEO到Facebook的行銷新方略》。臺北：網路行銷零元本舖。

邱慧菁譯（2009）。《140字推爆全世界——今天一定要學會的推特力》。臺北市：三采文化。（原書 Comm, J., & Burge, K. [2009]. *Twitter power: How to dominate your market on tweet at a time.* Hoboken, NJ: Wiley & Sons.）

胡幼慧編（2001）。《質性研究：理論、方法及本土女性研究案》。臺北市：巨流。

徐慧倫（2011）。〈前路漫漫：臺灣報業的數位革命與發展以《聯合報》，《中國時報》，《蘋果日報》，《自由時報》為例〉。臺大新聞研究所碩士論文。

唐鎮宇（2009年12月19日）。〈 行銷香港 互動式把妹吸引宅男〉。《中國時報》。A10版。

馬詠睿（2013年1月11日）。〈數位匯流下的媒體〉。演講地點：交通大學。

陳正杰編譯（2011年7月15日）。〈南韓新規 部落客收財物要披露〉。《聯合報》。A18版。

陳俊諺譯（2011年2月7日）。〈埃及改寫歷史「一代強人」失勢關鍵〉。TVBS。

陳建州（2009）。《噗浪──玩出大生意》。臺北市：時報。

陳向明（2008）。《質性研究：反思與評論》。重慶：重慶大學出版社。

康杰修（2011年8月18日）。〈 替國光石化護航？政府砸十萬買部落客美言〉。環境資訊中心。上網日期：2011年8月17日，取自：http://e-info.org.tw/node/62707

彭芸（2005.05.01）。〈試論新聞的公共性〉，《中國時報》，A4。

張芬芬譯（2008）。《質性資料的分析：方法與實踐》。M.B.Miles & A.M.Huberman原著[*Qualitative data analysis*]。重慶：重慶大學出版社。

曹長青（2009）。《紐約時報》為何衰落。http://www.hi-on.org.tw/bulletins.jsp?b_ID=93721

郭亮（2010）。《微博將帶來什麼》。北京：中華工商聯合。

黃維明譯（2002）。《網路會顛覆民主嗎？》。Sunstein, Cass (2001). Republic,Com.臺北：新新聞出版社。

黃哲斌（2013）。〈國家？企業？誰在控制媒體？〉。《天下雜誌》，515: 50-54。

童靜蓉（2011）。〈微博傳播和中國新聞業的「認知權威」：以溫州動車事故為例〉。《傳播與社會學刊》5週年國際學術會議。

零時政府（2014）。網址：http://g0v.tw/

楊士範（2013）整理。〈今日網摘——什麼是商業模式〉。《商業周刊》，上網日期：2013年2月6日，取自：http://www.business weekly.com.tw/webarticle2.php?id=18166&p=3

閻紀宇譯（2002）。《遮蔽的伊斯蘭》。臺北：立緒出版社。原著：Edward W. Said, *Covering Islam: How the media and the experts determine how we see the rest of the world.* NY: Vintage Books

劉榮（2011.01.05）。〈中指蕭炒熱行車記錄器〉。上網日期：2012年1月16日，取自「自由電子報資料庫」http://www.libertytimes. com.tw/2011/new/jan/5/today-so15-3.htm

賴美君編譯（2014）。〈臉書大歲了！靠併購永保青春〉。聯合新聞網，2014年2月3日上午10:11。

聯合報（2011）。《聯合報60年》。臺北：聯合報。

聯工月刊（2010年11月30日）。〈五都選戰苦不堪言，實況報導追追追，影音記者累累累〉。上網日期：2011年10月20日，取自：http://www.udnwu.url.tw/pdf/253.pdf

蘋果日報電子報（2012年7月28日）。〈旺中五媒體狂轟學者「逆我者亡 中天猛攻三小時〉。上網日期：2012年10月20日，取自：http://appledaily.com.tw/appledaily/article/forum/20120728/ 34400563

蘋果日報（2011年1月20日）。〈美女部落客 試用文造假〉。《蘋果日報》，上網日期：2011年8月17日，取自：http://tw.nextmedia. com/applenews/article/art_id/33126743/IssueID/20110120

蕭承訓、林偉信、陳志賢、林郁平（2012.02.09）。〈影帶曝光 戳穿謊言 運 將倒地 Makiyo 加踹 2 腳〉。上網日期：2012年2月

10日，取自「中時電子報資料庫」http://showbiz.chinatimes.com/showbiz/110511/112012020900095.html

謝佐人（2011.01.31）。〈埃及切斷阿拉伯半島衛星電視臺的播出〉。上網日期：2011年2月20日，取自「YAHOO! 奇摩新聞資料庫」。

羅文輝（1991）。《精確新聞報導》。臺北市：正中。

羅耀宗譯（2010）。《玩家外包——社群改變遊戲規則》。臺北：天下雜誌。Jeff Howe原著。

羅耀宗、蔡慧菁譯（2009）《免費——是最好的定價——揭開零定價的獲利秘密》。臺北：天下文化。Chris Anderson原著。

Ader,C.R.(1995). A longitudinal study of agenda-setting for the issue of environmental pollution. *Journalism and Mass Communication Quarterly*.72(2): 300-311.

Adornato,A.C.(2012).*A digital juggling act: A case study of new media's impact on the responsibilities of local television reporters*. Thesis (M.A.)--University of Missouri - Columbia

Ala-Fossi, M. et al(2008). The impact of the internet on business models in the media industries- A sector-by-sector analysis. In L.Kung, R.G. Picard, & R.Towse(eds.), *The Internet and the mass media*.(pp.149-169). Los Angeles: Sage.

Al-Deen, H.S.N. & Hendricks, J.A.(2012). *Social media: Usage and impact*. Lanham: Lexington Books.

Al Jazeera (2015,2,1). Jailed Al Jazeera staff mark 400 days in Cairo prison. Retrieved Feb 1, 2015, from:　http://www.aljazeera.com/indepth/spotlight/freeajstaff/

Al Jazeere(2014,11,29).Syria: US raids have failed to weaken ISIL Retrieved Jan 28, 2015, from: http://www.aljazeera.com/news/middleeast/

2014/11/syria-us-raids-failed-weaken-isil-2014112923613475971.
html

Al Jazeere(2014,11,22). Syria: Journalism under duress: The media war
in Syria is putting truth under pressure. And, Tunisian media's
obsession with terrorism. Retrieved Jan 28, 2015, from: http://www.
aljazeera.com/programmes/listeningpost/2014/11/syria-journalism-
under-duress-20141122101443705401.html

Al Jazeere(2014,10,15). The things we won't know about ISIL.
Retrieved Jan 28, 2015, from:http://www.aljazeera.com/indepth/
opinion/2014/10/things-won-know-about-isil-20141097102092768.
html

Al Jazeera Network(2011). This is Al Jazeera(1996-2011). Doha: Al
Jazeera Network.

Andén-Papadopoulos, K. & Pantti,M.(2011)(Eds.). *Amateur Images and
Global News*. Bristol : Intellect

Anderson, A.(1997). *Media, culture and the environment*. NJ. Rutgers
University Press.

Ang, I. (1991). *Desperately seeking the audience.* NY: Routledge.

Applegren, E.(2008).*Media convergence and digital news services:
Adding value for producers and consumers*. Saarbrucken: VDM
Verlag Dr. Muller.

Arthur,C.(2010). Analyzing data is the future for journalists, says
Tim Berners-Lee, Retrieved from http://www.theguardian.com/
media/2010/nov/22/data-analysis-tim-berners-lee?guni=Data:in%20
body%20link

Aspland, D.(2012). The other side of "big brother": CCTV surveillance
and intelligence gathering by private police. In C.G. Reddick(Ed.),

Cases on public information management and e-government adoption (pp.80-99). Hershey, Pa: Information Science Reference.

Alterman, J.B.(2000). The information technology and the Arab world. *MESH Bulletin*, 34(1): 21-22.

Avriel, E.(2007, February). NY Times publisher: Our goal is to manage the transition from print to Internet. Haaretz, Retrieved from Haaretz Web site: http://www.haaretz.com/print-edition/business/ny-times-publisher-our-goal-is-to-manage-the-transition-from-print-to-internet-1.212256

Ayish, M.I.(2010a). Morality vs. politics in the public sphere: How the Al Jazeera sattelite channel humanized a bloody political conflict in Gaza. In S.Cushion & J. Lewis(Eds.), *The rise of 24-hoor news television: Global perspectives*,(pp.221-241). NY: Peter Lang.

Ayish, M.I.(2010b). New Frontiers in Arab world communications media contributions to life-long civic culture in the 21st Century. In J.A. Al-Obaidi & W.G. Covington, Jr.(Eds), *Broadcast, Internet and small nations: Studies in recent developments*,(pp.19-41). NY: The Edwin Mellen Press.

Ayish, M.(2011). Television broadcasting in the Arab world: Political democratization and culture revivalism. In N. Mellor., M.Ayish., N. Dajani., & K. Rinnawi.(Eds.), Arab media: Globalization and emerging media industries,(pp.85-102). Cambridge: Polity.

Bachmann, I. & Harlow, S.(2012).Opening the gate: Interactive and multimedia elements of newspaper websites in Latin America. *Journal Practice*. 6(2): 217-232.

Bagdikian, B,H.(2004).*The New Media Monopoly*. Boston, Mass. : Beacon Press

Baqir,M.N. &Iyer, L.(2010). E-government Maturity over 10 years: A comparative analysis of e-government maturity in select countries around the world. In C.G. Reddick(Ed.), *Comparative E-Government* (pp.3-22).NY: Spring.

Barnhurst, K.(2010). The form of reporters on us newspaper internet sites: An update. *Journalism Studies, 11(4),* pp. 555-566.

Basma, A.(2014, 12, 9).GCC summit looks to tackle Iran and ISIL: GCC summit looks to tackle Iran and ISIL. Al Jazeera English, http://www.aljazeera.com/news/middleeast/2014/12/isil-iran-dominate-gulf-arab-summit-201412823532847999.html

Bastos, M.T.,& Raimundo, R.L.,& Travitzki, R.(2013). Gatekeeping teitter: Message diffusion in political hastags. *Media, Culture & Society*, 35(2): 260-270.

Beckett, C. (2008). *SuperMedia: Saving journalism so it can save the world*. MA & Oxford: Blackwell Publishing.

Beckett, C.(2011, November). The continuing digital transformation of the New York Times by Arthur Sulzberger. Retrieved from: http://blogs.lse.ac.uk/polis/2011/11/01/the-continuing-digital-transformation-of-the-new-york-times-by-arthur-sulzberger/

Bergman, C.(2011, July). NYTimes, TV stations among 'most social' companies. Retrieved from: http://lostremote.com/nytimes-tv-stations-among-most-social-companies_b20508

Bhatnagar, S.(2004). *E-government from vision to implementation: A practice guide with case studies*. New Delhi: Sage.

Bobkowski, P. & Smith, J.(2013). Social media divide: Characteristics of emerging adults who do not use social network websites. *Media, Culture & Society*, 35(6): 771-781.

Boczkowski, P.& Peer, L.(2011).The choice gap: The divergent online news preferences of journalists and consumers. *Journal of Communication*, 61: 857-876.

Boczkowski,P.J.(2009). Materiality and mimicry in the journalism field. In Barbie Zelizer(Ed.), *The changing faces of journalism: Tabloidization, technology and truthiness.* (pp.56-67). London: Routledge.

Boczkowski,P.(2004).*Digitizing the news: Innovation in online newspaper.* Cambridge& London: The MIT Press.

Bowman, S. &Willis, C.(2003).We media: How audiences are shaping the future of news and information, Reston, VA: The Media Center at the American Press Institute, Retrieved February 2011, from http://www.hypergene.net/wemedia/download/we_media.pdf

boyd,d.& Crawford, K.(2012).Critical questions for big data: provocations for a cultural, technological, and scholarly phenomenon. *Information, Communication & Society.15*(5): 662-679.

Brennen, B.& Cerna, E.D.(2010). Journalism in second life. *Journalism Studies. 11*(4) :546-554.

Briggs, M.(2010). *Journalism next: A practical guide to digital reporting and publishing.* Washington: CQ Press.

Brin, C. & Soderlund, W.(2010). Innovating in a crisis: Canadian media actors assess the state of convergence. *Canadian Journal of Communication*, 35: 575-583.

Broersma, M.& Graham, T.(2012). Social media as beat: Tweets as a new source during the 2010 British an Dutch elections. *Journalism Practice*, 6(3): 403-419.

Broersma, M. & Graham, T.(2013). Twitter as a new source: How Dutch and British newspapers used tweets in their news coverage, 2007-20111. *Journalism Practice*, 7(4): 446-464.

Brooks, B.S., Pinson, J.L. & Sissors, J.Z.(2005).*The art of editing :In the age of convergence*. Boston: Person/Allyn and Bacon.

Brooks, B.S., Kennedy, G., Moen, D.R., & Ranly, D.(2004).*Telling the story: The convergence of print, broadcasting and online media*. NY: The Missouri Group.

Budd, M., & Steinman, C. (1989). Television, culture studies and the "blindspot" debate in critical communications research. In G. Burns & R. J. Thompson (Eds.), *Television studies:* Textual *analysis* (pp. 9-20). New York: Praeger Publishers.

Burgess, J.& Green, J.(2009). *YouTube: Online video and participatory culture*. Cambridge: Polity Press.

Carlson, D.(2003). The history of online journalism. In Kevin Kawamoto(Ed.), *Digital journalism: Emerging media and the changing horizons of journalism.* (pp. 31-55).Lanham: Rowman & Littlefield Publishers, INC.

Catherine C., & Lengel, L.(2004). Move over CNN: Al Jazeera's view of the world takes on the West. In P.D. Berenger(Ed.), *Global media go to war: Roles of news and entertainment media during the 2003 Iraq War*,(pp.229-234). Spokane: Marquette Books.

Chambers, J.M.(2008).Software for data analysisL Programming with R. CA: Springer.

Charles, A. & Stewart, G.(Eds.).(2011). The end of journalism: News in the twenty-first century. Oxford: Peter Lang.

Chouliaraki, L.(2013). Re-mediation, inter-mediation, trans-mediation: The cosmopolitan trajectories of convergent journalism. *Journalism*

Studies, 14(2): 267-283.

Chyi, H.I., Lewis, S.C., & Zheng, N.(2012).A matter of life and death? Examining how newspaper covered the newspaper "crisis" *Journalism Studies*, 13(3): 305-324.

Code for Tomorrow(2014). https://github.com/codefortomorrow

Compton, J.R. & Benedetti, P.(2010). Labour, new media and the institutional restructuring of journalism. *Journalism Studies*, *11*(4): 487-499.

Cottle, S. & Ashton, M.(1999). From BBC newsroom to BBC newscentre: On Changing Technology and Journalist practices. *Convergence: The International Journal of Research into New Media Technologies.*5 (3): 22-43.

Cozma, R. & Chen, K.J.(2013). What's in a tweet? Foreign correspondents' use of social media. *Journalism Practice*, 7(1): 33-46.

Cruickshank, P.,&Castillo, M.,&Shoichet, E.(2015, 1, 16). Belgian operation thwarted 'major terrorist attacks,' kills 2 suspects. Retrieved Feb 8, 2015,from: http://edition.cnn.com/2015/01/15/world/belgium-anti-terror-operation/

Curran,J. & Witschge,T.(2010). Liberal dreams and the Internet. In Natalie Fenton(ed.), *New media, old news: Journalism & democracy in the digital age*, (pp.102-118).LA, London: Sage.

Curran, J., Coen, S., Aalberg, T., Hayashi, K., Jones, P.,Splendore, S., Papathanassopoulos, S., Rowe, D., & Tiffen, R.(2013). Internet revolution r evisited: A comparative study of online news. *Media, Culture & Society*, 35(7): 880-897.

Dahlgren, P. (2010). Public sphere, societal shifts and media modulations. In J. Gripstud & L. Weibull (Eds.), *Media, markets & public spheres: European media at the crossroads* (pp. 19-36). Bristol, UK: Intellect.

Davis,A.(2010). Politics, journalism and new media: virtual iron cages in the new culture of capitalism. In Natalie Fenton(Ed.), New media, old news: Journalism & democracy in the digital age. (pp.121-137). LA, London: Sage.

Dennis, E.E.(2002). Prospects for a big idea- Is there a future for convergence? *The International Journal on Media Management*, 5(1): 7-11.

Dennis, E.E.& Merrill.J.C.(2006). *Media debates: Great issues for the digital age*. CA : Wadsworth Thomson Learning.

Deuze, M.(2003). The web and its journalism: Considering the consequences of different types of news media online. *New Media and Society*, 5: 203-230.

Deuze, M., Bruns, A., & Neuberger, C.(2007). Preparing for an age of participatory news. *Journalism Practice*,1(3): 322-338.

Diamond, E. (1993). *Behind the Times: inside the New York Times*. NY: Villard Books.

Domingo, D., Quandt,T., Heinonen, A., Paulussen, S., Singer, J.B., & Vujnovic,M.(2008).Participatory journalism practices in the media and beyond: An international comparative study of initiatives in online newspapers. *Journalism Practice*, 2(3): 326-342.

Doyle, G.(2002). *Media ownership: The economic and politics of convergence and concentration in the UK and European Media*. London: Sage.

Doyne, S. & Ojalvo,H.E.(2012). All the News That's Fit to Click: Analyzing New York Times Design. Retrieved February, 7, 2013, from http://learning.blogs.nytimes.com/2012/03/08/all-the-news-thats-fit-to-click-analyzing-new-york-times-design/

Drucker& Gumpert (2010).Introduction: Regulating Convergence. In S.J. Drucker & G. Gumpert(Eds.),*Regulating Convergence,*(pp.1-20). NY: Peter Lang.

Dupagne, M.& Garrison,B.(2006). The meaning and influence of convergence: A qualitative case study newsroom work at the Tempa news center. *Journalism Studies,* 7(2): 237-255.

Dupagne, M.& Garrison, B.(2009). The meaning and influence of convergence: A qualitative case study of newsroom work at the Tempa news center. In A.E. Grant & J.S. Wilkinson(Eds.), *Understanding media convergence: The state of the field* (pp. 182-203).Oxford: Oxford University Press.

Dwyer, T.(2010). *Media convergence.* NY: Open University Press.

Ebner, T.(2011). Is Facebook the Solution to the Obnoxious Comment Plague? *American Journalism Review, December 19, 2011* Retrieved February, 20,2014, from http://ajrarchive.org/Article.asp?id=5213

Egawhary.E.& O'Murchu,C.(2012). Data journalism. Retrieved 20,Dec.2013, from: http://www.tcij.org/sites/default/files/u4/Data%20Journalism%20Book.pdf European Journalism Centre(2010).Data-driven journalism: What is there to learn? Retrieved 13,Dec.2013, from: http://mediapusher.eu/datadrivenjournalism/pdf/ddj_paper_final.pdf

El-Nawawy, M. & Iskandar,A.(2003). *Al-Jazeera : The story of the network that is rattling governments and redefining modern journalism.* Cambridge: Westview.

Edwardson, M.(2007, Summer). Convergence, issues, and attitudes in the fight over newspaper-broadcast cross ownership. Journal History, 33(2): 79-92.

Egawhary.E.& O'Murchu,C.(2012). Data journalism. Retrieved 20,Dec.2013, from: http://www.tcij.org/sites/default/files/u4/Data%20Journalism%20Book.pdf

Erdal, I.J.(2011). Coming to terms with convergence journalism: Cross-media as a theoretical and analytical concept. *Convergence: The International Journal of Research into New Media Technologies*, 17(2): 213-223.

Erdal,I.J.(2007).Negotiation convergence in news production. In T.Strorsul & D.Stuedahl(Eds.), *Ambivalence toward convergence: Digitalization and media change.*(pp.73-85). Nordicom: Goteborg University.

European Commission (1997). *Green paper on the convergence of the telecommunication, media and information sectors, and the implications or regulation. Towards an information society approach.* COM, 97, 623. Brussels: European Commission.

European Journalism Centre(2010).Data-driven journalism: What is there to learn? Retrieved 13,Dec.2013, from: http://mediapusher.eu/datadrivenjournalism/pdf/ddj_paper_final.pdfFox, Julia, R.,

Fagerjord, A. & Storsul, T.(2007). Questioning convergence. In T. Storsul& D. Stuedahl(Eds.), *Ambivalence towards convergence: Digitalization and media change.* (pp.19-31).Sweden: Nordicom.

Farhi, P.(2010, September 2). Twitter breaks story on Discovery Channel gunman. *Washington Post.* Retrieved October 20, 2010 from http://www.washingtonpost.com/wp-dyn/content/article/2010/09/01/AR2010090105987.html.

Fenton, N.(2010). Drowning or waving? New media, journalism and democracy. In Natalie Fenton(Ed.), *New media, old news: Journalism & democracy in the digital age.* (pp.3-16).LA, London: Sage.

Fidler, R.(1997). *Mediamorphosis: Understanding new media.* Thousand Oaks: pine forge Press.

Figenschou, T.U.(2014). *Al Jazeera and the global media landscape: The South is talking back.* London and NY: Routledge.

Finucane,P.(2006). Teaching Journalism for an Unknown Future. pp. 59-61. Retrieved October, 20, 2011, from http://www.nieman.harvard.edu/reportsitem.aspx?id=100503

Fish, A.R.(2012).*Reforming the American public sphere: The media reform models of progressive television journalists in the era of internet convergence and neoliberalism.* Thesis (Ph.D.)--University of California, Los Angeles

Flew, T., Spurgeon, C., Daniel, A., & Swiff, A.(2012). The promise of computational journalism。*Journalism Practice, 6*(2): 157-171.

Fox, Julia, R., Lang, annie., Chung, Yongkuk., Lee, Seungwhan., Schwartz, Nancy., Potter, Deborah.(2004). Picture This: effects of graphics on the processing of television news. *Journal of Broadcasting & Electric Media.* 48(4), 2004: 646-674.

Fontan , V. (2015,1 ,8).Charlie Hebdo: Are we not allowed to laugh any more? Retrieved Feb 8, 2015, from: http://www.aljazeera.com/indepth/opinion/2015/01/charlie-hebdo-are-not-allowed-laug-201518565581162.html

Frederiksen, L.(2013).Big data. *Public Services Quarterly*, 8: 345-349.

Freedman, D.(2010). The political economy of the 'new' news environment.

In Natalie Fenton(Ed.), *New media, old news: Journalism & democracy in the digital age.* (pp.35-50).LA, London: Sage.

Friel, H. (2004). T*he Record of the Paper: how the New York Times Misreports US foreign policy.* London, NY: Verso.

Friend, C., & Singer, J. B. (2007). *Online journalism ethics: Traditions and transitions.* Westchester, NY: M.E. Sharpe.

Gans, H. J. (2009). Can popularization help the news media? In Barbie Zelizer (Ed.), *The changing faces of journalism: Tabloidization, technology and truthiness* (pp. 17-28). London: Routledge.

Gantz,J., & Reinsel,D.(2011). Extracting Value from Chaos. Retrieved from: http://www.emc.com/collateral/analyst-reports/idc-extracting-value-from-chaos-ar.pdf

Gauntlett, D. (2011). *Making is connecting: The social meaning of creativity, from DIY and knitting to YouTube and web 2.0.* Cambridge, UK: Polity.

Geissler, K.(2009). Small/medium market models of media convergence in the midwest : Bringing together print and broadcast newsrooms. Saarbrucken Deutschland: Vdm Verlag Dr. Muller.

Gillmor, D.(2004).*We the media. Grassroots journalism by the people, for the people*, Beijing and Cambridge: O'Reilly.

Gordon, R.(2003). The meaning and implications of convergence. In Kevin Kawamoto(Ed.),*Digital journalism: Emerging media and the changing horizons of journalism.* (pp. 57-73).Lanham, MD: Rowman & Littlefield Publishers, INC.

Gray,J., Bounegru,L., & Chambers, L.(2012). The data journalism handbook.Cambridge:O.REILLy. (open source) English: http://datajournalismhandbook.org/1.0/en/Chinese: http://xiaoyongzi.

github.io/web/index.html

Greer.C.F.& Ferguson, D.(2011).Using twitter for promotion and branding: A content analysis of local television twitter sites. *Journal of Broadcasting & Electric Media*, 55(2): 198-214.

Gresh,A.(2015, 1,8). It's going to get worse for French Muslims. Retrieved Feb 8, 2015, from: http://www.aljazeera.com/indepth/opinion/2015/01/it-going-get-worse-french-muslims-2015187810909683.html

Gunter, B.(2003).*News and the net*. Mahwah. NJ: Lawrence Erlbaum.

Habermas, J.(2006). Toward a United States of Europe, acceptance speech at Bruno Kreisky Prize, Retrieved March 27, 2013, from http://www.signandsight.com/features/676.html.

Habermas,J.(1989).The Structural Transformation of the Public Sphere: An Inquiry into a Category of Bourgeois Society. Translated by Thomas Burger with the assistance of Frederick Lawrence. Cambridge: Polity Press.

Habermas,J.(1999).Between Facts and Norms: Contributions to a Discourse Theory of Law and Democracy. Translated by William Rehg. Cambridge: The MIT Press.

Habermas, J.(1974). The public sphere: An encyclopedia, New German Critique, 1(3): 49-55。

Hansen, E.(2012). Aporias of digital journalism. *Journalism*, 14(5): 678-694.

Hargreaves, I.(2003). *Journalism: Truth or dare?*. Oxford: Oxford University Press.

Hartley, J.M.(2013). The online journalism between ideals and audiences: Towards a (more) audience-driven and source-detached journalism?

Journalism Practice, 7(5): 572-587.

He, Manli, Tang, Xi, Huang, Yuming.(2011). To visualize spatial data using thematic maps combined with infographics. Geoinformatics, 19th International Conference on 24-26 June 2011.

Heikkila, H., Kunelius, R.,and Ahva, L.(2010). From credibility to relevance toward a sociology of journalism's "added vaule". *Journalism Practice*, 4(3): 274-284.

Herbert, J.(2000). *Journalism in the digital age: Theory and practice for broadcast, print and on-line media*. Oxford: Focal Press.

Hermida, A.(2012). Tweets and truth: Journalism as a discipline of collaborative verification. *Journalism Practice*,6(5-6): 659-668.

Hermida, A.(2010). Twittering the news: The emergence of ambient journalism. *Journalism Practice*, 4(3): 297-308.

Hermida, A.& Thurman, N.(2008). A clash of cultures: The integration of user-generated content within professional journalistic frameworks at British newspaper websites. *Journalism Practice*, 2(3): 343-356.

Hirst, M.& Treadwell, G.(2011). Blogs bother me: Social media, journalism students and the curriculum. *Journalism Studies*, 5(4): 446-461.

Holliman, R.(2011). Advocacy in the tail: Exploring the implications of 'climategate' for science journalism and public debate in the digital age. *Journalism*,12(7): 832-846.

Holsti, O. R. (1969). *Content analysis for the social sciences and humanities*. Reading, MA: Addison-Wesley

Holton, A.E., Coddington,M.,& de Zuniga,H.G.(2013). Whose news? whose value:

Citizen journalism and journalistic values through the lens of content creators and consumers. *Journalism Practice*, 7(6): 720-737.

Innis, H.A.(1951). *The bias of communication*. Toronto: University of Toronto Press.

Irle, B.M.(2009). *Convergence of communications: Implications for regulating market entry*. Hamburg: Nomos.

Iskandar, M. N.A.(2002). *Al-Jazeera : How the free Arab news network scooped in the world and changed the middle East*. Cambridge: Westview.

Jacobson, S.(2010). Emerging models of multimedia journalism: A content analysis of multimedia packages published on nytimes.com. *Atlantic Journal of Communication*, 18: 63-78.

James, D.(2013). Social networking Sarajevo Roses: Digital representations of postconflict civil life in(the former) Yugoslavia. *Journal of Communication*, 63: 975-992.

Jenkins, H.(2006). *Convergence culture: Where old and new media collide*. NY: New York University Press.

Jenkins, H.(2001).Convergence? I diverge, *Technology Review*, June, 93

Jensen, K. B. (2010). *Media convergence: The three degrees of network, mass, and interpersonal communication*. London: Rouledge.

Jin, D.Y.(2013).*De-Convergence of global media industries*. New York : Routledge.

Johnson, J.A.(2014). From open data to information justice. *Ethics Inf Technol*, 16: 263-274.

Johnston, C.(2011). The Naked Retweet Dilemma. *American Journalism Review, December 19, 2011*,Retrieved February, 20,2014, from http://ajrarchive.org/Article.asp?id=5209

Jones, A.S.(2009). *Losing the news : The future of the news that feeds democracy.* NY : Oxford University Press.

Jonsson, A. M., & Ornebring, H. (2011). User-generated content and the news empowerment of citizens or interactive illusions? Journalism *Studies, 5*(2): 127-144.

Ju,A., Jeong, S.H., & Chyi, H.I.(2014). Will social media save newspapers? Examining the effectiveness of Facebook and Twitter as news platforms. *Journalism Practice,* 8(1): 1-17.

Kackman, M.(2011).*Flow TV: Television in the age of media convergence.* New York : Routledge

Kalogeras, S.(2014).*Transmedia storytelling and the new era of media convergence in higher education.* Basingstoke : Palgrave Macmillan

Karlsen, J.& Stavelin, E.(2014). Computational Journalism in Norwegian newsrooms. *Journalism Practice,8*(1): 34-48.

Karlsson, M. & Stromback, J. (2010). Freezing the Flow of Online News: exploring approaches to the study of the liquidity of online news. *Journalism Studies,* 11(1): 2-19.

Kate, J. & Quinn, S.(2010). *Funding journalism in the digital age: Business models, strategies, issues and trends.* NY: Peter Lang.

Kaufhold, K., Valenzuela, V., & de Zuniga, K.G.(2010). Citizen journalism and democracy: How user-generated news use relations to political knowledge and participation. *Journalism& Mass Communication Quarterly,* 87(3/4): 515-529.

Kavoori, A. (2010). *Digital media criticism.* NY: Peter Lang Publishing.

Kawamoto,K.(Ed.).(2003). *Digital journalism: Emerging media and the changing horizons of journalism.* Lanham: Rowman & Littlefield

Publishers, INC.

Kawamoto,K.(Ed.).(2003). Digital journalism: Emerging media and the changing horizons of journalism. In Kevin Kawamoto(Ed.),*Digital journalism: Emerging media and the changing horizons of journalism.* (pp. 1-29).Lanham: Rowman & Littlefield Publishers, INC.

Keen, A.(2007).*The cult of the amateur: How blogs, myspace, youtube and the rest of today's user-generated media are destroying our economy, our culture , and our value.* NY: Doubleday.

Kellner, D.(2012). *Media Spectacle and insurrection2011: From the Arab uprisings to occupy everywhere.* NY: Bloomsbury.

Kenix, L.J,(2013).A converging image? Commercialism and the visual identity of alternative and mainstream news websites. *Journalism studies*, 14(6): 835-856.

Kiesler, S., Kraut, R.E., Resnick, P., & Kittur, A.(2011). Regulating behavior in online communities. In R.E. Kraut and P. Resnick(Eds.). Building successful online communities: Evidence-based social design.(pp.125-177). London: The MIT Press.

Kim,Y., Hsu,S.H., & de Zuniga, H.G.(2013). Influence of social media use on discussion network heterogeneity and civic engagement: The moderating role of personality traits. *Journal of Communication*, 63: 498-516.

King,L.(2012). Vetting citizen journalism. Finding the wisdom in the crowd: Storyful helps news organizations verify social media. *Nieman Reports* 66 (2): 17-18。

Kitch, C.(2009). Tears and Trauma in the news. In B.Zelizer(Ed.), *The changing faces of journalism: Tabloization, technology and truthiness* (pp.29-39). London and NY: Rouledge.

Kohn, B. (2003). *Journalism Fraud: how the New York Times distorts the news and why it can do longer be trusted.* Nashville: WND Books.

Kovach, B., & Rosenstiel, T. (2001). *The elements of journalism: What news people should know and the public should expect.* New York: Three Tivers Press.

Kolodzy, J.(2013).*Practicing convergence journalism: An introduction to cross-media srorytelling.* NY: Routledge.

Kolodzy, J.(2006). *Convergence journalism: Writing and reporting across the news media.* Lanham: Rowman & Littlefield Publishers, Inc.

Kovach,B. & Rosenstiel, T.(2001).*The elements of journalism: What News people should know and the public should expect.* NY: Three Tivers Press.

Kraeplin, C.& Criado, C.A.(2009).The state of convergence journalism revisited: Newspapers take the lead. In A.E. Grant & J.S. Wilkinson (Eds.), *Understanding media convergence: The state of the field.* (pp. 18-30).Oxford: Oxford University Press.

Kuhn,A.Reuter,C.,& Schmitz,G.P.(2013,2,15). After the Arab Spring: Al-Jazeera Losing Battle for Independence. DER SPIEGEL, http://www.spiegel.de/international/world/al-jazeera-criticized-for-lack-of-independence-after-arab-spring-a-883343.html.Kung,L. Picard, R.G. & Towse, R.(2008).*The Internet and the mass media.* Los Angeles: Sage.

Kung,L. Picard, R.G. & Towse, R.(2008).Introduction. In L.Kung, R.G. Picard, & R.Towse(Eds.), *The Internet and the mass media.*(pp.1-44). Los Angeles: Sage.

Kung,L. Picard, R.G. & Towse, R.(2008).conclusions. In L.Kung, R.G.

Picard, & R.Towse(Eds.), *The Internet and the mass media.*(pp.170-177). Los Angeles: Sage.

Kurtz,H.(2015, 1,29). Whitewashing savagery: Al-Jazeera English bans use of 'terrorist' for mass killers. Retrieved Feb 8, 2015,from: http://www.foxnews.com/politics/2015/01/29/whitewashing-savagery-al-jazeera-english-bans-use-terrorist-for-mass-killers/

Lage, O.D.(2005). The politics of Al Jazeera or the diplomacy of Doha. In Mohamed. Zayani(Ed.), *The Al Jazeera phenomenon: Critical perspectives on the new Arab media,*(pp.49-65). London: Pluto Press.

Lasia, J.D.(2008). There should be rules when bloggers are paid for endorsements. In Sylvia Engdahl(Ed.), *Blogs.*(pp.194-202).Detroit: Gale.

Lasorsa, D.L., Lewis, S.C., & Holton, A.E.(2012). Normalizing twitter: Journalism practice in an emerging communication space. *Journalism Studies*, 13(1): 19-36.

Lasorsa, D.(2012). Transparency and other journalistic norms on twitter: The role of gender. *Journalism Studies*, 13(3): 402-417.

Lawson-Borders, G.(2006).*Media organizations and convergence: Case studies of media convergence pioneers.* Mahwah, N.J. : Lawrence Erlbaum Associates

Lazar, N.(2012). The big picture. Retrieved December, 10, 2013, from

http://dx.doi.org/10.1080/09332480.2012.668458

Lester, L.(2010). *Media & environment.* MA: Polity.

LeVine,M.(2015, 1, 10). Why Charlie Hebdo attack is not about Islam. Retrieved Feb 8, 2015,from: http://www.aljazeera.com/indepth/opinion/2015/01/charlie-hebdo-islam-cartoon-terr-2015110

6726681265.html

Levinson, P.(2009).*New New Media*. Boston: Allyn & bacon.

Levinson, P.(2004). *Cellphone: The story of the world's most mobile medium and how it has transformed everything*. Macmillan: Palgrave.

Levinson, P. (1999). *Digital mcLuhan: A guide to* the *information millennium*. London: Routledge.

Lewis, S.C., Kaufhold, K., & Lasorsa, D.L.(2010). Thinking about citizen journalism: The philosophical and practical challenges of user-generated content for community newspaper. *Journalism Practice*, 4(2): 163-179.

Lewis,S., Zamith, R., and Hermida, A.(2013). Content analysis in an era of big data: A hybrid approach to computational and manual methods. *Journal of Broadcasting & Electronic Media*, 57(1): 34-52.

Lin, C.C.(2014). Where is the Limit of Big Data?: A Case Study of Journalism Practices Pertaining to Datasets of E-Government in Taiwan. The 20th ITS Biennial Conference was held in Rio de Janeiro from November 30 - December 3, 2014. 2

Lin, C. C.(2013). Convergence of new and old media: new media representation in traditional news. *Chinese Journal of Communication.* 6(2), 183-201

Little, M. (2012). Finding the wisdom in the crowd: Storyful helps news organizations verify social media. *Nieman Reports 66* (2): 14–17.

Long,M.C.(2012). Beyond the press release: Social media as a tool for consumer engagement. In Hana S.N. Al-Deen & J.A. Hendricks(Eds.), *Social media: Usage and impact*. (pp. 145-159).

Lanham: Lexington Books.

Loughborough University Communication Center(2012).A BBC Trust report on the impartiality and accuracy of the BBC's coverage of the events known as the "Arab Spring": Content Analysis. Report.

Lowrey,W. & Gade,P.J.(2011). Complexity, uncertainty, and Journalistic change. In W. Lowrey and O.J. Gade(Eds.), Changing the news: The forces shaping journalism in uncertain times.(pp.3-21). NY & London: Routledge.

Lynch, M. （2008).Political opportunity structures: Effects of Arab media. In K. Hafez(Ed.), *Arab media: Power and weakness*.(pp. 17-32).NY: Continuum.

Magnan,N., Boler, M.,& Schmidt, A.(2010). Al Jazeera English: An interview with Hassan Ibrahim. In M.Boler(Ed.), *Digital media and democracy: Tactics in hard times*,(pp.301-319). Cambridge: The Tim Press.

Malik, P.(2013).Governing big data: Principles and practices. *IBM Journal of Research and Development*, 57(3/4): 1-13.

Malone, M.(2012, April). The great split over convergence. *Broadcasting & cable*, 9: 6-9。

Manovich,L. (2011). Trending: The promises and the challenges of big social data. Retrieved December, 12, 2013, from http://www.manovich.net/DOCS/Manovich_trending_paper.pdf

Mansfield, H.(2012). *Social media for social good: A how to guide for nonprofits*. NY: Mc Graw Hill.

Marwick, A., & Boyd, D. (2011). To see and be seen: Celebrity practice on Twitter. *Convergence: The International Journal of Research into New Media Technologies*, *17*(2): 139-158.

Mattelart, T.(2009).Transnational media and authoritarian national public spheres. In A.Heinemann, O.Lamloum, & A.F. Weber(Eds.), *The middle east in the media: Conflicts, censorship and public opinion*(pp.155-171). London: SAQI

Matheson, D. & Allan, S.(2009). *Digital war reporting*. NY: Polity Press.

Mayo, E., &Sternberg, T.(2007). The power of information. Available at: http://www.opsi.gov.uk/advice/poi/power-of-information-review. pdf.

McChesney, R. W. (1999). *Rich media, poor democracy*. Champaign, IL: University of Illinois Press.

McLuhan, M. (1964). *Understanding media: The extensions of man*. New York: McGraw-Hill.

McNair, B.(2009). News and Journalism in the UK. Fifth Edition. London : Rouledge.

McQuail, D. (2000). McQuail's mass communication. Los Angeles, CA: Sage.

Meikle, G.(2012).*Media convergence: Networked digital media in everyday life*. New York: Palgrave Macmillan

Mellor, N., Ayish, M., Dajani, N., & Rinnawi,K.(2011). *Arab media: Globalization and emerging media industries*. NY: Polity.

Mellor, N.(2011). Introduction. In N. Mellor., M.Ayish., N. Dajani., & K. Rinnawi.(Eds.), Arab media: Globalization and emerging media industries,(pp.1-11). Cambridge: Polity.

Mellor, N. （2007）. *Modern Arab journalism: Problems and prospects*. Edinburgh: Edinburgh University Press.

Meyer,P.(2004).The vanishing newspaper : Saving journalism in the information age. Columbia, Mo: University of Missouri Press.

Miles, H.(2005). *Al-Jazeera: The inside story of the Arab news channel that is challenging the West*. NY: Grove Press.

Molina, A.(1997).Issues and challenges in the evolution of multimedia, the case of the newspaper. *Futures, 29*(3): 193-212.

Morton, J.(2012). Investing in quality: The excellence of the New York Times is paying financial dividends. American Journalism Review, February/March, 50

Mosco, V(2009). Future of Journalism, *Journalism, 10*(3): 350-352

Mott, F. L. (2006). What's the news? In G. S. Adam & R. P. Clark (Eds.), *Journalism:* The *democratic craft* (pp. 73-79). New York: Oxford.

Moturu, S.(2010). *Quantifying the trustworthiness of social media content: Content analysis for the social web*. Berlin: Lambert Academic Publishing.

Neuberger, C. & Nuerbergk, C.(2010). Competition, complementarity or integration? The relationship between professional and participatory media. *Journalism Practice*, 4(3): 319-332.

Newton, J.H.(2009).The guardian of the real: Journalism in the time of the new mind. In Barbie Zelizer(Ed.), *The changing faces of journalism: Tabloidization, technology and truthiness*. (pp.68-81). London: Routledge.

Oifi, M. E.(2005). Influence without power: Al Jazeera and the Arab public sphere. In Mohamed. Zayani(Ed.), *The Al Jazeera phenomenon: Critical perspectives on the new Arab media*, (pp.66-79). London: Pluto Press.

Ovadia,S.(2013).The role of big data in the social sciences. *Behavioral & Social Sciences Librarian*, 32: 130-134.

Page, R.E.(2012).*Stories and social media: Identities and interaction.* NY and London: Routledge.

Papacharissi, Z.(2011)(Ed.). *A networked self: Identity, community, and culture on social network sites.* New York and London: Routledge.

Papacharissi, Z.A.(2010). *A private sphere: Democracy in a digital age.* Cambridge: Polity.

Pavlik, J.V. & McIntosh, S.(2011).*Converging media: A new introduction to mass communication.* Second Edition. NY: Oxford University Press.

Pavlik, J.V.(2001).*Journalism and new media.* NY: Columbia University Press.

Penrod, D.(2005).*Composition in convergence : The impact of new media on writing assessment.* Mahwah, NJ : L. Erlbaum

Peters, B. (2010). The future of journalism and challenges for media development: Are we exploring a model that no longer works at home? *Journalism Studies, 4:* 268-273.

Phillips,A(2010). Old sources: New bottles. In Natalie Fenton(Ed.), New media, old news: Journalism & democracy in the digital age. (pp.87-101).LA, London: Sage.

Philips, A., Couldry, N. & Freedman, D.(2010). An ethical deficit? Accountability, norms and the material conditions of contemporary journalism. In Natalie Fenton(Ed.), New media, old news: Journalism & democracy in the digital age. (pp.51-67).LA, London: Sage.

Pickard, V.(2013). Social democracy or corporate libertarianism ？ Conflicting media policy narratives in the wake of market failure. *Communication Theory*, 23: 336-355.

Picard, R.(2006). Journalism, value creation and the future of news organization. Joan Shorenstein Center on the press, politics and public policy. Retrieved August, 30,2010, from http:// www.hks. harvard.edu/presspol/research_publications/papers/research_papers/ R27.pdf

Pintak, L.(2010). Arab media and the Al-Jazeera effect. In T.L. McPhail(Ed.), *Global communication: Theories, stakeholders, and trends*, (pp.290-304). Oxford: Wiley-Black Well.

Pool, I de S.(1983). *Technologies of freedom*. Cambridge: Harvard University Press.

Powell, H.(2013).*Promotional culture and convergence: Markets, methods, media*. Milton Park, Abingdon, Oxon :Routledge.

Powers, S.(2012). From broadcast to network journalism: The case study of Al Jazeera. In M.Burns& N. Brugger(Eds.), *Histories of public service broadcasters on the web*,(pp.207-219).NY: Peter Lang.

Prichard, D.& Bernier, M.F.(2010). Media convergence and changes in Quebec Journalists' Professional values. Canadian Journal of Communication, 35: 595-607.

Proitz, L.(2007). Mobile media and genres of the self. In T. Storsul& D. Stuedahl(Eds.), *Ambivalence towards convergence: Digitalization and media change*. (pp.199-216). Sweden: Nordicom.

Quandt, T.(2011). Understanding a new phenomenon: The significance of participatory journalism. In Jane B. Singer et al.(Eds.), *Participatory journalism : Guarding open gates at online newspapers*,(pp: 155-176). Chichester, West Sussex, U.K. ; Malden, Mass. : Wiley-Blackwell.

Quandt, T.& Singer, J.(2009).Convergence and cross-platform content production. In Karin Wahi-Jorgensen & Thomas Hanitzsch(Eds.), *The handbook of journalism studies.*(pp.130-144).NY: Routledge.

Quinn, S.(2009).*Convergent journalism: The fundamentals of multimedia reporting?* NY: Peter Lang.

Quinn, S.(2006).*Conversations on convergence: Insiders' view on news production in the 21st century.* NY: Peter Lang.

Quinn, S.(2004). Better journalism or better profits? A key convergence issue in an age of concentrated ownership. *Pacific Journalism Review*, 10(2): 111-129.

Quinn, S. (2002). *Knowledge Management in the Digital Room.* St. Louis, MO: Focal Press.

Rai,M.& Cottle, S.(2010). Global news revisisted: Mapping the comtemporary landscape of satellite television new. In S.Cushion & J. Lewis(Eds), T*he rise of 24-hour news television: Global perspectives*, (pp.51-79). NY: Peter Lang.

Reuters(2015, 1, 1).UPDATE 3-Egyptian court orders retrial of Al Jazeera journalists. Retrieved Jan 1, 2015, from http://www.reuters.com/article/2015/01/01/egypt-jazeera-idUSL6N0UG05C20150101

Rice, J.(2009).*The church of facebook: How the hyperconnected are redifining community.* Ontario: David C. Cook.

Rinnawi, K.(2006). *Instant nationalism: MaArabism, aljazeera and transnational media in Arab world.* Lanham, NY: University Press of America, Inc.

Robertson, A.(2013).Connecting in Crisis: "Old" and "New" Media and the Arab Spring. The International Journal of Press/Politics, 18(3):325–341.

Robertson, A(2012). Narratives of resistance: Comparing global news coverage of the Arab Spring. *New Global Studies*, *6*(2), Retrieved Jan 21, 2016, from http://www.ims.su.se/polopoly_fs/1.96632.1344416795!/menu/standard/file/Robertson-08-08-2012.pdf

Robinson, S.(2011). Convergence crisis: News work and news space in the digitally transforming newsroom. *Journal of Communication*. 61: 1121-1141.

Rogers, S.(2013).*Facts are sacred: The power of data*. London: Faber and Faber Limited.

Rummler, S.& Ng. K.B.(2010). Collaborative technologies snd applications for interactive design:Emerging trends in user experiences.

Rusbridger, A.(2007).We're all doomed to be surprised. *The Guardian*, 20 August 2007.

Said, E.W.(1997). *Covering IsIam: How the media and the experts determine how we see the rest of the world*. NY: Vintage Books

Sakr,N.(2007). Challenger or lackey? The politics of news of Al-Jazeera. In D.K. Thussu(Ed.), *Media on the move: Global flow and contra-flow*,(pp.116-132). London and NY: Routledge.

Samuel-Azran, T.(2010). *Al Jazeera and US war coverage*. NY: Peter Lang.

Sanders, F.(2012).*Relationship of Knowledge Management capabilities, intergroup contact, and intergroup bias among print news journalists*. Thesis (Ed.D.)--Northern Illinois University

Saxena, S.(2004). *Breaking the news: The craft and technology of online journalism*. New Delhi: Tata McGraw-Hill Publishing Company Limited.

Schroder, K.C. & Larsen, B.T.(2010). The shifting cross-media news landscape: Challenges for news producers. *Journalism Studies, 11*(4): 524-534.

Schroeder, R.(2004). Interactive Info Graphics in Europe--added value to online mass media: a preliminary survey. *Journalism Studies.* 5(4): 563-570.

Schudson, M.(2008). *Why democracies need an unlovable press.* Malden: Polity.

Seib, P.(2012)(Ed.). *Al Jazeera English: Global news in a changing world.* NY: Palgrave Macmillan

Seitz, J.(2010, Winter). The Guardian brings scientists as bloggers into the mix. Nieman Reports, 32.

Singer, J.B.(2008).Ethnography of newsroom convergence. In C. Paterson & D. Domingo(Eds), *Making online news: The ethnography of new media production,*(pp.157-184).NY: Peter Lang.

Singer, J.B.(2006). Stepping back from the gate: And the co-production online newspaper editors of content in campaign 2004. *Journalism and Mass Communication Quarterly.*83(2): 265-280.

Smith. L.K., Tanner, A.H., & Duhe, S.F.(2007). Convergence Concerns in Local Television: Conflicting views from the newsroom. *Journal of Broadcasting & Electric Media*, 51(4): 555-574.

Smythe, D. W. (1977). Communications: Blindspot of western Marxism. *Canadian Journal of Political and Social Theory, 1*(3): 1-27.

Spence, R.(2001).*Information visualization.* London: Addison-Wesley.

Spyridou, L. & Veglis, A.(2016). Convergence and the changing labor of journalism: Towards the ' super journalist' paradigm. In A. Lugmayr & C.Dal. Zotto(Eds.), Media convergence handbook-Vol.1,:

Journalism, broadcasting, and social media aspects of convergence, (pp. 99-130).NY & London: Springer.

Steensen, S.(2011). Online journalism and the promises of new technology: A critical review and look ahead. *Journalism Studies.* *12*(3): 311-327.

Stewart, J.(2013). A suitable case for transplant? The BBC and public service journalism in post-communist Romania. *Journalism Practice*, 7(3): 329-344.

Storsul, T. & Stuedahl,D.(2007). Introduction: Ambivalence toward convergence. In T. Storsul & D. Stuedahl(Eds.), *Ambivalence towards convergence: Digitalization and media change.* (pp.9-16). Sweden: Nordicom.

Storsul, T. & Stuedahl, D.(2007).(Eds.). *Ambivalence towards convergence: Digitalization and media change.* Sweden: Nordicom.

Sundet, V.S.(2007). The dream of mobile media. In T. Storsul& D. Stuedahl(Eds.), *Ambivalence towards convergence: Digitalization and media change.* (pp.87-113). Sweden: Nordicom.

Talbot, D. (2010.02.23). Can Twitter make money? *MIT* Technology *Review.* Retrieved May 10, 2013, from http://www.technologyreview. com/featuredstory/417594/can-twitter-make-money/

Tewksbury,D.& Rittenberg,J.(2012). *News on the Internet: Information and Citizenship in the 21st Century.* New York, NY: Oxford

Tewksbury, D., Jensen, J., & Coe, K. (2011). Video news releases and the public: The impact of source labeling on the perceived credibility of television news. *Journal of* Communication, 61: 328-348.

The Washington Times(2015, 1,28). Al Jazeera English bans words: 'Terrorist,' 'Islamist,' 'jihad' off-limits to news employees.

Retrieved Feb 8, 2015,from: http://www.washingtontimes.com/news/2015/jan/28/al-jazeera-english-bans-words-terrorist-islamist-j/

The Economics(2006.08.26). More media, less news, *380*: 53-55.

Thornburg, R.M.(2011). *Producing online news : Digital skills, stronger stories.* Washington, D.C. : CQ Press

Tsui, L. (2009). Rethinking journalism through technology. In B. Zelizer (Ed.), *The changing faces of journalism: Tabloidization, technology and truthiness* (pp. 53-55). London: Routledge.

Turner,D.(2012). Inside the BBC's Verification hub. Nieman Reports 66 (2): 10–13. TV Player Report (2016). The TV Player Report . http://www.barb.co.uk/

van der Wurff, R.(2008). The impact of the internet on media content. In L.Kung, R.G. Picard, & R.Towse(Eds.), *The Internet and the mass media.*(pp.65-85). Los Angeles: Sage.

Viegas, Fernanda B., Wattenberg, Martin.(2007). Artistic data visualization: Beyond visual analytics. Proceeeding: OCSC'07 Proceedings of the 2nd international conference on Online communities and social computing. Pages 182-191 Springer-Verlag Berlin, Heidelberg.

Waisbord, S.(2013). Reinventing professionalism : Purnalism and news in global perspective. MA: Polity.

Walejko, G., & Ksiazek, T. (2010). Blogging from the niches: The sourcing practices of science bloggers. *Journalism Studies*, 11: 412-427.

Walther, J.B., Carr, C.T., Choi, S.S.W., DeAndrea, D.C., Kim, J., Tong, S.T.,& van der Heide, B.(2011). International of Interpersonal, peer, and media influence source online: A research agenda for technology convergence. In Z. Papacharissi(Ed.), *A networked self: Identity, community, and culture on social network sites*.(pp.17-38) New York and London: Routledge.

Walther, J.B.(1996).Computer-mediated communication: Impersonal, interpersonal and hyperpersonal interaction. *Communication Research, 23*(1):3-43.

Wankel, C.(2011).*Teaching arts and science with the new social media*. Bingley, U.K. : Emerald

Ward, M., Grinstein, G., & Keim, D.(2010).*Interactive data visualization: Foundations, techniques, and applications*. Natick: A K Peters, Ltd.

Wardle, C., & Williams, A. (2010). Beyond user-generated content: A production ;;;study examining the ways in which UGC is used at the BBC. *Media, Culture & Society, 32*(5): 781-800.

Ware, C.(2000). *Information visualization*. London:Morgan Kaufmann.

Watkinson, J.(2001).*Convergence in broadcast and communications media: The fundamentals of audio, video, data process*. Boston, MA : Focal Press

Weber, M.& Monge, P.(2011). The flow of digital news in a network of sources, authorities, and hubs. *Journal of Communication*, 61: 1062-1081.

Weber, S. (2007). *Plug your business: Marketing on MySpace, YouTube, blog and podcasts and other Web2.0 social* networks. Falls Church, VA: Weber Books.

Weeks, B. & Holbert, R.L.(2013). Predicting dissemination of news content in social media: A focus on reception, friending, and partisanship. *Journalism& Mass Communication Quarterly*,90(2): 212-232.

White, C.M.(2012). *Social media, crisis communication, and emergency management: Leveraging Web2.0 technologies.* London & NY: CRC Press.

Wigand, R.T., Shipley, C.,& Shipley, D.(1984). Transborder data flow, informatics, and national policies. *Journal of Communication.* 34(1):153-175.

Wilkinson, J.S., Grant, A.E., & Fisher, D. J.(2009).*Principles of convergent journalism.* NY: Oxford University Press.

Ying, H. (2007). *YouTube: Making money by video sharing and advertising your business for free.* Kitchener, ON: Self-Help Publishers

Youmans, W.(2012). AJE after the Arab Spring. In P. Seib(Ed.), *Al Jazeera English: Global news in a changing world.*(pp.57-78). NY: Palgrave.

Young, S.(2010). The journalism "crisis": Is Australia immune or just ahead of its time? *Journalism Studies, 11*(4): 610-624.

Zayani, M.(2005).Introduction--Al Jazeera and the vicissitudes of the Arab mediascape. In M, Zayani.(Ed.), *The Al Jazeera phenomenon:Critical perspectives on the new Arab media*, (pp: 1-46）London: Pluto Press.

Zelizer, B.(2011). Journalism in the service of communication. *Journal of Communication*, 61: 1-21.

Zuiderwijk, A. & Lanssen,M.(2013). Open data policies, their implementation and impact: A framework for comparison. *Government Information Quarterly*, 31: 17-29.

索引

英文

中文

三劃

四劃

十五劃

新聞，在轉捩點上：數位時代的新聞轉型與聚合

2017年5月初版　　　　　　　　　　　　　　　　　定價：新臺幣650元
有著作權・翻印必究
Printed in Taiwan.

著　　　者	林	照	真
總　編　輯	胡	金	倫
總　經　理	羅	國	俊
發　行　人	林	載	爵

出　版　者	聯經出版事業股份有限公司
地　　　址	台北市基隆路一段180號4樓
編輯部地址	台北市基隆路一段180號4樓
叢書主編電話	(02)87876242轉270
台北聯經書房	台北市新生南路三段94號
電　　　話	(02)23620308
台中分公司	台中市北區崇德路一段198號
暨門市電話	(04)22312023
台中電子信箱	e-mail：linking2@ms42.hinet.net
郵政劃撥帳戶第0100559-3號	
郵撥電話	(02)23620308
印　刷　者	世和印製企業有限公司
總　經　銷	聯合發行股份有限公司
發　行　所	新北市新店區寶橋路235巷6弄6號2樓
電　　　話	(02)29178022

叢書編輯	張　　擎
封面設計	本三十郎
內文排版	極翔企業

行政院新聞局出版事業登記證局版臺業字第0130號

國家圖書館出版品預行編目資料

新聞，在轉捩點上：數位時代的新聞轉型
與聚合/林照真著 . 初版 . 臺北市 . 聯經 . 2017年5月
（民106年）. 488面 . 14.8×21公分
ISBN　978-957-08-4944-8（精裝）

1.新聞學　2.數位媒體

897　　　　　　　　　　　　　　　106006009